精修典藏

石章鱼 著

中国言实出版社

图书在版编目（CIP）数据

三宫 / 石章鱼著 . -- 北京 : 中国言实出版社，
2016.11
ISBN 978-7-5171-1854-1

Ⅰ . ①三… Ⅱ . ①石… Ⅲ . ①长篇小说 – 中国 – 当代
Ⅳ . ① I247.5

中国版本图书馆 CIP 数据核字（2016）第 282509 号

总 策 划：宏泰恒信
选题策划：李 艳
责任编辑：邓见柏
装帧设计：仙境书品
封面插画：龙轩静

出版发行 中国言实出版社
地 址：北京市朝阳区北苑路 180 号加利大厦 5 号楼 105 室
邮 编：100101
编辑部：北京市海淀区北太平庄路甲 1 号
邮 编：100088
电 话：64924853（总编室）64924716（发行部）
网 址：www.zgyscbs.cn
E-mail：zgyscbs@263.net
经 销 新华书店
印 刷 北京联兴盛业印刷股份有限公司
版 次 2017 年 4 月第 1 版 2017 年 4 月第 1 次印刷
规 格 710 毫米 ×1000 毫米 1/16 22 印张
字 数 260 千字
定 价 39.80 元 ISBN 978-7-5171-1854-1

目录

第一章 弑兄

酒是上好的玉瑶春，菜是宫廷第一御厨亲手所制的御膳十八席，宴会之上，大康国四十九名皇子皇孙依次而坐，我位于左首第一十三位，恰恰是处在一个承上启下的位置。我的左手旁是皇爷爷的长孙龙祈正，他今年已有三十九岁，鬓角略见斑白。我的右手旁是二十四皇兄龙胤翔，他今年十八岁，刚刚被大康国的圣上，也就是我的父亲歆德皇帝封为安王。

勤王龙胤礼坐在居中位置，他举起酒杯朗声道："诸位王弟，诸位王侄，今日乃是元宵佳节，我大康在父皇的统领之下，国泰民安，歌舞升平，一派祥和景象，让我们恭祝父皇福寿无疆，早日一统江山！"

勤王府内响起一片欢呼之声，一时间觥筹交错，所有人都显得异常兴奋。从他们的眼中我看到了希望，此情此景让我不由自主想起了去年，当时我们是在忠王龙胤学那里喝酒，忠王的声音也像勤王今天这般豪迈，一样充满了希望。他在五十二岁时终于熬走了三位皇兄，成为诸皇子中年龄最大的一个，按照大康长子继位的规矩成为理所当然的皇位继任者，可他的身体却没有成功地撑到现在，去年夏天的时候他死于一场突如其来的中风。

如果我没记错，勤王今年已有四十九岁，和我们今天在场人数刚好相同，他的身体一向很好，弯弓射雕，徒手搏狮，对他来说也是轻而易举，也许他真的能等到继位的那天。

"胤空！你为何不饮？"勤王留意到呆呆出神的我。

我这才回到现实中来："五皇兄……我不会喝酒……"

坐在勤王身畔的穆王龙胤尚哈哈笑了起来："还叫五皇兄，我们马上就要改称太子了！"周围人齐声附和。勤王的脸上不免露出得意之色，他的下颌微微扬起，果真有了几分太子之威："胤空！你今年有多大了？"

"十六岁！"我谦恭地回答说。

穆王再次笑道："十六岁！我像你这么大的时候，酒可饮三升，酒后还可连御五女……"听到这里，其他的皇子皇孙爆发出阵阵暧昧的狂笑，谈到这种话题的时候，我们之间的气氛很容易就变得融洽起来。

安王主动维护我道："诸位皇兄！胤空年纪尚小，况且父皇曾经说过，我们十八岁之前绝不许饮酒，还是让他饮茶吧！"

所有人都记得父皇的这句话，不过原话应该是：皇子封王之前不许饮酒。根据大康律例，皇子年满十八才有封王的权利，所以安王会有此一说。可是我比任何人都清楚，自己很难有封王的那一天，当年我的母亲平贵妃只差一步就登上皇后之位，可是后来却忽然被打入冷宫，郁郁而终。

记得她死去的那一年，我才八岁，转眼之间又过了八年。我并不知道母亲的真正死因，父皇自然不会告诉我，按照常理推算，她应该是后宫斗争的牺牲品。母亲死后，我一直生长在冷宫之中，漫长的八年岁月中陪伴我的只有母亲的侍女延萍和太监易安，八年中我仅见过父皇三次，都是在祭天祭祖的时候，而且每次都没有机会和他交谈，也许他根本不记得还有我这样一个儿子。每年的元宵佳节，是我能够和其他皇子相聚的日子，只要一天我们中没有人继位，这种形式就会继续下去。

刚才的插曲很快就结束了，大家马上忘记了我的存在，互相举杯寒暄着，只有我慢慢品味着早已放冷的凉茶。勤王轻轻击了击双掌，大厅之内丝竹声悠然响起。近百名姿容俏丽，垂着燕尾形发髻，穿着呈半透明质薄轻料各式长袖的歌舞姬，翩若惊鸿、婉若游龙地舞进殿内，翩翩起舞，做出各种曼妙的姿态，夺人心魄，叫人目驰神迷。

我也情不自禁地沉浸在这欢乐的海洋之中。

乐曲之声渐微，那近百名婀娜多姿的美女齐然向正中聚合，一曲荡人心魄的婉转箫声轻扬而起，诸女长袖曼舞，仿若无数娇艳的花瓣轻轻翻飞于天地之间，她们身上沁人肺腑的花香弥散在空气中，令人迷醉。她们犹如绽开的花蕾，向四周散开，漫天花雨中，一个美若天仙的白衣少女，如空谷幽兰般出现，随着她轻盈优美、飘忽若仙的舞姿，宽阔的广袖开合遮掩，更衬托出她仪态万千的绝美姿容。众人如痴如醉地看着她不属于红尘之中曼妙的舞姿，几乎忘却了呼吸。那少女美目流盼，巧笑倩兮，使在场每一人都心跳不已，不约而同想到她正在瞧着自己。

突然箫声骤然急转，少女以右脚足尖为轴，轻舒长袖，娇躯随之旋转，愈转愈快，忽然自地上翩然飞起。百名美女围成一圈，玉手挥舞，数百条蓝色绸带轻扬而出，厅中仿佛泛起蓝色波涛，少女凌空飞到那绸带之上，纤足轻点，衣袂飘飘，宛若凌波仙子。大殿之中掌声四起，惊赞之声不绝于耳，歌舞姬在众人的赞叹中飘然退场。

勤王忍不住拍案赞道：“此舞只应天上有，人间哪得几回观？”穆王呵呵笑了两声，摇晃着站了起来：“此情此景，皇兄是诗……意大发，我这个俗人却是……尿意大发……我尿尿去也……”

众人见到他的憨态齐声哄笑起来，穆王趺趺撞撞走到我的桌前，双脚忽然一软，身体失去平衡靠在了我的酒桌上，把我桌上的酒菜碰得一片狼藉，我因为闪避不及，身上也被酒水和菜汤沾湿。

勤王似乎也醉了，带头呵呵笑了起来：“你们一个醉了，一个不喝，还是先回去吧……”

我正有此意，慌忙起身告辞。

外面不知何时起飘飘扬扬地下起雪来，穆王摇摇晃晃地走在我的前面，他追赶着前方的歌舞姬。那名领舞的白衣少女似乎预感到了他对自己的威胁，慌忙加快了脚步。穆王急步追了上去，一脚踏住了那少女的白色长裙，少女发出一声娇呼险些跌倒。其他舞女看到眼前情景吓得一个个四散而逃，根本无人顾及她。

穆王发出一声大笑，伸手捉住少女衣袖："小乖乖！你祖上积德，本王看上你了！"

那少女吓得花容失色："王爷……求求您……放过奴婢吧……"

穆王拉住她的衣袖用力向怀中牵拉，那少女全力挣脱之下，衣袖竟然被穆王撕脱，露出一段欺霜赛雪的手臂，穆王突然拉空，因为惯性身体不由得向后倒退了几步，一屁股坐倒在地上，那少女趁机向前方逃去。

我上前扶起穆王："皇兄！你醉了，不如我送你回去。"

穆王一把将我粗暴地推开："你算个什么东西？一个身份……不明的杂种！居然敢管本王的闲事！"

血液顿时冲上了我的脑部，我和他毕竟是一父所生，他居然用如此恶毒的话语来咒骂我。我用力咬住下唇，看着这可恶的浑蛋摇摇晃晃地向前方追去。

那少女似乎对勤王府的地形并不熟悉，惊恐之下慌不择路，竟然迷失在后花园中，加之听到穆王在身后不断怪笑，她越发感到惊恐，突然脚下一绊，扭到了足踝，一下跌倒在雪地之上，刚想从地上爬起却发觉脚踝疼痛难忍，根本无力站起。

穆王淫笑着向她逼去："小乖乖，看来你是想和本王在雪地上大战一场！"

少女挣扎着向后方挪去，美目之中已经是泪光盈盈，充满惶恐之色，宛如一只受惊的羔羊。

穆王猛然向少女娇躯扑了过去，肥胖的身躯将她压在了下面。

少女一边哭喊，一边用力地挣扎着。穆王禽兽般撕扯着她的长裙，他早已被淫欲冲昏头脑，根本没有注意到我悄然出现在他的身后。

我确信四下无人，咬了咬牙双手挥起一根手腕粗的树枝狠狠地砸在穆王的脑后，穆王的身体抽搐了一下，然后无力地倒在少女的身上。在我的帮助下，少女推开了穆王肥胖的身体，她的长裙被撕裂了多处，露出晶莹无瑕的雪肤，我脱下长氅为她披在身上。

花园内静悄悄的，并没有他人存在，我这才稍稍放下心来。

望着穆王一动不动死猪般的躯体，我的双目中充满了鄙夷之色，在瞬间下定了决心，用力抱住穆王的上身向东南角的水井拖去，少女不解地看着我。

我低声说："快点帮忙，不然我们两个都会死！"

少女用力咬了咬下唇终于做出了决定，她帮着我将穆王的身体拖到水井的旁边，看得出她十分害怕，娇躯不住地颤抖着。我全力抱起穆王，将他的身躯塞入了水井中，听到水花四溅的声音，我才长长舒了口气。说来也奇怪，我杀掉穆王以后，竟然没有感到任何恐惧，反倒打心底有种如释重负的感觉。

少女一张俏脸变得毫无血色，仿佛随时都有可能要晕过去，我一把搂住她的娇躯，给她精神上的鼓励："记住！什么都没有发生过！"我的声音异常冷酷，少女颤抖着点了点头，我轻轻拍了拍她的肩头："回去吧！"

"可是……其他人都知道……穆王在追我……"少女提醒我说。

我点点头："我带你离开！"

"什么人？"园门的方向突然有人大声喊了一句，我们两人的身躯同时一震。只见一名挑着灯笼的仆人向我们的方向走了过来，我知道他是勤王的总管忠福。当他看清是我和舞女搂在一起的时候，忍不住露出一丝暧昧的笑容，他肯定以为最小的皇子居然背着诸位皇兄干起了偷香窃玉的勾当。

"皇子殿下！有没有见到穆王？"忠福是专程来找穆王的，我迅速镇静下来，装出一副惊讶表情："他不是去如厕了吗？"

"奇怪了！我并没有在那里找到他！"忠福转身正要离去。

我忽然捂住肚子："哎哟！痛死我了！"

忠福慌忙来到我的面前："皇子你怎么了？我去请大夫！"

"算了！还是你背我过去……"我装出极为痛苦的表情。

忠福应了一声，背过身蹲了下去，我一拳狠狠地击打在他的颈侧，忠福一声不吭地晕倒在了雪地上。抱起干瘦的忠福要比穆王容易得多，我让那少女把忠福的鞋子和外衣脱了下来，然后把他也投入了水井中。

少女目睹了我连杀两人，连牙关都打起颤来。

我确信周围再也没有人出现，不慌不忙的，让她穿戴起忠福的衣物后，带领她向园外走去，边走边小心地抹去我们刚才的足迹。来到园外的角廊，人流渐渐多了起来，她刻意弯下腰躲在我的身侧，好在黑暗之中并没有人留意到她的外貌。来到马廊的时候，刚好看到那帮歌舞姬正登上马车，她们隶属于皇宫乐坊，是勤王专门请来为晚宴助兴的。

等到她们逐一离去，我才带着少女来到我的马车前。这辆马车是所有车子中最寒酸的一辆，外面的彩漆已经剥落多处，露出陈旧的木辕，车上的绵帘也从原来的明黄色，褪换成了一种暗淡的灰褐色。

车夫易安两手抄在棉袄里坐在车头打着盹，我轻轻咳嗽了一声，他慌忙睁开了双眼："皇子殿下……"他马上留意到我身边的少女，目光中充满了惊疑。

"马上离开这里！"我低声说道，迅速牵着少女冰冷的小手来到了车内。

易安在空中扬起一个响鞭，两匹老马拉着旧车在雪地上缓缓行进，没有人会联想到这辆车内坐着歆德皇最小的儿子，这已经是我能够享受到的最高待遇。车子是当年母亲留下的，岁月流逝，从内饰中仍然可以看到当年繁华之象。此车原为四驾，可大内总管分配给易安的却只有这两匹老马，以老马之力拉四驾之车，自然吃力许多。

少女显然还没有从刚才的惊骇中完全恢复过来，我向她露出一个和蔼的笑容："我还不知道你叫什么名字？"

遇到我的眼光，她慌忙垂下头去："奴婢采雪多谢皇子相救……"

我淡淡地点了点头："我并不记得救过你！"

她马上听出了我的弦外之音，苍白的嘴唇因为害怕而抖动起来，这让她显得更加诱人，让人不由得生出呵护爱怜的感觉。我挑起车帘，夜色深深，瑞雪纷纷，无风坠玉，道路两旁处处都是打灯夜游的人群，夹杂着各色商贩的叫卖声，当真是热闹非凡。整个京城洋溢着一片太平景象，身居深宫的我，已经很久没有看到过这样的情景了。

前面人潮拥挤，马车已经无法行进，易安在车前道："皇子殿下，要不要从福生巷绕行？"

我摇了摇头："易安，你驾车从福生巷绕过去，在街道的尽头等我，我趁机逛逛灯市。"

易安答应一声勒住马缰，我握住采雪的小手先后走下车去，采雪的手颤抖了一下，我能够感受到她内心的惶恐，可是她却不敢挣脱开我的手掌。

路人掌灯踏雪行走，远远望去整条长街宛如一条流动的银河。我和采雪并肩而行，也许是周围的祥和气氛感染了采雪，我感觉到她的心情慢慢地放松下来。

路边的灯笼上写满了各式各样的灯谜，我饶有兴趣地驻足一观，却见一只莲花灯上写有“忧愁幽思作离骚”，猜一七言唐诗。一旁两名秀才模样的青年正在冥思苦想，我淡然一笑道：“似诉平生不得志！”话音刚落，灯下一名葛黄衫老者猛然回转过身来，双目盯住我道：“公子何以想到用香山居士的琵琶行来解此谜？”

我朗声笑道：“前人有言，别解在底，乃灯谜的正格。此谜题面，显然取于《史记》本传，指的是楚国大夫屈原，于楚国屡败于秦，怀王主张不定，楚国内部亲秦派势力抬头，他的抗秦立场不受采纳，见于怀王之际，发出感叹‘故忧愁幽思而作离骚’！香山居士的《琵琶行》，说的是琵琶女透过‘弦弦掩抑声声思’的乐声，来诉说自己不得志的生平遭遇，与屈原当年境遇又有几分相似。”

那老者赞道：“公子果然非同凡响！”他将那莲花灯亲手摘了下来送到采雪手中，微笑道：“花灯赠佳人，也算是风雅之事。”这老者目力非凡，已经看出采雪乃是女扮男装。

采雪俏脸微红，越发显得娇艳不可方物。

老者又道：“公子破题如此出众，不知对对联可有兴趣？”

我笑了笑：“老先生请讲！”

老者道：“今年初一之时，老夫偶然得到一幅上联，苦思多时，一直未能对仗工整，还请公子指点一二。”

只见他直起腰板，朗声吟道：“五百里滇池，奔来眼底，披襟岸帻，喜茫茫空阔无边。看：东骧神骏，西翥灵仪，北走蜿蜒，南翔缟素。高人韵士何妨选胜登临。趁蟹屿螺洲，梳裹就风鬟雾鬓；更苹天苇地，点缀些翠羽丹霞，莫辜负：四围香稻，万顷晴沙，九夏芙蓉，三春杨柳。”

我剑眉微皱，没想到这闹市之中竟卧虎藏龙，这看似平凡的老者居然胸怀如此才学，我来回踱了几步，这上联长九十字，气势恢宏，豪气万千，一时间又怎能对仗得如此工整。

就在此时，采雪突然柔声道："老先生果然是学富五车，我家公子以前曾经教给奴婢一些对仗之法，小女子可否替公子一试？"

那老者笑道："有道是巾帼不让须眉，小姐但试无妨！"

我看着采雪成竹在胸的样子，心中一动，难道她竟是一位秀外慧中、才学出众的才女？

采雪轻声道："数千年往事，注到心头，把酒凌虚，叹滚滚英雄谁在？想：汉习楼船，唐标铁柱，宋挥玉斧，元跨革囊。伟烈丰功费尽移山心力。尽珠帘画栋，卷不及暮雨朝云；便断碣残碑，都付与苍烟落照。只赢得：几杵疏钟，半江渔火，两行秋雁，一枕清霜。"

此联一出，我听得是目瞪口呆。

那老者的惊异不在我之下，过了许久他才一揖倒地："小姐惊世之才，直让老夫汗颜。"其实应该汗颜的又何止他一个。

采雪慌忙搀起老者道："老先生折杀奴婢了，我只是随便说说，何来惊世之才，老先生快请起来！"

我们这边的动静引起不少路人的侧目，那老者干脆舍了灯摊，拉住我的手臂："公子请跟我借步一谈！"

我对这老者也充满了好奇，和采雪跟在他的身后，来到前方的桥头。

桥头的一角摆着一个测字摊，因为处在灯摊的后面，不易被人看到，再加上河边寒风凛冽，根本没有人去光顾那里。一个穿着破烂长袍的测字先生趴伏在摊子上面，似乎已经熟睡。

老者拍了拍他的肩头，语气有些激动道："曹先生，上联已经对上了！"

那测字先生伸了一个懒腰，一双细眼懒洋洋看了看我："对上了又有什么稀奇！"

老者有些尴尬地看了看我，歉然解释道："我家先生脾气怪异，公子千万莫要生气。”

那测字先生注视我的目光猛然变得异常明亮起来：“公子天庭饱满，地阁方圆，顾盼生辉，左辅右弼，显然是帝王之命！”

我内心一震，刚才对他的那点怨气顿时变得无影无踪。老者搬来木凳，我在那名测字先生的对面坐下：“敢问先生高姓大名？”

测字先生笑道：“鄙人姓曹名睿，虚度四十有三。”他的目光自始至终都盯在我的脸上，过了许久方喟然叹道：“公子之相实非在下所能判断！”

我笑道：“曹先生有什么话，尽管明言。”

曹睿道：“我送公子一个字！”

他伸出干枯的手指沾了沾墨汁，在纸上写了一个大大的“囚”字。

我不解地望向他。

曹睿道：“此字还请公子好好保存，日后必有用到之时。”我小心地将那张纸折好，放入怀中。曹睿这才看了看采雪：“这位姑娘双目之中充满惊惶之色，显然刚刚经历某种触目惊心之事。”

采雪轻轻啊了一声，马上意识到自己的失态，把螓首低垂下去。

那老者道：“曹先生，刚才对出对子的就是这位小姐！”

曹睿点了点头，叹道：“看来曹某人也有走眼的时候。”他从测字摊下拿出一张古画：“曹某曾经受朋友所托，将此画送给能够对出此对的有缘之人，既然这位姑娘将对联对出，此画理应归你所有。”他把古画交到采雪手中，转身和那老者飘然而去，竟然再也不看测字摊一眼。

我和采雪来到街道的尽头，易安已经在那里等候多时了。我们再次登上马车的时候，采雪的情绪已经平复了许多。

我向易安道：“去东条大街！”

易安愣了愣，马上问道：“皇子殿下是不是想去找延萍？”

“是！”我的回答简洁而明了。

延萍是在正月十三离开的皇宫，我准了她七天的假期，让她探望她的母亲。

我之所以选择去找延萍，最主要的一个原因是，我不知道该如何安置采雪。

我杀掉穆王的时候并没有想到事情会变得这样复杂，杀死穆王纯粹是一个意外，如果不是他恶毒地咒骂我，也不会激起我的杀心，正常情况下，我绝不会为了一个歌舞姬冒这么大的风险，还有一件出乎我预料的事情，和采雪相处虽然只有短短的几个时辰，我却感觉到她的不同寻常。

我之所以杀掉忠福，是因为他目睹了我和采雪站在井边，只要穆王的尸首被发现，很容易被人联想到我才是杀死穆王的真凶，所以我别无选择。其实我当时甚至想到连采雪一起杀掉，可是不知出于什么原因，我最终还是放弃了。

采雪抱着那幅古画，娇躯仍旧在瑟瑟发抖，这次是因为寒冷，我把大氅脱了下来，为她披在肩头。采雪垂下头去，却没有拒绝。

“小安子！你怎么来了！”外面响起延萍姑姑的声音。

易安笑着回答说：“不单是我，小主人也来了！”

延萍慌忙在车外恭恭敬敬道：“奴婢不知皇子殿下到来，失礼之处还望恕罪！”

我的唇角浮起一丝淡淡的笑容，整个皇宫之中对我这么尊敬的也只有他们两个。

我和采雪从车上下来，进入延萍那座古老的院落，延萍也曾经是官宦之后，因为祖上得罪了朝廷而被降罪流放，直到入宫沦落为宫女，我母亲才帮她赎回这座老宅，并把她的母亲安排入住在这里。

延萍看到采雪也是一惊，我压低声音道：“她是我刚刚买下的奴婢，让她暂时住在这里。”

我既然发话，延萍自然不敢多问，她牵住采雪的纤手将她引入内堂。

我和易安暂时在客厅烤火，采雪来到我们面前的时候，已经换回了一身女儿装扮，亭亭玉立，楚楚动人。延萍借口为我准备夜宵和易安两个往厨房去了，留下我和采雪单独相处。采雪已经猜到了我的身份，在我的面前表现得异常恭敬。

“采雪！你在这京城中可有亲人？”

采雪摇了摇头，轻声道：“奴婢只有一个哥哥，在战乱中已经失散多年了！”

我点了点头，表面上一片祥和的大康国并不平静，和周围七国之间的战乱始终不断，像采雪这种遭遇的女孩更是随处可见，我道：“你先在这里住上一段日子，等事态平息下去以后，我会派人送你离开康都！”

采雪感激地点了点头，她这样一个柔弱女子，在这种的情况下已经完全把我当成了她唯一的依靠。

我并没有留在延萍家里吃夜宵，皇宫里有皇宫的规矩，午夜前我要赶回宫内，想自由留宿在外面恐怕还要等到两年以后。离开的时候，采雪捧着为我叠得工工整整的大氅来到车旁，我微笑着接了过去，却意外地看到了藏在大氅中的卷轴，原来采雪把那幅古画送给了我，我向她点了点头，慢慢放下了车帘。

我住在清月宫，也就是人们常说的冷宫，在继承我母亲血统的同时，我也继承了这座冷清的宫殿。清月宫位于皇城的西北角，与它临近的还有淑德宫和仪正宫，前往我住处的时候会先从淑德宫和仪正宫之间的道路穿过。

合上车帘，这个寂静封闭的空间，让我忍不住想起了刚刚被我杀掉的穆王，不过，我的内心没有任何的恐惧感，如果让我再次选择，我仍然会毫不犹豫地杀死他，我不容许任何人侮辱我的母亲，不管他是谁！

前面忽然响起了哭声，易安猛然拉住了缰绳，停止了马车的行进，有些惊惶地说道：“小主人！前面是皇上的御驾！”

我慌忙整理好了衣服，从车上下来，淑德宫前数十名小太监和宫女分成两排站立，中间就是我父皇的御驾。易安把马车拉到一旁，我规规矩矩地在一旁的雪地上跪下，等待着父皇御驾的经过。

“皇上！我真的不是存心……”哭泣着的泪人儿是珍妃，去年父皇最为宠爱的妃子，众妃之中以她的美色最为出众，入宫后一直没有子嗣，后来因为私下请巫医做法，被其他妃子告密。父皇以为她妄想加害自己，一怒之下将她打入冷宫。今天大概是想起了旧情，特地来探望她，却不知珍妃又做了什么事情惹他生气。

珍妃哭着扑倒在雪地上，父皇看都不看她一眼，大步向我走来。

康史歆德皇传——歆德皇，大康国泰阳中府人，姓龙氏，名天越。父曰明公，母曰方妏。歆德皇身长八尺，神力惊人，有缚虎搏龙之力。

我不知道父皇是否真像传说中那般神勇，不过他的体魄强健是毋庸置疑的，他今年应该已经七十三岁，表面看上去还仿佛是五十多岁的样子，甚至比我的许多皇兄还要显得年轻许多。

当父皇经过我的身边时候，我大声道："儿臣胤空祝父皇福寿无疆！万岁万岁万万岁！"

歆德皇停下脚步，如果不是我大声的祝福，他根本不会留意到跪在雪地中的我。

"你是……"他一时间想不起来我到底是他的哪一个儿子。

他身边太监总管多隆低声道："圣上，他是您第三十一位皇子胤空。"他缓了口气又补充道："平贵妃所生的儿子……"

歆德皇轻轻哦了一声，向我的面前走了几步："胤空，你抬起头来！"

我遵命把头抬起，一双明澈的双眸充满敬意地望向父王，虽然这只是我的伪装，可是我目空一切的父皇绝不会看破。

歆德皇满意地点了点头，感叹道："大了，朕几乎认不出你来了！"

我的心中忽然涌起一股莫名的悲伤，和自己的父亲终日处在一座皇城之内，居然对面不相识，天下之间最悲惨的事情莫过于此。

他伸出手来，把我从雪地上拉起身来，在我的面上端详许久方道："你毕竟还是像你的母亲多些。"他这句话提醒了我，我忽然发现我们父子之间类似的地方的确很少。

歆德皇又问道："怎么这么晚才回来？"

"勤王兄在府内举办宴会，邀请我们兄弟相聚，所以回来得晚了一些。"

歆德皇点了点头，转身向多隆道："过两天，把他们兄弟几个全部喊到宫里来，朕终日政务繁忙，倒有些日子没有见过他们。"

多隆连忙答应下来。

歆德皇正要远去，珍妃在宫女玉锁的搀扶下跌跌撞撞地追了上来："皇上！皇上！我真的不是存心惹您生气！"

歆德皇面色遽然转冷，重重地拂了拂衣袖："把她给我拖回去！"说完头也不回地向前方走去。珍妃被两名小太监推倒在雪地上，一人架住她一条臂膀，死命地向后拖去。

我叹了口气，向那两名小太监道：“你们两个先回去吧，我会把珍妃娘娘送回去。”

歆德皇远去以后，珍妃和玉锁抱在一起仍旧坐在雪地上痛哭。我示意易安牵着马车先行回去之后，慢慢来到珍妃的身前：“珍妃娘娘，雪大风寒，你还是回宫歇息吧。”

珍妃美目之中珠泪涟涟，根本无力从雪地上站起身来。我脱下大氅为她披在身上，没想到短短一个晚上，我的大氅居然会为两个女子抵御风寒。我和玉锁搀扶着珍妃回到了淑德宫，这里比起我所居住的清月宫还要冷清许多，偌大的宫殿内只有珍妃和玉锁两人住在这里。看来父皇的确是对珍妃动了真怒，居然连一个小太监也没有给她安排。

玉锁怯怯地说道：“贵妃娘娘，我去给您准备热水！”

望着玉锁远去的娇小身影，珍妃惨然一笑道：“贵妃娘娘……呵呵……有谁还会记得我这个贵妃娘娘……”她的绝世姿容在青灯下显得格外憔悴，两泓美目中荡漾着凄美的清泉。

我不忍再看下去，起身向她道别。

珍妃颤声道：“你莫不是也看不起我……连句话也不想和我说吧？”

我笑道：“珍妃何出此言，娘娘在胤空心目中，身份和生母无异，世上哪会有儿子看不起母亲的事情。”其实我和珍妃相差不过三岁，按照年纪我至多称呼她一声姐姐，可是辈分有别，莫说是三岁，即便是三个时辰，我也要以礼相待。

珍妃悠然道：“若我没有记错，今晚应该是元宵佳节，去年的这个时候，我还和圣上一起在万花楼赏灯，可现在……”

我这才留意到，房间内的紫檀木桌子上摆满了酒菜，还有两副碗筷，看来珍妃是准备和父皇一起享用的。

珍妃起身道：“从今日午间，我便在膳房中准备圣上的晚膳，多隆总管特地交代，让我为圣上准备‘霸王别姬’这道菜……”说到这里，她的声音开始颤抖起来："我又哪里会想到……这竟然是圣上的生平大忌……"

我已经大抵明白了整件事情的来龙去脉，原来是大总管多隆从中捣鬼，转念一想，这件事并不奇怪，多隆是孝成皇后一手提拔起来的亲信，孝成皇后又一直把珍妃视为眼中钉肉中刺，为了主子，他又怎会让珍妃得到这个再度得宠的机会呢。

看到珍妃戚戚的样子，难怪古人云：自古深宫多怨妇。为了获得皇上的宠幸，哪一个不是在钩心斗角，费尽心机，可真正得宠的又有几个？得宠之后，又能延续多久呢？

珍妃幽幽说道："若是你不嫌菜凉酒冷，陪我喝上两杯如何？"

我点了点头，在诸位皇兄的面前我滴酒不沾只是做出一个假象罢了，我不仅喝酒，而且酒量好得很，从七岁偷偷喝酒以来，我从未尝到过醉酒的滋味。

我和珍妃在桌前落座。

珍妃轻轻为我斟满美酒，自己也满上一杯，轻声道："人生得意须尽欢，莫使金樽空对月。"我却想起"借酒浇愁，愁更愁"这句话。

我们碰了碰酒杯，将杯中美酒一饮而尽。

一壶美酒很快就已经见底，珍妃有了些许醉意，情绪也平复了许多，她看到我怀中的卷轴，忍不住好奇地问道："上面画的什么？"

我摇了摇头，自从那曹睿给采雪这幅画，我们还未来得及展开过，我也不知道上面画的些什么。

"给我看看！"珍妃雪白如玉的纤手向我伸展过来，我自然不好拒绝，将古画递到她的手上。

珍妃徐徐展开，我也凑了过去，却见古画之上竟然绘着十余对姿态各异的小人，仔细一看，竟然是一幅春宫图！

珍妃俏脸通红，轻声娇嗔道："好你个胤空，小小年纪居然看这些东西。"

我也没有想到上面居然绘着如此不堪的图案，却不知那个曹睿怎会把春宫图送给采雪。我马上又想到，珍妃会不会以为我是故意把春宫图给她看的吧。

我慌忙将古画卷起，正要道歉，这时玉锁准备好了热水，来到厅中："贵妃娘娘，热水已经准备好了。”

我收回古画，向珍妃至歉道：“珍妃娘娘勿怪，儿臣的确不知道古画上绘制着这些东西，我马上拿去烧掉它！”

珍妃柔声道：“莫忙着烧掉，我看到那小人画得倒也十分精致，或许这幅古画确是一件宝物也未可知……”

我心中一动抬起头来，恰恰遇上了珍妃如水般的目光，慌忙垂下头去。

珍妃俯身拾起那幅古画，我轻声道：“你喜欢，可以留下。”说完之后又觉得大大不妥，毕竟珍妃是我父皇的爱妃，是我的长辈，我岂可将一幅春宫图送给她，若是让父皇知道，必然会怀疑我跟她有染，到时候只怕是跳到黄河也洗不清了。

珍妃缓缓地摇了摇头，将古画交还到我的手中：“对我来说一切都已成为浮云。”

我呆呆地望着她，不知她的这句话究竟是何意思，难道是父皇的冷落让她看破红尘？

珍妃轻声道：“夜深了，你该回去歇息了！”

我默默地点了点头，转身向门外走去，走到大门外，回身望去，却见珍妃身穿红色宫装仍旧站在雪地之中，在朦胧的雪花中显出一股别样的美丽。

离开淑德宫，易安突然从黑暗中冒了出来，把我吓了一跳。

“小主人！”易安举起雨伞，为我遮住空中的落雪。

我拉住他慌忙向清月宫走去，直到远离淑德宫的院墙，易安才小心地对我说道：“小主人放心，今晚并无他人经过！”

我自然能够听出易安这句话蕴含的意思，狠狠地瞪了他一眼道：“少说一句，别人也不会把你当成哑巴！”易安慌忙垂下头去。对于易安，我并没有任何的担心，他和延萍是母亲留给我的两位心腹，如果没有他们我也不会在这步步危机的皇宫内安稳成长。

延萍省亲的限期到了，她准时回到了宫内，采雪仍旧住在她的家中。她对采雪赞不绝口，这个聪颖的女孩主动负担了照顾她母亲的职责。

正月二十一日，我杀死穆王之后的第六天，他的尸首终于被人发现了。

“小主人！”易安慌慌张张地从宫外跑了进来，我在桌前正临摹着王羲之的《兰亭序》，他的突然出现，让我好好的一张帖子前功尽弃。

易安从我的目光中马上读懂了什么，小心地说道：“小主人！穆王死了，尸体在勤王后花园的水井内发现！”

我故作吃惊地哦了一声，放下狼毫道：“有没有查出他的死因？”

易安道：“现在还没有收到具体的消息！”

这时门外传来小太监景福的声音：“三十一皇子殿下！”

我皱了皱眉头，从心底讨厌这拗口的称呼，走出门去，看到景福畏头缩脑地站在庭院之中，他算得上整个皇宫内长相最为猥琐的一个，天生一幅偷鸡贼的面孔。

“三十一皇子殿下，圣上让你去广德殿议事。”

我的心跳顿时加速起来，广德殿是父皇商谈国事的地方，在我的记忆中，他从来没有让我去过，难道我杀死穆王的事情已经败露？我随即又否决了这个想法，如果我杀害穆王的事情已经败露，来请我的肯定不会是景福这个小太监。

景福恭恭敬敬道：“三十一皇子请即刻随我前去。”

我点了点头，换好了衣衫，跟随他一起向广德殿走去。

途经淑德宫前九曲长桥的时候，我刚巧看到珍妃在玉锁的陪伴下坐在桥栏上呆呆地出神，玉锁看到我，低头悄声对珍妃说了一句什么，珍妃突然抬起头向我望来。我的心中又是一震，看来珍妃和玉锁主仆之间已经到了无话不谈的地步，不知道我那晚要送给她春宫图的事情会不会让玉锁知道。

我向景福道：“你稍等片刻，我和珍妃娘娘说句话。”

景福点了点头，乖乖地在原地站了。

我闲庭信步地向珍妃走去，珍妃也没有想到我居然会主动来会她，美目之中露出一缕不易察觉的笑意。

“珍妃娘娘好！”我恭恭敬敬地行礼道。

珍妃向我摆了摆手："不必这么拘礼，这些日子我都未曾见到你，你躲在清月宫中做些什么？"她巧妙的用了一个"躲"字，间接地指出我一直都在躲她。玉锁识趣地向景福走去，这丫头机灵异常，不但知道适时走开，还知道引开别人的注意力。

我露出一个无声的微笑，低声道："珍妃娘娘明鉴，胤空这些日子，受了风寒，一直抱恙在床。"

珍妃秀眉微挑，轻声嗔道："这么说……倒是我冤枉你来着？"

"珍妃娘娘如此关怀儿臣，儿臣感激涕零。"

珍妃俏脸微微一红，瞥了一眼聊得兴起的玉锁和景福，美目流露出一丝诱人的媚色，轻声道："我若有了你这样一个儿子，早晚也要被你气死。"她的薄怒轻嗔让我怦然心动，突然想起父皇的召见，我慌忙告辞道："父皇让我们去广德殿议事，儿臣需告辞了。"

珍妃唤住我道："胤空，听闻穆王死在勤王府中，圣上喊你们前去八成就是为了此事。"

我点了点头。

珍妃道："你千万要记住，这皇宫之中处处都钩心斗角，越是这种时候，越是彼此相残的最佳时机，不管别人如何作为，切记要明哲保身，凡事不可表现得太过精明，越是在他人面前显得懦弱，越会使人放松对你的防范。"珍妃对我的关心溢于言表。

我谨然受教。

来到广德殿，诸位皇兄皇侄基本已经到齐，一个个三五成群地议论着穆王之死。除了年纪和我相仿的安王胤翔，其他人根本没有留意到我的存在。

胤翔来到我的身边道："胤空，你可算来了，我正想问你八皇兄的事情！"

我装出一副悲痛欲绝的样子："皇兄那晚和我一起出门的时候还好好的，怎么会突然……"我眼圈一红，哭出声来。

胤翔看到我的样子，心中一酸，也流下泪来。

勤王这才注意到我的存在，他皱了皱眉头道："你们两个哭什么，待会儿父皇就会过来，若是让他看到了你们这副窝囊样子，岂不是更加郁闷？”

一个粗豪的声音道：“五皇兄此言是什么意思？八皇弟之死，我们兄弟哪个不是悲痛万分，岂能用窝囊二字来诬蔑他人心境！”说话的是六皇子兴王胤滔，他和勤王之间向来不睦，难得抓到勤王话柄，自然不肯轻易放过。

勤王怒道：“我只是为父皇着想，八皇弟遭遇不幸，我和你们一样伤心，可是光会啼哭有什么用处，早日找到真凶才可慰他的在天之灵。”

兴王冷哼一声：“我看这些兄弟之中未必个个都是真心悲痛！”

勤王怒道：“老六，你这话是什么意思？”

兴王道：“八弟死在勤王府的后花园中，缘何这么多日才被发现，五皇兄想要查出真凶，还是先把自己府中的事情搞清楚吧！”

勤王大吼道：“你敢诬我清白，我和八弟情同手足，又怎会害他？”

兴王冷笑道：“好一句情同手足，同父所生的兄弟居然换来你这句话语，我和八弟乃是一母所生，看来在勤王的心中只有我和八弟才是真正的手足了！”局面顿时陷入一片混乱之中。两人这一争吵，顿时将众人吸引过来。

我的内心暗暗发笑，没想到平时表面木讷的兴王居然如此伶牙俐齿，句句攻向勤王的要害，他攻击勤王的目的很明显，除掉勤王，他就会是太子的当然人选。

想到这里我顿时释然起来，即便当时我不去杀忠福，也不会有人怀疑到我。正如珍妃所说，穆王之死会成为每个人铲除异己的机会，我还不足以让他们看在眼里。

“圣上驾到！”随着多隆总管的一声长喝，整个纷乱的场面顿时安静了下来，勤王和兴王彼此恨恨地看了对方一眼，各自回归队列。歆德皇在几名臣子的陪伴下龙行虎步地走向龙椅，他的身上总带有一种说不出的威严，压迫得我们这帮皇子皇孙很难说出话来。我站在一众皇子的最末，对面的皇侄一班也有半数已经封王，在他们的眼中我这个皇叔还只是一个小孩子罢了。

歆德皇长长叹了一口气：“你们都已经知道穆王胤尚英年早逝……”他的手用力在龙椅的扶手上摩挲了一下：“朕白发人送黑发人，不胜唏嘘……”可是他的声音中并没有太多悲伤的成分，我理解他的坚强，他毕竟是一国之君，正如他所说，疆土之内的每一位臣民都是他的孩子，如果真的这样，他岂不是要每时每刻都处在唏嘘之中？

歆德皇道：“穆王的死因已经查清，你们不必私下多做猜疑。”他停顿了一下大声道：“穆王因酒后失足跌落井中，溺水而亡。勤王府内总管在救他的时候，被误拉入水。”

我在放宽心的同时，又有些奇怪，总管的外衣和鞋子都已经被我扒掉，难道他们视而不见吗？后来我才知道穆王不仅喜好女色，另有龙阳之风，此事只有少数皇兄知道，这件事草率了结，大概是家丑不想外传。当时我的出发点只是为了扒掉忠福的衣服让采雪乔装打扮混出王府，却想不到无心去做的事情为我免除了一个大麻烦。

和我一样松了一口气的还有勤王，穆王毕竟死在他的府内，皇上既然有了定案，他的嫌疑也就全部洗清，再也不用担心兴王之流借着这件事大做文章。

歆德皇道：“今天朕之所以召你们前来，还有一件要事相商。”从他凝重的表情，我们已经猜测到，这件事非同小可。只听他继续道：“我大康国自从拓帝建朝以来，励精图治，发愤图强，将一个国土不足千里，人口不足百万的小国，发展成国土五千余里，人口三千余万的泱泱大国！”我们早就听惯了他的这句开场白，父皇每次训话之初，总要将历代先皇的功绩历数一遍，可祖上的功绩越是辉煌，越是对比出今日大康的落寞，如今的大康早已不复昔日之勇，已经失去了昔日中原霸主的地位。

“可惜这三年以来，天灾不断，先有洪水后有瘟疫，我大康国之民生受到前所未有的重创，东、西、南有七国环峙，北有胡虏不断南下扰民。”他举目望向我们，似乎在等待着我们的发言。

勤王率先朗声道：“父皇，我大康国兵多将广，又岂会怕这帮宵小之辈，只需父皇一声号令，儿臣等愿领兵亲征，踏平这帮虎狼之国。”

兴王紧接着道：“父皇已经说过，我大康国当务之急乃是休养生息，现在发起战事对我国并无任何好处。”他善于把握父皇的心思，在无形之中，已经隐隐占据了上风。

歆德皇欣赏地点了点头："胤滔此语甚得吾心！"

勤王满面通红地退了回去。

歆德皇转向兴王道："胤滔，你既然有如此说法，想来心中已经有了主意，不妨说出来给大家听听！"

兴王道："儿臣斗胆说一个办法，还请父皇指正。"他大踏步来到宫殿正中，朗声道："北方胡虏，虽然骁勇，可毕竟是野蛮之地，我等可采用怀柔之策，以金银丝帛和他们换取暂时和睦。西方燕、韩、晋三国国力远在我国之下，他们断然不敢主动向我大康发起进攻，我方只需派出使臣晓以利害，危机自然可以轻易化解。"

歆德皇不住点头。

兴王在勤王面前扬眉吐气，心中快慰到了极点，他故意向勤王走了两步又道："南方大汉、大齐两国和我国素有姻亲，此事需从亲情入手，可让两国公主借省亲之机，向两国国君示好，化解危机应该也不算太难。"

他说完这些之后，问题才回到主要的方面："我们真正的敌人其实是东方的大秦和中山，中山国早已成为秦国附庸，一切都以秦国马首是瞻，只需化解大秦危机，中山国之事自然不必考虑。"

歆德皇饶有兴趣道："你可有良策让大秦和我邦暂时交好？"

兴王道："父皇可听说过，前朝有质子之说？"

歆德皇点点头道："此事朕听说过，求和一方以本国太子送往敌国为质，以示诚意，前朝的确有过这样的先例。"

我们所有人顿时明白了兴王的真正意图，在众皇子中，最有可资格当上太子的就是勤王胤礼，如果他的质子之策真的达成，那么勤王将被送往大秦为质，留在国内的兴王理所当然地就会成为太子的最佳人选。此策果然毒辣，可起到一箭双雕之功。

勤王道："兴王此计虽妙，可若是我们兄弟之中有人被送往秦国，两国之间一旦发生战事，岂不是必死无疑！"

兴王慷慨激昂道："为人子，当以孝行为先，为人臣，当以国家为重，危急关头，我等当为父皇解忧，为国家排难，又岂可顾虑太多个人得失！"

勤王冷笑道："兴王此话让愚兄顿有所悟，若是我没有猜错，兴王要主动承担前往秦国之责吧？"他终于把握到了反击的良机，在关键之处一招制敌。

兴王顿时语塞，他机关算尽，就是为了把勤王送往大秦，没想到会被他抓住机会，反咬了自己一口。

场面突然陷入僵局，歆德皇笑道："其实来此之前，朕已经和众臣商量好了决策，之所以没有在开始便提出来，就是想看看你们的主意。"他的目光逐一扫过我们的面庞："胡虏之事已有人选，胤翔！"他的目光最后停留在安王的身上。

"儿臣在！"胤翔从人群中出列，声音都变得有些颤抖起来。

"朕命你前往胡部，和胡国长公主成亲！"这对胤翔来说无异于晴天霹雳，他一张面孔变得毫无血色，许久方道："父皇明鉴，孩儿刚刚和御史大夫柳东晨的千金定下婚约……"

"凡事当以国事为重，那件婚约，朕已经替你回了。"父皇的一句话，彻底消灭了胤翔的最后一丝奢望，他举步维艰地回到我的身边，喃喃道："我居然沦为异国的阶下之囚……"

我忽然想起十五那晚曹睿送给我的那个"囚"字，内心不由得一震。人入异国便成为阶下之囚，可是对我来说，在大康之内又何尝不是一个阶下之囚？只要我从大康国这座壁垒森严的围墙中走出去，我的未来也许存在着一丝机会。

歆德皇道："朕和大秦之间已经谈妥质子之事，你们之中谁愿前往！"

第二章 离愁

歆德皇此语一出，诸位皇子皇孙，一个个争先恐后地把头垂了下去，歆德皇一张面孔顿时笼上了一层严霜：“朕再问一遍，你们之中谁愿前往？”

有几名皇兄因为恐惧，竟然情不自禁地向后退去。

歆德皇怒道：“朕英雄一世，居然生出你们这帮贪生怕死之不肖子孙！”

“父皇！儿臣愿前往大秦为质！”我确信没有人主动请缨，才大步迈向了殿中。所有人的目光都同时注视到了我的身上，我在宫内十六年的生涯中还是第一次这样成为众人瞩目的焦点。

歆德皇深邃的目光在我的身上凝视许久，方才喟然叹道：“朕毕竟还有一个不怕死的皇儿。”所有人都在嘲笑我的愚蠢与无知，大秦即便是和大康之间达成和平协议，也只是短时间的事情，只要战事爆发，两国的质子就会首当其冲地被铲除，换句话来说，质子在大秦的处境要远远比去胡国和亲危险得多。

歆德皇道：“朕封你为平王，七日之后，前往大秦！”

于是我成了平王。

我主动请缨前往大秦为质的事情，瞬间就传遍了整个皇宫，我的诸位皇兄平时就懒得搭理我，现在更是完全把我看成一个必死之人，不屑去理会我。同样都是为质，安王胤翔比我的境遇要好上许多，至少他要带着聘礼风风光光地去胡国当驸马，如果幸运的话，还可以娶到一个金发碧眼如花似玉的美貌公主。

皇兄们争先恐后地为安王送行，有人也想到了我，只是捎带着通知我一声，我对事情早已经看得一清二楚，与其前去平添惆怅，还不如在清月宫中享受我最后的平静时光。

易安和延萍都显得心事重重，按照大康的律例，他们是无法跟着我前往大秦的。延萍日夜不停地为我赶制着衣服，易安则为我准备着常看的经史书籍。越是临到出行的时候，我越是感到冷清，除了和我同病相怜的安王，再也没有人前来探望过我。

让我意外的是，自从那日见到珍妃之后，她也没有来找过我。

负责送我前往大秦的是我的八皇叔，雍王龙天启，其实他开始的名字叫龙天齐，自从父皇登基以后，他就识趣地改掉了原有的名字。这也正是他能在父皇在位多年，始终屹立不倒的原因之一。

我的远行多少显得有些凄凉，父皇不来送行尚可理解，可是我的诸位皇兄皇侄也没有一人前来话别，在别人的眼中也许会觉着我在兄弟们中的口碑太差，其他人皆不屑与我为伍。

雍王向我笑道："皇侄，我们正午时分才从万隆港出发，算起来，还有一个上午的时间可以利用，你是不是还有什么私事要做？"

我摇了摇头，在这个国家中，我记不起还有什么事情可做，有什么人值得拜访。

八匹雪白的骏马拉着装饰精美的马车步履整齐地离开了皇宫，途经淑德宫的时候，我仿佛又听到珍妃那缥缈而感伤的歌喉，尽管我身处在车厢之中，仍旧能够看到她在雪地之中茕茕孑立的孤单身影……

雍王递给我一个镶金的蓝色手炉，入手温软，让人暂时可以忘却车外的寒冷。他打了个哈欠懒洋洋地说："我已经整整十年未曾出过康都，这次若不是皇兄派我出使，我是无论如何也舍不得家中娇妻的。"

我露出一丝会心的微笑，雍王之好色闻名康都，可惜他家有悍妻，雍王妃齐子柔是朝野内外皆知的母老虎，这次对雍王来说，简直是放飞的大好良机。

我挑开车帘，从路边行人纷纷躲避的情形来看，我的出行仪仗还是相当隆重的，父皇为秦国准备的不仅仅是我这样一个质子，还有送给王卿贵族的各色礼物。车队进入东条大街的时候，我忽然想到了采雪，她现在仍然住在延萍的旧宅中，离去以前我是不是应该向她话别？

我向雍王道：“皇叔！我有位故友就住在前面，我想稍事停留，和她话别。”

雍王点了点头道：“时间尚早，你去吧！”

我在六名侍卫的陪同下来到了延萍的旧宅，我让他们几个在门口守候，轻轻叩了叩门环，过了许久，采雪才拉开了房门，她显然没有想到我会在这个时候到来，美目之中满是惊喜。

“平王殿下！”采雪正想向我施礼，却被我拉住玉臂：“免了！”我转身掩上房门，先行向庭院中走去。

采雪为我泡好一杯热气腾腾的参茶，我抿了一口，浓浓的暖意顺着我的喉头一直流入胸腹，我放下茶盏，从腰间摸出一锭足赤的黄金：“采雪！我今日即将入秦为质，以后恐怕无暇照顾你了，这些金子足够你两年过活。”

采雪垂下头去，两行晶莹的清泪无声流下。

我继续道：“虽说穆王之事已经了结，皇上不会再继续追究，可是你是教坊司出身，早晚都会有人调查你的下落，康都绝非久留之地，我临行前已经交代过延萍他们，只要时机允许，就会把你送出康都！”

采雪始终没有说话，我将那杯参茶饮尽，起身道：“时间已经不早，我也该上路了。”

“殿下稍待！采雪有一物相送！”采雪转身向内室走去。

我看着她窈窕背影心中一阵迷惘，却不知采雪要送什么给我。

足足等了一袋烟工夫，方看到一个青衣小帽的书童自内室中走出，我暗自奇怪，没想到这旧宅中还有他人在场。仔细一看，那书童眉目如画，丰神玉朗，和采雪竟有七分相似，只是肤色稍黑。

看到我目瞪口呆的样子，那书童嫣然一笑，当真是笑靥如花，不是采雪还有哪个？我顿时明白了采雪要送给我的是什么。

采雪轻声道：“殿下此番入秦，身犯险境，危机重重，采雪虽然蒲柳弱质，但自信尚有能力侍奉殿下衣食……”

我摇了摇头道："采雪，正如你所说，秦国乃虎狼之地，我去国离乡，自身尚且难保，又有何能力兼顾你的安危？"

采雪将手中的蓝花行囊抱入怀中："若不是殿下仗义相救，采雪清白之身已然蒙羞，天地虽大，采雪却无任何亲人可以投靠，唯有用此残生来回报殿下厚义。"她美目之中射出无比坚定的光芒，"自从知道殿下即将赴秦，采雪已经备好行囊，随时准备随殿下远去，即便殿下不愿收容采雪，采雪也将独自赴秦都寻找殿下。"

我已经无话好说，目光在采雪俏脸上凝视许久，终于点了点头。

雍王见我带了一个书童回来，只是睁眼看了看，随即又合上双目打起盹来。我此次入秦，原本可以安排两名仆妇随行，可是后来被我拒绝了，现在采雪理所当然地顶上了这个空缺。采雪虽然是我的书童，却是仆从身份，以她的地位只可在外面与车夫同乘，我体恤她身体柔弱，趁着雍王熟睡之机将我的手炉悄悄塞给了她。

巳时刚过，车队来到了万隆港前，空中又飘飘扬扬地下起了鹅毛大雪，今冬的雪季特别漫长。采雪扶着我下了马车，也许是手炉的作用，她的柔荑温润如玉，让我的心神忍不住一荡。

雍王在我的身后下车，相差极大的温差让他忍不住打了一个喷嚏，他拿出丝帕擦了擦鼻子，大声道："这鬼天气，莫非想冻死人不成！"

我和他在二十六名护卫的陪伴下，沿着通往码头的青石路缓缓而行，采雪跟在我的身后吃力地为我拎着书箱，易安为我收拾行囊的时候，一定没有想到我的书童会是采雪。道路两旁，不时有衣衫褴褛的孤儿寡母经过，万隆港是康都第一大港，来往的货船极多，各地的物产汇集于此，自然成为他们乞讨的福地。

我身边的护卫将一名试图上前乞讨的幼童重重推了出去，那幼童重重地跌倒在雪地上，额头撞在路旁的石墩，鲜血顿时流了出来，不远处的一名中年妇人，哭天抢地冲了上来，将那孩童紧紧抱住。

我叹了口气，从怀中拿出一锭银两，走到他们的身边，将银锭轻轻放在他们的身边。父皇如果来到这里，应该可以看到他心目中的泱泱大国已经沦落成了什么样子。

回身的时候，我恰巧遇到了采雪的目光，里面充满了感动和崇敬，我淡淡地笑了笑，她黑长的睫毛微微垂下去，迅速逃过我的眼神。

一号码头前停泊着一艘雕梁画栋的大船，船长约二十五丈，宽约十丈，甲板之上共有三层，这艘船本为我父皇出行时专用，后来被他送给了忠王龙胤学，忠王死后转而成为诸皇子的出行工具，我虽然是皇子的一员，却一直没有机会坐。

这次父皇用这艘船送我入秦，更多的成分是顾及大康的面子，我虽然是前去为质，可是排场仪仗是断断不能马虎的，大康泱泱大国岂可在秦国面前失了面子？

底舱是船工的居所，一层住的是侍卫武士，二层住的是随从文职官员，三层是我和雍王的住所。无论在哪一个国家，位置和地位都等同，我从三十一王子成为平王跨越的不仅仅是一个简单的数字，这意味着我和雍王已经可以平起平坐。

在雍王的心中也许没有这样的概念，我只是他三十一个皇侄中的一个，我的地位无论到达怎样的高度，所面临的也只是阶下之囚的必然命运。

采雪坚持着把我的书箱拎到舱房，细细的汗水从她曲线柔美的额头不断渗出，看得出她在书童这个位置上尽职尽责。

我坐在五尺有余的锦榻之上，静静端详着采雪无限美好的背影。

采雪敏锐地觉察到了我的目光，她的背向后顿了一下，然后停滞在那里，过了一会儿，才慢慢地转过身来，她的目光始终低垂在地上，来到我的面前，屈膝蹲下，想为我除去棉靴：“午时才会开船，殿下还是先歇息一下。”

我笑道：“我想趁着这个机会最后看一眼康都，难道你连这个权利也要剥夺吗？”

采雪惶恐道：“奴婢不敢！”

我大笑着站起身来：“采雪莫忘了你的身份，你明明是我的书童，怎会忽然成了奴婢？”拉开舱门，我缓步走向凭栏。从我的位置刚好可以看到皇城的全貌，我心目中一向巍峨高耸的皇城在视野中已经失却了往日的威严。难怪孔子说："登东山而小鲁，登泰山而小天下！"我仅仅登上三层的楼船，便足以小皇城了。如果不是此次主动入质，我还没有出门见识的机会，入质对我而言未尝不是一件好事。

雪仍然没有停歇的迹象，没完没了地下着，皇城的轮廓显得格外朦胧。我深深吸了一口清冷的空气，心情感到一阵难以言喻的轻松，我十六年的岁月都在这座宏伟而压抑的皇城中度过，一个时辰以后，我终于可以踏出这座压抑许久的牢笼。

在每个人的眼中，大秦无异于一个虎狼之国，我即便是走出大康的牢笼，马上又会进入另一个更为森严的牢笼，可是那片天地无论如何的压抑和沉闷，对我来说都一定是全新的感觉。

港口上随行武官正在指挥着民夫往船上有序地搬运着大小不同的木箱，里面是给大秦王卿贵族的各类礼物。我的内心涌起一阵莫名的激动，这一个个大小不同的木箱，也许就承载着我未来的命运。

采雪拿着我的裘袍轻轻为我披在身后，我系紧了裘袍的丝带，双手在凭栏上重重叩了一叩："如果你是我，会不会放弃安逸的生活前往大秦？"

采雪轻声道："采雪虽然愚鲁，但是知道殿下无论做出怎样的选择，都有充分的理由！"她并没有回答我的问题。

我转过身来，采雪出乎意料地没有回避我的眼神，深蓝色的棉袍略显臃肿，罩在她纤秀的玉体上，丝毫掩不住她的丽质天生。

寒冷的天气让她美丽的鼻翼微微有些发红，嘴唇却泛出青紫的颜色。我的目光坦诚而热烈，采雪在我的逼视下终于把目光投向远方："采雪以为，殿下绝不是一个安于现状的人，危机四伏的地方必然存在着可遇而不可求的良机，因果循环相辅相依，殿下前往大秦的目的恐怕就在于此吧……"

我吃惊地看着她，采雪的见解让我折服，也许她真的是冥冥上苍赐给我的一个礼物。

采雪的俏脸红了红："殿下，采雪说得不好，请勿见笑！"

我的目光重新投向皇城的方向："从离开康都这刻起，大康已经少了一位殿下，而大秦也不会有这样的殿下！”

“什么？”采雪不解地问。

我大笑道：“在大秦我只是龙胤空，你若是尊敬我，便称我一声公子！”

楼船在午时准时出发，我对大康仅有的那点留恋早已抛在皇城之内。雍王和我并没有太多的共同语言，午饭之后，他便和自己的两位亲随钻到了舱房之中，从上船起我就已经看出他那所谓的亲随只不过是两个乔装打扮的歌舞姬，雍王被王妃压迫了这么多年，终于找到了可以减压的机会。

舱房的隔音很好，身在舱内几乎听不到黄河的滔滔水流，我坐在桌旁浏览着大秦王公贵族的名单，知己知彼，方可百战不殆，我虽说是前往为质，一样要对大秦的各股力量详尽了解。

采雪在一旁细心收拾着我的衣物，此去大秦路途迢迢，单是水路便有七日之多，这七日七夜，我们两人都要共处一舱，时时可以听闻采雪的诱人气息，倒也是一件香艳旖旎的美事。

看完名单，我伸展了一下双臂，我的记忆力向来出色，众皇子之中只有我拥有过目不忘之才，这件事我一直隐藏得很好，除了我自己，没有任何人会知道。木秀于林风必摧之，若是让我的那帮兄弟知道我的才学，必然会招来嫉恨，在皇宫之中生存步步惊心，哪怕是你没有想过去害别人，可是别人却将你当成了前进路上的障碍，说不定什么时候就会对你下手。

采雪为我端来香茗，在我喝茶的时候，纤手为我轻轻揉捏着双肩，我惬意地闭上了双目，看来带上采雪果真是正确的选择。

“采雪！你的肤色是怎么装扮的？”这一直是我百思不得其解的事情。

采雪道：“这是我家传的秘方，用靛草的汁液涂抹在肌肤之上，便可使肌肤变黑，不但肉眼看不出来，而且历经风吹雨淋也不会褪色。”

我笑道：“这样说来，你岂不是牺牲了一身娇艳的肌肤？”

采雪含羞道：“世上但有一物，必然另有一物与此相克，若是想还原过去的肤色，用硫黄化在水中，即可轻易擦去靛草的颜色。”

我感叹道：“没想到，你这丫头倒是博闻广学。”

采雪温柔一笑："殿下忘了，采雪现在是你的书童！"

我哈哈大笑起来，此时门外响起了敲门之声。

"平王殿下！雍王请你过舱一叙！"

雍王的舱房的布局和我的并没有太多的区别，只不过多了一些酒具，少了几部书籍。空气中仍然残存着脂粉的香气，从雍王干涩的目光，我能够猜想到刚才这里战况之壮烈。

雍王的声音也显得有气无力："皇侄！临行之时，皇上曾经亲手教给我一道密旨，让我上船之后再宣读与你！"

我谨然站起，依照宫中礼仪跪在雍王面前。

雍王徐徐展开密旨，朗声道："奉天承运，皇帝诏曰：册立三十一子胤空为平王，赏领地宣城，赐平王府一座，仆妇四十八人，黄金十一万两，绸缎三百匹，马匹牛羊计六十八头……"我心中暗暗好笑，父皇搞出这份密旨意在展示他对我的舐犊情深，却不知我的领地、金银如何带往大秦？这次的封赏只不过是一纸空谈罢了。

雍王收了密旨向我恭贺道："皇兄对你当真是恩宠有加，其他皇侄封王之时，从未有过如此厚赐。"

我笑道："皇叔送我从大秦返回之后，大可接管父皇赏赐给我的一切。"

雍王正色道："皇兄赏赐给你的东西，岂是随便转送他人的？"他做出一副情深义重的模样，"胤空，你年纪尚轻，此去大秦多则五年，少则一载，回来之后，不但可以拥有这些领地封邑，或许皇兄立你为太子也未必可知！"

他的这番话恐怕连他自己也不会相信，也许雍王是可怜我悲惨的未知命运，才出言宽慰我的内心。

月色如霜，照在雪后初霁的黄河两岸，少了一分壮阔，却多了几分柔美。除了负责操桨的船夫，恐怕只有我愿意在这深夜中来到寒风凛冽的船头。这是因为我阔别自由太久的原因，这种尽情随意的呼吸对我来说是一种难得的享受。

寒风夹杂着阵阵的涛声不断传入我的耳中，我举目望向上游的方向，今天已经是漫漫征程的第六天，前方就是康秦边界，此地距离康都已经很远，不知深宫之中还有谁会思念我这个孤单的旅人?

远方有数盏渔火不停地闪烁，没想到深夜中还会有渔人辛苦地劳作，世界上的每一个人都在为自己的命运而奔波，我和他们在这一点上并没有任何的不同。

那几点渔火时聚时散，距离楼船却是越来越近，不但是船头的方向，两侧和船尾也多出了许多昏黄的渔火，我猛然警觉起来，这绝不是普通的现象。

一支点燃的羽箭划破夜空，呼啸着射向船头，深深地钉入我身前的甲板之上，我迅速站起，转身向舱房跑去，刚刚跑出两步，雨点般的火箭从周围向楼船射来，所幸箭矢并没有伤及我的身体。

冲入船舱，刚刚掩上舱门，两支箭镞穿越门板，露了出来。我惊魂未定地擦去额上的冷汗。已经入睡的采雪听到动静也慌忙从地上的棉榻上起来，我向她露出一个宽慰的笑容："恐怕遇上了劫匪！"

我拉着采雪的柔荑躲在床榻之后，火箭仍然不断地射入，船舱已经燃烧起来，滚滚的浓烟呛得我们不住地咳嗽。如果继续在舱房中待下去，我们就算不被烧死，也逃脱不了被浓烟熏死的命运。

我拉下床上的棉被，包裹在我们的身上，和采雪向舱门冲去，舱门已经被火烧毁，轻轻一撞便顿时瓦解。

我和采雪刚刚抵达甲板之上，手拿护盾的铁甲武士已经将我们团团护住。火箭的攻势开始减弱，震天的喊杀声从船尾传来，数十名匪徒从船尾率先登陆，底层的甲板上负责保护我安全的武士和他们已经展开了混战。

从我的位置可以清楚地看到战场的局势，这帮匪徒进退有序，攻守有秩，显然经过良好的训练，我方的武士虽然人数上占据了主动，可是战况上并不占优。

雍王和他的两名歌妓在八名铁甲武士的围护下站在距离我不远的地方，他整个人都陷入了极度的惶恐之中，嘴角不住地发颤。

楼船上燃起的火光照亮了昏暗的河面，又有十余条系着飞爪的长索牢牢抓系在楼船之上，两道黑色的身影沿着长索鬼魅般向楼船攀缘而来。

我猛然意识到，这两人的目标一定是我，我低声命令道："冲上去，阻截住他们！"保护我的六名武士迟疑了一下，在他们看来守在我的身边才是他们真正的职责所在，却没有想到正是他们的存在将我和雍王置于险地。

“快去！”我怒喝道。

他们终于举刀冲了上去，我拉起采雪的柔荑迅速向火光无法照及的船角跑去。

六名武士和两名黑衣人在船首相遇，六把长刀同时向两名黑衣人砍去，两人俱是黑衣蒙面，志在掩饰自己本来身份。左侧的那名黑衣人身材较为窈窕，一看便知她定是女儿之身，她足尖在甲板上轻轻一点，身躯已然跃起三丈有余，轻松脱离了六名武士的阻击，在空中一个曼妙的翻腾，双手分握一柄寒光凛凛的短剑，如轻燕般向雍王的方向投去。

留下的那名黑衣人闪电般抽出一柄宽逾五指的阔剑，以自身为中心弧形挥出，和攻向他的六柄长刀一一相撞，剑锋过后六柄长刀从中被斩成两段，我忍不住倒吸了一口冷气，此人手中的长剑定非凡品。

黑衣人出剑速度快到了极点，没等六名武士做出第二个动作，剑锋便闪电般划向他们的咽喉，血雾沿着他的剑尖喷射而出，凶残的场面让采雪险些呕吐出来。

黑衣人杀掉六名武士之后，挺剑向雍王冲去，他的同伴已经干脆利落地杀掉了两名武士。我和采雪的手紧紧相握，彼此都能够感受到对方冰冷的体温。

在他们专注向雍王发起攻击的时候，我和采雪悄声无息地向二层船舱移动。下面的武士开始占据了主动，我方人数在混战中起到了关键的作用，只要能够到达底层甲板，我和采雪就可以和众武士会合。我听到两声女子的惨呼，然后是雍王惊恐的大叫声，我和采雪加快了步伐向底层甲板逃去，一道黑色的身影从上方俯冲下来，闪耀着寒芒的剑尖瞄准了我的胸口，我的镇静在这种生死关头起不到任何的作用。

采雪猛然扑在了我的身上，用娇躯为我挡住了这志在必得的一剑。短剑刺中了采雪的右胸，对方也许是没有想到采雪会突然冲过来挡住剑锋，惊奇地咦了一声，然后迅速收回了短剑。

我用手捂住了采雪的创口，鲜血沿着我的指缝汩汩不断地流出。

黑衣女郎一双妙目充满杀机地盯住我，她扬起短剑指在我的咽喉之上，剑峰冷森森的寒意，让我的肌肤泛起了细小的皮疹。

雍王在另外一名黑衣人的挟持下，哭丧着面孔从舷梯上走了下来，那名黑衣人大声道："他是不是平王？"

雍王平日里表现出的那点勇气，早就消逝得无影无踪，肥胖的脑袋如鸡啄米般不住点头，生死关头他表现得还不如一个寻常的奴婢。

我和雍王的先后被擒，已经让手下的武士彻底失去了抵抗的勇气，他们一个个收起了剑刃垂头丧气地看着我们的方向。

黑衣人从牙齿中挤出一句话："杀掉他！"

采雪竭尽全力道："要杀……殿下……先杀我……"我的内心涌起一阵难言的感动，我轻轻抚了抚采雪的长发，然后将五指落在短剑的剑刃之上："我并非怕死，只是你若杀我，恐怕会有千万名无辜百姓因我而死！"

少女明澈的眼眸掠过一丝不易察觉的波动，我敏锐地察觉到了这一点："这位姑娘，胤空已知必死，还望能给胤空片刻时间，留下一封遗言！"

雍王身侧的黑衣人冷笑道："死便死了，哪还有恁多话说？"

我内心怦然一动，听这黑衣人的口音竟然是康人，表面上却从容依旧，淡然笑道："胤空之命，已然掌握在二位手中，难道你还怕我这一介文弱书生不成？"

我双目盯住那黑衣少女："姑娘想必既非秦人，也非大康之民，杀死胤空之后，便可成功破坏两国和谈，挑起秦康战火，从而让你的国家可以坐收渔人之利！"此话一出，就连挟持雍王的黑衣人也是微微一怔，这更证明了他极有可能就是康国之人。

采雪已经在我怀中昏了过去，我爱怜地看了看她："姑娘可知道我这书童缘何舍命救我？"

那黑衣少女虽然仍不说话，可是从她充满好奇的眼神中，我已经知道，她肯定想听我揭开谜题。

"康秦两国素有间隙，大康连年灾害，国力已大不如前，若是此时和秦国发生战事，必然使百姓遭殃，生灵涂炭。我死，区区一命何足道哉；我活，却可换得大康片刻安宁，休养生息，积蓄国力。书童虽小，他却也知道这个道理，他为我挡剑，不仅仅是因为我是他的主人，也是为了他留在大康的父母和亲人！”这段话我说得慷慨激昂，手下武士无不动容。

我喟然叹道：“胤空既然请缨入秦，早已抱定必死之心，若死在秦人手中，胤空还可落得为国捐躯的薄名，可惜，可惜，没想到胤空壮志未酬，竟然死在大康的国土之上……”

我说到这里，大胆地向前跨了一步，那黑衣少女锋利的剑刃顿时割裂了我的肌肤，鲜血沿着剑刃淋漓而下，黑衣少女下意识地将短剑向后回缩了一下。

我大声道：“胤空别无他求，但求能够留下一封亲笔遗书，向皇上阐明一切，胤空既非死在秦人之手，也非死在康人之手，乃是他国生恐秦康议和，从中破坏，也许可以化解百姓的这场战祸。”

我手下的武士重新亮出长剑：“平王若死，必将尔等碎尸万段！”激昂的斗志重新回到他们的身上。

黑衣少女刚才凛冽的杀气早已消失得无影无踪，我坦然道：“姑娘可否给胤空这个机会？”

挟持雍王的黑衣人和这名黑衣少女对望了一眼，居然同时放下了利剑，我之所以说出刚才的那番话，完全是基于推测他们是大康子民的基础上，此举实在是冒险之至，如果有所谬误，我恐怕早已死无葬身之地。

那黑衣人转身先行向船舷走去，黑衣少女剪水双眸冷冷盯住我：“龙胤空，你最好记住你今晚所说的每一个字，如果将来敢为祸百姓，我第一个不放过你！”

我淡然笑道：“姑娘无须过虑，胤空走入秦境，便等于单足踏入坟墓，恐怕今生也不可能祸害大康之百姓！”

那少女双目中竟然闪过一丝怜惜之色，虽然是稍纵即逝，却被我敏锐地把握到，她幽然道：“若是当今的皇帝有你一半的见解，大康也不会沦落到今日的境地！”她转身向远方掠去，瞬息之间已经消失在茫茫夜色之中，其余的匪徒也迅速退下了楼船。

手下的武士看到敌人撤退，正欲追赶，被我大声喝住。

看着那星星点点的渔火四散而去，直到完全消失，雍王才无力地瘫软在甲板上，不知道是因为刚才的那场恐惧，还是有感于两名歌姬的枉死，浑浊的双目居然流出泪来。

我把采雪已经变得微凉的娇躯横抱在怀中，大声吼道："御医！"

御医孙三分在皇宫之中排名第三，真正的水平却是所有御医之首，他为人木讷，不善言辞，四品医官的职位已经整整二十年未曾变动。我自小身体强健，和他唯一的一次接触，就是母亲生我之时。

我用银质剪刀剪开采雪完全被鲜血浸透的棉衣，她细腻柔滑的背脊展露在我的眼前，艳如娇雪般的右肩下，有一道寸许长度的血口，鲜血仍然在不断地流出，我的心忍不住颤抖起来。

孙三分打开随身的药箱，从中取出药酒和纱绵。

我冷冷道："今日之事，除了你我之外，我不想有第三个人知道！"

孙三分用药酒擦去采雪伤口周围的血迹，淡然道："孙某为人，该说的不想去说，不该说的不屑去说！"

我赞赏地点了点头。

孙三分将蚕丝穿入金针，凝神贯注地将刀口缝合起来，又在上面覆好他自己调配的伤药，用白纱将伤口包扎停当。

"她的伤势可有大碍？"我对采雪的关切之情溢于言表。

孙三分缓缓合上药箱，他的额头也已经渗出了细密的汗水："殿下放心，短剑虽然锋利，可是入肉并不太深，并未伤及肺腑。"

"那她为何至今还未醒来？"

"因为失血太多，加上她体质虚弱，恐怕要等上一段时间才会醒来。"

我这才完全放下心来。

孙三分又道："我会调制一些补血理气的药物，相信一月之内，这位公子定然可以完全康复。"这句话充分证明他远非别人所说的那样迂腐，在这短短的时间内，我对他已经有了一个全新的认识。

这时舱外忽然响起急促的敲门声，侍卫在门口焦急地喊道：“平王殿下，雍王出事了！”

我内心猛然一怔，向孙三分道：“你跟我去看看！”转身慌忙向舱外走去。

雍王发髻散乱地站在一群武士的前方，他手上握着一把仍然在滴血的长剑，脚下躺着一名受伤的水手，他声嘶力竭地叫道：“转向！送我回康都！”那群武士都是他带来的心腹，看情形显然站在了他的一边。

我分开众人向雍王走去。

“不要过来！”雍王把锋利的长剑架在水手的脖颈之上，双目通红地叫道：“快让他们转舵返回康都，否则我……我将他们全部杀死，然后自刎在你的面前！”

我心中暗笑，雍王绝对没有自杀的勇气，可表面上我必须装出关切之极的模样，颤声道：“皇叔……不可……”

雍王喃喃道：“我不想死在秦国……我不想死在秦国……”

“皇叔！侄儿此番入秦，实则背负大康千万百姓殷殷厚望，父皇之所以让你陪我同来，定是看中你深谋远虑，胸怀大计，必要时可以为我指点迷津。此地距秦只有一夜航程，若皇叔执意返航，侄儿唯有独自入秦，方可令百姓安心，让父皇宽慰……”

我看了地上的水手一眼：“此事和他人无关，皇叔何苦为难这些下人！”我转身向身边侍卫道：“准备行囊，在前方渡口处送我下船！”

雍王万万没有想到我会主动下船，一时间搞不清我真正的意图何在。

我又向前走了两步：“皇叔！侄儿就此与你别过，你最好对父皇说是我执意要单独前去。父皇性情暴烈，若是知道此事真相，恐怕会对皇叔不利。”

雍王一张面孔顿时变得煞白，他生平最惧怕的就是我的父皇，想到皇兄翻脸无情的样子，他整个脊背都被冷汗湿透。

我的目的就是打击他内心中最为薄弱的环节，我淡然笑道：“不过你和父皇手足情深，也许他不会深责……”

雍王握剑的右手不断发颤，剑尖终于无力地垂了下去。此时底舱的水手听到动静，一个个拿着棍棒鱼叉从舷梯冲了上来，看到同伴被雍王刺伤，无不义愤填膺，眼看一场暴乱又要发生。我屈身扶起那名受伤的水手，将他交到孙三分的手中。那些水手已经将雍王和他的随身武士团团包围了起来。

我大声道："诸位兄弟，请听胤空一言！"也许是我刚才在匪徒夜袭时表现英勇，这些人齐齐地静了下来。我又向前走了两步，忽然做出了一个出人意料的举动，屈膝在众人的面前跪了下来，谁都没有想到我一个堂堂的皇子居然跪在他们的面前，整个场面顿时变得鸦雀无声。我充满深情道："胤空远离大康，不知何日才可还康，第一个需要拜的就是故土！"我恭恭敬敬地在甲板上上拜了一拜。

"第二个要拜的就是大康百姓，若没有他们，焉有我大康数百年基业！"我又在甲板上拜了一拜。

我环顾众人："第三个要拜的就是你们，若没有众位兄弟拼死相保，胤空早已死在匪徒之手，你们保住的不仅仅是胤空之性命，还有大康万民安居乐业的希望！"我屈身又要拜下去。

"平王殿下！"激动之极的声音此起彼伏地响起，甲板上所有的武士和水手一个个热泪盈眶地跪了下去，只有雍王目瞪口呆地站在原地。

我哽咽道："楼船虽然满目疮痍，却承载着大康万民的全部期望，能够为大康实现和平的不仅仅是我自己……还有你们，我们每一个人都肩负着同样的重担……"我一揖倒地，人群中传来激动的哭泣声。

人群缓缓散去，雍王武士和水手之间的冲突终于画上了圆满的句号，我冷冷望向一脸羞惭之色的雍王，暗想大康的天下就荒废在这帮庸碌无为的皇亲国戚手里。即使是雍王的亲信武士，此刻看我的眼神也充满了崇敬之情，我的内心却没有感到任何的得意，这些匪徒并不是为了劫取财物，他们的真正目的是杀死我，破坏康秦之间的和谈，从刚才的事情我有理由相信，幕后的主事者来自大康的内部，而且此人定然身居高位，对我们此行的具体路线了如指掌。

雍王在危机中几近崩溃的表现，不得不引起我的警惕，我要摧垮他的全部信心，让他在整个团队中失去所有的威信。

我向雍王手下武士道：“刚才的混战中死伤了不少的水手，你们脱下铠甲，去下层帮忙！”这些武士已经被我完全折服，二话不说地脱去铠甲，加入了水手的阵营中。

雍王惶恐不安地说道：“他们都去划船，谁来保护我们的安全？”

我淡淡地笑了笑：“皇叔的舱房已经收拾完毕，我若是你，就会安安稳稳地睡到秦都！”雍王本想发火，可是遇到我凌厉的眼神，他马上垂下头，灰溜溜地向自己的船舱走去。相信在他的内心中，三十一皇侄早非昔日那个乖巧懦弱的孩子，让他不得不刮目相看。

孙三分已经为那名水手把伤口包扎好，他向我欣赏地点了点头，背起药箱向底舱走去，那里还有很多伤员等着他救治。

回到舱房，采雪仍然处在昏迷之中，我坐在榻边，爱怜地为她擦去额上的虚汗，她的体温很烫，根据孙三分所说，发烧是正常的现象，我把毛巾用冷水打湿，覆盖在她的额头。

采雪奋不顾身为我挡住那一剑的情形始终在我的脑海中浮现，我看着她憔悴的俏脸，心中默默道：“采雪，他日我若有功成名就的一天，绝不会忘记今日你这份深情厚谊！”

采雪娇躯突然颤抖起来，似乎坠入极其可怕的梦魇：“殿下……不要……不要……”我握住她不住舞动的柔荑她才有所平静，又惊恐道：“不要……杀我……不要……”一颗晶莹的泪水自她的眼角缓缓滑下，无声地滴落在枕边，我怜惜地为她擦去眼角的泪痕，这柔弱的少女一定经历过某些旁人无法想象的苦难。

采雪的体温始终无法降下去，我又找来了孙三分，他用金针为采雪灸治了几处穴道，而后在舱房内燃起一种熏香，清凉的薄荷气息弥散在空气之中。

我亲自把孙三分送出舱外，他却没有即刻离去的意思，低声道：“老朽有几句话想问殿下。”

我点了点头道：“孙先生有话尽管直说。”

孙三分和我来到船头处坐下，远处的天空已经露出一丝青灰之色，新的一天即将来临，历经一夜的战火惊魂，我身上的衣服已经破损多处，脸上也有多处被烟火熏黑的痕迹，不过这丝毫无损于我的勃勃英姿。

孙三分将药箱在我们两人之间放下，双目炯炯有神地盯住我道："老朽有一事不明，秦国乃虎狼之国，众皇子个个避之不及，平王为何逆流而上，只身前往险境，难道真的将生死置之度外了吗？"

我淡淡笑了笑，反问道："先生以为呢？"

孙三分正色道："人生于世上，凡事必首先考虑自身利益安危，即使圣贤仍未能免俗也。殿下明知前途艰险，仍冒险为之，必然是另有所图！"

我微微皱了皱眉头，孙三分对我说这席话目的究竟何在？

孙三分继续说道："殿下昨夜所作所为让老朽豁然开朗！"

我的目光停留在孙三分深邃的双眸上，此人高深莫测，绝不像他表面显现出的模样。

孙三分道："殿下以万民为己任，实则已经将自身利益与大康子民融为一体，殿下已将大康看为自己的一部分……"

我已经听出他话后潜藏的意思，淡淡挥了挥手道："先生多想了，胤空只想化解眼前的这场战事，让百姓免于战火之灾，并没有先生所说的宏图大志！"

我起身正要离去，却听孙三分道："老朽虽然年迈，但还清清楚楚记得殿下降生那天的情景……"

我硬生生停住了脚步。

"殿下不哭，不笑，双拳紧握，左足踏七星，十足帝王之相也！"我左脚下的七颗红痣，只有很少的人知道，歆德皇虽然是我的父亲，却从来不知道这件事，因为我生下来就在冷宫之中，从出生到母亲病逝，父皇从未来看过我一面。

我马上又想到，母亲生我的时候，孙三分一直在清月宫中守候，虽然是稳婆接生，他想必也看到过我的足心。

我冷冷道："孙先生对我说这件事，究竟意欲何为？"

孙三分打开药箱，拿出一幅地图，在药箱之上徐徐展开，我低头看去，这幅地图上画的是八国的疆界，和现在的并不相同，当时的大康为众国之首，四邻皆俯首称臣，秦国那时的面积还不及现在的一半。

孙三分道：“这幅地图是当年太子殿下留给老朽的。”他口中的太子就是我的大皇兄龙胤基，歆德帝唯一册封过的太子，可惜二十三岁的时候暴病而亡，可谓是英年早逝，如若活到现在，坐在龙椅上的应该是他。自从大皇兄死后，歆德帝就再也没有册封过太子，甚至没有传位给我们这些皇子的任何念头。

孙三分道：“这幅地图上绘制的是一百年前的疆域，大康当年的声势达到鼎盛。”他把地图重新卷好，递到我的手中。

我有些奇怪地看了看他，不知他为何要将这幅地图转送给我。

“太子临终之时说过，让我日后如有机会，便将这幅地图送给有能力重振大康的人！”孙三分的表情无比诚挚。

我的内心浮起了一种奇怪的感觉，虽然并不清楚孙三分真正的目的何在，可是我清楚地意识到，自己确是极想得到这幅地图。我郑重接下了这幅地图，孙三分终日紧绷的脸上，居然露出了会心的笑容，他背起药箱，向我告辞离去。

经过孙三分的救治，采雪的烧很快就退了，只是手足依然是冷冰冰的，孙三分刚才已经将可能出现的情况向我说明，我又为她加了一层棉被，将火盆移到床前。

我双手伸入被中，为采雪揉搓着她的纤纤玉足，以此来加速她体内的血液循环。我毕竟是个血气方刚的年轻人，采雪温软圆润的玉足，又恰恰是对我的一种考验。

我虽然不是君子，可是也清楚不欺暗室的道理，更何况面对的是一个刚刚舍命救了自己的少女。经历了惊心动魄的一晚，我非常疲惫，居然在胡思乱想中迷迷糊糊地睡了过去。

醒来的时候，采雪的纤足仍然被我抱在怀中，我抬起头来，正看到采雪娇羞无限的美眸，看她的样子，已经醒来多时了，我慌忙将她的双足放开。

采雪轻轻呻吟了一声。

“是不是伤口很痛？”我关切地问道。

采雪含羞摇了摇头，低声道：“脚……麻了……”

我马上醒悟过来，肯定是双足被我压得太久，血循不畅的缘故，采雪看到我熟睡，一直强忍着酸麻，没有叫醒我。我整了整外袍，站起身来，用力舒展了一个懒腰，从西边的舷窗中可以看到此时已经接近黄昏，火红的晚霞仿佛要将整个天际燃烧起来。

采雪挣扎着坐了起来，我慌忙上前扶住她的香肩：“你重伤未愈，千万不可动作太大。”

采雪惶恐道：“采雪岂可占据了殿下的床榻！”

我笑道：“你权且当是我借给你的，以后从你每月的工钱里扣除租金！”

采雪双颊微红，低声道：“多谢殿下大恩大德！”

其实这句话应该是我向她说才对，如果不是她在生死关头舍命相救，恐怕我年轻的生命在昨晚已经终结。

我正想对她道谢的时候，忽然听到外面有人大声喊道：“秦国船队！”我内心微微一怔，秦国这么快就已经派船接应了。我扶着采雪重新躺下，这才向舱外走去。

此时已经有许多人涌上了船头，雍王也在其中，看到我出来，他慌忙向我招手道：“前方有两艘秦国的战船！”这里正处于我们和秦国的中介河段，两国共有这一河段，一般情况下并不会有战船来此。

人们让开一条通路，我不慌不忙地来到船头，举目望去，只见前方的水域上，两艘巨型楼船正向我们缓缓而来，楼船之上黑色战旗迎风飘扬，上面绣着一个大大的“秦”字。

雍王感叹道：“秦人组建水军并无太长时间，居然已经掌握了制造楼船之术。”我的内心和他同时发出了感叹，秦国在这十几年中无论是国力还是军事发展得都极为迅速，综合实力隐然超出了大康。遥想当年大康的水军抵达之处，无不所向披靡，如今大康引以为豪的楼船，秦人已经可以制造出来了，而且长宽和高度都要超出我们许多。

我大声下令道：“停止行进，静观对方的变化。”

秦人的两艘楼船一左一右将我们的船夹在了中间，左侧的楼船上伸出几条木板，在两船之间临时搭起了桥梁。三名黑盔黑甲的秦国将领从临时桥梁上大步走了过来。

我示意手下船员和侍卫全部退到我身后两丈开外的地方，和雍王一起迎向秦国将领。

从他们的服饰上可以看出，他们的级别都很低，在大康最多相当于统领千人的千夫长。

“来的可是康国质子胤空？”中间那名矮胖的秦国将领大声喝道。

我不紧不慢地回答道：“我就是大康歆德皇帝三十一子胤空。”

三名将领相互看了一眼，那名矮胖军官拿出一道圣旨大声道：“质子胤空接旨！”此言一出，我方所有人的脸上同时露出愤慨之色，要知道我虽然前来为质，可是毕竟是大康国的皇子，这几名秦国将领不但直呼我名，而且用本国圣旨来羞辱我，实在是欺人太甚。

左侧那名黑脸将领双目圆睁，恶狠狠向我道：“为何还不跪下？”

我身旁的雍王吓得几乎连魂儿都要丢了，双膝一软，险些跪倒在甲板上，幸亏我及时地一把将他拉住。

我不卑不亢道：“三位将军可知道所站的是什么地方？”

那名矮胖将领不屑地笑道：“自然是大秦的疆域！”

我淡然笑道：“可我却以为三位将军正站在我大康国楼船的甲板上，胤空虽然愚鲁，却知道国土之内只可拜一君一主。”雍王肥胖的面孔微微发红，他显然听出了我对他的明嘲暗讽。

那名矮胖将领居然呵呵笑了起来，他上下打量了我一遍，方才道：“平王勿怪，我们刚才是给你开一个小小的玩笑！”他向身后指了指，“我等是专门来接平王移驾！”

我微微一怔，不是我们的楼船可以直接抵达秦都吗，缘何他们会突然变卦?

那名将领道：“圣上曾经留下御命‘大秦之水，不载康舟’，平王和随行奴仆请跟我上船，其他无关人员可以即刻返回。”

他口中的圣上就是秦国的国君燕渊，大秦就是在他的手上才发展成今日的规模，不过他对大康的仇恨极深，从刚才的那句话就可见一斑。

我瞬间便打定了主意，既然早晚都要落入秦人手中为质，又何苦让身后这帮人随我一起历险奔波。我点了点头道：“你们为我腾出舱位，我要让人把送给秦国国君的礼物搬运过去。”

听到我这么说，雍王如释重负地舒了一口气，对他来说这次的磨难旅程总算得以解脱，他早就丧失了陪我走到秦都的勇气。

回到船舱，采雪已经挣扎着坐了起来，从外面传来的动静，她知悉了刚刚发生的事情。我还没有来得及说话，她已经抢先说道：“你若是丢下我，我便死在这艘船上！”也许是因为心急的缘故，她甚至忘了称呼我殿下。

我笑了起来，采雪的目光变得越发地迷惘起来，她猜不透我内心真正的想法，我当然不会丢下她，自从她替我挡住那一剑之后，在任何的情况下，我都不会丢下她。

当我扶着采雪走出舱门的时候，所有人的目光中都充满了惊奇，他们很难想透，我贵为皇子居然会对一个书童如此体贴。孙三分背着他的那个药箱缓缓地来到我的面前，他从我的手上接过采雪：“这些事情还是让老奴来做吧！”

我凝视他许久，孙三分笑道：“我在大康宫中已有四十三个寒暑，时至今日，仍然只是一个四品医官，留在皇宫也不会有什么升迁的机会，老朽愿以将死之身，追随平王左右，这点微薄医术，也许可以对您有所帮助。”

我的脑海中瞬间想起了无数个拒绝孙三分的理由，可马上又被我否决了，无论他出于怎样的目的，我深信他对我没有恶意，试问像我这样一个落魄王孙，又有什么值得利用的价值呢？

我的脚步坚定而从容，经过雍王身边的时候，他拉住我的手，递给我一个信封：“这里面是礼品的详单，一路顺风！”我轻轻拍了拍他的手背：“谢谢！”我走上踏板的时候，楼船上所有的武士和水手同时跪了下来：“恭送平王殿下！”我的身躯微微震动了一下，却没有回头，前方的路是我自己的选择，我要毫不犹豫地走下去。

第三章 大秦

底舱黑暗而潮湿，除了海浪就是不时在头顶经过的脚步声，我本是大康臣民心中的皇子，如今却沦为大秦将士眼中的人质。转眼之间一切都已经发生改变，沧海桑田，有时候未必要等上百年。

我最为担心的就是采雪的伤势，孙三分关键时刻选择留下，为我解决了这个难题，采雪在他的精心医治下日见好转。我们三人开始在黑暗中谈论秦都，谈论未来，却很少谈起大康，从踏入秦境的这一刻起，我们已经成为秦王治下的三名囚徒。

我并没有得到一国皇子理应得到的礼遇，也没有受到太多的折辱，对这帮将士来说，护送我到秦都只是他们的职责，我在他们的眼中和普通的康人并没有太多的区别，或者说，我在他们眼中已是一个将死之人。

三日之后，我们终于抵达了秦都。秦都原名洛阳，秦宣隆皇燕渊于继位六年后从临京迁都于此，意在挟黄河之险和大康国的康都首尾相踞。事实证明他从水草肥美的平原临京迁往秦都是极为明智之举，秦都坐拥秦国第一大港口通济港，宣隆皇迁都后一方面在毗邻秦都的河段重新建立军港，大力发展水军，一方面减轻来往商人的苛税，吸引天下客商云集于此，秦都也因为他正确的举措不断繁荣起来，加之大秦的东面毗邻黄海，高丽、东瀛以及南海各国的客商无不跨海越洋取道黄河来到这里，现在的通济港在八国百姓的心目中隐然已经超过大康万隆港的地位。

我扶着楼船的凭栏站在甲板之上，眼前是一片繁荣的景象，和万隆港不同，我目力所及竟然见不到一个乞丐，往来的百姓一个个脸上都带着会心的笑容。我的内心忍不住发出了感叹，父皇唯我独尊，目空一切的高压政策，终于被事实证明已经落伍于这个时代了。

在八名秦兵的护卫下，我和采雪、孙三分一行走下了楼船。从采雪渐渐轻盈的步伐来看，她的伤势已经恢复了许多，虽然距离完全恢复元气还需要一些时日，不过普通的行动应该没有任何的困难了。距离楼船不远处，两辆四乘的黑色马车已在那里等待。我刚刚走下楼船，一名身穿七品服色的高瘦中年官吏带着六名手下，向我迎来。

“大秦太子府执事燕子民拜见康国三十一皇子平王殿下！”他的声音冷淡而倨傲，秦皇果然欺人太甚，竟然派出太子府的一个七品执事前来迎接康国的皇子，显然没有把康国放在眼里。燕子民引我上了左侧的马车，从车辆的标记来看，应该是皇族专用，可是车厢的内饰异常朴素，和大康皇族崇尚豪华奢靡的风气全然不同，秦人的务实由此可见一斑。

燕子民和我同乘，采雪和孙三分上了另外一辆马车，我最后看了一眼通济港，自己在大秦的质子生活正式拉开了序幕。

燕子民道：“太子殿下为质子安排好了府邸，质子所带的礼物行装，我已经着人先行运往质子府。”他把我的称呼已经从平王改换成了质子，这不但是在向我示威，还在提醒我现在真正的身份。

我努力做出一副毕恭毕敬的模样，在人矮檐下，不得不低头，身为一个敌国的质子显露出太多的锋芒，一定讨不到任何的好处。在秦国我的身份仅仅是质子，地位甚至赶不上一个普通的秦国百姓。

车辆在秦都闹市中穿行，周围的喧嚣可以让人联想到一片繁荣富强的景象，我虽然很好奇，却始终没有掀起那厚厚的棉帘。

一个时辰以后，马车终于抵达了质子府，这是一座陈旧的府邸，从围墙上的萋萋荒草来看，这里应该很长时间都没有人居住。门外有八名武士分列两旁，他们显然是来监督我的，我的唇角忍不住泛起了一丝苦笑，秦皇用这种方式对待一个手无缚鸡之力的质子是不是有些小题大做？大门刚刚漆过，还散发着一股刺鼻的味道，门上用来装饰的铜钉也是刚刚置换，闪闪发光，为这座残破的院落平添了几分贵气，不过这种贵气出现在这里，却让整个府邸显得越发地不协调起来。

走入大门，迎面就看到一个荒草丛生的院落，这里原来应该是座花园，可能是长时间无人打理早已荒芜。院内堆满了木箱，里面盛放的是我从大康带来的礼物。雍王已经将礼单交给了我，我所需要做得就是一一为它们找到主人。

燕子民的职责就是把我送到这里，他让手下人先行退出大门，然后对我道："今晚太子殿下会在王府举办宴会迎接各国王子，我会派车来接你，质子一定要准时到达。"我本来还以为这次来到秦都会首先受到秦皇的蒙召，看来秦皇早已将各国质子的事务转交给了太子，我短期内恐怕没有谒见秦皇的机会了。

燕子民离去以后，我把礼品清单教给孙三分，让他清点一下礼物，顺便找人搬入西侧的厢房，和采雪二人率先向前方的正堂走去。推开正堂的大门，阳光从我们的身后照亮了整个厅堂，整个厅堂内到处结满了蛛网尘丝，桌椅板凳的上面落满了厚厚的浮灰。

我苦笑着摇了摇头："金玉其外，败絮其中，没想到秦国的表面功夫全部做在了大门上。"

采雪温柔笑道："殿下莫要心烦，采雪马上收拾好这里。"

我关切道："你伤势尚未完全恢复，千万不可太过操劳！"

孙三分苦着脸从外面走了进来："平王殿下，那些守门的卫兵不愿帮忙将礼物搬入西厢，还说他们只负责守门，其他的事情皆无权过问。"

我哈哈笑了起来，在厅中踱了两步，转身道："秦皇比我父皇想得还要周到一些，以此磨砺我自主的能力，胤空对他当真感激不尽。"我把眼前的逆境视为了一种挑战，而这种乐观的情绪马上感染到了采雪和孙三分。

孙三分欣赏地点了点头道："殿下可愿和老朽一起将礼物搬入西厢？"

"胤空正想锻炼一下筋骨！"

采雪美目充满崇敬地望向我："采雪留下收拾一下房间！"

我摇了摇头："等你伤愈之后再说，现在你最需要做的就是休息！"

我在大康之时，虽然不是养尊处优，可是也从来没有做过如此辛苦的劳作，和孙三分两人把礼物全部搬入西厢，足足用去了两个时辰，身体累得快要散架，汗水将外衣完全浸湿。我和孙三分稍事休息了一下就开始整理房间，采雪在我的坚持下没有加入我们的劳动，她在厨房找到一个水壶，为我们烧水饮用。

孙三分虽已过了花甲之年，可是身体之好完全出乎我的意料，整整劳作了一个上午，却未曾看到他流露出任何的疲态。

中午的时候，卫兵引着一个矮胖的中年人走了进来，他是附近临仙楼的老板，太子将我的饮食全权交给了他，每天饭食的时候，他都会让小二送酒菜过来，因为今天是送饭的第一天，所以他亲自带人过来。

"公子好，我叫余得利，是临仙楼的掌柜！"他首先向我进行了一番自我介绍。

从他狡猾而贪婪的眼光我马上判断出，眼前之人是个唯利是图的市侩商人，也许是第一顿的原因，酒菜颇为丰盛，荤素搭配计有八道菜肴，还有一壶花雕。

余得利显然也清楚我的身份，不过他看我的时候和普通秦人的眼光略有不同，在他眼中，无论我是皇子还是囚犯，只要能给他带来财源便是他的主顾，对我的态度自然显得谦恭许多。

余得利走后，采雪看着他的背影道："没想到秦人之中也有如此和善之人！"

孙三分笑道："在这种人的眼中，但凡能给他银子的都是他的爹娘！"

我听他说得如此直白，忍不住笑了起来。

采雪端来热水，让我和孙三分洗了洗手。孙三分又道："经商之人，虑事周全，他一定想到公子虽然前来为质，可是以后请客之事是不会少的，赢得了你的好感，就等于赢得了一个大大的主顾。"

采雪笑道："听孙先生这么说，倒是有些道理。"

吃饭的时候，两人仍然恭守尊卑之道，分别站在我的两旁。我不由笑道："秦都之中，我们都是囚徒，没有任何的区别，来，大家坐下一起吃饭。"

采雪道："殿下……"

我佯怒道："怎么？不听我的话是不是？"

采雪俏脸一红，只得依言坐下。

孙三分也在我的左手边坐了，我又道：“我们身在秦都之中，以后对我的称呼需要改上一改。”两人的目光齐齐望向我。我继续道：“以后称我公子即可！”

下午，我和孙三分将庭院中的荒草又铲除了一遍，采雪便为我们烧水沏茶。整个庭院在我们的整治下，渐渐显现出原来的轮廓。因为晚上还要前往太子府谒见太子，我提前结束了劳作，采雪为我备好了温水沐浴。

秦都不比大康，我沐浴时也不需他人在一旁伺候，今天劳动之时我的手掌上磨出了不少血泡，洗澡沐浴颇费了一些工夫。换上洁净的内衣长袍，一种通体舒泰的感觉油然而生，劳作之后的舒坦和安逸，无法用言语来形容。

孙三分就用我洗过的澡水冲洗了一下，洗完后幽默地说道：“老朽选择追随平王果真未错，以后日日都可沐浴皇恩。”我哈哈笑了起来，虽说已入牢笼，心境却远比在大康的时候开阔了许多。

我从礼品清单中找到了送给秦国太子的礼物，一对巧夺天工的翡翠玉马，两匹正撒开四蹄飞奔的骏马体态矫健，昂首甩尾，头微微左侧，三足腾空，只有右后足落在一只展翼疾飞的龙雀背上。骏马粗壮圆浑的身躯充满力度，但其动作又是如此轻盈，充满了“天马行空”的骄傲；飞燕似乎正回首而望，惊愕于同奔马的不期而遇。其中隐喻了“扬鞭只共鸟争飞”的超然境界。

孙三分和采雪都忍不住赞叹道：“当真是巧夺天工！”

我点了点头，凭此玉雕，应该可以获得秦太子的良好印象。

黄昏时分，燕子民准时派车来接我，我带着精心挑选的锦盒登上马车，孙三分和采雪依照我的吩咐留守在质子府中，由两名侍卫陪我前去。

秦太子，姓燕名元籍，字楚秋，现年二十九岁，兼任大秦水军都督，是秦国最有权势的人物之一。燕元籍为人好客，门下食客三千，因为人慷慨而闻名天下。

接我的马车比初到大秦的那辆还要寒酸许多，车厢多处残破，冷风从缝隙中不时地吹入，看来燕元籍的慷慨并没有用在我的身上。

太子府位于秦都的城东，距离我所居住的质子府不到三里。

我下车的时候天色已经完全暗了下来，周围有不少王孙贵族也正在向太子府行去，看来今晚的晚宴秦太子邀请了不少人前来。我在两名侍卫的陪伴下来到府门前，首先向门倌表明了自己的身份，然后在他们鄙夷的目光中怀揣礼物走入门去。

我见惯了大康皇宫的金碧辉煌，秦国的太子府给我的感觉只有普通二字，唯一可以称道的就是建筑物出奇高大，可是整座府邸没有任何精巧的装饰，这更证明了秦人务实的观点。

走入设宴的大厅，迎面遇到七品执事燕子民，他引着我在左首最末一个位置坐下，却没有向我引荐秦太子的意思。秦太子燕元籍在众人的注目中从侧门走入，他身高七尺有余，身材健壮，皮肤呈古铜色，面目英俊，充满着强烈的阳刚之气。

他一一向众人颔首示意，目光却始终未曾落在我的身上。府中下人为我们奉上酒菜，菜仅有四样，三素一荤，酒是最寻常不过的高粱烧，作为大秦太子，举办这种规格的宴会，未免显得有些寒酸。

我随着人群举杯敬酒，看来今晚我是没有和太子交谈的机会了。

酒过三巡，秦太子燕元籍的目光忽然转到了我的身上："平王殿下，住得还满意吗？"此言一出，我马上醒悟到，他早就看到了我，只是一直装出没有看到罢了。

我恭恭敬敬地答道："太子安排颇为周详，胤空感激不尽！"

燕元籍哈哈大笑了起来，他举起酒杯道："既然满意，便陪我干了这一杯！"

我自然不敢拒绝他的要求，爽快地举起酒杯，将辛辣的酒水一饮而尽。

燕元籍笑道："平王果真爽快，今日你初到秦都，这一杯是我为你洗尘的！"他又拿起了酒杯。我只好再陪他干了一杯。

燕元籍道："从平王进门时手里便拿着这个锦盒，不知道里面是些什么东西？"他的这句话提醒了我。

我站起身道："里面是胤空送给太子的礼物！"

"哦！大康国富民饶，平王出手肯定不凡，打开来看看！"

我的内心一阵得意，在场的除了秦国的王卿贵族，就是来自各国的皇子，在他们的面前展示大康的宝物也是一件露脸的事情。我抱着锦盒来到大殿正中，将那一对马踏飞燕拿了出来，大厅内顿时响起一阵赞叹之声，显然都看出礼物非比寻常。

燕元籍目光竟然未向礼物望上一眼，他向人群中说道：“敬延兄，你对玉器宝物颇有心得，就由你来品评一下如何。”

坐在右侧的一名胖乎乎的青年站起身来，他是中山国的二皇子张敬延，中山国早已沦为秦国附庸，他在秦太子面前和寻常的家臣无异。

张敬延笑眯眯来到我的面前，目光上下打量了礼物一眼，然后发出一声鄙夷的冷笑：“太子殿下，以敬延所见，这两匹马踏飞燕，虽然做工精致，却是琉璃所仿的粗劣赝品。”

我内心一震，没想到他居然信口雌黄，正想分辩，却看到燕元籍的双目中闪过一丝极其复杂的目光。难道他们事先便串通好，故意在人前羞辱我大康。

宾客中有几名性情急躁的客人早就按捺不住，大声吼叫起来：“龙胤空，你欺人太甚，居然用这种仿冒的东西欺骗太子，难道不想活命了吗？”

我慌忙跪倒在地上，装出惊恐到了极点的样子，身躯不住瑟瑟发抖，声音颤抖道：“胤空……真……真是……不知……”在别人看来我被吓得魂不附体，连眼泪都快掉了下来。

燕元籍却哈哈笑道：“你们岂可如此无礼，惊扰了贵客！”他亲自从上座走了过来，把我从地上扶起，我颤声道：“太子……莫要杀我……”

“你是我的贵客，我又怎会杀你？”燕元籍一脸的轻视，他拍了拍我的肩头道：“你回去坐吧！”

我哆哆嗦嗦走了回去，中途故意装出被绊了一脚的样子，极为难堪地趴倒在地上，又引来了一阵刺耳的哄笑。

燕元籍看着我狼狈的模样，无可奈何地摇了摇头，他拾起地上的那对马踏双燕道：“古人有云，千里送鹅毛，礼轻情义重！平王不远万里而来其心可嘉，其意可表，至于他送什么礼物，各位又何必深究！”

他目光注视在飞马之上："本王在乎的并不是这对礼物，而是平王的一片真心！"

所有人都向他投去尊敬的目光。

我的眼眶都红了，激动的泪光在目中闪烁，心中却把燕元籍骂了个千遍万遍，这个浑蛋侮辱了我和大康还不算，连这对珍贵的马踏飞燕也不放过。

因为发生了刚才的事情，所有人对我这个康国的皇子都充满了不屑和鄙夷，我并不介意这样的结果，在别人的眼中越是懦弱，越不会让人产生威胁感，从而在大秦的处境就越是安全。本来我以为自己可以不动声色地混过这场宴会，没想到中山国二皇子张敬延率先向我敬酒，我对他可谓反感到了极点，从刚才的事情中，他显然充当了燕元籍的帮凶。他之所以带头向我敬酒，明显是想让我在众人面前再次出糗。

我虽然识破了他的险恶用心，表面上却不能点破，装出受宠若惊的样子，和他连干了三杯，在他的带动下，其他的客人也开始争先恐后地向我敬酒，如果我全部照单全收，恐怕没等实现我的宏图大志，就会死在太子府的酒桌前。

我装出不胜酒力的样子，结结巴巴地说道："胤空……高……高兴……"

这时两名侍女前来又过来倒酒，我色迷迷地望向她们，伸手牵住其中一女的衣袖，稍一用力，将她拉入了怀中。那侍女一声惊呼，我把头颅埋在她腰肤之间，手指借着她身体的掩护，极为隐蔽地伸入自己的喉头。

"哇"的一声，我将刚才所食的酒菜全部吐在了她的身上。众人看到我狼狈的模样轰然大笑了起来，那名侍女哭哭啼啼地从我身上挣脱开来，掩面向门外逃去。

燕元籍大笑道："平王醉了……"

我做出一副醉眼蒙眬的样子："我……没醉……我……还能喝……"自己主动斟满了酒水，手抖得连酒壶都拿不稳，多数酒水都洒在了外面。我端起酒杯摇摇晃晃地起身向秦太子走去："太子盛情……胤空……感激……不……不尽……无以回报……只有用此酒……来……来表达我的……感激之情……"我哆哆嗦嗦拿着酒杯向自己的嘴边凑去。

原本热闹喧嚣的场面却突然寂静了下去，我听到一个冰冷的女声道："刚才是谁欺负了芸儿来着？"

我傻笑着抬起头来，却见一个美丽的红衣少女向我走来，她身着红色宫装，瓜子般的精致脸庞绝没半分可挑剔的瑕疵，轮廓分明不经刻意修饰，清秀无伦，年纪大约在十七八岁，乌黑的秀发侧挽了一个坠马髻，衬托得玉面朱唇更是动人心弦。

这少女虽说是美到了极致，可是眉宇间却充满了刁蛮凶横的痕迹。

燕元籍笑道："琳儿，平王只是不胜酒力，无心之过，你何必跟他计较？"

我心中一怔，没想到眼前的这位清靓少女竟是秦国九公主燕琳，听她的话语刚才被我吐了一身的侍女应该是她的贴身宫女，这下可麻烦了，无意之中竟然捅了一个马蜂窝。

燕琳妙目冷冰冰地看了我一眼，突然扬起手来狠狠地在我脸上打了一个耳光，这一巴掌全无先兆，打了我一个措手不及，我若是真的酒醉还好，苦于醉酒只是装出的样子，脸上登时便隆起了五根手指印记，没想到她出手居然如此毒辣。

我呵呵傻笑着，事到如今，只好把表演进行到底，伸手向她的纤手抓去："小……美人……来陪我……喝……一杯……"

"淫贼！"燕琳柳眉倒竖，抬起纤足踏在我的小腹之上，我一屁股坐在地上，手中的酒杯也飞了出去，酒水泼得满地都是。

所有人无不幸灾乐祸，要知道这燕琳是秦都有名的刁蛮少女，寻常人莫说是对她如此说话，即便是多看上一眼，也要被她严惩一番。

燕元籍看到场面发展到如此地步，慌忙下来拦住燕琳，苦口劝道："琳儿！你不可如此无礼！"一边让人把我扶出门去。

我一边走，嘴里还不停嘟囔着："小美人……"

人群中有人低声感叹道："难怪大康国日渐衰败，若是将来帝位传到此子之手，亡国之日已经无多……"

我的脸上仍能清晰地感到燕琳那一掌的火辣疼痛，她的意外出现又让我轻易博得了好色之名，我要利用这良好的开局，让所有人接受我这个庸碌无为、沉溺酒色的康国质子。

孙三分用棉布裹住雪球覆在我的脸上，疼痛的感觉顿时减弱了许多，采雪默默地为我泡了一壶香茗，我虽然没有告诉他们发生了什么，从我的狼狈模样，他们也可以猜测到我所蒙受的屈辱。

孙三分将那份礼单放在我的面前："公子！按照歆德皇预先的礼单，我们还需拜访这些人！"我早就对这份礼单烂熟于胸，自从发生今晚被燕元籍斥为赝品的事情以后，我突然改变了计划，就算我将这些礼品一一送给名单上的王卿贵族，现在也达不到预定的效果，还有可能让秦人以为我别有用心。不过留在身边也不可取，有道是匹夫无罪，怀璧其罪，若是被人窥觑了我的宝物，恐怕会遭到飞来横祸，须得尽快想个办法将它们散去。

无论是康都还是秦都，除了权势就是金钱更容易获取别人的尊重，我是个别人眼中的阶下之囚，毫无任何的权势可言，我想得到尊重、赢得人缘的关键就取决于金钱，可是眼前的局势下，我还没有足够的能力控制金钱，必须用它们在最短的时间内达到最好的效果。

我淡淡地挥了挥手："这些礼物我想全部留下，明天你们随我在秦都逛上一逛，顺便找一家信誉良好的商铺，将这些礼物变卖出去。"

孙三分和采雪都不知道我想变卖礼物的目的，满脸迷惘地看着我。

我笑道："修葺府邸、购买奴仆都需要金钱，如果我们不灵活变通一下，如何能够尽快改善现有的条件！"

好在秦太子对我这个质子并没有太多的限制，唯一的不便就是出行时总要有两名侍卫相随。

翌日清晨，我们三人在侍卫的监护下来到了秦都最繁华的观钱街。这条街道位于秦都老城的中心，随着秦都的不断扩展，早已经偏离了秦都城的中轴线，成为西城的一条街道，可是这里却是商家的福地，各国客商云集于此，处处都是一片热闹的景象。

我连续逛了几家商铺，在一家名为聚宝斋的铺面前停下。据两名侍卫介绍，聚宝斋是秦都中信誉最为良好的商铺。聚宝斋室内陈设古朴雅致，全无其他商铺的市侩庸俗之感。店主人是一位七旬左右的白发老者，正在向两名客人介绍着一件三尺多高的珊瑚树。

我走了过去："掌柜！帮我看看这件东西的价钱！"我把随身带来的一只镶满宝石的金丝雀鸟放在了柜台之上，这件宝物原是准备送给秦国右丞相诸葛卿的礼物。

那老者双目一亮，拿起那只雀鸟看了许久，方才道："这只金丝雀应该是宫廷之物，不知公子从何得来？"

我赞道："掌柜果然好眼力，此物来源清白，你尽管放心估个价码！"

那老者沉吟了一下，伸出三根手指："三千两银子！"我早就清楚这件宝物的真实价值，金丝雀鸟共有八只，三年前八皇兄穆王胤尚曾经获赐一只，后来转卖给了勤王，勤王为此付出了一万两的代价，这老者分明是给了我一个低到极点的价格。

我却爽快地把雀鸟放在柜台上："你给我点清三千两的现银，这件雀鸟归你了！"那老者没想到这件好事会这么容易落在自己身上，生恐我反悔，牢牢抓住那雀鸟，声音颤抖道："阿福，快去库内支取三千两银子！"

中午我请所有人在观钱街的鸿雁楼大吃了一顿，下午去秦都最大的赌场得意坊海赌了一把，离开赌场的时候，我的身上仅仅剩下不到一两的碎银。

采雪不无担心地说："公子！修葺府邸已经无钱可用了！"

我笑了起来："我们带来的好像不仅仅是这一只金丝雀鸟，明天我会多换一些银子！"

一连五天，我几乎每天都要去变卖一件宝物，可是却连一两银子都没有带回去，我的声名却在不知不觉间在秦都的朝野上下传开，大康国的平王不但喜好酒色，还是一个彻头彻尾的赌鬼。

在第六天的时候，甚至连孙三分对我的举动都有些反感，他和采雪口径一致地不愿继续陪我出去胡闹。我这次准备拿去变卖的是一对宝石宫灯，为我守门的侍卫对我的态度明显转变了许多，看来吃到他们肚子里的酒肉到底没有白费。

我正要出门的时候，却看到一辆豪华的八乘马车缓缓停靠在质子府前，不知道里面坐的是哪位达官显贵。

八匹骏马膘肥体壮，颈上悬挂着紫金銮铃，车厢朱漆彩墨，装点得异常豪华，在民风朴素的大秦很少看到有人会如此招摇。一名坐在车前的青衣奴仆首先跃下车来，在车门前跪下，另外一人拉开了车厢。

我很少见过如此肥胖的人，他每走一步都要停下来喘息一下，大脚踏在奴仆的背上，让人忍不住担心他随时会把奴仆的脊梁踩断。

侍卫李保在我身边低声道："平王，他是秦都第一富商钱四海。"

我来到秦都的时间尚短，还没有听过此人的名字，不过从侍卫敬畏的眼神来看，钱四海的能量一定很大。

虽然已经是初春，秦都的气温仍然很低，钱四海却不断地擦起汗来，他来到我的面前开门见山地说："把你所有的东西都给我看看，我会给你一个合理的价格！"

钱四海眯着小眼睛，仔仔细细地观赏着每一件宝物，我站在一旁足足等了他一个时辰，在我的印象中，一个富可敌国的生意人很少像他这么注意小节。

"十万两银子！把这些东西全部给我！"钱四海一边擦着汗，一边提出了他自认为合理的价钱。

我愉快地点了点头，钱四海给我的价钱要比聚宝斋公道得多，我当然没有理由拒绝。

趁钱四海手下搬走宝物的空隙，我请他来到客厅落座，他肥硕的屁股坐在藤椅上，发出一阵动人心魄的吱嘎声，好在结实的藤椅还能够承载他的体重。

采雪为钱四海奉上茶水，钱四海喝水的动静很大。

"好茶！"他由衷地赞道，放下茶盏时，水已经喝干，我示意采雪为他续上茶水。

钱四海自怀中掏出一沓银票："这是十万两广德隆的银票，你可以在八国任何一个地方随意兑换！"一说到钱，他的底气显得格外粗壮。

我把银票纳入怀中，笑道："钱老板果真爽快！"

钱四海小眼睛飞快地转了转："平王殿下，钱某有一事不明。"

"请讲！"

钱四海道："钱某听说平王殿下现在典当的这些宝物，都是贵国歆德皇为大秦诸位公卿准备的礼物，不知……可有此事？"

我淡然笑道："钱老板的消息倒是灵通。"

钱四海压低声音道："平王做出此举，难道不怕被秦国公卿责怪吗？"

我大笑着站起身向庭院中走去，急于从我这里得到答案的钱四海也跟了出来。我指了指残破的院落："钱老板看到这些是不是会明白我的苦衷呢？"

"请恕钱某愚昧！"

"胤空从入秦为质那日起，生死已经由不得自己掌控，若然康秦之间发生战事，就是我的毙命之日。今朝有酒今朝醉，胤空要抓紧这有限的时间，尽情地享受我的短暂人生！"

钱四海缓缓点了点头："平王殿下果然坦诚，就冲这一点，钱某交定了你这个朋友。"

"钱四海这个人不简单啊！"孙三分向我进言道。

我点了点头，如若没有超人的能量，岂能自如进入质子府？再说明明知道这些是我父皇送给列位公卿的礼物，他还敢出钱买下，没有过人的胆色绝对无法做到。

采雪秀眉微颦："他肯定不是普通的商人，买下这些东西，说不定有人在背后指使。"

我深表赞同地点了点头："也许他是燕元籍派来的也未必可知！"

我大胆的推断并非毫无根据，我送给燕元籍的那对马踏飞燕绝非赝品，燕元籍见多识广，应该知道宝物的真正价值，这些日子我不停地典当宝物，他想必有所耳闻，在他的心目中我是他的阶下之囚，自然不想让这些宝物便宜了外人。若是直接从我的手上抢去，传到外人耳中势必被人耻笑，采用这种迂回的途径买下宝物极有可能。这些宝物的总值要在百万以上，用区区的十万两买下它们，既可掩人耳目，又可获得珍宝，的确是两全其美的事情。

孙三分叹了口气道：“匹夫无罪，怀璧其罪，我现在有些明白公子散尽财物的真正目的了。”

我笑道：“孙先生这么说就是赞同胤空所为了？”

孙三分苦笑道：“看来这十万两的银票也时日无多了，粗茶淡饭可以果腹，秦国碍于颜面应该不会让我们三个饿死，实在不行，老朽便背着药箱走街串巷地卖上两贴膏药，或许能够混饱肚皮。”

采雪嫣然笑道：“公子这次莫要忘了，先把房屋院墙修葺一下，若是拖到了清明，落雨纷纷，恐怕要每天打着雨伞过日子了。”

我和孙三分对望一眼，同时大笑了起来。

东厢是我的书房，经过这两日的收拾显得整洁了许多，我从书架上找到那本关于大秦王公贵族的传记名单，仔细研读了起来。这本传记是大康史官诸葛诚专门为了我这次出行而准备的，从各方收集了王公贵族的身世履历，甚至包括彼此之间错综复杂的关系，虽然很多东西都是道听途说，并无真实证据可靠，不过对我初步了解大秦的政治结构来说，已是大有裨益。

我和秦太子燕元籍虽然仅有过一次短暂的接触，可是我已经看出此人城府极深，对我这个敌国质子抱有强烈的警觉之心，我很难取信于他，最好的办法就是敬而远之，让他以为我只不过是个庸碌无为之人，任由我在这秦都之中自生自灭。

如果我贪图暂时的安逸，只需要做到表里如一，肯定可以在酒色中安稳地度过一段日子，至少在康秦两国发生战争之前，我不会有任何的危险。可是，自从走出大康的国境，我的内心中就下定了决心，终有一日，我会重返大康，沉溺于安逸只会逐渐磨灭我的斗志，打消我的雄心。

我审视着这本已经背得滚瓜烂熟的传记，秦人豪放，任侠而好友，这在很多人的身上都得到了体现，燕元籍贵为太子，门下食客三千，但是谈到慷慨他只能在皇子中排名第二。

我留意到了另外一个名字——燕元宗，他是秦宣隆皇燕渊的第七个儿子，据传记上所载：岐王燕元宗，字恩捷，十八岁，为人风流倜傥，慷慨好客，琴棋书画无所不通，母为当今秦国皇后项晶。

谈到项晶，她和我之间多少还有些关系，项晶乃是大汉国公主，当今汉成帝的妹妹，而我的三姑母长诗恰恰是成帝最为宠爱的妃子，现执掌大汉后宫。

据民间所传，项晶和太子燕元籍之间向来不睦，项晶十六岁嫁入秦国之时，燕元籍已经是太子的当然人选。也许是出于对亡母的眷恋，燕元籍从一开始就对项晶表现出强烈的抵触情绪，后来随着六皇子燕元宗的降生，这种抵触逐渐地演变成了一种刻骨的仇恨。

项晶在短短的五年之间从众妃之中脱颖而出，被宣隆皇封为皇后，绝不仅仅是依靠她显赫的家世和背景，她的智慧和外交手腕更是起到了决定性的作用。

据传记所载，项晶自从生下燕元宗以后，就开始筹划用儿子顶替太子燕元籍的地位。可是，她虽然得到燕渊的宠信，但秦国的很多大臣都站在燕元籍的一边，以至于她的野心迟迟都未能得到实现。

而燕元宗的性情又太过淡泊，对于太子之位并不苛求，更多的时间都寄情于琴棋书画之中，这让项晶极其失望。只要燕元籍一天没有登上帝位，项晶和他的斗争仍然要继续下去，这不仅仅是为了自己的儿子，同时也为了捍卫她的地位和权力。

如果我在秦都期间能够得到项晶的庇护，那么我的境遇肯定会改变许多。这个想法虽好，真正实施起来却有诸多的困难，项晶贵为秦国皇后，岂是我这样一个落魄质子轻易能见到的?

我对燕元宗产生了浓厚的兴趣，岐王燕元宗的慷慨好客远远超过了太子燕元籍，他门下的食客竟有六千之多，整整是太子的一倍。

我从桌上拿起狼毫，正想喊采雪研墨的时候，却发现她早已经睡了过去，我悄悄地走了过去，从衣架上拿下我的锦袍小心地为她披上。室内炉火正熊，采雪娇俏的脸上露出一丝诱人的嫣红，这种清丽中的妩媚让我更加心动。说来奇怪，我并没有产生亵渎采雪的念头，这种若有若无的纯洁之情远比肉欲更为超然隽永。

第四章 美色

十万两白银在我的手上仅仅存在了两天，除去用来修葺房屋的三千两，请守门侍卫喝酒花去了一百两，剩下的钱全部“捐”给了赌坊，对于我这样一个拙劣的赌客来说，输钱要比赢钱容易太多。我输钱的本事让赌场的每一个人都自愧不如，用不了多少时候，这件事就会传遍秦都的大街小巷。

我来到秦都后挥金如土、醉生梦死的生活，已经成功消除了太子燕元籍的戒心，门口的那八名侍卫已经不再像最初那样亦步亦趋，我们三人可以自由地出入质子府了。燕元籍自然不会让我饿死在他们大秦的领土内，每天还是让临仙楼的伙计照旧给我送着饭菜，可是饭菜的数量和质量都明显差了许多，只能用粗劣二字形容。

在宫中过惯了锦衣玉食的生活，乍一尝试这种日子，我感到了异常新奇，而不是辛苦。

看着我香甜地吃着粗陋的饭菜，孙三分忍不住叹了口气，将手中的碗筷放了下去：“采雪，去西厢取一些人参来，为公子熬一碗参汤。”

采雪轻轻咬了咬下唇，黯然道：“先生从大康带来的那些人参已经用完了……”

孙三分诧异道：“应该有很多，怎会……”

我笑着解释道：“我喝不惯那古怪的味道，把人参分给守门的侍卫了。”

孙三分瞠目结舌地看着我，那些人参都是从宫中精选的上品，价值在千金以上，没想到让我不声不响地全部给送人了。我败光十万两白银他尚不心痛，可是对一名医者来说，这些药材的价值又岂能用金钱来衡量？

看到孙三分怒我不争、哀己不幸的复杂表情，我心中暗暗发笑，我始终都想不出，究竟是什么原因促使孙三分舍弃一切陪我入秦，我深信他一定有充分的理由。以这些天我对孙三分的了解，如果他不情愿，任何人都无法从他的嘴里问出话来。

孙三分居然说出一句让我内疚的话来：“公子不喜欢吃便算了，可是采雪体质虚弱，还需要进补……”“唉！”他长叹了一声。

采雪慌忙道：“奴婢的身体早就恢复了，孙先生不必为我担心！”情急之下，她又忘了掩饰自己女儿的身份，其实在孙三分的面前也没有掩饰的必要，在为采雪疗伤之时，他就已经知悉了她的秘密。

我看了看脸色苍白的采雪，又看了看桌上简陋的饭菜，以前自己做事并没有考虑到别人的状况和感受。

我站起身来。采雪还以为孙三分的话让我动了真怒，柔声道：“公子……”

我大声道：“采雪！为我准备笔墨纸砚，我带你出去转转！”

岐王燕元宗在秦都东城望阙街有一处会馆，这里有一座天然的土丘，当地人给它起了一个雅致的名字——竹影丘，是秦都城内地形最高的地方，燕元宗的会馆就位于这土堆之上。

燕元宗最喜风雅之事，琴棋书画样样皆通，但谈到精深却远未能够，他闲暇的时候会和门下的食客聚集在竹影丘吟诗作画，对于收集名人字画几乎达到了痴迷的地步。在他的影响之下，竹影丘附近竟成了文人墨客的宝地。许多人干脆就在这里摆摊设点，出卖字画，期望能够被岐王的慧眼所看中，若有幸成为他门下的食客，则可一步登天。

以我目前的身份，自然无缘走入燕元宗的会馆。我和采雪在竹影丘下的街道转了一圈，所看到的书画大都是一些粗制滥造的劣品。

我在靠近岐王会馆的书画摊前停步，摊上的字画书法用笔中锋圆润，体态飘逸多姿，字里行间，遍溢书卷之气，在所有书画摊中应该算得上是上上之作，从摊边的顾客来看，他的生意也是最好的一个。我向那设摊的中年书生道：“给我纹银百两，我替你写一幅字！”

那书生被我突如其来的一句搞得一愣，随即哈哈大笑了起来，起身嘲讽道：“你莫不是疯了？”

我淡淡微笑道：“我一幅字最少要值一千两银子，你难道想放过这个挣钱的大好良机？”

那书生见我言辞清晰，显然神志正常，双眉竖了起来，怒道：“你休要在我这里惹事，小心我抓你去见官！”要知道文人之间明争暗斗之事也很常见，尤其是在岐王会馆之外，做书画营生的至少有百家之多，彼此之间钩心斗角的事情几乎每日都会发生。

那书生这一声大喝，把周围的摊主全部都吸引到我们这边来。

我和采雪被所有人围住，顿时成了众矢之的。

采雪从未经历过如此的阵势，芳心不免惊惶道：“公子，我们还是赶快离开吧！”

我不为周围的形势所动，指着书摊上最为出色的一幅字问道：“若在下没有看错，上面标的可是纹银五十两？”

那书生回头看了看，脸上不由得露出了得意之色，想来那幅字是他亲笔所写：“这幅字的确是五十两价钱！”

我哈哈大笑了一声，目光中充满了不屑，大声品评道：“这幅字中锋圆润，飘逸多姿，应该也算得上是佳作。”

那书生听我这样说，脸上的神情稍稍缓和，可是我话锋一转又道：“可惜的是，书者过于追求变化，字里行间到处充满了媚俗铅华！”

那书生一张面孔涨得通红：“你懂些什么，休要在这里妄加评论。”

我笑道：“书者有三种境界，见山是山、见水是水是谓‘无我之境’，借古人规矩、开自己之生面是谓‘有我之境’，我顺笔性、笔顺我势才是真正的‘忘我之境’！”

我说到这里，周围懂得书法的文人雅士不由得频频点头，他们对我的见解深表赞同，以我的说法，这书生自然是达不到三种境界中的任何一种。

那书生犹不服气："只恐怕有些人，说得到未必能够做得到！"

我知道他已经在不觉间进入了我设计的圈套，微微笑道："在下对于书法之道，也算略通一二，还请诸位指点！"

周围人齐声叫好，当然其中有真心想看我写字的，也有存心起哄的，那书生的生意在整条书画街是最好的一个，同行相妒，有人主动想挫他的锐气，同行自然求之不得。早有两名好事之人拉来了画案，我让采雪把笔墨纸砚逐一地摆放在案上。众人散开在我的周围站成了一个圆圈，只等看我的表演。

我用随身带来的洁净手巾擦了擦手，这是我从小养成的一个习惯，我的书法并没有受过任何名师的指点，可是大康的皇宫之中，随手捻来都是传世的书法珍品。我从五岁起开始临摹颜真卿的《祭侄稿》，母亲死后开始潜心摹写王羲之的《兰亭序》。十二岁时几可乱真。

我捻起狼毫，在宣纸上龙飞凤舞写了和他所挂条幅相同的一行大字："折戟沉沙铁未销，自将磨洗认前朝。"我用笔径来直去，却气度恢宏，运笔苍劲刚健，一洗他书中的媚俗铅华，要知道他书作中的骨弱弊端就在于此。繁趋密，趋动，趋浓；简趋疏，趋静，趋淡。两者相化相生，流变衍息，意蕴不断。

周围人群大都是识货之人，看到我笔走龙蛇，一挥而就，人群中不断发出惊叹之声。那中年书生双目久久盯在我所写的条幅上，有道是不怕不识货，就怕货比货，他马上就意识到和我之间的差距何止万千。

中年书生颤声道："你刚才所说的话可还作数？"他所指的自然是我用字换他一百两纹银的事情。

我淡然笑道："先生以为可能吗？"那书生面红耳赤地垂下头去，旋即又抬起头来，咬了咬下唇，似乎下定了决心："我给你二百两银子！"

我还没有来得及回答他，就听到人群中有一个清朗的声音道："如此好字非千金而不可求也！我要了，三千两银子！"秦都之中有如此气魄的人本就不多，更何况这是在竹影丘岐王的会馆前。

我的唇角泛起一丝微笑，当我转过身去的时候，却已经装出了一副惊奇而迷惘的表情。

这是我第一次见到燕元宗其人，质地精美的蓝色绣龙锦袍显示出他超人一等的权势和地位，做工考究的裁剪凸显出他英伟的身姿，他拥有一张非常精致的面孔，和他雍容华贵的气度配合得相当默契。

燕元宗微笑着向我走来，在他的身后跟着两名身材魁梧的门客，其中一名满面虬髯的黑脸汉子，把三张银票递到我的手中，伸手去取文案上的字。

“这位兄弟仪表堂堂，风采出众，不知道因何会在这里？”岐王果然像传闻中那样求贤若渴。

我把银票交到采雪的手里：“落魄之人，不提也罢！”让采雪收好了笔墨，就要离去。

岐王拦住我的去路道：“燕某的会馆就在此地，先生如果不弃，可否前去停留片刻。”我故意做出不感兴趣的样子：“多谢兄台盛情，不过在下家中还有急事，今日定然是不成了，若有机会，改日再来拜访！”

我这是最普通的欲擒故纵之术，以岐王对书画的痴迷，他肯定不会放过和我相交的良机。

岐王脸上写满失望之色，身边的两名门客看到我漠然的态度，顿时不耐烦起来，那名虬髯汉子怒道：“混账！你知不知道正在和谁说话？眼前的这位是当今七皇子岐王殿下！”

岐王燕元宗狠狠地瞪了那汉子一眼，显然是责怪他多事，那汉子惶惶不安地垂下头去。我恭恭敬敬地向岐王行了一礼，转身带着采雪扬长而去，这世上越是才高八斗的才子越是清高倨傲，既然扮演了这种角色，我就要演到极致。

采雪一脸迷惘地跟着我离开了竹影丘，她已经看出我之所以选择岐王会馆卖字，就是为了引起岐王的注意，可是对我拒绝岐王的主动邀请却表现出极为不解。

看到周围无人，她低声道：“公子为何不接受岐王邀请？”

我淡然笑道：“若是我主动攀系与他，在他的心目中，我的地位和寻常食客无异，越是得不到的东西，越是弥足珍贵。如果我没有猜错，他的好奇心已经被激起，很快就会上门拜访！”

三千两银票在我的口袋里并没有存留太长的时间，中午和采雪在兴敬德大吃了一顿，饭后便将剩下的那些银两全部“捐”给了赌坊。

回到质子府后不久，我便听到侍卫在门口叫道：“岐王殿下！”我和身边的采雪相视而笑，放下手中的书卷，缓缓向门外走去。

燕元宗带着一名提着精巧木盒的书童走入院落，远远向我笑道：“我当是何人拥有如此才学，原来是平王殿下！”

我惶恐道：“落魄之人哪里还当得起殿下的称呼。”

燕元宗马上听出了我话音中的感叹，淡然笑了笑，示意那书童把木盒放在院内的石桌上。

已是初春，院内的花草树木吐出了星点的绿意，午后的阳光暖洋洋的，让人昏昏欲睡，我和燕元宗便在石桌旁落座。

燕元宗道：“平王殿下年纪轻轻却已经深得书法真昧，元宗佩服之至！”

我谦虚道：“雕虫小技，岐王过奖了！”

采雪为我二人端来香茗。

岐王的书童从那木盒中拿出一卷用绸缎包裹的卷轴，揭去外面的三层绸缎，才显出里面那古旧的卷轴来。

岐王小心地将卷轴递到我的手上：“这幅字是元宗前些日子辛苦从大汉得来，平王可否帮我鉴别真伪？”

采雪喊了那书童一起抬出一张文几，我将那卷轴徐徐展开。当我看清卷轴时，内心之中一阵暗喜，这卷轴竟然是前朝八均山人的名篇《望空山》，我敢断定，这幅卷轴是百分之一百的赝品，因为真正的《望空山》在我七岁的时候已经被母亲付之一炬。

我仍旧做出仔仔细细的模样来回观看了数遍，找出了其中的若干破绽，然后方向岐王道：“此乃赝品！”

“哦！”岐王并没有表现出太多的惊奇，目光中竟然流露出欣赏之色。我心中一动，难道他故意拿了一幅赝品来试我的才学？

我朗声道："八均山人淡泊名利，隐居世外，书法之中自然流露出一种随意，布局之中深得自然之妙，宛如山水般奇险，姿态纵逸，当世之中无人能与之匹敌；他已经达到用墨信手插柳、俯拾即是的天然境界！"

岐王频频点头，我的目光转向这幅赝品道："此作粗粗看上去已具备了八均山人字体的形状，若是模仿其他墨作倒也可以乱真，可是此人居然选择了八均山人最得意的《望空山》，要知道这幅字乃是八均山人悟道仙去之前所做，字里行间已经集天地之灵秀于一身，其中的神韵又岂是可以描摹出来的？"

岐王的目光已经由欣赏转为叹服，他又怎会知道，若非我见过《望空山》的真品，又怎会解说得如此详尽？

我这才请岐王重新入座，两人一边饮香茗一边纵论古今文章，岐王的双目中不断闪现异样光彩，我的见解和论断多处和他不谋而合，我们都是生于帝王之家，我对他的生活几乎是感同身受，揣摩他的心理对我来说只不过是轻而易举的事情。

一直谈到日薄西山，岐王燕元宗仍旧是兴致高涨，他身后的书童小声提醒道："殿下！晚上还要入宫赴宴！"

岐王这才意犹未尽地站起身来，我慌忙起身送他。

岐王握住我双手道："元宗和平王一见如故，今日若非有要事在身，一定和你秉烛夜谈。"

我装出激动的模样："胤空和岐王殿下有着一样的心思。"

岐王道："既如此，明日正午你便到岐王府来，我还有许多书法上的学问向平王请教。"

我没有推却的理由，自然愉快地答应下来。

既然明日要登门拜访，我怎么也要给他带上一些礼物，我让采雪买来一面白扇，在扇面上用我最为擅长的瘦金体书写了一首七言诗《偶遇》，采雪在一旁为我掌灯，孙三分也凑过来看热闹，等我书写完毕，他借了过去反复地看了数遍，忍不住感叹道："公子的书法果然是神来之作，难怪岐王会舍得花三千两银子求你的一幅墨宝。"

我笑道：“孙先生若是想让我帮忙抄写方子，我可以分文不收。”

孙三分笑道：“那恐怕孙某的方子都要被秦都人抢光！”

去岐王府的时候我并未带上采雪，岐王府食客万千，其中能人异士不知道要有多少，采雪的伪装虽然巧妙，可是仍然有被识破的危险，身在异国他乡，凡事都需小心谨慎。我换了一身青色长衫，携了扇面向岐王府走去。

岐王府位于城南胭脂湖边，其建筑风格和我之前去过的太子府全然不同，整座王府依湖而建，掩映于湖光水色之中，让人恍惚间仿佛来到了江南。主体建筑也并不像秦都内粗犷的砖瓦结构，大多数都采用了木质结构，处处雕梁画栋，飞檐叠瓦，写满江南的柔美与婉约。我随即想到他的母亲项晶本是大汉的公主，这座王府的选址和修建，八成是受到了她的影响。单从建筑格局来看，岐王燕元宗应该是个极其风雅之人，这样的人往往都懂得享受生活。

来到门前，我将自己事先准备的拜帖递给门倌，没过多长时间，就看到身穿白色儒衫的岐王从府中迎了出来。

他远远笑道：“平王果然守时，元宗正想去门前等你，可巧你就来了！”他平易近人，虽然身居高位，但是身上并没有任何的骄矜之气，让我不由得对他生出好感。

我笑道：“胤空心急见到岐王，是以早到了！失礼之处还望见谅。”

岐王和我相视大笑了起来。

走入王府大门，我才见识到岐王府之大，林木掩映中，只见一面小湖展现眼前，湖心有一片绿洲，纵横数十亩，上面有十多座雅致精巧的小楼房舍，一道雪白的玉制长桥连接洲岸，走上长桥，便像走入了一幅美丽的图画里，风拂碧水，林树争艳，洲上的亭台楼阁与湖光山色交相辉映，小桥流水掩映于枝青叶秀之中，粼波潋滟，绚丽多姿。穿过了一条修竹曲径和经过了两个避雨小亭后，我们方才来到那片小楼前的空地上。

我从周围的格局猜测到，这王府内的小湖定然是引府外的胭脂湖水建成，在府内建成了这湖中有湖的人间仙境的确是奇思妙想，我在内心中暗暗赞赏了一番，即便是在大康，我也未曾见过如此雅致的府邸。

小楼前的花坛之中，有数名身穿白色长裙的女子正在修剪花枝，一个个人美如玉，在鲜花的掩映下显得越发娇艳可人。两人穿过花丛，来到岐王读书阅览的小楼前，眼前的小楼全部都以木料契合而成。我仔细观察，方才辨认出用来建筑的材料是原产于大汉的异种檀香木，小楼一半以地为基，另一半则悬在湖水之上，楼前的观景台上还用一条粗绳，拉住一只独木兰舟。

从外表看来，这小楼的支支香木，粗细不一，但安插及编装甚有条理，虽是人为却不失自然之美。因此显得均匀有致，别具一格。小楼周围种植着不少奇花异草，散发出阵阵清香，与小楼本身檀香木所散发出的特有芬芳气味，糅合在空气中，熏人欲醉。

小楼门前，有六级圆木台阶，爬上台阶，才是回廊，直通到小楼的入口。

回廊设计得颇具匠心，看似阁楼回廊，却隐含璇宫图特有的“三折二曲，一弯四角”的原理。楼内的装饰和外观极为一致，墙面、地板都用木料制成，窗帘织物也用手工纺织而成，厅中桌椅都是大大小小的树桩，就连桌上摆放的茶具也是木料所制，更显得整个室内朴实无华。

我环顾四壁，墙上挂有历朝历代的名家墨迹，其中固然有平庸之作，当然也不乏价值千金的名作，我情不自禁地走上前去，仔细欣赏了起来。

岐王很会揣摩他人的心意，看到我沉迷在书作之中，他并不打扰，示意奴婢为我沏茶，自己在一旁静静地恭候。

我自然不会放过这个考验他内心的机会，装出流连忘返的样子，如痴如醉地欣赏了足足半个多时辰，直到自己看得颈部酸麻，才由衷地感叹了一声：“好字！”

燕元宗的脸上露出欣慰之色，他在书法方面的造诣要远远落后于我，不然也不会收藏了这么多良莠不齐的书作。自从我在他面前展示了那手漂亮的墨迹之后，他对我的眼光相当信服，我的赞许无异于对他的最大肯定。

燕元宗笑道：“虽是好字，可是比起平王的墨宝相差得又何止千里！”

我这才把那幅扇面拿了出来，双手奉与岐王道：“岐王殿下，胤空昨夜为殿下书写了一幅扇面，还望笑纳！”

燕元宗展开扇面，双目之中顿时露出激动的神情，这幅扇面是我的专心之作，和昨天的那幅即兴挥就的条幅风格全然不同。

“好字！好字！”燕元宗连续赞了两句，把玩扇面许久也不舍得放下。

燕元宗对于书作的收藏简直到了痴迷狂热的地步，墙上所挂的作品仅仅是他众多收藏中的万一，这小楼共计五层，每层都摆放着他收藏的书作。要是让我逐一地看完品评，恐怕没有几个月的工夫根本不可能办到，好在他也并没有让我继续鉴赏的意思，小心地收起扇面和我一起来到楼前的水榭之上。

早有四名少女在水榭中准备好了酒菜，天气渐暖，四名少女全都换上了轻薄春衫，娇躯之上春色盎然，让人怦然心动。我们所遇的婢女皆是绝色，后来我才知道，这些奴婢多数都是遴选剩下的秀女，当今皇后项晶出于对儿子的关爱，便将她们赏赐给岐王为婢，其实她生恐宣隆皇被其他的女子所吸引，危及自己在宫中的地位，所以燕元宗手下的奴婢甚至比宫内的佳丽犹有过之。试想，项晶又怎会把姿色出众的佳人留在宫中呢？不过这样一来岂不是便宜了燕元宗，让这位岐王有机会享尽人间绝色。

我目光在四名少女高耸的胸膛上逐一扫过，燕元宗看到我的失态，忍不住微微一笑，他大概也已经听说了我放浪形骸的各种传闻。

燕元宗的生活追求完美，不但他所用的饮食器具都极尽精致，甚至连每一道菜肴都要追求完美的形态，看着眼前这一道道宛如艺术珍品的各色菜肴，我简直有些不忍落箸。

燕元宗和我对饮了一杯，道：“据我所知，平王今年应该才十七岁，书法造诣竟然如此精深，却不知师从何人？”

我淡然笑道：“胤空并未有老师，所学书法皆得自临摹他人精品！”我这句话丝毫没有夸大，除了我的母亲教我识字以外，我几乎可以算得上是自学成才。

燕元宗赞道：“平王果然是惊世之才！”

“胤空惭愧之至，除了能写上几个字，画上几笔，胤空别无他长，岐王见笑了！”我面露羞惭之色。

燕元宗哈哈大笑了几声，他的目光望向湖面的方向，一阵悠扬的琴声从远处飘来，我细细听去，那琴声仿佛是少女相思情郎的轻声呢喃，又似深闺少妇思念远行丈夫的悲声啜泣，声声仿佛弹进他人心窝，让人不由黯然神伤。

我顺着燕元宗的目光看去，却见一艘饰满鲜花的木兰舟悄声无息地向我们的方向飘来。船头伫立的一个白衣少女，她长发披肩，纤手抚琴，如诗如幻。那兰舟渐渐飘近，只见那少女十七八岁年纪，秀眉宛如新月，一双美目荡漾着哀伤婉约的神情，肌肤欺霜赛雪，将四周醉人美景都衬得毫无颜色。

我的目光痴痴地看着那位少女，几乎忘却了身处何地，直到燕元宗大声唤我，我才从梦境中惊醒过来，尴尬地笑道："此曲只应天上有，人间难得几回闻！胤空失态了！惭愧！惭愧！"

燕元宗笑道："她叫瑶如，是我府上的奴婢，若是平王喜欢，我便将她送给你！"

我慌忙推辞道："君子不夺人所爱，胤空不敢！"这番话却是违心之言，窈窕淑女，君子好逑，面对如此绝色若说不动心除非不是男人，可焉知眼前的一切不是燕元宗故意试探于我？如此倾国倾城的美女，他又怎能舍得割爱？

燕元宗呵呵一笑，并不继续坚持下去，说话间，那兰舟已经来到水榭之前，两名美婢上前将那兰舟系在岸上，宛如仙子一般的瑶如翩然上岸。我的目光又落在她美丽的不可方物的俏脸之上，此女果然是绝代佳人，就是和采雪相比也不遑多让，燕元宗又怎会舍得将如此人间绝色奉送给我？刚才那句话分明在试探于我，若是我不知进退地答应下来，恐怕又会落成别人的笑柄。

燕元宗向瑶如道："瑶如！这位是大康平王殿下，让你赞不绝口的那幅字，就是他的墨宝！"

瑶如美目中流露出一丝倾慕之色，婷婷袅袅来到我的身边，柔声道："奴婢瑶如拜见平王殿下！"她的声音宛如出谷黄莺，尾音微微拖长，却更有一种勾人心魄的魅力，如此接近的距离让我得以嗅到她娇躯上淡淡的体香，心跳忍不住加速起来，这瑶如绝对是祸水级的美女。

燕元宗使了一个眼色，瑶如拿起酒壶为我填满了酒杯，双手奉上道："奴婢敬平王殿下一杯！"

我接过酒杯，无意中触及她纤柔的指尖，心中不免一荡，瑶如似乎觉察到了我的失态，美目笑意隐现，一丝羞涩在双眸中荡漾开去。

燕元宗让瑶如在我的身边落座，他的话终于进入了正题：“元宗有一事相求！”我慌忙道：“岐王殿下尽管吩咐，只要胤空可以做到，必然赴汤蹈火，万死不辞！”也许是因为我的话太过夸张，燕元宗和瑶如都微笑了起来。

燕元宗笑道：“平王言重了，我想求你做的事情并不算太难！三日之后便是我母后三十五岁的生辰，我想让你为我写一幅百寿图为她祝寿！”

我点了点头道：“岐王放心，胤空一定全力为你做好这件事！”

燕元宗激动地站起身来，这时远处一名奴婢陪着一名虬髯汉子向这边走来，正是昨日我在竹影丘所见到的岐王门客。

燕元宗叹了口气摇了摇头道：“真是不巧，我恐怕还要出门做些事情！”

我慌忙起身告辞。

没想到燕元宗道：“我已经为平王准备好了休息之所，平王便暂且在我这里住上两日！”

我心中一怔，临来之时根本没有想到他会挽留我暂时住下。

燕元宗道：“质子府那里，我自会派人交代，平王尽管放心。”他转向瑶如道：“你带平王去缥缈楼休息。”

我在四名美婢的引领下来到燕元宗口中的缥缈楼，我多少有些失望，本想趁着这个机会能和瑶如单独交谈，没想到她竟然没有同来。从楼内的情况来看，燕元宗在我来此之前早就做好了留我的准备。一层是厅堂和浴室，二层是专供写字的书房，三层便是我的卧室。

四名美婢引着我来到浴室之中，却见莲花状的浴池内早已准备好了晶莹清澈的热水，一名美婢娇声道：“平王殿下请宽衣！”

我在大康之时并不缺少美女侍浴的机会，所以并没有感到局促。

两名美婢为我除去了外衫，侍候我在浴池前的石椅上坐下，我本来还担心石椅质凉，可是没想到，触体温暖如玉，这看来并不起眼的椅子竟然是火云石打造而成。

一个温柔的声音道："你们去吧！我来伺候平王沐浴！"

我的心猛然狂跳了数下："瑶如！"

瑶如身穿红色宫装，长发在头顶盘起，露出一截雪白的玉颈，诱人曲线延伸至香肩，隐入轻纱之中。她足上穿着一双做工精致的木屐，晶莹的脚趾裸露在外，格外引人心动。

四名美婢应了一声，转身离去，反手掩上了浴室的房门。

瑶如将手中的托盘放在我面前的石桌之上，托盘中除了洗浴的用品之外还有两杯美酒。我纵然经历了不少的场面，可是在宛如仙子的瑶如面前，心情不禁也有些紧张。

瑶如伸出纤纤素手，端起美酒奉到我的唇边："平王请用……"

我顿时沉醉在她妩媚的星眸中，端过酒杯一饮而尽，一股清凉沿着喉头一直滑入胸腹，感觉通体舒泰。

瑶如俏脸露出一丝浅笑，她将另一杯美酒饮尽，轻声道："此酒名为'三重雪'，是用深冬的雪水酿制而成。"她来到我的身后，温柔地为我解去衣裳，我的身体并不像表面上那样文弱，长期的锻炼让我的身体匀称而结实，肌肉饱满，曲线健美。

瑶如轻轻咦了一声，她显然也没有想到我一个文弱书生会拥有这样强健的身躯。瑶如细腻的指尖滑过我腰腹的肌肤，让我的肌肉顿时紧张了起来，我在瑶如的扶持下站起身来，我的身体毫无保留地展现在她的眼前。

水很烫，热度从我的每一个毛孔渗透到体内，我这才明白瑶如在浴前让我饮用"三重雪"的含义，体内的清凉和体表的灼热两种截然不同的感觉涤荡着我的身体。

瑶如褪去红色宫装，艳如娇雪的凝脂玉肤呈现在我的面前，她的体态堪称完美，浅粉色肚兜包裹着她诱人的躯体，两条修长晶莹的秀腿，刻意并拢在一起，这样的动作更加撩起了我心底最为原始的欲望。

我转过身去，闭上眼睛，深深地吸了一口气，我必须保持自己的理智，若是有一着不慎，恐怕就会坠入万劫不复的深渊。以瑶如的美貌，任何一个男人都不可能不为之心动，如果她和岐王之间曾经有过宿缘，那么我要是妄动，肯定会招来无妄之灾。

瑶如的纤足踏入了池水之中，我的内心宛如池水的涟漪般荡漾起来。她伸手为我解开头上的发髻，这样的动作让她的丰盈若隐若现。瑶如在我灼热的目光下涨红了脸儿，柔声道：“公子想看瑶如，以后天天都可以见到。”

我竭力压抑住内心中的欲望笑道：“我只是暂时留在这王府之中，恐怕以后见到瑶如姑娘的机会并不太多！”

我转过身去，瑶如细心地为我濯洗着头发，娇嫩的双峰时不时地轻轻点触在我的后背之上，我这才意识到，她的肚兜不知在何时已经悄然除去，此刻我们两人已是坦然相对。

“岐王已经将瑶如送给了殿下，以后瑶如会朝夕侍奉在殿下的身边，又怎会没有机会？”瑶如的一席话顿时让我心中剧震，我缓缓转过身去，却看到瑶如轻咬樱唇，一脸娇羞地垂下头去，人美如玉，在这碧波荡漾的池水之中宛如出水芙蓉一般美丽。

“殿下……”她动人心魄地轻声唤道，我此刻若是再继续坚持下去，肯定是一个呆子，我抓住她的纤手，猛然将她拉入了自己的怀中，瑶如“嘤咛”一声软玉温香被我抱了个满怀。我们彼此的肌肤无间地摩擦着，终于在这水池中融为一体，池水失却了刚才的平静，水波在我们的激情下剧烈地荡漾起来……

我心满意足地依偎在瑶如温暖的怀抱中，她的呼吸依然急促，显然还没有从刚才我带给她的极度愉悦中平息下来。

我突然扬起了头，准确地捉住了她柔软湿润的嘴唇用力地吮吸起来，瑶如纤长的玉腿情不自禁地弯曲而起，缠绕在我的腰腹之上，晶莹的足趾由于激动而紧紧地曲向淡粉色的脚心。我把瑶如的整个娇躯抱了起来，她的玉臂缠住我的脖子发出一声愉悦的娇呼，这种强烈的征服感，让我从心底兴奋起来……

离开浴室的时候已近黄昏，在我的记忆中还是头一次花这么长的时间进行沐浴，瑶如的美目中荡漾着浓浓的春意，我知道她已经彻底折服在我的身下。

我和瑶如一起吃完晚饭，开始为燕元宗书写他准备敬献给皇后项晶的百寿图。我敢断定这三重雪之中必然掺杂了催情的药物，否则我也不会把持不住，一切都应该出自于燕元宗的安排，由此可见他并没有将瑶如看得很重，只是将她当成一件普通财产罢了，既然他一番厚意，我也只有坦然受之。

古人有云，受人滴水之恩，当涌泉相报，燕元宗将美若天仙的瑶如赏赐给我，又岂是滴水之恩可以形容？我虽然抱有其他的动机，可是对于燕元宗的慷慨，也不得不暗暗感激。回报他的最好办法就是为他备好这份礼物，哄他的母后开心。

写小幅的百寿图不难，可是要在丈许的宣纸上，书写好一百个大小形态不同的寿字，着实地花费了我一番心思。或许是在岐王府中的耳濡目染，瑶如对书法也有一番独特的见解，这让我感到惊喜，没想到她美丽的外表下还藏有一颗蕙质兰心，是个秀外慧中的美女。

我用了一天一夜的时间来考虑布局，然后才决定动笔，瑶如始终陪伴在我的身侧，让这段枯燥的时光顿时变得旖旎生动了起来。

岐王燕元宗在这段时间内始终没有打扰我，也许是想给我一个相对静谧的空间让我更好地创作出这幅百寿图。

我在宣纸上凝重地写下了最后一笔，瑶如在我的身后发出了一声娇呼，预示着我经过两天两夜的努力终于成功完成了岐王交给我的任务。

我接过瑶如递来的香茗，满意地看着书案上的百寿图，两日来的心血毕竟没有白费，瑶如乖巧地为我揉搓着有些酸麻的臂膀。

这幅字有她的一半功劳在里面，只有体力和精力达到适度的放松，才能创作出如此完美的作品，我忽然把握到了岐王把瑶如送给我的真正含义。

等到墨迹干透，瑶如小心地收拾好这幅作品：“我这就送去装裱！”我点了点头。

瑶如温柔道：“平王何不去楼上歇息？”

我满怀深意地向她笑了笑：“你速去速回，我在上面等你！”

瑶如听出了我话里的含义，俏脸蒙上一层羞涩的绯红，这两日我们在楼上度过了无数难忘时光。她匆匆地点了点头，逃也似的跑下楼去，我望着她娇俏的背影露出一丝笑意，瑶如越是在我的面前表现出羞涩，就越是证明她开始对我动情。

我打了个哈欠，正欲向卧房走去，却听到外面传来了瑶如的一声娇呼。

随之我便听到一个愤怒的女声道：“瑶如！你这些日子都去了哪里？”声音竟有几分熟悉，只是一时间却想不起来究竟是何人，我推开格窗向楼下望去，却见一位身穿红色骑马装束的少女正抓住瑶如的手臂，一副兴师问罪的架势。

我开窗的动静惊动了她们，两人齐齐抬头向我看来，我这下看得清清楚楚，那红衣少女分明是大秦九公主燕琳。我微笑着向她挥了挥手，却看到燕琳一张俏脸顷刻间变得冷若严霜，妙目中流露出刻骨的仇恨，身边瑶如花容失色，不住向我挥舞着纤手，提醒我赶快离去。

“我要杀了你这淫贼！”燕琳咬牙切齿地大叫道，她从腰间抽出短剑，向飘渺楼冲来。

我心中一凛，慌忙将格窗掩上，此时燕琳的声音已经在一楼大厅中回荡。我慌忙冲到门前将房门插上，又把书案推了过去抵在门后。

“嘭”的一声巨响从门上发出，显然燕琳已经来到了门外。

我大声道：“九公主！在下受岐王之邀来到王府，好像并没有得罪你的地方！”

门外又是“嘭”的一声，应该是她一脚踢在门上：“淫贼！除非将你扒皮抽骨方解我心头之恨！”

我死命抵住书案，当初不过是在太子府摸了她的丫鬟一下，怎么搞得跟不共戴天似的，还真是冤家路窄，想不到会在岐王府跟她遇上。

门外瑶如泣声劝道：“公主殿下，平王只是受岐王之邀前来写字，并没有其他的念头！”

燕琳怒道：“贱人！你居然还敢维护他，难道我会不知道这些日子以来你们在这里做的苟且勾当！”

瑶如失声啜泣起来。

听到这里我顿时醒悟过来，这燕琳分明是忌妒我和瑶如之间的事情，闹了半天这个刁蛮公主竟然是个不爱男人的怪物，一股莫名的恐惧占据了我的内心，如果只是出于对我侮辱婢女的愤怒到还罢了，现在她根本就是把我看成情敌，就是妒火攻心一怒之下杀掉我也是极有可能。我心中暗暗叫苦，早知道是这个情况，打死我也不敢接受岐王的这份厚礼。

燕琳撞了几下房门便停了下来，想来是自知破门无望，终于放弃了努力。我擦去了额头上的冷汗，心中暗自庆幸，只要拖上一段时间，等岐王过来，我的命就算保住了。一切重新回归于寂静，然而这寂静却让我嗅到死亡的气息。

楼下忽然传来瑶如惊恐的哭声："公主殿下！你不可以这样！会出人命的！"

燕琳尖声叫道："滚开！我要烧死这个浑蛋！"

我听到这里，慌忙推开格窗，却见燕琳拿着两个火把，向小楼扔了进来，这座小楼通体都是木质结构，加上里面到处都是书籍，遇火即燃。眼看一楼已经燃烧了起来，我如果再不离开，定然要被这个变态公主烧死在这座小楼之内。

王府中虽然人数众多，可是除了瑶如以外，没有任何人敢上前阻拦这刁蛮公主的率性胡为，仅凭瑶如一人的力量根本无法阻拦势若疯虎的燕琳。

火借风势迅速将小楼燃着，我咬了咬牙，眼前的形势之下，我已经没有更好的选择，我推开房门，向楼外跑去。与其被火活活烧死，还不如让那变态公主一剑捅死得好。

大厅多处已经被烧着，我操起身边的花架，利用它多少可以起到阻拦的作用。

我带着几点火星刚刚冲出楼门，早就候在那里的燕琳迎头一剑向我砍来，我双手举起花架迎向她的短剑，没想到她的这柄短剑锋利之极，噌的一声，已经将花架斩为两段。我扔掉花架拼命向远处跑去，燕琳岂会这么容易把我放过，举剑向我狂追而来。

瑶如一边哭泣一边在后面追赶，王府内的其他婢女都远远站在一边，她们根本不敢过问这种事情。

燕琳显然身负武功，眼看她和我之间的距离越来越近，我情急之下向右方的九曲长桥逃去，利用长桥曲折的地形也许可以减慢燕琳的速度，没想到燕琳娇叱一声，身躯竟然凌空飞起，居高临下地向我刺来，我慌乱间在桥面上一个懒驴打滚，极为不雅地躲过了她的攻击。

燕琳第二剑紧接着向我刺来，我在地上连滚带爬地向前逃去，有生以来，我还是第一次被女人逼得如此狼狈。

瑶如含泪赶到了这里，扑倒在燕琳的脚下，玉臂紧紧抱住燕琳的双腿，泣声道："九公主！你要杀，便杀我吧！"

燕琳见瑶如这样维护我，芳心内更是又妒又恨，紧咬贝齿道："贱人！你对他果然情深义重！好，我就让你们下地狱去做一对亡命鸳鸯！"她挥剑向瑶如的后心刺去，眼看瑶如就要在她的剑下香消玉殒，我咬了咬嘴唇，全力冲了过去，双手死死抓住燕琳的手臂，我们三人顿时纠缠在了一处。

桥面本就极窄，我们骤然失去平衡，随着两女的一声惊呼，我们一起冲出桥面跌入小湖之中，我的水性虽佳，可是猝不及防跌入水中，仍是呛进了一口湖水，瑶如和燕琳都不擅水性，先后向水下沉去。

围观者多数是岐王府中的婢女，多数不擅水性，看到我们三人落水，慌忙去找竹竿来打捞我们。

我搂住瑶如的娇躯向桥面游去，她在我的帮助下成功爬到了桥上，娇躯都已经被湖水浸透，身体诱人的曲线毫无保留地显现出来。

这时耳畔突然传来婢女的惊呼："九公主沉下去了！"我猛然回头，湖面之上再也看不到燕琳的踪影，这可是非同小可的大事，要是这个变态公主淹死在水里，我必然难逃一死。我在水中解开自己的外衫，俯身继续向水下潜去，如果换作在大康遇到这种刁蛮变态的女人，我一定让她自生自灭活活溺死在这湖中，可这里是大秦，燕琳又偏偏是秦宣隆皇最宠爱的九公主，最麻烦的是，我和她落水这件事有着脱不开的干系。

我终于在水下看到了燕琳，此刻的她已经完全失去了飞扬跋扈的气势，双臂伸向前方，连挣扎都不会了，娇躯不断向下沉去。我迅速潜游了过去，从身后抱住了她的身体，我无法断定她是否仍然活着，右手恶作剧般在她胸前用力地捏了一把，燕琳的娇躯颤动了一下，这刁蛮公主的生命力果然顽强，我双脚轮番踩水带着她向上浮去。

我费了九牛二虎之力才把燕琳拖上桥面，早有婢女拿来毛毯裹住了她湿透的身躯。瑶如看到我平安回来，竟忘记了周围还有她人在场，扑入我怀中大声哭泣起来，我轻抚着她的肩头正要安慰几句，这时婢女们惊恐地喊道："九公主是不是死了！"有两名胆小的婢女已经吓得哭出声来，若是燕琳真的死了，我们所有人恐怕都要被处以极刑。

我分开人群走了过去，只见燕琳直挺挺地躺在桥面上，双目紧闭，一身骑马装束早已湿透，勾勒出美妙玲珑的曲线，平心而论，如果她不是如此刁蛮的话，倒也算得上是一位绝代佳人。

我摸了摸她的脉搏，虽然微弱，可是仍然存在，右手捏住她的鼻翼，左手拖住她的下巴，深深地吸了一口气，俯下身去度入她冰冷的樱唇，燕琳的樱唇丰盈而充满弹性，吻在上面倒有几分诱人的感觉。

也许是呛入了太多的冷水，燕琳仍然未见醒来，我并拢双拳狠狠地砸在她胸口，触手处充满的惊人弹力让我忍不住心中一荡。也许只有对燕琳的这个部位我才能下得去如此重手，多少也是对她刚才骄横跋扈的一种报复。

我捶了几下又俯下身去继续向她樱唇内度气，不曾想燕琳猛然睁开了双目，当她看到我正趴在她的身上，双手捉住她双乳，嘴边印在她樱唇之上，羞愤到了极点，哇的一声，一口冷水喷到了我的脸上。我擦去脸上水渍，欣喜道："没事了！没事了……"

燕琳剧烈地咳嗽了起来，又连续吐出了几口冷水。她一把推向我的胸口，我全无防备之下，仰头摔在了桥面上。燕琳站起身来，飞起一脚狠狠地踢向我的下体："淫贼！"

我惨叫了一声，一阵剧烈的疼痛从下体迅速扩展到全身，我的身体开始抽搐起来。燕琳好像仍不解气，还欲再踢。

"不要！"瑶如不顾一切地扑倒在我的身上，燕琳又连续在她身上踢了几脚。

这时候一个愤怒的声音吼叫道："九妹！你做什么？"却是岐王燕元宗收到消息及时赶到。

燕琳妙目之中充满泪水，她双手指着我的鼻子："这个淫贼，竟敢当众羞辱于我！"

岐王早已从婢女的口中知道究竟发生了什么事情，怒目盯住燕琳："你以前胡闹，我便算了，可是今日居然想做出行凶杀人的事情，当真是顽劣成性，这次的事情我一定会禀告给父皇，到时候看他还会不会护着你！"

燕琳"哇"的一声大哭起来，平日她这位七皇兄对她最是疼爱，没想到今日竟然为了一个淫贼当众训斥她。燕琳用力跺了跺脚推开人群向远处跑去，几名婢女正要去追她，却被岐王喊住："不要管她！"

燕元宗的目光这才落在我的身上，他叹了口气，一脸歉疚地把我扶起："平王殿下，元宗教妹无方，让你受委屈了！"

我本想说几句客套的话，可是下体的疼痛一阵阵地传来，竟然是一个字也说不出口。燕元宗看到我的模样顿时明白，向瑶如道："你扶平王去望湖阁暂时休息，再找一位大夫为他医治一下！"瑶如泪光盈盈地点了点头，忽然想起一事，俏脸顿时变得煞白："坏了！那幅百寿图！"

我的面色也是微微一变，想来是瑶如刚才只顾着救我，将百寿图遗失了，好在这里人手众多，找回并不困难。不久，一名婢女在已被大火烧成了废墟的缥缈楼前找到了百寿图的一角，其他的部分早已被火燃尽。瑶如吓得身体都失却了温度，我握住她的纤手帮她镇静下来。

燕元宗看到眼前的情景，脸色顿时沉了下去，母后的寿辰将至，没想到贺礼却变成了这副样子。

瑶如含泪跪了下来："岐王殿下……都是奴婢失责，请殿下责罚……"我看到她梨花带雨的可怜模样心中不忍。岐王的目光向我看来，我知道他正等待着我的回答。

那幅百寿图耗去了我整整两个日夜的苦工，现在距离秦后寿辰只有半日，我便是片刻不停地赶工也写不出来，更何况在下体遭到重创的情况下。

燕元宗看到我的神情，失望地叹了口气："看来燕某只有再做打算了！"

我灵机一动忽然想到，这对我来说恰恰是可以见到项晶的一个良机，我决不可以放过。表面上却不动声色，向燕元宗道 ：“不如我为皇后画一幅肖像如何？”书法我是无师自通，丹青之术却是得师于皇宫御用画师恺之，深得恺之用色之真昧。

燕元宗双目一亮，他并不知道我还擅长丹青，不过自古书画一家，他马上也就对此深信不疑 ：“如此甚好，不过……”他忽然又想到一事，疑虑道 ：“可是你并未见过母后，又怎能描绘出母后之绝代风华？”

我趁机进言道 ：“此事倒不算难，只要胤空见到皇后一面，便可以绘出她的神韵！”我这句话并没有夸大，十二岁的时候，恺之与世长辞之时便说过，当世之中能够得到他真传的便只有我一人而已。

燕元宗沉吟了一下，并没有即刻答应下来。寿筵将至，皇后正忙于宴请诸公的事情，哪里又能够抽出时间来和我相见？他来回踱了几步问道 ：“你可有把握在短时间内画好我母后的肖像？”

我充满自信地答道 ：“岐王放心，就算是在现场我也可以准确画出皇后的风采！”

燕元宗的眉头顿时舒展开来，露出欣喜之色 ：“好！今晚你便随我一起前去，我要你当场为母后画像！”

“胤空从命！”我的内心充满了喜悦，本来以为事态急转直下，没想到前方却又突现良机，只要我能够把握住这次难得的机会，博取皇后的好感应该不难。

燕琳全力施为的一脚伤得我着实不轻，我在瑶如的扶持下来到了望湖阁，在我的要求下，岐王把孙三分从质子府接来。看到我狼狈的模样，孙三分忍不住皱了皱眉头。

我指了指下体道 ：“九公主干的好事！”

孙三分叹了口气，把药箱放下，瑶如慌忙为他倒了一杯清茶。

我解开底裤，孙三分看了看我的伤势 ：“不妨事！只是有些瘀肿，我给你开一服止痛药，然后用冰袋敷在上面，很快就可以恢复如常了。”

“我去取冰！”瑶如听闻我并无大碍，美眸之中浮出喜色，嫣然一笑转身去了。

孙三分看着她关上房门方才向我道："她又是什么人？"

我笑道："岐王送给我的侍女！"孙三分无可奈何地摇了摇头，我知道以他老到毒辣的眼光，定然可以看出我和瑶如之间发生的情事。

孙三分叹道："红颜祸水啊！"他分明是故意感叹给我听的。孙三分随身的药箱中就有伤药，他取出放在桌上问道："岐王的事情办完了吗？公子何时返回府邸？"

我低声道："今晚岐王邀我前往秦宫祝寿，今日恐怕是回不去了！"

孙三分点了点头道："老朽留在这里也没有什么用处，我还是回去好了，采雪还在等着你的消息呢。"

想到采雪，我的内心不由一暖，这两日我在岐王府中，她一定时刻都在担心着我的安危，我嘱托道："孙先生千万不要把我受伤的事情告诉采雪。"

孙三分道："老朽知道，这些事情就算我想说也说不出口的！"

孙三分走后，瑶如带着一小桶冰块翩翩回来，她用白色纱袋装好冰块来到我的榻边，关切道："还痛吗？"

"服过孙先生的伤药后果然好些了，不过想完全恢复恐怕还要等些时候！"瑶如的俏脸微微一红，轻轻解开我的底裤，为我将冰袋敷上。

我忍不住"啊"地叫了一声，瑶如的目光和我相遇，脸庞越发红得厉害，纤手也微微颤抖起来，这种情况下，面对这样一位绝代美女对我来说简直是一种煎熬，更何况她纤手还拿着冰袋敷在我最为敏感的部位，我的身体不由自主地起了反应，原本肿胀的地方更是雪上加霜，痛得我额头冒出汗来。

我压住瑶如的纤手道："你去帮我沏杯茶来，这件事情还是我自己做吧！"

瑶如红着俏脸点了点头，逃也似的离开了床榻。

第五章 丹青

秦宫位于秦都的中心位置，四周城墙环护，护城河深而广阔，俨若城中之城。皇后项晶的寿宴在宫内的逸祥大殿举行。秦宣隆皇和皇后项晶的王席设在正对大门的殿北，两旁各设六十席，面向殿心广场一般的广阔空间，每侧坐席又分前后两排，每席皆可坐十人，前席是一众王室贵胄大臣，后席则是王卿家眷以及一些颇有身份的武士家将。

越是接近秦皇的位置，宾客的身份地位越是崇高，太子燕元籍和岐王燕元宗的席位分设于左二席和右二席，由此可见他们在众皇子中地位超然。众宾客入殿之后分别坐入自己的酒席，有些人只是交头接耳地小声交谈，并不敢喧哗，气氛紧张而且严肃。

我的身份虽然是大康国的平王，可是并不在皇后的邀请之列，所以只能规规矩矩地站在燕元宗的身后，燕元宗对他的母亲可谓又敬又怕，他希望能够借着寿宴讨取母后的欢心，不再继续逼迫自己介入宫廷的争斗之中。

孙三分的伤药果然灵验，我的下体已经不再疼痛，经过一段时间的冰敷水肿也消退了许多，寻常行动已然不碍事了。

岐王燕元宗转身向我耳语道：“我母后出来之后，你便仔仔细细地看个清楚，然后我让陈公公带你去偏殿绘画。”

我淡淡应了一声。

这时钟声响起提醒众人入席。近千名王亲国戚、公卿贵胄纷纷入席，两旁百余席人头涌动，盛大的宫廷晚宴即将拉开帷幕。

靠近大门处突然起了一阵轰动，我抬头望去，只见一个宫装女子在数名美婢的簇拥下婷婷袅袅走了进来，那女子身披真丝织成的罗衣，上面坠有无数流光溢彩的珍珠，光辉灿烂。耳坠两颗晶莹剔透的明珠，如云的发髻横着一枝金簪，闪烁生辉，衣缀明珠，绢裙轻薄，纤美的身躯散发着浓郁的芳香。她的脸形极美，眉目如画，嫩滑的肌肤白里透红，诱人之极。不是九公主燕琳还有哪个？我心中暗暗称奇，没想到这变态公主精心打扮之下竟然如此美艳，浑身上下都充满着女人味，和此前的刁蛮女子判若两人。

燕琳似乎早已忘记了日间的不快，笑盈盈向各位皇兄打着招呼，当她目光转向我的方向时顿时冷了下来，双目中流露出羞愤不已的神情。我心中暗笑，今日在水下狠狠捏了她胸口一把，想来她现在应该仍在疼痛。

我现在自然不会怕她，燕琳就算是再野蛮，当着王公诸卿的面她也不敢公然对我如何。不幸的是燕琳竟然被安排和岐王燕元宗一席，看来我须得小心防范，以免她再找我的麻烦。

燕元宗和燕琳虽非一母所生，可是对燕琳向来都疼爱无比，像今日那般疾言厉色的呵斥从未发生过，他主动起身来到燕琳身边。燕琳记起了他日间对自己的训斥，眼圈儿红了红，就快掉下泪来：“我去大皇兄那里坐！”

我一听便知她是在虚张声势。

燕元宗笑道：“鬼丫头！当真生七哥的气了不成？来，坐下，待会儿我给你端两杯酒作为赔罪！”燕琳狠狠地盯了我一眼，这才在燕元宗的身边坐下。

我早就从传记中了解到燕琳的身世，她的母亲是秦淑妃，也是名噪一时的美人，早在十年前死于暴病，民间传闻是皇后项晶恨她与自己争宠才下手将她毒害，不过看燕琳和燕元宗融洽的关系，她应该并不知道这则传闻。

大殿忽有钟声轻响，丝竹声随之悠然响起，一队礼乐师步履轻盈，且奏且吹领先入来，然后散到两旁立定，继续奏乐。众人收回目光向正门观望。在众嫔妃簇拥下，年龄在五十许间的秦宣隆皇燕渊和皇后项晶携手步入殿内，后面跟着几十名贴身近卫，其中一半分别绕往酒席后面的空间排立站岗，剩下一半紧随着宣隆皇向设在殿端的主席步去。

这是我第一次见到名震天下的宣隆皇，他身材中等，额角宽阔，双目黯然无神，颌下长满虬须，两鬓斑白，在晶后的扶持下颤颤巍巍踏上主席，我万万没有想到年仅五十三岁的宣德皇竟然像个垂暮老者。

燕元宗突然小声道："你看仔细了！"

我这才想起自己的主要任务，将目光转向皇后项晶，只见她生得眉如春山，眼若秋水，清丽明媚，但神态端庄，有种凛然不可侵犯的高贵气质。气度雍容华贵，顾盼之间凤目不怒自威，像这种女性往往个性坚强又极有主见。项晶的身材颀长，和身材中等的宣隆皇站在一起仿佛还要高出一些，心动之余我不禁暗暗猜测，在她华贵宫装之下定然隐藏着一双修长的美腿。我全然没有想到项晶居然如此驻颜有术，看上去不过二十多岁的样子，而且比起我之前所见的那些美女更是多出了一股让人心动的成熟韵味。

众嫔妃按照地位高低分坐到后面两席之中，卫士则分别护在宣隆皇和项晶的两侧和大后方，宣隆皇的排场阵势虽大，可是我从他的身上却看不出一方霸主的威仪。

众人等他们坐定，齐声高诵祝贺之辞。秦宫的祝酒仪式跟大康并没有什么不同，我更多的时间都在专心致志地端详秦后项晶。我忽然发现自己面对这种成熟美女的时候会不由自主地产生一股异样的欲望，记得当初见到珍妃的时候心中也有类似的萌动，当时我并不清楚这种感觉的由来，现在见到项晶，这种感觉变得越发强烈了，我想也许这跟我内心中潜在的恋母情结有关。

我好不容易才收回目光，转过身去刚好对上燕琳似海深仇般的杀人目光，我淡淡笑了笑，面对这样一个特殊的情敌，我实在有些不知所措。燕元宗不会不知道燕琳对瑶如的爱恋，他把瑶如赏赐给我的真正目的究竟是出于对燕琳的关爱还是仇恨呢？又或是刚好借着这个机会将瑶如这个麻烦转嫁给他人？

燕元宗和燕琳依旧谈笑风生，从表面上我看不出任何异状，也许燕元宗把瑶如赐给我就是为了早日终结燕琳对瑶如的这段畸恋罢了。想到这里，我对他这份厚礼的感恩不由得大打折扣。

陈公公已经备好了笔墨纸砚，正要邀请我前往偏殿，此时却听到宣隆皇咳了两声道："今日皇后寿辰，你们这些孩子都准备了些什么礼物？"

燕元宗面色微微一变，他万万没有想到父亲居然在宴会刚刚开始时就提出这件事来。看着诸位皇子一个个展示出自己的礼物，他额头上竟然窘迫地冒出了汗珠，燕琳也拿着一个珠宝盒向皇后走去，她有些诧异地看了看岐王道："七哥！你不和我一起去？"

秦后项晶的目光自始至终都在关注着岐王，在她心目中，最为看重的自然还是岐王的这份礼物，看到其他皇子争先恐后地表现自己，只有岐王仍然坐在那里不动，晶后美目中掠过一丝不快。身为皇后她当然希望看到自己的亲生儿子在他的兄弟姐妹中出类拔萃，卓尔不群，为自己赢得荣光。

宣隆皇将爱妻表情的微妙变化全部看在眼里，笑道："元宗！你为母亲准备了什么？"

岐王慌忙站起身来，硬着头皮答道："儿臣……为母后准备了一幅画像。"

"哦？"宣隆皇和晶后对望了一眼，双目之中都是露出喜色，宣隆皇道："既是如此，为何还不呈上来？"

燕元宗尴尬道："儿臣……还未准备好……"

他的话顿时引得众位皇子的齐声哄笑，晶后俏脸微微发红，显然是怒其不争，在众多皇族面前丢了自己的面子。燕元宗用力地攥紧了双拳，无力地垂下了头。眼前的一幕，对我来说竟是如此熟悉，皇子之间不遗余力的钩心斗角在任何国家都是一样，内心中不由得对燕元宗生出了些许同情。

我在燕元宗身后低声道："岐王殿下，胤空愿当场为皇后画像！"

燕元宗眼中闪过一丝忧虑，他并没有真正见识过我的丹青之术，我的建议在他看来已是极其大胆，他虽然欣赏我的才华，可是对我的才华还没有达到十足信心的地步。

晶后美丽的眸子含笑扫过人群，整个大殿顿时重新回归于寂静，每个人都清楚晶后的为人，若是让她抓到自己公然耻笑岐王，一定不会落到什么好下场。

燕元宗终于下定了决心，大声道："母后！孩儿专门请来一位画师，愿为您当场作画！”

晶后的俏脸上终于浮现出一丝欣慰的笑意，她最希望的就是看到儿子在众人面前出头，风头凌驾于众皇子之上。晶后点了点头道：“好！难得你一片孝心，就让那画师在这殿中当场作画！”

“谢母后！”

我伸手接过陈公公递来的锦帕，默默地擦了擦手，气定神闲走到案前，此时此刻我全然忘却了自己的处境，在我眼中只有画。我已不再是平王，而是一名画师！

大殿之上的酒宴仍在继续，众人的目光都集中在宣隆皇和晶后的身上，很少会有人注意到我，我凝重地捏起羊毫。若想勾勒出晶后的美艳和飘逸，须得利用羊毫柔软圆润的特性。

闭上眼睛，晶后绝代的风姿顿时清晰地浮现在我脑海之中。

若想完成一幅上佳的作品，笔性、笔势、笔意、笔趣、笔力、笔法缺一不可，这也是画者天赋与修养的体现，我在这方面天分出众，画风深受恺之影响，着重于追求自然的意境和风格。

我深深吸了一口气，羊毫恰到好处地沾了墨，在宣纸行云流水般飞舞起来。

我心中对晶后的感悟毫无保留地倾泻在宣纸之上，仅仅一炷香的工夫，我便将肖像画完。只见画像惟妙惟肖，只是晶后的一双美目之中的深邃换成了慈和温柔的目光，身后背景也被我换成了开满鲜花的江南。

自从我开始绘画，岐王就心神不宁，后来干脆就来到我的画案旁，终于，我用羊毫蘸着一点朱墨最后点在人像的嘴唇上，微笑道：“好了！”

岐王目光落在画像上，脸上的表情由吃惊转为狂喜：“好画！果然好画！”他激动得连声音都颤抖了起来。

九公主燕琳也好奇地来到画案前，本来她想趁机挖苦我几句，可当她看到桌上栩栩如生的画像时，刚才拟好的刻薄词语无论如何也说不出口来，憋了半天方道：“没想到你这淫贼居然还有这等本事！”

我笑道：“若非九公主把百寿图烧掉，胤空也不敢在众人面前献丑！”

燕琳愤怒地看了我一眼，我继续笑道：“九公主天姿国色，改日如有机会胤空愿为公主描绘您的绝代风姿。”我之所以极为肉麻地拍她的马屁，主要是不想和这个变态公主继续对立下去，如果燕琳因为瑶如的事情而忌恨我，恐怕我以后在秦都的日子都会难熬。

燕琳不屑地看了看我：“让你这淫贼看着绘画，我岂不是要晦气终生？”这变态公主说话毫无遮拦，若是此话让晶后听到，只怕又要生气。

我忽然留意到，从燕琳的身上已经找不到原来的那种杀气，也许她知道是我将她从水中救起，才消除了内心中的大部分敌意。等到画面干透，岐王小心翼翼地将画卷好，有了上次百寿图的教训，这次他是无论如何也不想再出任何的纰漏。

一想到燕琳仍然站在我的身后，我借着给岐王让路的机会向后撞去，我坚实的后背撞上了燕琳充满弹性的前胸，她痛得尖叫了一声，捂着胸口蹲了下去，刚才的撞击肯定撞到了她胸口的痛处。我心中暗暗高兴，心中不禁涌出一丝报复的快感，表面上却装出浑然无事的样子：“公主殿下！胤空并不知道你站在后面！”

燕琳咬着下唇，她也觉着我并不是故意的，满腔怒火一时间不知道该如何发泄。岐王生恐她闹出事端，劝慰道：“九妹！你随我去母后那里献画！”

晶后接过岐王奉上的画卷，凤目顿时一亮，美眸之中荡漾着激动的神采。我静静地站在人群中，远远关注着晶后的每一个表情变化。

晶后轻声赞道：“好画！”美目中竟有些湿润了，她向岐王道：“这是哀家今日所收到最好的一份礼物！”

岐王欣喜万分，恭恭敬敬道：“孩儿祝母后福如东海，寿比南山！”

晶后微笑道：“难得你有这片孝心，为娘心领了！”她的目光重新回到那幅画像上，久久不忍离开，“元宗，你把画师叫上来！”

“是！”岐王转身向我招了招手，我的心一阵狂跳，处心积虑谋划的时刻终于到来，我竭力装出诚惶诚恐的样子向晶后走去。经过太子燕元籍身边的时候，他一双阴冷的眼眸向我望来，我的出现对他来说实在是一个意外。

“康国三十一皇子胤空叩见皇后！祝皇上和皇后娘娘千秋万载。”我恭恭敬敬地躬身行礼，我虽然是大秦的阶下之囚，却也是康国皇子，因此在礼节上不必跪拜。

宣隆皇和晶后同时吃了一惊，他们都没有想到眼前的画师竟是康国的皇子。

宣隆皇的表情十分漠然，他好像对我这个敌国质子并没有任何的好感。晶后笑道：“我当是谁有如此丹青妙手，竟然是大康平王殿下！”

我适时说道：“胤空不敢当！”

晶后淡然一笑，纤手指向那画像道：“你仅仅见过本宫一眼，就能在短时间内画得如此神似，确有过人之能，不知平王师从何人？”

我恭敬答道：“胤空自小在宫中随恺之大师习画，微末丹青之技都是得自他的传授！”

晶后点了点头：“怪不得，恺之大师乃是一代巨匠，我和他曾有过一面之缘，不过未曾得到他的墨宝，今日有他的徒儿为我画像，也算是得偿夙愿。”

她转向身边太监道：“赐平王三千金！”

我慌忙深深一揖道：“谢皇后娘娘！”

晶后笑道：“不必如此拘礼，你的姑母是我的嫂嫂，说起来你还得称我一声姑姑呢！”我慌忙跪了下来：“侄儿胤空拜见姑姑！”这次是行姑侄之礼自然没有那么多的顾忌。

晶后笑道：“你起来吧，我早就听说康国要派来一位皇子，可是一直没有听到抵达秦都的消息。”

宣隆皇道：“朕也不知此事！”他日理万机自然顾不上这种小事，可是说话间目光总是显得有些呆滞，右手也不停地抖动。

晶后显然从宣隆皇的话中敏锐地把握到了什么，凤目转向左二席的太子燕元籍，暗藏机锋地说道：“这件事想来太子应该是知道的。”

我心中一沉，晶后显然是想借题发挥，利用我来秦之事大做文章，这样岂不是把我置于她和燕元籍之间争斗的风口浪尖之上？

燕元籍慌忙出列道：“父皇！皇后！孩儿安顿好平王之后一直忙于政事，一时忘了禀报，请恕罪！”我留意到他并不称呼晶后为母后，民间所传他和晶后之间素有仇隙的事情果然不假。

宣隆皇正欲说话，却被晶后抢先道：“元籍身兼水军都督之职，百忙之中不忘为父皇解忧，当真是忧国忧民，难怪圣上现在已经清闲自在了许多！”她这句话分明是当众指责燕元籍欲揽朝政。

燕元籍双目中闪过一丝怒色，可是当着宣隆皇的面前他也不敢发作，笑道：“为父皇分忧原是做孩儿的本分！”

晶后甜甜笑道：“难怪你父皇经常夸起你，在这十几名子女中唯有你最懂他的心思。”她的妙目在其他皇子脸上一一扫过：“你们这些孩子以后要多学学你们的皇兄，无论该管的还是不该管的事情都要去管上一管！能不让皇上知道就尽量不让他知道！”她这句话无异于当众给了太子燕元籍一个耳光。

燕元籍再也抑制不住怒色，冷冷盯住晶后道：“皇后娘娘似乎在斥责元籍多事？”

晶后冷笑道：“太子言重了，你是今日的太子也是明日的秦皇，本宫何德何能敢斥责你呢？”

我没有想到晶后居然敢在宣隆皇和众臣面前毫无顾忌，和太子唇枪舌剑地对峙起来。

宣隆皇燕渊忽然剧烈地咳嗽了起来，整个面孔涨得通红，他的腰背紧紧地躬起，晶后慌忙拍打着他的背脊，大声道：“快传御医！”

过了许久，宣隆皇的咳嗽方才平息下去，他拿出手帕揩了揩嘴唇，我留意到，那方白色丝帕上沾上了鲜红的血迹，看来他的病情不轻，恐怕在这世上的时日已经不多，如果他真的死去，他的皇位将会传给何人？晶后和太子之间愈演愈烈的斗争亦是来源于此。

宣德皇似乎想说些什么，又开始一连串的咳嗽。晶后使了一个眼色，身边的两名太监搀扶着宣德皇先行离开，晶后举杯向殿内王卿道：“本宫以这杯薄酒，感谢众卿为我祝寿！”所有人同时站立起来，预示着这场并不愉快的寿宴要提前结束。

王公贵族开始逐一起身告辞，晶后并没有急着离去，她微笑着和每一个人打招呼，我凭直觉感到这个女人极不寻常，现在的宣德皇恐怕时日无多，她大摆寿宴遍请王公诸卿，其真正的目的并不在于为自己过寿，而是想借机在群臣面前展示自己的实力，在太子燕元籍的面前示威。

一想起燕元籊，我的内心不由得升起一股寒意，无论今晚我出于怎样的目的，刚才已经被晶后用来充当对付燕元籊的一颗棋子，我现在的处境非常危险，燕元籊必会因此而迁怒于我，如果那样的话，我在这件事的处理上恐怕会弄巧成拙了。

我经过燕元籊身边的时候，他冷笑着拦住我的去路："平王做戏的功夫真是一流，元籊竟然不知道平王殿下居然身负如此绝艺！"

我淡然笑道："雕虫小技，何足挂齿！"

燕元籊意味深长道："在本王看来，平王殿下却是身负绝学，而且运用得炉火纯青。"他双目中流露出浓烈的杀机，我不由心中一颤。

岐王也觉察到了太子对我的深深敌意，微笑道："大皇兄说得没错，平王的确是身负绝学，改日若有机会，我们约在一起切磋一下书画。"

燕元籊冷笑道："可惜我没有那样的闲情逸致。"

我恭敬地向他一揖，跟着岐王正想离去，不想晶后在身后唤住了岐王，她主动来到我们的面前，对岐王道："怎么！还没有跟本宫道别就想走吗？"岐王恭恭敬敬道："孩儿见母后繁忙，想先行离去，明日再来向母后问安。"

晶后叹了口气道："你去吧，在你的心目中我这个做娘的也许还比不过那些门客！"

我不知道晶后这句话中有没有把我包含在内，眼光垂在地上，眼角却悄悄瞥着太子燕元籊的方向，他在一帮人的簇拥下离开，临走还冷冷地向我的方向看了两眼，我心中暗叫不妙，这次只顾着找机会接近晶后，没想到反而被晶后利用，实在是得不偿失。

晶后的目光终于落在了我的身上，她轻声道："胤空！谢谢你给本宫画像，以后在秦都之中若有任何麻烦，你都可以来找我！"我慌忙谢恩，心中却道，眼前的燕元籍就是一个大大的麻烦，不过这麻烦却是你给我引来的。

当晚我随岐王回到王府住下，久久无法入眠，明日我就要回到质子府中，太子燕元籍肯定不会轻饶于我。这件事目前又无法向岐王言明，我在房间内来回走踱步，始终想不出化解之道。这时房门轻响，却是瑶如端着燕窝进来，她的双目仍是微微有些浮肿，想起白天她为我所蒙受的委屈，我不由得心生爱怜，上前揽住她纤腰，柔声道："这么晚了，怎么还没睡？"

瑶如轻声道："我把东西收拾好了，明日随平王殿下一起前往质子府。"

我叹了口气，在桌旁坐下，并没有接过瑶如递来的燕窝。

瑶如将燕窝放在桌上，柔声道："殿下好像很不开心。"

我看了看她美得让人心醉的俏脸，轻声道："如果我让你继续留在岐王府，你会不会答应？"

瑶如花容失色，含泪跪在我的面前："瑶如已经是殿下之人，若是殿下不要瑶如，瑶如唯有一死……"

我伸手为她擦去脸上的泪水："瑶如！并非是我不愿带你回去，我现在身为秦国质子，自身尚且难保，又有何能力照顾于你？"

瑶如道："瑶如只要能追随殿下身边，再苦的日子，我也可以熬过。"

我把她从地上扶了起来，抱起她的娇躯，放在我的双膝之上："我并不想骗你，今晚在皇后寿宴之上，我恐怕得罪了太子燕元籍。你跟在我的身边，很可能会被我连累。"

瑶如娇躯一震，她不会不清楚太子燕元籍在秦都的权力和地位，像我这样一个阶下囚徒如果得罪了他，恐怕不会有什么好的下场。瑶如颤声道："不如我们去求岐王殿下……"我留意到她用了一个我们，明显已将自己和我放在同一立场。

我笑道："这只是我的一个推测，太子现在并没有出手对付我，如果我现在就去找岐王，他一定不会相信，只会认为我是庸人自扰。就算他相信，也不会为了我这样一个无足轻重的人，轻易去得罪他的皇兄。"

瑶如忧心忡忡地说道："不如你去向皇后求助！"

“你觉着以我现在的身份可以见到皇后吗？”

瑶如又沉默了下去。

我柔声道：“所以我才让你暂时留在岐王府。”

瑶如美目充满询问地看着我。

我轻轻吻了吻她精致的耳根道：“我明日回质子府之后，如果太子着手对付我，恐怕我不会像原来那样自由，三日之内，假如我无法离开质子府，你可以请岐王把你送往那里，我可以借机向岐王阐明一切。”

瑶如眼圈微红，搂住我的脖颈，俏脸紧紧贴在我的颈侧道：“若是太子在这三日之中对你下手，那……该如何？”

我淡然笑道：“我毕竟是大康的皇子，太子就算再忌恨我，最多也就是对我进行百般折辱，绝不会下手杀我。”

瑶如点了点头。

我的大手撩起瑶如的长裙，温柔抚摸着她如丝缎般柔滑的肌肤，瑶如在我的恣意抚弄下忍不住拧起了娇躯，轻声嗔道：“你的伤势还未痊愈呢！”

我这才意识到下体的隐隐胀痛，眉头微微皱了起来，瑶如双手捉住我的大手，从我身上站了起来，娇声道：“殿下，保重身体要紧。”

我忍不住骂了一句：“燕琳下手真是歹毒。”一听到燕琳的名字，瑶如目光中闪过一丝痛苦之色，她把燕窝端起，小心地喂入我的口中。“她是不是经常骚扰你？”我考虑再三终于把这个问题说出。

瑶如幽然叹了一口气，把燕窝放下，双目之中竟是垂下泪来：“瑶如本是静海田氏。”

我愕然道：“可是秦国最大的盐商田氏家族？”

瑶如点了点头，含泪道：“田循便是我父亲的名讳。”

我内心不由一震，田氏家族不但在秦国，就是在八国之中也是大大的有名，田循是田氏家族的当家，是天下间最大的盐商，据闻八国人所用的食盐有半数都是出自他的盐场，不知何故，三年前田循突然落罪，其人不知所踪。

瑶如道：“我父亲因为得罪了秦皇，被查抄了全部家产，充军北疆，母亲为了替我父申冤，打通关节，让我得以入选秀女……”瑶如停顿了一下，双目中流露出悲愤之色，“我辛辛苦苦来到了秦都，可尚未曾见到秦皇，便被皇后发落到岐王府中。”

我叹道：“定是晶后见你姿色出众，若是入选为妃日后必然与她争宠，所以才将你逐出宫墙之外。”

瑶如不置可否地点了点头：“来到这里之后，我才知道像我这样命运的秀女又何止我一个，现在回想起来，当初没有入选皇宫反倒是我的一种幸运。”

我认同地点了点头，若是瑶如有幸被册封为妃，项晶心存妒忌，一定会对她百般折磨，她现在未必可以活在这个世界上。

瑶如道：“好在岐王为人宽厚，我们这些落选秀女在这里的生活也算安宁，直到后来九公主出现……才……”瑶如樱唇颤抖起来，两颗晶莹的泪珠缓缓滑落，似乎想起往日不堪回首的一幕。

我爱怜地将她揽入怀中。

瑶如幽幽道：“自打九公主见到我起，就表现出不同寻常的热情，我开始并没有觉察到她的异常，可是后来她竟然越发过分……竟然要求我和她做许多变态不堪的事情，我只要敢反抗，她就对我严加责罚……”瑶如说到这里，紧紧依偎在我的怀中痛哭起来。

“难道岐王对此就不闻不问吗？”我愤怒地说。

瑶如泣声道：“此事原怪不得岐王，九公主之事，我在岐王面前如何启齿，后来还是岐王殿下发现九公主对我的百般纠缠，训斥了她几次。之后九公主的确收敛了许多，可是没过多久，她又故态萌发，岐王殿下对她也是无可奈何，最后就听之任之了……”

我暗忖：“岐王将瑶如赏赐给我，其中必定也有上面的原因。”

瑶如深情道：“直到殿下出现，瑶如方才看到了一丝脱离苦海的希望，若是连殿下都弃瑶如于不顾，瑶如恐怕只有一死了。”

我托起瑶如曲线柔美的下颌：“我怎么舍得……”

瑶如俏脸绯红，低声道：“只要殿下愿意收留瑶如，便是让瑶如做牛做马我也情愿！”

我揽她入怀笑道：“那就要看看你这匹马儿好不好驾驭！”

“殿下……”

翌日清晨，我一早起来后便赶往质子府，瑶如听从我的安排暂时留在了岐王府中。回到质子府看到眼前一切依旧，我一颗忐忑的心才平静下来，看来燕元籍并没有打算和我计较，一切都是我庸人自扰。

采雪看到我回来，慌忙为我准备早餐。我悄悄把孙三分拉到我的寝室内，掩上房门道：“孙先生，我的下体仍未消肿！”

孙三分看了看我的眼睛，花白的眉毛顿时凝在一起：“公子为何不听老朽的忠告？”

我耳根有些发热，心虚道：“情难自禁！”

“好一句情难自禁！公子若是以后都要如此，老朽也没有任何的办法！”我看到孙三分真的动气，慌忙拉住他的衣袖，苦苦哀求道：“孙先生帮我，我以后凡事都听从您老的吩咐就是！”

孙三分叹了口气道：“公子莫要折杀老朽，你去找些蜂蜜涂抹在上面，这两日只要莫再动那些歪邪念头，自然便会康复如初。”

我正要向他道谢，却听到门外传来一阵嘈杂声，我和孙三分对望了一眼，同时冲出门去。

门外站着二十多名秦兵，有两人已经进了厨房，我听到采雪的娇呼声，慌忙向厨房跑去，只见两名秦兵将厨房内翻得一片狼藉，采雪被推倒在地上，我扶起了她。采雪抽抽噎噎道：“他们把东西都砸了……”

其中一名秦兵气势汹汹道：“我们怀疑这里藏匿着大秦的通缉要犯！”说话间手中铁棍狠狠砸在水缸之上，水缸登时四分五裂，清水流了一地。

我把采雪拥入怀中，安慰道：“有我在这里，不用怕！”

这些如狼似虎的秦兵分明是受了太子燕元籍的指使，他果然对我在昨天晚宴上的表现耿耿于怀。秦兵的大肆破坏足足持续了一个时辰，我们刚刚修葺好的房屋又被他们破坏得不成样子，厨房里储备的大米和食物被一扫而光，衣柜里的衣服和被褥也全部被撕成了碎片，桌椅板凳没有一件可以完整地存留下来。

采雪含着泪水将散乱在地上的大米仔细捡了起来，我叹了口气，燕元籍虽然是直接的行凶者，可是事情的真正的挑起者还是晶后。我的盲动冒进付出了惨痛的代价，居然卷入了燕元籍和晶后斗争的旋涡之中，这种结果是我当初没有考虑到的。

孙三分满面愁容地走了过来："公子！床榻被褥也全部被毁掉了，燕元籍分明是想把我们逼上绝路！"

我充满信心道："天无绝人之路！"我的话还没有说完，空中忽然响起了一个霹雳，孙三分苦笑道："春天的第一场雨就要来了，老天爷待我们果真不薄！"

春雨织成了一张密密匝匝的水网，随着料峭的寒风从空中飘扬而下，整个天地顿时都被笼罩在水汽氤氲之下。如果是在往日，我也许会诗兴大发，陶醉于雨景之中，可是现在我只想起凄风惨雨这句话。

我们三人挤在厅堂的东角，只有这里可以遮住头顶的落雨，饶是如此从屋顶落下的雨水，迸在地上，水珠四处飞溅，仍然沾湿了我们的鞋袜。

我扬起头，透过屋顶的漏洞可以看到灰暗的天空，内心蒙上了一层厚重的阴霾。以燕元籍狭隘的心胸，他对我的报复一定会继续下去，除非尽快求得晶后为我撑腰，否则以后在这秦都之中我恐怕都要寸步难行了。

孙三分道："看来公子惹得太子很不高兴！"

我心中暗道：欲速则不达，自己一心想接近晶后，没想到却先得罪了燕元籍。

孙三分问道："听说公子为晶后画像，难道是那幅画像出了问题？"

我摇了摇头："画像没有什么问题，出问题的是我！"

"你？"孙三分不解道。

我苦笑道："晶后是我所见过最厉害的女人，她居然把我当成了用来对太子发难的棋子！"这才将寿宴当晚发生的事情告诉了他。

孙三分听完恍然大悟："难怪太子会突然对付我们。"

采雪不无担心道："公子现在已经得罪了秦国太子，那么我们以后的日子岂不更加艰难？"

孙三分感叹道：“公子处心积虑想接近晶后，没想到却率先成了被别人利用的棋子，以后我们三个再也没有平静可言了……”我的心中产生一丝难言的愧意，常言道，过犹不及，我急于攀附晶后这个强援，却忽视了有可能造成的后果，才导致了眼前极为被动的局面。以前做出的种种伪装也全部因为这次的事件而被拆穿，燕元籍定然不会轻饶于我。

我的肚子发出一阵咕噜声响，已经是未时了，临仙楼的伙计仍然没有给我们送饭过来，看来燕元籍铁了心要狠狠地折磨我。

好在孙三分用来熬药的泥炉幸存了下来，采雪把收集来的大米熬了一锅稀薄的米粥，我们三人围坐在泥炉旁，用唯一的破碗传喝着米粥，这幅情景我将永生难忘。

春雨初歇，夜空被洗涤得格外清朗，我和孙三分将散乱的家具收拾起来，堆起点燃，以此御寒。我拿出孙三分给我的那幅地图，在火光下仔细地审视着，早已疲倦的采雪蹉伏在我的身边睡去。孙三分收集完散乱的草药，拿到火堆旁烤干，一股浓郁的药香充满在空气中。

我缓缓合上地图，从上面的许多标记之处，依稀可以看出当年的太子一定胸怀雄心壮志，立志重整大康江山，我对这位英年早逝的皇兄产生了浓浓的敬意：“可不可以告诉我一些太子的事情？”

孙三分躬起的脊背微微震动了一下，他放下草药，来到我的身边盘膝而坐：“太子当年最大的心愿就是一统天下！”我的心脏剧烈地跳动了一下，一统天下，怎样的豪情壮志？我这位素未谋面的皇兄竟然有如此远大的志向。

孙三分道：“太子乃是天纵奇才，十六岁便亲自带兵征讨北方胡部，以十万之师击溃胡人五十万之众。他十八岁的时候，黄河泛滥决口，大康半数土地淹没在洪水之中，又是太子前往赈灾放粮，挽救了无数百姓的生命。只可惜天妒英才，太子即将登上皇位的时候，却暴病身亡……”孙三分言语之中流露出无尽的惋惜和留恋，看得出他和我这位皇兄之间一定有着相当深厚的情谊。

我好奇地道：“孙先生既然是宫中御医，想来应该知道太子究竟是染何病而亡吧！”我之所以会有此问，是因为皇宫内对太子的死因并没有确切的说法。

孙三分神情一凛，目光投向火堆道："太子病亡之时，老朽恰恰随太后前往灵山进香，并不知道太子究竟所染何病！"

我可以断定孙三分没有把实情托出，以他的禀性，就算我继续追问也问不出什么头绪，我懒洋洋地点了点头，和衣在火堆旁睡去。夜半时分，我睁开双目，却见孙三分仍旧在呆呆地望着空中的明月，入神地想着什么。

春雨虽然停歇，燕元籍对我的报复却没有因此而住手。在他的授意下，门前的守卫明显加强了，我们三人的外出受到了全面的限制，临仙楼虽然在第二天送来了饭菜，可是品质的粗劣实在无法用言语形容，除了手脚未被带上镣铐，我们享受的待遇已经和寻常的囚徒没有任何区别。

总算辛苦地熬过了三日，瑶如在黄昏的时候如约而至，让我失望的是，岐王并没有随瑶如亲来，八名守门的侍卫见到如此美女，一个个垂涎欲滴，瑶如亮出岐王的令牌方才脱开他们的纠缠，进入府内。

"殿下！"瑶如含泪扑入我的怀中，我轻轻抚了抚她的肩头低声道："你怎么一个人来了？"

瑶如泣声道："本来岐王殿下说好将我亲自送来，可是宫中突然来人报信，宣隆皇病情加重，岐王匆匆赶往宫中去了。"

我内心失望到了极点，岐王不来自己仍然无法脱困，就算加上瑶如，只不过又增加了一个受苦之人而已。

瑶如附在我耳边轻声道："不过……九公主也许会来……"

我双目一亮，燕琳贪恋瑶如，若是追踪而至，对我来说倒是一线契机。

我牵住瑶如小手把她介绍给采雪和孙三分，孙三分在岐王府曾经和瑶如有过一面之缘，采雪却是头一次见到瑶如，我偷偷留意了一下她的表情，采雪美目中竟然流露出一丝幽怨之色，难道她在和我相处的过程中对我暗生情愫？

一切果然像瑶如所说，九公主燕琳没过多长时间便追踪到了质子府。八名试图拦截燕琳的护卫每人脸上都挨上了一记响亮的耳光。燕琳柳眉倒竖地走了进来，看到瑶如偎依在我的身边，她美眸喷出无法遏制的妒火。我淡然笑道："九公主千金之躯怎么想起会光临寒舍，胤空不胜荣幸……"

“淫贼！闭上你的狗嘴！你为何把瑶如哄骗到这里来？”燕琳一副兴师问罪的样子。

“九公主！你的记性好像不是太好，岐王不是跟你说过已经将瑶如送给我了吗？”我笑嘻嘻地答道。

燕琳怒道：“我不管七皇兄答应过什么，总之没有我的允许任何人不可以带走瑶如！”

我心中暗暗好笑，看来这个变态公主对瑶如果然是情根深种，只要瑶如在我身边，就等于给燕琳拴上了一根无形的绳子。

瑶如紧紧抓住我臂膀道：“九公主！你放过我吧，瑶如是无论如何也不会跟你回去的！”

燕琳纤手摸向腰间短剑，咬牙切齿道：“如果你执意留在这个淫贼身边，我便一剑杀了你！”

眼看情况陷入了僵局，我向燕琳道：“公主可否和胤空借步一谈？”

“我和你有什么好谈的！”燕琳的态度依旧蛮横。

我凑到她耳边低声道：“我们私下谈谈瑶如的事情，或许可以找出化解之道！”

燕琳眉头一动，果然跟着我向厅堂中走去，瑶如的目光中充满了惶恐，生怕我将她再双手奉送给燕琳。

燕琳环视这间残破的厅堂，流露出鄙夷之色，用手掩住口鼻道：“你就住在这种破烂的地方？”

“胤空只不过是一个质子，太子殿下安排给我什么地方，胤空自然就住在什么地方。”

燕琳看了看我低声道：“有什么话你赶快说出来！”

我笑道：“若要我把瑶如让给你也不难，只需答应我一个条件！”

“说！”

“带我入宫面见皇后！”

燕琳微微一怔，她压根想不出瑶如的事情跟面见皇后有什么关系。她在室内来回走了两步方才道：“父皇现在病情严重，母后终日陪伴君侧，恐怕抽不出时间见你！”

“既然这样，九公主就当胤空什么都未曾说过。”我转身作势要走。

却被燕琳拦住：“你开个价钱，多少钱我都可以答应！”

我还没有来得及回答，却听门外有人焦急禀告道：“公主！皇上病情突然加重，皇后召你火速入宫！”

燕琳花容失色，转身向门外冲去，却被我一把拖住纤手。

“你做什么？”燕琳怒道。

我低声道：“孙先生乃是大康名医，你可以举荐我们为皇上诊病，一来我可以见到皇后，二来孙先生或许可以医治皇上的痼疾！”

燕琳目光开始变软，显然已经被我说动。她终于点头道：“我若带你入宫面见皇后，你绝不可反悔！”

我笑道：“公主放心，只要见到皇后，我会亲自把瑶如交到你的手中！”

孙三分愕然道：“你让我随你进宫救治宣隆皇？”

我重重点了点头，如果不是这个理由，我又怎能成功见到晶后？

孙三分道：“你可知道此举冒险到了极点，若是让太子燕元籍知道，恐怕他会让我们在这秦都之中再无立足之地。”

我又何尝没有考虑到这件事的严重性，可是晶后那晚利用我对燕元籍公开发难，已经将我置于风口浪尖之上，无论我想或者不想，都必须尽快做出选择。

孙三分叹了一口气道：“公子以为我们现在有足够的能力介入秦宫内部的纷争中吗？”

我反问道：“孙先生以为我还能够选择吗？”

孙三分默默地背起药箱。

透过破损的木格窗，可以看到燕琳正在不安地在院内踱步，她一定等待得很不耐烦。此女虽然刁蛮任性，不过似乎并没有太多的机心，对我来说倒有很大的利用价值。

我压低声音向孙三分道：“先生可听说过蛮人种蛊之术？”

孙三分微微一怔，他并不明白我为何突然由此一问。

“听说苗疆若是有女子爱上异族的男子，会在他的身上种下情蛊，那男子就会终生迷恋此女，至死不渝！”

孙三分这才明白了我真正的目的，他皱了皱眉头，透过窗格仔细看了看远处的燕琳，低声道：“公子想对九公主下手？”

“先生以为我有没有机会？”

孙三分轻轻抚摸了一下颌下长髯，低声道：“种蛊之术老朽也有所闻，可是那是苗疆秘术，我们这些外人又怎会知道？不过有一种迷幻草的效用和公子所说的情蛊类似，只是不如情蛊维持的时间持久罢了。”

我双目一亮，孙三分的回答对我来说不啻是一个天大的喜讯。

孙三分由衷感叹道：“你和太子的确不同，太子从不做没有把握的事情，而公子却喜欢兵行险招！”

孙三分仍然在慢条斯理地准备着，燕琳等得颇不耐烦，我来到她的面前：“九公主稍待片刻，孙先生在准备两味草药，马上就好！”言罢，我转身向瑶如道：“瑶如你去给公主端杯茶来！”

燕琳看着瑶如娇美的面孔，双目中露出痴痴的神情，我实在无法想通，一个女子怎会对其他女子生出这样的迷恋。

“公主请用茶！”瑶如宛如出谷黄莺的语声让人闻之欲醉。燕琳明澈的双目微微一荡，伸手去接茶盏时悄悄在瑶如的手上摸了一把。

我心中暗笑，没想到女人好色起来和男人没什么两样。看着燕琳一口口地将茶水饮下，我的唇角泛起一丝冷笑。按照孙三分的说法，这迷幻草只要在一月内饮用三次，便可轻易叩开她的心扉，如果一切顺利，这刁蛮刚烈的九公主，用不了太长时间就会沦为我的胯下之臣。虽然手段见不得光，可非常之时需做非常之事。

我和孙三分跟着燕琳来到秦宫的时候天色已晚，燕琳首先带我们见过了秦宫大内总管许公公，我事先嘱咐燕琳切勿说出我们真正的身份。如果让许公公知道了我们是大康的皇子和御医，就算他有天大的胆子也不敢让我们去探视皇上。

宣隆皇在御花园东侧的裕德宫养病，许公公引着我们沿着御花园曲曲折折的小径来到裕德宫前，嘱托道："你们必须先征得皇后的同意才可以为皇上看病！"这对我来说是求之不得，我真正的目的就是来拜会晶后，至于宣隆皇的死活根本就与我无关。

许公公先进去禀报，没多久便出门来引我们进去，刚刚走入裕德宫就听到晶后愤怒的声音："一个个全都是饭桶，皇上养了你们这么多年，需要你们的时候，没有一个可以派上用场！"

我和孙三分对望了一眼，彼此都明白，宣隆皇的病情仍然没有任何的进展。

"滚！"随着晶后的一声训斥，三名御医灰头土脸地从内室中出来。燕琳双目含泪地冲了进去，却听晶后冷冷道："元宗，你和琳儿守在这里，莫要骚扰你父皇休息！"

帷幔轻动，一身素色宫装的项晶从内室中走出。也许是为了照顾生病的宣隆皇，她今日的衣着十分朴素，不过这简单干练的裙装比起装饰豪华烦琐的宫装却别有一番韵味。项晶显然没有想到燕琳带来的医生居然是我，她凤目中掠过一丝惊奇："平王？"

我慌忙跪倒行礼道："姑姑！"开口第一句便直奔亲情而去，瞬间便拉近了彼此之间的距离。她是汉王的妹子，汉王是我的姑父，我叫她姑姑也算合情合理。

项晶淡然道："你起来说话！"

我这才站起身来，将身边的孙三分引荐给晶后："这是随我一起前来的御医孙先生！"孙三分向晶后躬身一辑，并没有行跪拜之礼。项晶身边太监喝道："大胆！见到皇后因何不跪？"

孙三分冷冷道："皇后是大秦的皇后，老朽是大康的草民，有何法令上书写大康子民见到大秦皇后需行跪拜之礼？"

那太监被问得张口结舌，正待发作，却听晶后道："孙先生说得也有道理，你不必勉强他了。"项晶打量了一下孙三分，美目中流露出欣赏之色："既然来了，你便去给皇上诊治一下，大秦的御医都是一些庸碌无为之辈，但愿孙先生能够妙手回春！"她口气颇为失落，似乎对孙三分也不抱有太大的希望。

我向孙三分递了一个眼色，他把药箱放在桌上，经太监查验完身体，确信没有携带任何的利器，方才容许进入内室。

我趁着孙三分诊病之机向晶后道："姑姑！胤空有一事想当面向您禀呈！"

晶后柳眉微皱，以她的聪慧马上就听出我是想私下和她商谈，晶后指了指旁边侧室，率先走了进去。我心中大喜过望，处心积虑谋划的机会终于近在眼前。走入房内，我声泪俱下地跪倒在晶后面前："姑姑救我！"

晶后道："快快起来，你这孩子，有什么事情，尽管向我直说，如若我能帮你的一定竭力而为！"

我这才从地上起来，将燕元籍对自己所做的一切，添油加醋地说了一番。晶后静静听我说完，幽然叹了一口气道："太子居然如此对你，看来都是那晚本宫为你惹下了祸端！"她承诺道，"此事既然是因我而起，本宫就会替你解决。"

"谢姑姑为孩儿做主！"我心中惊喜万分，能够得到晶后亲口应承，眼前的危机定可轻易化解。

晶后道："胤空，据我所知你此次是主动请缨入秦？"

我点了点头，这种事情并没有什么秘密可言。

晶后明澈而深邃的目光紧紧盯住我的双眸："难道你没有想过来到大秦所为何事？为什么甘愿放弃皇宫内的荣华富贵，而甘心来到秦都当一个寄人篱下的质子？"

对于晶后这种智慧超群的女人，普通的回答定然不足以使她相信，为父解忧，舍身成仁的面子话只会贻笑大方。我沉吟了一下，缓缓抬起头来，双目中充满无可遏制的仇恨："实不相瞒，胤空之所以主动来到大秦是因为仇恨！"

晶后万万没有想到我的回答会是这样，惊异地睁大了美目。

我低声道："从胤空出生的那一天起，在大康皇宫之中便饱受欺凌冷遇，父皇甚至不记得胤空的样子。"

晶后感同身受地点了点头，像我这样的皇子任何国家中都可以找到，除了成功继位的皇子，多数人的命运都会像我一样。

我慷慨激昂地说道："胤空无论对父皇还是大康都是一个可有可无的人物，

与其庸碌无为地死在大康，还不如只身赴秦，另谋机会，就算不幸死在这里，大康的百姓心中还会记起曾经有我这样一个质子曾经为国捐躯，若胤空侥幸存活，将来必定重返大康拿回我应得的一切！”我之所以这样回答意在投晶后所好，晶后对燕元宗的淡泊名利失望到了极点，我胸怀大志的话一定能激起她强烈的共鸣。

晶后美目中流露出激动之色，她轻声叹道：“若是元宗能有你一半抱负，我这个做娘的也就心满意足了……”话音之中透露出无限失落，燕元宗多次在她的面前表示无意争夺皇位，这也是晶后最大的心病。

孙三分足足花了半个时辰方从内室中走出，从他脸上凝重的神情，我隐约觉察到宣隆皇的病情并不乐观。

晶后关切道：“皇上的病情如何？”

孙三分拱了拱手道：“皇上的病情老朽须得先向小主人请示，才敢说话！”

他的这句话莫说是晶后，就是我也有些无法接受。晶后怒道：“皇上乃是本宫的夫君，他的病情难道我不可以知道吗？”

我在一旁向孙三分拼命递着眼色，生恐他不慎得罪了晶后，连我也牵累进去。

孙三分淡然道：“老朽的心中只有公子一个主人，有些事情我必须先禀明主人才能说！”

我知道孙三分的禀性，他决定的事情就算是天王老子也无法让他更改，慌忙向晶后道：“姑姑，或许孙先生有难言之隐，就让侄儿和他私下相谈，再来转告！”

晶后重重地拂了一下衣袖，转身坐在锦团之上，不悦之情溢于言表。

我和孙三分来到侧室之中，充满嗔怪道：“孙先生何苦得罪晶后？”

孙三分一脸严肃，低声道：“宣隆皇并非是得病，他是中毒……”

我大惊失色，仔细听了听周围动静，确信无人偷听方才拉着孙三分又向里走了两步，压低声音道：“先生可以断定？”

孙三分重重点了点头，低声道：“老朽实在不知道该救还是不该救！”他的意思很明显，能在宣隆皇身上下毒的人必然是和他极为亲近之人，如此说来晶后的嫌疑应该最大。如果一切真的是晶后所为，孙三分救治宣德皇无异于把我们几个推向了晶后的对立面，等待我们的只有死路一条。

冷汗不断从我的脊背上渗出，瞬间已经将我背后的衣服完全浸透，一时间竟想不出该如何去应对晶后。

孙三分单独对我吐露实情的做法实在是愚蠢到了极点，他既然看出宣隆皇被人下毒，最好的办法就是装作一筹莫展，无能为力。现在他和我私下相商，以晶后超群的智慧肯定会猜到孙三分已经判断出宣隆皇中毒的真相，因此对我们产生杀心也未必可知。

孙三分似乎还没有意识到我们所面临的险恶局势，低声问道："公子，不如我们就说宣隆皇病重，我们也无计可施。"

我苦笑道："孙先生若是在刚才这样说或许可骗过晶后。现在如果再这么说，恐怕我们难逃一死。"我用力咬了咬下唇，事到如今，唯有险中求胜。宣隆皇的秘密既可以为我们招来横祸，也可能是改变我们命运的契机。

我低声道："孙先生可有把握医好宣隆皇？"

孙三分摇了摇头："宣隆皇服用的是一种名为逍遥散的药物，此药原产于西域，有极强的镇痛作用，服食一两次并不足以成瘾，若是长期服用，就会对此药产生极强的依赖性，而且药物会缓慢地损害视觉、触觉和听觉。宣隆皇服用此药怕是已有很长一段时间，毒素已经深入肺腑，若是延长生命，减少病痛，老朽深信还可以做到，至于将毒素彻底从体内驱除，就算神仙也未必能够。"

"照孙先生看宣隆皇还有多少时间可活？"

孙三分捻起颌下长髯："若任其这样下去，最多还有七日之命，不过若是用金针刺穴，配合放血之法，也许可以延长一个月的生命！"

晶后凝视着桌上的宝石灯，漫不经心道："孙先生怎么说？"

我恭恭敬敬答道："孙先生正在侧室为皇上开药方！"

晶后柳眉微微挑起："这么说孙先生已经诊断出皇上究竟所患何病？"

我向周围看了一眼，低声道："胤空不敢说！"

晶后一双美目满怀深意地看了看我，许久方道："本宫有些倦了，你随我到御花园中走一走！"

第六章 认母

月光如水无声地洒落在晶后颀长的娇躯上，在云石铺砌的路面上留下一个无限美好的剪影。夜风轻拂，送来阵阵诱人的幽香，这幽香分明来自于晶后的身上，我的心脏没来由地一阵狂跳。

“说吧！”晶后的声音冰冷异常。

我确信四周无人，方才屈膝跪在晶后的面前：“皇上已经无药可救！”我凝神关注着地上的剪影，晶后似乎没有任何的反应。

“皇上到底得的是什么病？”

“据孙先生所说，皇上是因为长期服用一种名为逍遥散的药物，现在毒素已经侵入肺腑，无药可救！”我内心紧张到了极点，这无异于拿自己的生命进行赌博，如果真的是晶后下毒，她决不会让这个秘密泄露出去。

晶后幽然叹了口气，在一旁的石凳上坐下，然后招了招手示意我坐在她的身边，晶后道：“皇上三年前便得了奇怪的头痛病，每次发作痛不欲生，宫中太医几乎全部都为他诊治过，却没有一人能够找到他的病根。两年以前，鲁王燕兴赐不知从哪里请来了一位巫医，此人看过皇上的病情以后，为他开了药方，其中有一味便是孙先生所说的逍遥散，据说是他独门炼制而成，说来也怪，皇上自从服用这逍遥散之后，头痛病果然好了。”

我暗暗松了一口气，原来这慢性毒药是他人所下，既然和晶后无关，我们的命也算保住了。

晶后继续道："我们看到皇上重新恢复了昔日神采，无不欢欣鼓舞，可没有想到的是，自此以后皇上每隔几日便要服用逍遥散，开始是三日一次，后来是一日一次，半年前已经是一日数次，而且整个人开始变得痴痴呆呆，国家大事全都无心处理，眼看着一天天地衰老下来。后来我才知道鲁王始终站在燕元籍的阵营中，这次的巫医之事，也是他在燕元籍的授意下所为！"

我默默倾听着晶后的诉说，如果一切真如她所说，燕元籍此人的确是阴险到了极点，他利用逍遥散损害宣隆皇的体质，以谋求尽快登上皇位。

晶后突然抬起玉额，盯住我的眼睛一字一句道："胤空！秦宫的这帮御医全部都是庸碌无能之辈，他们断定皇上最多还有七日寿命！"晶后停顿了一下，俏脸微微仰起，月光为她美丽绝伦的俏脸笼罩上一层无比神秘的光晕："而我最需要的就是时间！"

我马上明白了晶后的意思，如果宣隆皇真的在七天内死去，燕元籍将毫无悬念地登上帝位，晶后无法在短时间内做好充分的准备，更无法阻止这件事的发生。

晶后道："我要二十天的时间，你做不做得到？"

想起孙三分刚才的话，我毫不犹豫地点了点头。

晶后的脸上露出一丝喜悦："胤空！若是你帮我做成了这件事，我保你在大秦永享繁华，一世无忧！"我内心狂喜，慌忙跪倒在地："胤空先谢过姑姑了！"

晶后微笑道："若是我没有记错，你应该比元宗还小上两岁，如果你不嫌弃，以后便喊我一声母亲吧！"

我简直不能相信自己的耳朵，晶后竟然要认我为子。这对我来说，实在是喜从天降，我慌忙在地上恭恭敬敬地叩了三个响头："母亲在上，请受孩儿一拜！"晶后认我为子，不但给了我自由出入秦宫的身份，更重要的是这意味着向整个大秦人正式表明，以后我都将在她的庇护之下，太子燕元籍再也不敢像昔日那般恣意妄为地对付我。

晶后叮嘱道："皇上的病情，除了我们之外，我不想再让其他人知道！"我慌忙点了点头。

这时忽然听到远处燕琳泣声大叫道："母后！快来，父皇就快不行了！"

我和晶后对视一眼，彼此都看到对方眼中的深深的惶恐，晶后惶恐是为了大秦的权力和地位，而我是为了这刚刚得来不易的契机，如果宣隆皇现在就死，则意味着我刚刚得到的一切全部化为泡影。

我和晶后进门便听到一阵悲凄的哭声，晶后慌忙向内室中冲去，我看到孙三分正在从药箱中慢条斯理地拿出一个木盒，高悬着的心顿时放下，对他的医术我充满了信心。两名大秦太医正在宣隆皇的床边施救，身为康人的孙三分自然无缘插手，他做好了一切的准备，只等晶后发话。

晶后也失去了往日的镇静，大声道："胤空！"这等于向我和孙三分颁发了通行令。孙三分大步走入内室，我跟在他的身后走了进去，内心的紧张已经无法用言语来形容，我在大秦未来的命运全都系于孙三分的手上。

宣隆皇的脸色淤紫，口唇乌黑，双目紧闭，喉头不断发出嗞嗞之声，两名太医垂手立在一旁，面如土色，看来已经毫无办法，他们的内心已经完全被恐惧所占据，皇上若是死了，他们也逃脱不了被问斩的厄运。

孙三分把木盒放在龙塌边打开，里面是一把银刀和数枚金针。一旁太监惊声道："大胆，竟敢私带利器，图谋不轨！"

孙三分冷冷道："请皇后娘娘将不相干的人等全部都请出去！"身处逆境之中的他不见丝毫的慌乱，单单是这份气魄就不是普通的御医能够相比。

晶后用力咬了咬下唇，此时她也和我一样，将全部的希望都寄托在孙三分的身上，就算孙三分再有其他过分的要求，她也会答应下来。她厉声叱道："谁再敢扰乱孙先生为皇上治病，本宫就砍掉他的脑袋！"几名太监慌慌张张地退了出去，在这些宫人的心中晶后的地位甚至重于宣隆皇。

孙三分握住宣隆皇的手腕，拿起银刀在他的脉门上划了一刀，乌黑的鲜血沿着创口顿时涌了出来。

我一颗心提到了嗓子眼，孙三分这一刀虽然划在宣隆皇的手上，却好像划在了我的心头，我几乎不敢再看下去，无意间和晶后的目光相遇，她的俏脸已经完全失却了血色，丰盈的嘴唇微微地颤抖，十指紧握，晶莹的美甲深深地陷入掌心，她内心的紧张远远在我之上。孙三分若有任何闪失，我失掉的是性命，而她失去的却是大秦的江山。

孙三分不慌不忙地放下银刀，捻起金针在烛火上烤炙了一下，示意晶后扶起宣隆皇坐起，金针向他头顶的百会穴上刺去。一针刺过，立即缩回，只见他双手运针如风，第二针刺向宣隆皇百会穴后一寸五分处的后顶穴，接着强间、脑户、风府、大椎、陶道、身柱、神道、灵台一路刺将下来，大约一盏茶工夫，督脉的三十大穴顺次刺到。他终于停下手来稍作停歇，又从锦盒中取出一把金针，依次刺向宣隆皇任脉的二十五处大穴。

金针刺完，孙三分的额头已是满头大汗，此时只听宣隆皇发出“呀”的一声，双目猛然睁开，“噗”地喷出一口腥臭无比的黑血，剧烈的咳嗽声重新响彻在裕德宫中，在场每一个人的脸上都露出了如释重负的表情，孙三分成功地把宣隆皇从死亡的边缘拉了回来。

目睹了孙三分神奇如斯的医术，晶后对我刚才的承诺再无顾虑，等到宣隆皇重新睡去，我和燕元宗兄妹首先退了出去。

燕琳看到父皇暂时无恙，此刻才擦干了眼泪，一双美目盯在我的脸上，似乎在提醒我要信守把瑶如送给她的承诺。

岐王燕元宗刚才因为担心父皇病情，始终顾不上和我打招呼，这时才主动过来向我致谢道：“平王殿下，多谢你带孙先生过来！”

“以后你们就是兄弟了！”晶后款款从帷幔后走出，她的表情已经完全恢复了平时的镇静，岐王并不知道我刚才在御花园中已经认晶后为母的事情，目瞪口呆地看着晶后。

晶后笑道：“我已经正式认胤空为义子，以后你又多了一个弟弟！”

岐王大喜过望，对他来说，皇室之中兄弟虽多，可是无一人与他有共同的志趣，我能写擅画，儒雅风流，自然大合他的脾胃，他握住我双手道：“胤空！我早有和你结拜之意，没想到这次居然让母后抢先了！”

燕琳一双妙目死死盯住了我，樱唇忍不住噘了起来，晶后认我为子，她肯定不会开心。她来到我的身边，伸出纤手用力在我肩上拍了拍：“胤空！你是七皇兄的弟弟，自然也是我的兄弟了，千万别忘了答应过姐姐的事情啊。”她下手用尽全力，这两下打得着实不轻，我强忍着疼痛没有吭声，心中恨恨道：若要我抓住机会，定然要弄得你死去活来！

晶后递给我一块通体晶莹的翡翠龙佩：“这块龙佩是皇上随身之物，你既认我为母，皇上自然就是你的父亲，这块龙佩就是我们送给你的礼物！”

我心中暗笑，宣隆皇若是清醒一定不会认我这个敌国质子当儿子，这块龙佩八成是晶后趁着他迷迷糊糊的时候从身上取下来的，送给我更是她自己的主意。我千恩万谢地接过龙佩，心中的得意实在无法用言语来形容。

宣隆皇在孙三分的医治下病情暂时稳定了下来，晶后生恐他的病情反复，向我提出把孙三分暂时留在宫中，我痛快地答应了下来。

临走之前，晶后向岐王道：“元宗！你明日把我和你父皇认胤空为子之事告知给诸位皇族公卿，再派人为胤空翻修一下府邸。”

岐王笑道：“母后放心，我明日便将此事告诉他们，至于翻修之事，我看就算了，我在枫林阁的别院始终都空闲着，如果胤空不嫌那里简陋，明天就可以搬过去。”

晶后点了点头道：“如此甚好不过！”她想了想又道：“元籍肯定会对胤空搬迁之事百般阻挠，你还是拿我的手谕过去，谅他也不敢为难你们。”

对我来说整个晚上发生的一切都恍若梦境，转眼之间自己竟然从一个敌国的质子变成了秦国皇后的义子，我在秦国的未来终于迈出了坚实的一步。

喜悦过后，我重新冷静下来，晶后之所以认我为义子，就是因为在眼前的形势下，我对她有着极其重要的利用价值，如果想让自己的地位延续下去，就必须在短时间内引起她足够的重视，成为她前进道路上不可或缺的人物。

我还没有做出充足的准备，自己的利益就已经和晶后的利益密切地联系在一起。宣隆皇死期将至，如果晶后能够顺利地掌控大秦的朝政，我在秦都还会有更为远大的发展。如果晶后败在燕元籍的手上，我的下场之惨恐怕不难想象。这种危机感让我通体的神经重新绷紧，我要发挥所有的智慧和能量协助晶后击败燕元籍，也只有这样我才能够更多地掌握主动权，我的前途才会一片光明。

燕元宗亲自把我送回质子府，瑶如和采雪听到动静慌忙出门来迎我，看到我安然无恙地归来，两人的美目中都闪动着欣慰的泪光。

燕元宗目睹质子府一片狼藉的景象，不由得怒火填膺："大皇兄做事实在太过分了！"他叫来门口的侍卫，把他们狠狠地斥责了一顿，因为有了晶后的手谕，这些侍卫自然不敢对我们进行任何的阻拦。

我带着瑶如和采雪登上燕元宗的马车向位于枫林阁的别院驶去。

枫林阁距离岐王府不远，也位于胭脂湖畔，在岐王府建成以前，这里曾是岐王的旧宅，随着岐王府新宅的启用，这里就闲置了下来。不过岐王喜欢这里的清幽雅致，仍旧安排了几名仆人维护打扫，偶尔也回来这里小住几日。

来到枫林阁的时候已经是午夜时分，收到消息的仆人正等待着我们的到来。

这是一座三进三出的院落，黑暗之中虽然看不到细致的面貌，不过从周围的环境和内部的大概陈设上已可辨认出来，和我原来所居住的破旧质子府不可同日而语。除去仆人的住所和厨房，枫林阁大大小小的房间共有十八间之多，算上留在宫中的孙三分，我们也不过区区四人，居住方面可谓绰绰有余。

燕元宗当晚并没有回去，他让仆人准备了一桌佳肴，打开一坛女儿红，和我对饮赏月。燕元宗的确是个浪漫的人，月色、清风、美酒都会轻易让他感动，我在大康的皇兄中不乏像他一样追求风花雪月的人，可是那大多是一种郁闷不得志的发泄，而燕元宗却是真正地享受着这一切，像他这样淡泊人生并且对权力毫无欲求的皇子的确少见。

也许晶后的溺爱才是造成燕元宗目前心境的主要原因，正所谓身在福中不知福，燕元宗自出生起便集万千宠爱于一身。晶后为他辛苦地谋划了一切登上帝位的便利条件，可是从未受过任何挫折的燕元宗根本不知道权力的可贵，反而向往相反方向的一种与世无争的生活。

燕元宗遥望空中那弯新月喟然叹道："若能远离这喧嚣的尘世，超脱于世俗纷争之外，那该有多好……"言语中流露出无限的失落与憧憬。

我将杯中美酒饮尽："恐怕母后对你的期许远远不止于此！"

燕元宗神情黯然，为我斟满了酒道："母后始终无法理解我心中所想，我最厌恶的就是权力纷争，钩心斗角，就算让我坐在龙椅之上，我也无法成为一个好皇帝。”他停顿了一下又道：“大皇兄无论是魄力还是计谋都要高出我数倍，由他来继承皇位，一定要比我强得多。”

我心中暗叹，没想到燕元宗倒也有自知之明，只不过晶后让他继位并不仅仅是为了扶持自己的儿子，更重要的是想利用这个机会亲自掌控大秦未来的政权。

我和燕元宗对饮了一杯，燕元宗问道：“胤空，如果你处在我的位置，你会怎么做？”

我笑了起来，这个问题我根本不用考虑，如果我拥有和他一样的优越条件，我一定会千方百计地得到帝位，在如今的时代，衡量自己能力最好的体现就是你所拥有的疆土与权力。

我并没有直接回答燕元宗的问题，反问道：“大哥有没有想过，如果太子继承了皇位，你还会不会像现在这样逍遥无忧？”

燕元宗淡然笑道：“我无欲无求，大皇兄应该可以看出我对他的帝位不会产生任何的威胁，如果他真的容不下我，我宁愿不做什么岐王，离开秦都去做一个平凡的布衣百姓，倒也乐得逍遥快活！”

燕元宗的想法实在是太理想化了，如果燕元籍成为秦皇，他会放过这个危及自己皇位的兄弟吗？我百分之百断定他不会！换成我是燕元籍，继承皇位的第一件事就是剪除以晶后为首的反对势力。燕元宗虽然与世无争，可是他却是晶后阵营中的旗帜，更是晶后手中执掌皇权的王牌，以燕元籍的为人，他一定会斩草除根的。

我感叹道：“出生在帝王之家，很多事情根本由不得我们去选择！”

燕元宗深有同感地点了点头，举起酒杯道：“来！今朝有酒今朝醉，今夜我们兄弟喝他个一醉方休！”

燕元宗的酒量远远比不上我，两坛酒下肚，就开始说起了胡话，他的这些牢骚对我来说已是耳熟能详，无非是埋怨晶后过多地干涉他的自由，不让他按照自己的意愿生活。我无可奈何地笑了笑，燕元宗的内心要比我想象的单纯和脆弱，真想不通像晶后这样的一位凡事都要争先的女强人怎么会生出这种与世无争的儿子。

燕元宗再也支持不下去了，伏在石桌上沉沉睡去。我无可奈何地摇了摇头，扶着他的身躯一步一摇地向早已备好的房间走去。

等到把燕元宗架到床上，我也累出了一身大汗，瑶如和采雪听到动静过来，我示意她们不要作声，转身正要关门离去，却听到燕元宗低声唤道："琳儿……"我身躯一震，霍然回过身去。燕元宗在床上翻了一个身，又梦呓道："我不要做你的哥哥……琳儿……"

我几乎不敢相信自己的耳朵，难道燕元宗喜欢上了自己同父异母的妹妹，那个变态公主燕琳？看来，大秦皇宫中的混乱比起大康犹有过之。

我转过身去，瑶如惊惶地垂下头去，我马上判断出，瑶如肯定知道燕元宗暗恋燕琳的事情。我轻轻掩上房门，冰雪聪明的采雪从我刚才的神情已经知道我肯定有话要询问瑶如，轻声道："我去为岐王熬些醒酒汤。"

我牵着瑶如的小手来到我的卧房，关上房门，我低声道："岐王刚才所说的话你可曾听到？"

瑶如点了点头，旋即扑入我的怀中，在我耳旁颤声道："晶后把我们这些秀女送到岐王府中，一是为了扫清自身障碍，二是为了给岐王选妃。每一位秀女初到岐王府之时，都对岐王充满幻想，渴望有朝一日飞上枝头成为王妃……可是……"

瑶如似乎回忆到一件极其痛苦的事情，娇躯也不禁颤抖了起来。

我用力抱紧了她，瑶如泣声道："岐王为人向来慷慨，视金钱如同粪土，可是在他的眼中，我们这些女子连粪土都不如……"

一层浓重的阴影笼罩住我的内心，燕元宗难道和燕琳一样在心理上也有问题？

瑶如道："我们很快就发现，岐王对王府中的每一位女子都没有任何的兴趣，只要他高兴，可以让我们去陪他最为卑下的门客，甚至为他御车的马夫……"瑶如用力咬紧了下唇道："记得前年曾经有一位名叫红菱的女子被皇后发落到岐王府，她一心想吸引岐王的注意，于是偷偷潜入岐王的卧室，意图色诱岐王，可是……”瑶如一双美目惊恐地睁大，“第二天清晨她便被人发现溺死在胭脂湖中……周身布满了触目惊心的伤痕，自从那次以后再也没有人敢去主动接近岐王。”

我倒吸了一口冷气：“他是不是对男色感兴趣？”心中也有些不寒而栗，岐王处处都对我表现得异常热情，该不会是看中了我吧？

瑶如又摇了摇头道：“应该不会，岐王众多的门客之中并没有人可以留宿岐王府内，而且也没有发现岐王和任何男子交往过密。”

我如释重负地松了一口气。

瑶如道：“后来我们才发现，只要九公主出现，岐王就会变得异常开心，如果九公主有什么不快，岐王也会变得忧心忡忡，九公主想做的任何事，岐王都会想方设法地满足她，他对九公主所表现出的关爱，早就超出了正常兄妹之情的范畴。有一次九公主在岐王府中沐浴时，我无意中看到……岐王……竟然在暗处偷窥……”瑶如鼓足极大的勇气才将这件事情道出。

我轻轻吻了吻瑶如的耳垂，低声承诺道：“瑶如，我以后绝不会让你再受到半分伤害！”瑶如美目中顿时涌出晶莹的热泪。

仅凭瑶如的这些话，我仍然无法确定岐王对同父异母的燕琳究竟抱有一种怎样的感情，不过从他今晚醉酒后的表现来看，他对燕琳的感情绝非普通的兄妹那般简单，我不得不重新考虑利用药物对燕琳下手的事情。

以我的手段再配合迷魂草的药效，把泼辣刁蛮的九公主燕琳弄上手应该不难，可是今晚无意中得悉岐王对燕琳的畸形恋情，就算借我一个天大的胆子，我也不敢把占有燕琳的计划实施下去，不过这件事却让我产生了另外一个大胆的计划。

我在第二天的黄昏再次拜会了晶后，当然我现在已经被晶后认为义子，凭借现在的身份进入秦宫要比过去容易得多。晶后多日来一直守在床榻边照顾宣隆皇，直到孙三分出现后，才把一颗高悬着的心稍稍放下。我来到凤阳宫的时候，晶后刚刚起床。

宫女茹儿将我引到寝宫之外的亭中坐了，晶后梳洗过后才来见我，她身穿白色亚麻质地长裙，黑色的长发用淡蓝色发带随意束起，如瀑布般垂在身后，成熟的美态熏人欲醉。

“母后！”我慌忙起身欲拜，晶后伸手扶住我的肩膀：“母子之间何须如此客套！”慵懒的声音混合着她身上淡淡的体香，对我有一种莫名的诱惑。

“你这么急着见我，是否有什么要紧事？”晶后微笑着在我对面坐下。

我望了望四周，晶后立刻会意，朗声道：“茹儿！你们几个去外面替我采些花朵回来！”几名宫女太监闻言慌忙离开了凤阳宫。

我注意到他们从外面将房门关上，方向晶后道：“孩儿这次来是特地为母后解忧来了！”

“哦？”晶后眉梢扬起，双目中流露出期待之色。

我压低声音道：“孩儿有办法让岐王兴起争位之念！”

晶后半信半疑地看了看我，许久方道：“我此前曾经多次努力过，无论我如何劝他，他都固执己见，在那帮大臣面前搞得我毫无面子，我一心为他争位，反倒让别人以为我想独揽大秦朝政。”听她的语气，对劝服岐王并不抱有任何的奢望。

我微笑道：“九公主燕琳好像已经到了婚嫁之年？”

晶后微微一怔，以她的智慧也料不到为什么我会突然把燕琳提出来。

看着她耐人寻味的眼光，八成是以为我对燕琳生了爱慕之情，我旁敲侧击道：“如果母后为九公主挑选一位夫婿，或者可激发岐王争位之心！”

思维敏锐的晶后终于把握到了我话中的玄机：“你是说……”突然，从她的俏脸上流露出了痛苦之色，缓缓站起身来，喃喃道：“不可能……不可能……”

我劝慰道：“母后大可放心，岐王虽然有意，九公主心目中却一直只把他当成哥哥。”

晶后幽然叹道：“我终日忙于辅佐皇上，反而忽视了这些儿女……”

我低声建议道：“唯今之计，就是尽快为九公主订下婚约，阻止岐王继续沉迷下去。”

晶后秀眉微颦，我的建议的确是个一举两得的方法，如果燕元宗对燕琳情根深种，势必会竭尽所能阻止这场婚姻，以他目前的地位只能是有心无力，他会重新审视权力的作用。如果燕元宗默默接受这个事实，燕琳订婚之后，势必断绝他畸形的爱恋，对他也是大有益处。晶后转向我道："胤空你觉着燕琳如何？"她该不是要把燕琳许配给我吧？

我慌忙躬身道："九公主天姿国色，实乃绝代佳人，不过……胤空恐怕无福消受……"

晶后不禁莞尔："你紧张什么？本宫又没说将燕琳许配给你！"

她的话让我尴尬异常。

晶后道："其实以你大康皇子的身份和燕琳也算得上门当户对，不过这样的话，难免遭到元宗的忌恨，本宫也不想看到你们两兄弟因为燕琳反目。"我心中暗道，这恐怕只是其中的一个原因，如果晶后将燕琳许配给我势必会遭到大秦以太子燕元籍为首势力的强烈反对，晶后绝对不会在这个时候激起众怒，她是个极其冷静睿智的人物，懂得权衡利弊。

晶后美眸突然一亮，笑道："我倒是想起了一个合适的人选！"她重新坐了回去，纤手交叉放在膝盖上，这看似随意的动作充满了荡人心魄的迷人风韵，"相国薛安潮的公子薛无忌倒是一个合适的人选！"

我心中一怔，随即明白了晶后的真正目的。薛安潮乃是大秦相国，也是太子燕元籍最坚定的支持者，晶后将燕琳许配给他的儿子，一定会激起燕元宗对薛安潮父子的仇恨，进而产生谋取皇位的动机。另一方面，晶后此举无异于主动向薛氏父子示好，也许可以引起燕元籍的疑心。我不无顾虑地说："薛相国既然是燕元籍阵营中的关键人物，他未必会接受母后的这份心意。"

晶后淡然笑道："无论从任何方面薛安潮都没有拒绝的理由，不过如果若想起到更好的效果，则要通过另外一个人。"

"谁？"

"秦都第一富商钱四海！"

"他？母后，我听说钱四海好像是太子的人。"我充满了顾虑。

晶后笑道 :“像钱四海这种唯利是图的商人，根本不会有明确的阵营！他和薛安潮父子一向关系密切，由他来做这个媒人最合适不过。”晶后充满睿智的美眸凝视着我 :“听说你和钱四海曾经有过一段交往，这件事情就交给你去做吧。”

我见到钱四海的时候，他正在和一位朋友在胭脂湖垂钓，时近正午，天色仍然阴郁无比，空中飘着一层淡淡的烟雨，眼前的景物一片朦胧。

我踩着茵茵绿草向钱四海的方向走去，钱四海的衣饰一如往常的奢华，紫色长袍外罩黑色防雨狐皮，腰间还束着一条金玉镶嵌的腰带，浑身上下都洋溢着庸俗的味道。他的那位朋友却显得朴素得多，身穿青色粗布长衫，脚踏黑色圆口布鞋，外披蓑衣，表面上看就像一位寻常的渔翁。

两人并没有因为我的到来而转移注意力，目光仍专注于湖面之上。

钱四海胖胖的脸上忽然露出了一丝笑容 :“来了！”细长的鱼竿猛然弯曲如弓，在他不断地牵动下一尾一尺余长的青鱼跃出了水面，那青鱼试图脱开鱼钩的羁绊，左冲右突将鱼线拉得笔直，湖面一时间被激得水花四溅。

他的那位朋友似乎未曾留意到身边的变化，一双深邃的眼眸仍旧盯在湖面之上，握住鱼竿的右手纹丝不动。我心中暗暗称奇，此人的这份耐力实在是超人一等。

鱼线在青鱼的激烈挣扎下终于被扯断，随着钱四海一声失落的大叫，青鱼带着鱼钩沉入了湖底。他肥胖的大脚重重在地上顿了两下，这才放下鱼竿笑眯眯转过脸来，向我道 :“原来是平王殿下。”

我微笑着向他点了点头，正要说话，却见那青衣人的鱼竿也弯曲了起来，我和钱四海暂时停住了对话，专心看他钓鱼。青衣人不慌不忙，鱼线收放自如，只用了一盏茶工夫，一尾长约三尺的青鱼被他成功地牵上岸来。

钱四海羡慕地说道 :“管兄钓技高超，小弟自愧不如。”

那名青衣人淡然一笑，把鱼鳃用草绳拴了，向钱四海道 :“这么多年你还是像往常一样急功近利毫无耐心！”听他说话的口气俨然是在教训一个晚辈，不知此人到底是何身份?

钱四海却露出一副虚心受教的样子，喊来远处的仆人，把青鱼取走。

钱四海和那位青衣人洗了手，双双来到我的面前。钱四海首先向青衣人介绍道："这位是皇后刚收下的义子，大康国的平王殿下。"然后又向我道："这位是我的好友齐国的管舒衡管先生！"

我心中大吃一惊，管舒衡的名字对我来说并不陌生，他是天下间最为富有的四名巨贾之一,四大首富有南管北韩西潘东田之说，分别指的是齐国管舒衡、康国韩百寿、晋国潘渡和秦国田循。这四人几乎掌握了八国经济的命脉，无怪乎钱四海对他表现得如此恭敬。

管舒衡笑道："原来是大康的平王，管某早就听四海兄夸你是个少年才俊，今日一见果然非凡！"

我淡淡一笑，钱四海和我无非是做过一次私下交易罢了，这种事情他不会拿出来宣扬吧？

钱四海诡秘一笑，指了指前方的风雨亭道："我们先到那里说话！"

风雨亭内的木桌之上早就摆好了酒具和凉碟，我们相继落座，钱四海笑道："大家稍待，鱼马上就会做好！"

我微笑道："看来今日胤空口福不浅。"

管舒衡拿起面前的酒壶闻了闻道："四海兄还是这么小气，管某大老远从齐国赶来，居然用这种劣质酒水来招待我。"

钱四海尴尬笑道："四海又怎会是如此小气之人，这是从西域运来的葡萄美酒，我特地拿出来招呼你。"

管舒衡哈哈笑道："玩笑而已，四海兄又何必介怀？"

钱四海这才向我道："平王因何得知我在这里垂钓？"

"胤空曾到府上拜访，从贵府管家口中知道了钱先生的去向。"

钱四海点了点头道："不知平王找钱某有何要事？"

我看了看身边的管舒衡，并没有立刻回答钱四海的问题。

钱四海知道我是因为管舒衡在场所以心存顾忌，微笑道："不妨事，管兄是我知交好友，有什么话平王尽管说出来。"

管舒衡起身道："管某还是暂且回避好，我去那边看看鱼做好了没有！"说完，他迈步向亭外走去，给了我和钱四海一个单独交谈的机会。

钱四海道："平王请讲！"

我淡然笑道："胤空此来是想跟钱老板谈一件买卖！"

钱四海双目一亮："愿闻其详！"

"钱先生可知道静海田氏？"

钱四海不由得身躯一震，他又怎会不知道，静海田氏是实力足以和管舒衡相抗衡的富商，他的资产虽丰，在秦都可以算得上屈指可数的人物，可是和上述两人比起来，不过是小巫见大巫了。

钱四海道："据我所知，田循已经被充军北疆了……"

我呵呵笑了一声，压低声音道："可是田循的盐场仍在！"

作为一个商人，钱四海特有的敏锐嗅觉马上把握到了什么，他肥胖的面孔顷刻间绷紧了，可见他内心的郑重和紧张。

我拿起桌上茶盏饮了一口茶，慢条斯理地说道："盐场虽被充公，可是收入却已大不如往常，皇后娘娘准备把这些盐场转包给秦国富商……"

钱四海双目之中露出无比激动的神情，这个消息对他来说是无法抵挡的诱惑，任何人都知道田氏盐场惊人的利润，当初田氏之所以落罪，和宣隆皇窥觑他们家族的巨额财富有极大的关系，现在田氏家族的财产俱已收归国有，家族的盐场也改成官办，可是收益一落千丈，再不复昔日的风光。

钱四海眉头微皱，似乎是在考虑着什么，许久方道："平王有什么事情需要我做？"他果然非同寻常，马上就听出我抛出如此诱人条件的背后一定有所要求。

我笑道："钱先生不必多疑，这件事说起来最容易不过，是让你做个好人，成就一件美事！"

钱四海满面狐疑地看着我，他自然不会相信天下间有如此便宜的好事。

"九公主燕琳已到适嫁之年，皇后有意为她订下婚约！"

钱四海恭敬道："不知道哪家的公子有这个福分？"

“薛安潮相国之子薛无忌！”

钱四海恍然大悟道：“皇后看中了薛卫尉？”

我点了点头，钱四海的脸上顿时浮现出一丝笑意，他自然不会知道我和晶后真正的目的所在，八成会认为晶后想借着姻亲之事来拉拢薛安潮，分化太子燕元籍的集团内部。

钱四海道：“晶后缘何会选中我去做媒？”

我笑道：“我来之前，晶后曾经说过，钱先生此人唯利是图，深悉事情的利害关系，更何况您和薛安潮之间向来关系密切，所以这件事您才是最佳人选！”

钱四海尴尬之极，讪讪笑道：“平王果然风趣。”

这时管舒衡和一名端着鱼盘的仆人向这边走来，鱼已经烧好了。

钱四海道：“平王殿下请替我回禀晶后，此事包在我的身上！”

小雨如酥，我和瑶如携手漫步在秦都街头，品味着空中洋溢着的阵阵清凉，成功地说动了钱四海，我的心境放松了许多，如果一切顺利，明天他就会给我确切的消息。

宣隆皇在孙三分的治疗下，病情趋于稳定，根据他目前的状况，撑过晶后的限期应该没有任何问题。我的下一步行动就是利用燕元宗对燕琳的畸恋，有效地激起他的斗志。

钱四海虽然不会轻易转向晶后的阵营，不过正如晶后所说，此人唯利是图，绝不会放过掌控田氏盐场的大好时机，更何况为公主说媒，和他本人的立场并无冲突，或许在他的心中，薛无忌就算娶到了公主也不会改变薛相国原有的立场，晶后此举是赔了夫人又折兵、得不偿失的傻事。他在不影响大局的前提下还可从中牟利，这样的事情他又何乐而不为呢？

瑶如依偎在我肩头，俏脸上洋溢着无限的幸福，我这次怂恿晶后为燕琳订婚，其中也有一定的私心，只要是我的敌人，我都要想方设法地把她尽快去除，燕琳这个情敌也不例外，为她订下婚约等于为瑶如免除了麻烦。

瑶如忽然娇呼了一声，纤手指向前方。

我顺着她所指的方向看去，却见一名赤裸上身的男子跪在路边，不断向地上叩着响头，额头上早已鲜血模糊，在他身后的风雨亭中还纹丝不动地躺着一位老人，想来已是死去多时。

从他身边经过的路人大都熟视无睹，没有人扔下任何的银钱，想不到秦国的人情冷淡如斯。

我缓缓走了过去，那男子仍然不住地叩头，我示意瑶如拿出一锭十两左右的银子放在地上。那名男子抬起头来，他面目竟颇为英俊，眉宇之间英气十足，右额角刺着青色的文字，看来此人曾是一名囚犯，难怪路人纷纷避之不及，却不知此人怎会沦落到这样的地步。

“谢公子大恩！”他颤声道。

我这才注意到他的头上插着一个草标，我在大康之时也曾经遇见过这样的场景，这种人多数都因贫困潦倒，当街卖身为奴，以换来银两安葬至亲。

他拿起那锭银子，恭声说道：“在下唐昧，此后终生愿为公子之奴！”

我淡然笑道：“区区十两银钱，哪值得你以一生托付？”言罢，转身和瑶如便要离去。

唐昧大声道：“公子！请留下大名，唐昧安葬好母亲之后，即刻追随公子侍奉左右。”

我转过身来向唐昧道：“父母生你于世上，必然想看你有朝一日建功立业，光耀门楣，又有谁希望自己的子女终身为奴，永无出头之日的？”

我又拿出一张银票：“唐昧！你葬母之后，拿着这些钱好好地做些事情，以慰你母亲的在天之灵。”

唐昧堂堂七尺男儿，此时竟忍不住落下泪来，他并没有收我的银票，转身来到风雨亭中，小心抱起母亲的尸首，昂首阔步向城门处走去。

瑶如美目中充满了崇敬，纤手用力地挽住了我的臂膀。

我们正欲回转的时候，忽然四匹骏马疾驰而来，我拉住瑶如躲向一旁，那四匹骏马在我的面前居然停了下来。为首的那名黑衣武士勒住马缰，狂笑道：“我当是谁！原来是瑶如姑娘！”

瑶如吓得花容失色，紧紧握住我的手臂，娇躯不住颤抖。

那名黑衣武士翻身下马，大步向我们走来："岐王殿下难道将你送给了这个呆子吗？"他边说边伸手欲向瑶如抓来。

我将瑶如护在身后，怒道："大胆！在秦都之内居然敢如此放肆！你眼中还有王法吗？"

黑衣武士遇到我凌厉的眼神，不由微微一震，随后又大笑起来："你算个什么东西？岐王和我是刎颈之交，瑶如是我旧时的情人，我们说句话又干你鸟事！"

他一把抓住我的臂膀，狠狠地将我推到一边，瑶如娇呼一声，玉臂已经落入他的大手之中，黑衣武士猖狂笑道："岐王糊涂，怎会将如此美人送给一个毫无用处的废物，我这就去求他将瑶如赏赐给我！"

瑶如拼命挣脱，泣不成声道："浑蛋！你放开我！"

黑衣武士和周围的同伴齐声大笑起来。

我正欲从地上爬起，却被黑衣武士一脚踢在小腹之上，身体重新趴倒在地上。

一个冷酷的声音道："放开他！"唐昧抱着母亲的尸首不知何时重新出现在我面前，他单臂将我从地上搀起，然后转身怒视那名黑衣武士道，"我不会重复第二遍！"

黑衣武士哈哈狂笑起来，唐昧忽然以不可思议的速度冲了上去，笑声戛然而止。唐昧的手闪电般从黑衣武士的腰间抽出了弯刀，寒光闪过，四名武士的喉头齐然出现了一道细细的血痕。几名武士的脸上的表情惊恐到了极点，他们的双手向喉头摸去，没等完全做出这个动作，鲜血从喉头处喷射而出，几人挣扎着跌倒在地上，顷刻之间已是一命呜呼。

瑶如大哭着扑入我的怀中，我被唐昧冷酷凌厉的手法深深震撼了。唐昧冷冷将弯刀掷在地上，刀锋深深插入青石板地面两寸有余，刀身仍旧颤抖不止。

周围人群顿时慌乱起来，这里距离城门很近，数十名守城的秦兵听到消息，迅速将我们包围了起来。

唐昧深深看了一眼母亲早已冰冷的面庞，缓缓将她的尸身放在我的面前，恭恭敬敬向我叩了三个响头。

我慌忙扶起他道："你何必如此！"

唐昧道："请恩公替我安葬母亲，唐昧恐怕做不到了！"

两名秦兵冲上来抓他臂膀，想用绳索将他捆绑起来。我大声道："住手！"掏出晶后给我的龙佩，"这是陛下亲赐的龙佩，你们谁敢绑他！"

几名秦兵顿时犹豫起来，已经有人认出我是康国质子，晶后刚认的义子，再加上我拿出宣德皇的龙佩，这些人胆子再大也不敢轻举妄动。被唐昧杀掉的四名武士，全部都是岐王府中的门客，岐王燕元宗在一月以前派他们前往大汉国办事，所以他们不知道我被晶后认为义子的事情。这几人向来被燕元宗所看重，在门客中地位超然，骄横无理。

守门将领将我请到一边低声道："此人刚刚从狱中放出，又惹下四条人命，末将若是不把他羁押，恐怕无法交代。"

我争辩道："分明是这四人挑衅，唐昧拔刀相助！"

那将领笑道："平王殿下放心，我会把其中缘由全部汇报上去，不过若想保住唐昧的脑袋，恐怕需要岐王不去追究。"

我点了点头，嘱咐道："唐昧是我的恩人，你们要好生对待他。"

将领信誓旦旦道："平王尽管放心，小的做事自有分寸。"

我先来到附近的义庄吩咐老板将唐昧的母亲厚葬，让瑶如留下操办，务必将此事做好，然后才去找岐王。

燕元宗显然早已收到了消息，脸上充满了不悦之色，他早就预料到我会来找他。

"王兄！"我恭恭敬敬地喊道。

燕元宗叹了口气："胤空你可是为那唐昧来求情的？"看来早就有人将事情的始末汇报给他。

我点了点头道："此事都是因我而起，唐昧一心报恩，还望王兄看在他忠孝仁义的情分儿上放过他这一次。"

燕元宗道："你可知他杀掉之人是我得力的门客，其中的丘武还曾经救过我的性命！”我心中暗笑，燕元宗手下的门客果然良莠不齐，像这种品行低下的角色，居然被他如此看重。

燕元宗伸手在廊柱上拍了一拍：“他们调戏瑶如的确不对，可是我把瑶如送给你的事情他们并不知情，再说为了区区一个女子，动辄便杀掉四条人命，实在是有些过分！”他的语气中充满了责怪的意思。

我却未曾感到此事有任何过分之处，唐昧杀掉这四名门客正合我心，无论是谁触犯我的利益，我都要让他付出惨痛的代价。我表面上仍旧谦恭地请求道：“唐昧也是为我解围方才出手，还请王兄给他一个机会。”

燕元宗怒道：“若是不给他一个教训，以后我的六千门客岂不是个个都心如死水，我燕元宗又如何取信于人？”

“大哥！”我屈膝在他的面前跪了下来，燕元宗看来动了真怒，不过他向来心软，我稍稍利用一些手段应该可以说服他。

燕元宗道：“你起来说话！”

“王兄若是不答应放过唐昧，胤空便一直跪下去！”

燕元宗叹了口气：“也罢！此人倒也算得上一位义士，我答应你就是！”

“谢王兄！”我这才从地上站起身来。

燕元宗道：“不过唐昧以后绝不可以留在大秦境内。”只要他答应放过唐昧，这件事自然不成问题。

燕元宗果然信守承诺，晚间的时候唐昧便顺利脱困，我和瑶如带他来到他母亲的墓前。唐昧含泪跪倒在墓前，泣声道：“娘亲！孩儿不孝……”便再也说不出话来，虎目之中，热泪肆意奔流。

我轻轻拍了拍他的肩头，唐昧抹干眼泪站起身来。

我从瑶如手中接过为他准备的行囊，递入他的手中：“唐昧，你此次虽然侥幸脱困，可是大秦已非你久留之地，这里有我为你准备的盘缠和衣物，你还是尽快离去吧！”

唐昧用力点了点头，接过行囊背在肩头，他恭恭敬敬地跪在我面前：“平王殿下！唐昧永世难忘你的大恩。”

我慌忙扶起他道：“说起来，你才是我的恩人啊！”

唐昧道：“唐昧一介武夫，并不懂得太多的大道理，若是将来平王有用得着唐昧的一天，唐昧必舍命相报。”说完转身向远方走去，转眼间已经消逝在茫茫夜色之中。

我看着他远走的方向感叹道：“唐昧也真算得上是一位义士！”

瑶如挽住我的臂弯柔声道：“都是瑶如不好，为公子惹下了这许多麻烦！”

我将她诱人的娇躯拥入怀中，瑶如在岐王府的那段岁月，定然蒙受过无尽的屈辱。此次虽然救出了唐昧，可是我和岐王之间的友情隐然已经出现了一道裂痕，他手下的那帮门客对我也会生出仇视之心，要想和岐王恢复到原来的关系恐怕需要相当长的一段时间。

我和瑶如回到枫林阁的时候，钱四海已经在府中候我多时，从他一脸的笑容来看，九公主的婚事一定大功告成。

钱四海笑道：“钱某在这里苦候了一个时辰，原来平王殿下有美人相伴，乐不知返。”

我笑道：“看来钱老板是嫌我怠慢了！”

“钱某岂敢，不过是心急将喜讯传达给平王罢了！”这句话等于表明，他已经完成了我交给他的事情。

我示意瑶如为他换上热茶，钱四海起身道：“管先生还在万花楼中等着我们，我们还是赶快出发吧！”

我愕然道：“管先生？”我实在想不出管舒衡和公主的婚事有什么关系。

钱四海道：“管先生有意和平王结交，特地在万花楼准备了一桌酒席，让我来请你前去赴宴。”他笑眯眯道：“我们到那里边喝边谈，岂不快哉！”

我愉快地点了点头，管舒衡留给我的印象相当深刻，和此人结交对我将来的发展一定会有相当大的帮助。

钱四海在马车上已经将薛相国父子的态度告知于我，薛安潮原本对此事犹豫不决，可是薛无忌早就对燕琳的美貌倾慕多时，薛安潮拗不过儿子的意愿，终于答应了这件婚事，明日薛安潮就会入宫向皇后提亲。

我笑道："母后果然没有看错，钱老板出马必然成功。"心中对钱四海此人又多看重了几分。

钱四海嘿嘿笑道："田氏盐场之事，还望平王提醒皇后不要忘记！"

"钱老板放心！母后答应的事情绝不会反悔！"拥有了晶后这个靠山，我说话的底气自然足了许多。

钱四海连连致谢，如果能顺利得到田氏盐场，他很快就可以跻身顶级富商的行列。

我舒展了一下双臂，微笑道："太子知不知道这件事？"

钱四海微微一怔，他显然没有想到我会忽然提出这个问题。他犹豫了一下才回答道："我想太子应该已经知道。"

"听说钱老板和太子的交情匪浅！"我故意说道，上次他为太子试探我的事情，我依然记忆犹新。

钱四海胖乎乎的脸上露出一个极其滑稽的笑容："私交而已，钱某和皇族的很多人都交情匪浅……"他转向我道："其实钱某最想结交的是宣隆皇和皇后，只不过一直苦无机会，改日还望平王替我引见。"他果然狡猾之极，我们相视大笑了起来。

钱四海笑眯眯道："当初钱某初见平王，就知道殿下绝非池中之物，现在看来钱某的眼光果然不错，平王的前途无可限量。"

我故意叹了一口气："胤空只不过是一个普通的质子，大秦的阶下囚徒，哪里谈得上什么前途？"

钱四海道："平王又何必过谦，秦都之中谁人不知道皇后已经认你为子，以后钱某还要多多仰仗你的关照。"

我心中颇感得意，如果不是攀到了晶后这个靠山，钱四海这帮人又怎会对我如此客气。我清醒地认识到，自己的前途和命运都将和晶后母子紧密联系在一起。

走入万花楼的大门，迎面就看到一位风姿绰约的丽人迎了上来，这美女乃万花楼的老板慕容嫣嫣。慕容嫣嫣身穿湖绿色长裙，外罩白色狐裘，越发显得楚楚动人。她嫣然笑道："久闻平王殿下大名，今日得见真是荣幸之至！"略带沙哑的娇音中含有一种特殊的魅力，听在耳中宛如一双小手在轻轻撩拨着我的心。

钱四海哈哈笑道："慕容老板的眼中只有平王，难道就没看到我吗？"

慕容嫣嫣温婉笑道："钱老板说笑了，嫣嫣的眼中每一位万花楼的客人都是尊贵无比！"她回答得得体之至，看来自从我成为晶后的义子之后，在秦都的地位果然今非昔比，就连目空一切的慕容嫣嫣也会主动向我问好。

慕容嫣嫣轻声道："义父已经在新月阁等候！"

我心中一怔，慕容嫣嫣竟然和管舒衡有这层关系，此前却没有听钱四海说过。

我和钱四海在慕容嫣嫣的亲自引领下来到新月阁，房间内的装饰已经和上次全然不同，长廊两侧都用黄色小花点缀着，散发出淡淡的清香。

厅中的圆桌也换成了天然的木质，身穿灰色布袍的管舒衡笑眯眯地站在那里等候，我慌忙上前一揖道："胤空来迟，还望管先生见谅！"

管舒衡笑道："能够请到平王已经是管某的荣幸，便是等到明天管某也会在这里恭候！"

我们携手入座，本来我还以为这万花楼乃是风月之所，必然有不少美女作陪，可是这次除了慕容嫣嫣以外，并没有其他人在场。慕容嫣嫣脱去白色狐裘，坐在我的身边，娇躯散发出淡淡的体香，目光所及，曲线柔美的粉颈在烛光下隐隐泛出诱人的光华，让我忍不住联想到她长裙包裹下的曼妙娇躯。

菜肴大都是素食，刀功精美，让人不忍落箸，钱四海忍不住抗议道："管兄明明知道钱某无肉不欢，却准备了一桌的素斋。"

管舒衡笑道："这你可怨不得我，我把晚宴的事情全部交给了我的乖女儿，有什么不满意的地方你尽管找她！"

慕容嫣嫣亲自为我们一一斟满美酒，娇声道："鸡鸭鱼肉过于油腻，以钱老板的身材还是少食为妙。"

钱四海道："慕容老板是变着弯地骂我胖！"

慕容嫣嫣笑道：“钱老板那是贵气逼人。”

我们齐声笑了起来。

钱四海捻起酒杯闻了一闻，眉头立刻皱了起来：“这好像并不是酒！”

慕容嫣嫣柔声道：“钱老板难道没听说过，君子之交淡如水吗？”

钱四海苦笑道：“日前管兄还在说我小气，看来慕容老板比起钱某更是有过之而无不及！”

管舒衡道：“你哪里懂得，想要品尝上好的素斋，必须先冲淡你口舌中的浊气，方可品出其中的味道。”

原来这杯中的清水是用来漱口的，我学着管舒衡的样子漱了口，两名美婢款款走来，奉上棉质毛巾，让我们擦净双手。

钱四海道：“吃顿饭也要如此麻烦，早知如此，钱某宁愿花钱请你们去德兴楼吃烤鸭！”

慕容嫣嫣道：“这位大厨是我从康国专门请来，他做素斋的手艺可称得上是天下第一。”

我心中怦然一动，脱口道：“慕容姑娘说得可是郭慕遮？”

慕容嫣嫣道：“平王说笑了，郭慕遮早已辞世，现在我请来的是他的孙子郭子靖。”她一双明澈美目荡漾笑意道：“平王在大康多年，应该听说过他的名字！”

我笑道：“我在七岁的时候，曾经有幸品尝过郭慕遮老先生的素斋，其中的美味到如今仍然记忆犹新，至于他的这位传人，我倒未曾听闻，更加无缘品尝他的手艺。”

慕容嫣嫣道：“平王比较一下他和郭老先生的手艺便会知道嫣嫣所言非虚。”此女颇有心计，她请来大康的厨师，分明也是刻意为之，想从心底消除我的戒心，拉近和我之间的心理距离。

第七章 色动

郭子靖的手艺果然非凡，一道道看似普通的寻常菜肴到了他的手中，竟变成了各种令人垂涎的美味。钱四海吃得津津有味，可是吃相却让人不敢恭维，管舒衡除了饮酒之外便是谈论一些八国风物，始终没有暴露出请我来的主要目的。

酒足饭饱，钱四海舒服地打了一个饱嗝，笑道："没想到这寻常的素斋竟然能做出如此味道，钱某此时真是神清气爽，仿佛充满了无穷无尽的力气，有道是饱暖思淫欲，我现在脑海里完全都是圆圆和飞燕的影子。"

慕容嫣嫣忍不住皱起了眉头，显然对钱四海粗俗的言辞极为不满。

管舒衡笑道："今晚既然是我做东，一切的开销都算在我的身上，四海兄尽管纵情玩乐。"

"谢了！"钱四海捻起一根牙签，一边剔牙，一边向门外走去，从他蹒跚的脚步来看，竟似有些醉了。

慕容嫣嫣趁机起身道："我去看看！"

管舒衡点了点头，我心知肚明，钱四海和慕容嫣嫣的先后离去，分明是为我和管舒衡制造一个单独交谈的空间。管舒衡伸手做了一个请的手势，和我共饮了一杯，他微笑道："平王可知道管某此次为何而来？"

我摇了摇头，目光盯在管舒衡深邃的眼眸上，期待着他的进一步解释。

管舒衡道："平王是否还记得在康都曾经遇到的一位测字先生曹睿？"

我双目一亮，立刻想起在康都那晚巧遇曹睿的事情，要不是他送给我的“囚”字，我也不会选择主动入秦为质。我点了点头：“那位曹先生是世外高人，留给胤空的印象相当深刻。”

管舒衡笑道：“那曹睿的确是经天纬地的奇才，我和他乃是多年的故交。”

我惊喜道：“管老板既然和曹睿先生是朋友，想必应该知道他现在身在何处？”我从心底期望再次见到曹睿，以他的眼光和能力定然可以为我指点迷津。

管舒衡道：“我这位朋友行事向来神龙见首不见尾，老夫也不知道他现在究竟身在何方！”

我的目中流露出失望之色。

管舒衡道：“半月前我在前来大秦的路途上巧遇曹睿，他向我提起你，说平王殿下胸怀大志，将来必能成就一番霸业！”

我心中微微一怔，对管舒衡所说的一切将信将疑。

管舒衡似乎看出我内心中的疑虑，微笑道：“我还知道曹睿曾经送给平王一幅春宫图。”

听他提到了这幅画，我对他和曹睿之间的关系再无可疑，微笑着点了点头道：“的确有过这件事。”

管舒衡目中流露出一丝激动之色，随之又马上隐去，他轻抚胡须道：“那幅春宫图，管某曾经多次向他求过，他一直不愿相送，不知平王殿下可愿转让？管某可以给平王一个满意的价位。”

我心中暗道，这幅普通的春宫图，缘何让管舒衡如此看重，难道其中还蕴藏着什么秘密不成？表面上却不动声色道：“真是不巧，那春宫图被我留在大康皇宫之中了。”我的解释倒也合情合理，春宫图原本就不是能够上得台面的东西，我此次入质秦国，没将那幅图带在身上也并不足奇。

管舒衡满面失望之色：“如此说来，那幅图果然和管某无缘！”

“管老板既然如此喜欢那幅画，等我返回康国之后，马上找出那幅画送给你！”我装出异常慷慨的样子。

管舒衡苦笑道：“管某先谢谢平王了。”

我旁敲侧击地问道："晚辈斗胆问一句，管先生如此喜欢那幅春宫图，是不是想从中学习房中之术？"

管舒衡笑道："管某今年六十有三，对男女欢爱之事早就不感兴趣了，之所以想得到那幅画，是因为想追悼昔日的一位亡友！"

他搬出了一个这样的理由，我自然不好继续追问下去。也许是因为无法得到春宫图，管舒衡顿时失去了和我交谈下去的兴致，我们之间的气氛变得沉默起来。好不容易等到慕容嫣嫣回来，我起身告辞，管舒衡出言挽留道："既来之则安之，平王殿下何不就在这万花楼中留宿？"

我婉言拒绝道："明日我还要入宫面见母皇后，今晚想回去准备一下。"

管舒衡见我如此说，只好作罢。

慕容嫣嫣微笑道："我送平王下去！"

我点了点头，向管舒衡告辞后，和慕容嫣嫣一起向马厩走去，让我意外的是，钱四海的马车并不在院内，看来他也没有在万花楼留宿，自己先回去了。

慕容嫣嫣指了指垂柳旁的一辆豪华马车道："平王殿下坐我的马车回去吧！"

我上了马车，慕容嫣嫣竟然也随后跟了上来。

我微笑道："嫣嫣姑娘是不是还有话想对我说？"

慕容嫣嫣美目流转，轻声道："嫣嫣的确有些话想对平王说。"

车厢微微晃动，四匹骏马在车夫的驾驭下缓缓拉动车厢。我和慕容嫣嫣还是头一次单独相处，车内的水晶灯不断摇曳，映得慕容嫣嫣的俏脸忽明忽暗，为她平添了一种说不出的神秘感。我实在搞不懂，像她这样一位美丽的女子因何会成为万花楼的主人？

慕容嫣嫣轻声道："平王殿下既然已是皇后的义子，想来对宣隆皇的病情应该十分清楚！"

我捉住她变幻不定的目光，心中暗暗道，慕容嫣嫣问这话究竟有什么目的，她对宣隆皇的病情为何会如此关心？

慕容嫣嫣猜中了我的心思道："嫣嫣询问宣隆皇的病情并没有其他的目的，平王尽管放心。"

我笑道："宣隆皇身为秦国国君，每一位秦国的百姓都会关心他的病情。"

慕容嫣嫣道："嫣嫣并不是秦人！我和平王殿下一样都是大康之人！"慕容嫣嫣的这句话顿时让我陷入震惊之中。

我充满疑惑地看着她，她的这番表白究竟有何目的？

慕容嫣嫣道："嫣嫣隶属大康天机局。"她轻轻褪去左肩的衣裳，牛乳般白皙的香肩上纹着一只娇艳的蝴蝶，蝴蝶的双翅之上文有"天""机"的字样。我在大康之时便有耳闻，相国左逐流掌握着一个极其秘密的间谍组织天机局，成员遍及七国，隐匿极深，没想到这万花楼的老板居然也是天机局的成员之一。

慕容嫣嫣躬身行礼道："嫣嫣碍于身份始终未敢向平王殿下表露身份，失礼之处还望恕罪。"

我苦笑道："左相国果然好手段，我来秦国之前，竟然只字未曾向我透露过。"

慕容嫣嫣道："左相国大概是为我们的安危考虑。"

我在大康和左逐流之间并没有太多的交往，他是父皇最为得力的助手之一，也是勤王龙胤礼最为坚定的支持者。我来大秦之前，朝廷内部对此事也发生了分歧，左逐流则是强硬的主战派。

慕容嫣嫣轻声道："平王殿下现在可否将宣隆皇的病情告知于我？"

我缓缓转动了一下颈部，然后用力地靠在了椅背上，左逐流一直都没有甘心，如果我将宣隆皇病重的实情告诉了慕容嫣嫣，恐怕左逐流会力禀父皇趁机向秦国出兵，只要撕毁和谈协议，我这条小命恐怕就要首当其冲地丢掉。

"宣隆皇的确得了病，不过听那帮太医说，好像并不严重，二十日左右就能够完全康复！"

慕容嫣嫣秀眉微颦，似乎对我的话将信将疑。

我低声问道："慕容姑娘好像和管舒衡很熟，不知道此人是什么来路？"

慕容嫣嫣恭敬答道："殿下！管舒衡是齐国富商，拥有天下最大的铜池铁矿，此次他来到秦都主要的目的是和西门伯言相见，洽谈合作之事。"

我微微一怔，西门伯言是中山国的巨贾，也是八国中最为优秀的武器制造商，自从中山国成为大秦的附庸，西门家族便专门为秦国制造武器，秦军之所以在短时间内战斗力得到数倍的提升，和西门家族有莫大的关系。

慕容嫣嫣道：“嫣嫣还有一事相问。”

我点了点头：“你说吧！”

“钱四海最近和平王殿下走动密切究竟所为何事？”

我并没有直接回答她的问题，反问道：“钱四海这个人和太子究竟有什么关系？”

慕容嫣嫣道：“钱四海原是秦都的一位珠宝商人，此人从表面看上好像市侩气十足，可是心机深不可测，他并没有明确的阵营，和秦国的达官显贵关系都相处得十分融洽。更让人难以琢磨的是，他的交游广泛，来往的朋友中不乏八国中的实权人物，我一直都在试图查出他真正的底牌。”

我笑道：“看来我以后需得对此人加强防范。”我这才将皇后让钱四海做媒之事告诉慕容嫣嫣，至于其中具体的原委，则隐去不提。

慕容嫣嫣俏脸上充满迷惘之色，轻声道：“晶后把九公主许配给薛相国的儿子，难道是为了分化太子燕元籍的阵营？”她随即又摇了摇头道：“不可能……薛安潮绝不会因为儿子成为驸马，而放弃自己原本的立场，晶后此举极有可能完全落空。”

我心中暗笑，这其中错综复杂的原委恐怕只有我和晶后知道。

慕容嫣嫣道：“平王殿下虽然被晶后认为义子，可是在这秦都之中还是要凡事小心，据嫣嫣所知，殿下已经得罪了燕元籍，只要他登上帝位，恐怕晶后也无力维护你了。”

我淡然笑道：“胤空在这秦都苟且偷生，能多活一日，便是一日，又哪有心情去想将来的事情。”

慕容嫣嫣轻声叹道：“晶后和太子之间的权力斗争愈演愈烈，最后鹿死谁手还未必可知，以平王今时今日的地位，参与其中，好像并不明智。”

我点了点头，目光望向不停摇晃的水晶灯，尽管知道慕容嫣嫣隶属于大康天机局，但我仍然不会将内心真正的想法向她吐露。

慕容嫣嫣道："嫣嫣大胆地说一句，平王现在的作为并不像苟且偷生的样子，您好像另有所图。"

我哈哈大笑了起来，转头盯住慕容嫣嫣的娇艳面庞道："嫣嫣姑娘好像很懂得我的心意。"慕容嫣嫣俏脸微微一红，轻声道："平王勿怪，嫣嫣是为了平王的安危着想。"

回到枫林阁已经是夜半时分，看到采雪的房间仍然亮着灯光，我心中一阵温暖，正犹豫是不是要敲门的时候，房门缓缓打开了，采雪挑着一盏灯笼亭亭玉立地出现在我的面前："公子回来了！"

我点了点头关切道："夜深了，你还是早点歇息吧！"

"我去给公子准备夜宵！"采雪向厨房走去。

"采雪！"我从身后喊住她。

采雪微笑着回过头来。

"我不饿，你去把曹睿先生送给你的画找出来！"

采雪取下灯罩，用银剪刀剪去烛芯，我仔细端详着那幅古画，因为采雪在场，我并没有急于展开卷轴，画上的图形我早就烂熟于胸，这幅画应该没有什么特别。

采雪见我迟迟不展开画卷，有些迷惑地说道："公子在想什么？"

我笑着说："你去睡吧，我想单独待一会儿！"

采雪乖巧地应了一声，为我泡好参茶方才离去。

我徐徐展开这幅春宫图，颠来倒去地看了数遍，并没有从上面看出什么玄机，可是管舒衡既然如此看重这幅春宫图，足以证明它一定有着无法估量的价值。

我的眼皮渐渐沉重起来，终于趴在书案上沉沉睡去。

朦胧中好像有人推着我的脑袋，我迷迷糊糊地睁开双眼，却见燕琳站在案前，一双美目似笑非笑地看着我。我慌忙坐直了身体，这变态公主不请自来，八成又是想找我的麻烦。

燕琳冷笑道："胤空！你记不记得曾经答应过我什么？"

我马上明白了她的真正来意，她一定是来找我讨要瑶如的，表面上却装出一副莫名其妙的样子："请恕胤空愚昧，我不记得曾经答应过姐姐什么！"

燕琳柳眉倒竖："谁是你的姐姐？母后受你甜言蜜语的蛊惑，我燕琳可不吃你那一套！"她纤手指向我的鼻梁，"今日我便要带瑶如回去！"

我呵呵笑了起来："我当是什么大事，原来姐姐是为瑶如而来，区区一个丫头，姐姐想要胤空自当双手奉上。"

燕琳神色稍缓："算你还识些时务！"

"姐姐稍等，我这就把她给你喊来！"我站起身来，燕琳的目光此时才望向桌上，望到那春宫图，俏脸登时涨得通红："胤空！你这个淫贼！居然躲在这里偷看这种淫秽不堪的东西！"

我微微一笑，心中暗道：谈到淫荡胤空无论如何都及不上你。表面上却不敢说出来，一边缓缓地收起春宫图一边道："姐姐此言差矣，男女之事，乃是自天地混沌初开时便存在于这个世上，繁衍生息，阴阳调和无不仰仗于此，姐姐岂可用淫秽二字来形容胤空？"

我收起春宫图的速度极慢，燕琳忍不住又瞥了两眼，俏脸红得越发厉害，忽然劈手将春宫图抢了过去，硬生生扯成两段。我大惊失色，抢到手中的时候它早已经被她撕成数片，不由得怒上心头道："你这贱人简直不可理喻！"

燕琳一张俏脸气得煞白，怒道："你叫我什么！"纤手向腰间短剑摸去。

我心痛地看着手中的碎片，怒气冲冲盯住燕琳道："不可理喻！"转身向门外走去，燕琳不依不饶地追了上来："胤空，你居然敢骂我！"

一直在外面关注房内动静的采雪和瑶如慌忙冲了进来，两人一左一右拉住燕琳的臂膀。

正在闹得不可开交的时候，岐王燕元宗来到了枫林阁，看到眼前剑拔弩张的局面，慌忙冲了过来："九妹！你又来到这里做什么？"

燕琳看到燕元宗鼻子一酸，顿时珠泪涟涟，扑入燕元宗怀中泣声道："七皇兄……胤空这个浑蛋他……他居然骂我……贱人……"

燕元宗怜惜地拍了拍燕琳的香肩，望向我的目光流露出些许的斥责之色，我看着他拥住燕琳的样子，内心没来由一阵怵然。

燕琳在他的劝慰下终于止住了哭声，燕元宗道："母后刚刚着人喊我们入宫，不知为了何事。"

燕琳用罗帕擦去脸上泪痕道："难道父皇的病情又有反复？"

燕元宗摇了摇头，向我道："胤空！母后让你一起去！"

我已经猜测到晶后喊我们过去的真正用意，看来薛安潮父子已经来向九公主提亲了。我心中不由暗暗高兴，只要燕琳订下婚事，她对瑶如无休无止的纠缠就能够告一段落了。

"我不嫁！"燕琳近乎疯狂地大叫了一声。

我始终偷偷留意着燕元宗的表情，当晶后说出要把燕琳下嫁给薛无忌的时候，他的面孔顷刻间变得毫无血色，双拳瞬间握紧，可见他内心的紧张和痛苦。

晶后冷冷盯住燕琳道："男大当婚，女大当嫁，这是古往今来无法改变的伦常规律。"

"可是我根本不喜欢那个薛无忌！母后！"燕琳双目含泪，跪在了地上。

晶后不为所动，拿起几上的香茗，轻轻咽了一口："薛无忌无论是人品还是样貌皆为年轻一代中的上上之选，我百般斟酌方才为你订下这门亲事。"

燕琳哭道："女儿不愿嫁，情愿一生一世追随母后左右！"

燕元宗用力咬了咬嘴唇，鼓足勇气劝说道："母后！有道是两情相悦，既然九妹根本不喜欢这个薛无忌……母后还是不要强迫她为好……"

"混账！"晶后重重地将茶盏掷在几上，凤目圆睁道，"自古有言，父母之命，媒妁之言，这件事情由不得你们做主，我身为你们的母后，又岂会害了琳儿？"

燕元宗吓得垂下头去。

晶后缓缓站起身来，脸上露出忧伤之色："我之所以为琳儿订下这门亲事，还有一个念头，你父皇生平最疼爱的就是你，现在他重病缠身，若是得到琳儿的喜讯或许会有所转机……"她美目盯住燕琳道："你能够明白为娘的苦心吗？"

燕琳已是泣不成声。

燕元宗道："母后！孩儿大胆说上一句，若是父皇清醒，未必会赞同您的做法！"

晶后双目之中露出逼人寒光，她向燕元宗一字一句道："本宫主意已决，除非是你父皇，天下再也没有人可以阻止这件事情。"

燕元宗神情黯然地垂下头去，他向晶后深深一揖道："孩儿有些累了，想先行告退……"

"你去吧！"

我本来想陪他一起离去，可是燕元宗却摆了摆手，示意我不要跟来，看来他的确需要一个相对清静的空间，好好地冷静一下。

燕元宗走后，晶后叹了口气道："琳儿你起来吧！"燕琳仍旧匍倒在地上啼哭不止。

晶后向我递了一个眼色："胤空！你留下来陪她一会儿，我还要去照顾你父皇。"

我慌忙点头应承下来，来到燕琳身边轻轻拍了拍她的肩头："九公主！"

燕琳肩头不住抖动，显然伤心到了极点。对于这个变态公主我并没有太多的同情心，其实这次我多少也算帮了她一把，只要她能够成亲，必然会感受到男女欢愉的好处，肯定要比假凤虚凰的勾当好上许多倍，也许她的性取向能够从此改变也未必可知。

"九公主……"我伸手牵了牵她的衣袖，没想到燕琳突然转过身来，抓住我的手臂，张口狠狠地咬了下去。我痛得大叫起来，右臂被她咬得鲜血淋漓，我怒道："你这个变态女人！"

燕琳这才放开了我的手臂，忽然扑入我的怀中泣声道："母后为什么要……为什么要这么对我……"我心中一怔，燕琳温软的娇躯紧紧贴在我的怀中，胸口富有弹性的双峰微微颤抖，对我来说着实是一种难言的诱惑。

过了许久燕琳才推开了我的身躯，泪光盈盈向我道："你这个淫贼，为什么还留在这里，是不是想看我的笑话？"

我苦笑道："看来在公主的心中胤空始终都是一无是处！"手臂处传来阵阵

疼痛，被燕琳咬过的地方鲜血仍旧淋漓不止。

燕琳目光落在我的伤口上，流露出些许歉意，她拿起罗帕为我将伤口包扎好。

“谢谢！”我忽然发现这变态公主并非一无可取之处。

燕琳道：“看来瑶如的那件事，你终究是要反悔的！”她死性不改，终于把问题又绕回到瑶如身上。

我站起身来：“九公主佳期将近，还是尽快准备嫁妆吧！”

燕琳叹了一口气道：“你无须担心，母后既然执意让我嫁给薛无忌，我自然不会再向你索要瑶如，不过……你能不能答应我，以后要好好待她？”

我点了点头，看来她对瑶如倒有几分真情。

燕琳道：“我有一件东西想送给瑶如，你随我去储秀宫拿。”大概是因为订婚之事已成定局，她显得灰心丧气，对我的态度竟然好了许多。

我跟着燕琳来到储秀宫，燕琳沉默了许多，一直来到储秀宫中，她方才开口说：“你在这里等我，我进去拿！”

宫女为我奉上香茗，又姗姗去了，留下我一个人独自坐在广阔的大厅里。我闷着无聊，浏目四顾。

这间大厅布置典雅，墙上挂有七彩帛画，画的是宫廷围猎的场面，色彩鲜艳，线条优美，是不可多得的珍品。厅心铺了张大地毡，云纹图案，色彩素净，看在眼中很是舒服。左侧靠墙的博古架上放满各类珍玩，无一不是价值连城的珍品。与之相对的右侧墙面上挂满各式各样的兵器，做工精巧，显然都是出自大师之手。从房间的装饰和陈设上丝毫看不出这是一位女儿家的闺房，想到燕琳与众不同的兴趣爱好，大概她的骨子里早已经把自己当成了一个男人。

等了许久都未见燕琳出来，那帮宫女也不知道去了什么地方，我开始犹豫起来，这变态公主不知道又想玩什么花样，自己是不是应该离开这个地方。我正准备离开的时候，却听到内厅传来脚步声，换了一身淡黄色宫装的燕琳在一位宫女的陪同下向我走来。燕琳似乎已经从刚才的悲伤中恢复了心情，脸上的泪痕早干，不过一双美眸仍然略显浮肿。

她来到我的身边坐下，那位宫女为我们各自倒上一盏茗，然后悄然退下。

燕琳端起茶盏示意我用茶，我笑了笑，嘴唇微微沾了沾茶盏，却并未将茶水饮下，我对燕琳始终充满着防范之心，她一向恨我入骨，没理由会突然对我态度好转，这其中或许另有隐情。

“不知公主是否已经备好礼物？”我微笑着问。

燕琳笑道：“应该好了。”然后指向茶盏道：“王兄，请用茶！”

我心中微微一怔，她三番两次地劝我饮茶，态度又发生如此翻天覆地的变化，其中必有古怪。我表面上仍旧装出一副毫无察觉的模样，左手悄悄解下晶后送给我的龙佩，趁着她没有注意，溜在了她足下的地上。

“啊！”我装出惊慌失措的样子大叫了一声。

燕琳垂头向地上看去，她躬身帮我捡起，我趁机将两盏香茗互换。从燕琳手中接过那枚龙佩，我做出一副惊魂未定的样子，把龙佩仔仔细细地观察了数遍，庆幸道：“谢天谢地！”

燕琳白了我一眼道：“若是摔坏了龙佩，小心你颈上的脑袋！”

我讪讪点了点头。

我和燕琳重新落座后，燕琳又端起茶盏来，我心中暗暗偷笑，这变态公主居然想用如此拙劣的手段对付我，现在恐怕是要自食其果。

“九公主请用茶！”我恭恭敬敬道。

看着我将杯中的香茗饮下，燕琳的唇角泛起一丝得意的微笑，她檀口轻启，也将茶水饮尽，美目之中猛然露出凛冽寒光：“胤空！”

我笑道：“公主有何事吩咐？”

燕琳起身来到我的面前：“瑶如是我生平至爱，居然被你这淫贼横刀夺走！”她显然怒到了极点，丰盈的双峰不断起伏。

我毫不慌张地答道：“公主已经订下婚约，何苦继续纠缠此事？”

燕琳怒道：“淫贼！我燕琳若得不到的东西，任何人都不能得到！”她紧咬下唇，凤目圆睁，一副要杀我而后快的模样，我心中一凛，惊惶道：“你……想做什么？”

燕琳得意笑道：“你放心，我还没有笨到要亲手杀你！”她目光落在那早已空空的茶盏之上，“胤空，你虽然狡猾，这次还是落在我的手上，我在那茶盏中事先下了销魂如意散，再过片刻，药性发作，你就会迷失本性！”她仿佛已经看到我狼狈的模样，美目变得异常明亮。

我装出怒火填膺的样子：“燕琳！你好卑鄙！”

燕琳微笑道：“你本性迷失，定然会对我做出不敬之举，只要我大声呼救……”她居然伸手在罗裙上用力一扯，露出一截雪白的香肩：“胤空！意图非礼公主可是死罪，到时候恐怕母后也保不住你！”

我暗自庆幸，幸亏自己发现了她的卑鄙伎俩，如果让她得逞，自己绝对无法逃过罪责。

我冷冷道：“公主机关算尽，可曾想过自己棋差一着？”

燕琳笑道：“死到临头你还想要什么花样！”她双手轻轻解去被自己扯烂的罗裙，露出里面鲜红色的文胸，冰肌玉肤在红色的强烈对比下格外诱人。

她娇声道：“只要我大声呼喊，你……”她的声音忽然颤抖起来，俏脸也变成了嫣红色。

我微笑着站了起来：“公主果然是天资聪颖，只可惜，人算不如天算，你终归还是漏算了一样！”我指了指桌上的茶盏又指了指燕琳的樱唇，“那杯放了销魂如意散的茶水好像被公主喝了！”

燕琳下意识地摸向自己的咽喉，目光逐渐迷离起来，纤手却不由自主地向双峰上抚去。

我得意地笑了起来，转身向储秀宫外走去。不想燕琳突然冲了上来，从身后紧紧将我抱住。

我在她全力的一扑之下，失去平衡倒在了地上。燕琳俏脸紧紧贴在我的颈后，灼热的樱唇用力吻住我的颈后肌肤，喉中发出诱人的呻吟。我大惊失色，万万没有想到这销魂如意散药力竟然强劲如斯。

我大叫道：“救命！”

殊不知燕琳早就安排好那帮宫女，除非她喊救命，里面发出任何动静都不许进来，我声嘶力竭的喊叫自然没有起到任何的作用。嗤的一声，燕琳已经将我长袍从后背撕开，温软的娇躯紧紧贴在我的肌肤之上。我此时方知道人算不如天算的真正含义，我虽然识破了她的阴谋，却忽略了她身怀武功的事实，她服药后本性迷失，居然把我当成了发泄欲火的目标。

我心中叫苦不迭，挣扎着向宫门处爬去，燕琳发出一声歇斯底里的狂笑，一把抓住我的裤带死命地向后拖去。

“救命！”我一边大喊一边拼命挣脱，可是任我用尽全力，始终无法逃脱她的魔爪，转眼之间，我的底裤也被她硬生生给撕脱下去。

燕琳扳起我的肩膀，将我的身躯翻转了过来，几近赤裸的娇躯和我的身体再无间隙，樱唇轻轻咬住我的嘴唇，湿润的香舌分开我的嘴唇，努力突破着我牙齿的防线。我的体温在她无休止的厮磨下不断上升，双手仍然在不断地挣扎反抗，可是下身却不由自主地起了反应。

燕琳宛如常春藤一般紧紧缠绕住我的身躯，随着她轻声婉转的呻吟，我的理智顿时沉溺于她的身体之中……

我已经记不清和燕琳的这场疯狂缠绵究竟持续了多少时候，一缕阳光从西面的窗格中投射进来，落在我们彼此纠缠的躯体之上。燕琳美目中疯狂的目光渐渐平复了下去，随即转换成一种莫名的惊恐和羞愤，她忽然扬起手在我脸上狠狠抽了一个耳光：“淫贼！你竟然敢……”

我心中亦后悔到了极点，事情发展到如此局面真不知该如何收场，燕琳随即捂住前胸，从我的身上爬了起来，完美无瑕的娇躯在我眼前展露无遗。

我狼狈地拉起地上破损的长袍，不意燕琳也伸手去拉长袍，长袍在我们两人同时用力之下，一分为二。

燕琳眼圈都红了，用力咬住下唇，似乎委屈到了极点。我留意到长袍之上沾有数点樱红，原来这变态公主竟然还是处子之身。

燕琳一手拿起长袍掩住身体隐秘之处，一手从墙上取下长剑，我见势头不妙，慌忙从地上爬了起来，大声道：“你想干什么？”

燕琳羞愤交加道：“你这淫贼，居然用如此卑鄙手段夺我清白！今日我定然将你碎尸万段！”她挺剑就向我胸口刺来，我慌乱间向宫门处跑去，口中道："燕琳！若不是你在茶中下药，又怎会造成如此的错事？你再敢逼我，我便从这里光着身子走出去找你父皇理论，看看我们究竟谁是谁非！”我也只是口头上吓她一吓，让我赤身裸体地从这里跑出去，那还焉有命在？我还真没有这么大的胆子。

燕琳一时间伤心到了极点，抛下长剑嘤的一声哭了起来。我担心若是有人突然闯入这储秀宫中，看到眼前的情景，我一样难逃死罪，慌忙道："九公主，不如我们尽快换上衣服，坐下来商量一下如何处置此事……"

燕琳泪光盈盈地抬起头来，她情绪稍稍冷静下来，肯定想到这件事是她自己一手铸成，真可谓是自作自受，目光中的杀机渐渐褪去。

燕琳抽抽噎噎地走入内室，留下我一个人如坐针毡地躲在帷幔之后。

过了不多时，却见燕琳换了一身红色长裙，满面幽怨地走了出来，手中还拿着一套太监的衣服，扔到我的身上道："赶快换上！"

我们四目相对，燕琳美目中竟然闪过一丝娇羞，螓首低垂下去，躲过我的目光。我心中微微一怔，难道刚才的肌肤之亲竟然让这个变态公主尝到了男女欢爱的好处，不觉间对我产生了好感？

我换上了那套太监服，燕琳屈身将破损的长袍捡起，轻声叫了一声，秀眉微微颦起，纤手捂住腹下。

“你怎么了！”我关切地问道。

燕琳俏脸绯红，低声嗔道："还不是你这个淫贼做的好事……"

我看到她娇羞的神态不由心中一荡，伸手捉住燕琳纤手，深情道："九公主！”我深知将燕琳稳住的必要，若是她将我们之间发生的一切泄露出去，后果将不堪设想。

燕琳用力摔开了我的手，怒道："你……还想做什么？"

我低声道："胤空不敢……"

燕琳目光落在长袍的血迹上，双目之中忍不住又落下泪来。她咬牙切齿道："淫贼！"

我生怕她对我再生起杀念，不由自主向后退了两步。

燕琳纤手指着我的鼻尖道："事已至此，你无论如何都要给我一个交代！"

我苦笑道："胤空愚昧，不知道九公主所谓的交代究竟是什么？"

燕琳来回走了两步："我要你说服母后收回成命，取消我和薛无忌的婚事！"

"九公主过于高看胤空的能力，母后决定的事情好像并不容易改变。"

燕琳牢牢盯住我的双目："胤空！你不要忘了刚刚对我做过什么！"

我哭笑不得地说道："如果胤空没有记错，刚刚明明是公主对我做了什么！"

燕琳羞怒交加，一把揪住我的领口："如果不是你把茶水对换，我岂会和你这个淫贼做出……这种事情……"

我双目一闭，长叹道："胤空实在没有把握劝太后收回成命，如果九公主执意逼我，那你干脆把我杀了吧！"

燕琳咬牙切齿道："胤空！我今日既然已经受辱于你，早已不在乎什么生死，更不会在意什么名节！识相的话，你最好禀明母后娶了我，否则我就将你奸污我的事情上奏父皇，把你千刀万剐，凌迟处死，让你死无葬身之地。"

我初时还以为她要嫁我，可是马上就明白，她是想借嫁我之机，终生和瑶如相守在一起，我只不过是她利用来脱困的跳板而已。我只好点了点头，低声道："九公主！皇后已经答应了这门亲事，让她反悔应该很难，而今之计，唯有先拖下去，等待时机再让她收回成命。"

燕琳道："如何拖下去？"

我微笑道："你只需向母后禀明，父皇重病缠身，自己要在床前尽孝，待到父皇病情好转，再正式出嫁也不迟！"

燕琳点头道："如此甚好！我这就去找母后！"她又想起一事，向我道："胤空！你若是敢用诡计害我，我必将你碎尸万段！"

我盯住她的美目，深情道："九公主难道此时还看不出胤空对你的一片深情吗？"

燕琳闻言显得慌乱之极："你……胡说些什么……"

我向她面前凑近了一些，低声道："其实胤空自从第一眼看到公主，就喜欢上了你，我就算去害天下人，也不会加害自己的心中所爱……”我这句话说得真挚之极，内心却窃笑不已，事情落到如今的地步，唯有利用感情来暂时稳住燕琳，以后再慢慢想出应对之道。

燕琳被我大胆的表白羞得满面通红，对她来说，还是头一次有异性在她的面前如此直接地袒露心迹，更何况我和她之间刚刚发生了肌肤之亲，这番话对她来说一定有所触动。

“我暂且信你……”燕琳沉默许久，终于说出了这句话。

虽说暂时地把燕琳稳住，可是我的一颗心仍旧没能完全地放下。第二天，我专程去皇宫找孙三分。孙三分这些日子忙于为宣隆皇治病，显得憔悴了许多，看到我来找他，就把我引到隔壁临时为他准备的房间之中。

我先询问了一下宣隆皇的病情，然后才把话题转向此次来的真正目的：“孙先生！有没有一种药物可以在事后避免受孕？”

孙三分微微一怔，他看了看我道：“该不会是瑶如有喜了？”

我摇了摇头，压低声音对他说：“这次麻烦恐怕有点大，可能是九公主！”

孙三分大吃一惊，脸色苍白道：“你……你终究还是对她下手了？”

我苦笑道：“先生误会了，应该说是她对我下手才对！”我这才将此事的来龙去脉向他讲了一遍。

孙三分听完忍不住叹了口气道：“冤孽！冤孽！”他来到书案前，打开药箱，拿出几味草药，嘱托道：“你需得记住三日之内务必让她服下。”我连连点头。收好草药，孙三分继续道：“我在宫中听到了一个消息，大将军白暑已经从北疆班师回朝，七日之内便可抵达秦都。”

我皱了皱眉头道：“北方胡虏尚未肃清，白暑在这个时候回来，究竟所为何事？”

孙三分道：“晶后对此事异常关心，依老朽所见，白暑此次突然回朝一定和帝位有关！”

我重重点了点头，此前虽然并未听说过白暑的立场，不过从他回来的时机来看，一定是为了此事。联想起晶后让我们想方设法延长宣隆皇二十天寿命的事情，白誉刚巧在这个期限内回到秦都，看来晶后正在等待的强援就是白誉。

孙三分道：“白誉手握重兵，是大秦唯一可以与薛安潮抗衡的人物！”

我低声道：“看来一场风雨无可避免了……”

孙三分意味深长道：“公子还是早做打算！”

我本想去储秀宫将草药交给燕琳，没想到她并不在宫中，回到枫林阁，却看到燕琳居然在我府中，正和瑶如、采雪两人聊天，我心中暗叫不妙，看来她仍然没有放弃对瑶如的纠缠。

我将手中草药递给瑶如道：“你去厨房将这些草药煎好送到我书房里！”

瑶如接过去了，采雪也起身去厨房帮忙。

我看了看燕琳并没有理会她，转身向书房走去。燕琳肯定有事找我，自然会跟过来。

果然不出我所料，燕琳跟在我身后走入了书房。

我来到书案前坐下，看到那幅被燕琳撕碎的春宫图，已经重新拼贴完整，想来是瑶如和采雪所为，我徐徐展开画轴，如果不仔细观察，根本看不出上面的裂痕。

燕琳见我始终都没有理会她，怒道：“你这淫贼！当本公主不存在吗？”

我这才抬起头来，微笑道：“我还以为公主是来找瑶如的。”说完目光又回到那春宫图之上。

燕琳又羞又怒，一把扯住春宫图道：“你再敢这样对我，我一把火将你的这幅淫图给烧了！”

我笑道：“九公主难道不觉得烧掉它太过可惜吗？”

“有什么可惜的！”燕琳嘴里虽然这样说，美目却忍不住向春宫图上瞟了两眼，俏脸登时红了起来，八成是想起我们昨日做过的事情。

我把握住燕琳美目中的隐隐春情，心中不由一动，微笑道：“九公主若是喜欢，我便将这幅画送给你！”

燕琳嗔道：“我岂会要这种……不堪入目的东西……”语气却温柔了许多。我放下春宫图，来到燕琳身后，展臂将她拥入怀中。燕琳娇躯猛然颤抖了一下，她显然没有想到我会如此大胆。

“你这淫贼！你……”我的双手已经穿入她的衣襟。燕琳象征性地挣扎了两下，长裙已经被我从身后掀起，圆润的玉臀被我挤压在书案之上。

“嗯！”随着她的一声娇呼，我们的身体紧紧重合在了一起。

“狗贼……”空气中只剩下燕琳诱人的喘息声。

燕琳红着俏脸默默整理着凌乱的衣裙，诱人的羞态格外让我心动，她宛如一杯浓烈的美酒，只有饮入口中才知道其中的甘美醇烈。

我一把将她拉入自己的怀中，燕琳张开檀口，咬住我的耳根：“你这个禽兽，居然三番两次地非礼我……”随即又小猫一般蜷缩在我的怀中。

我心中一阵得意，看来我已经成功地让燕琳感受到男女欢爱的个中滋味，她畸形的性情已经在潜移默化中被我改变。

我附在燕琳耳边轻声道：“究竟是跟瑶如在一起好些，还是跟我在一起好些？”

燕琳美目紧闭，俏脸绯红，许久方低语道：“我从不知道这世上竟然还有如此美妙的事情……”她的这句话无异于对我的最大褒奖，我用力捉住她的樱唇，给了她一个缠绵热烈的长吻。直到房门被敲响，我才放她起来。

瑶如端着熬好的汤药走了进来，她将药碗放在桌上，对我温婉一笑，然后转身离去。

我本来担心燕琳会在人前暴露出对我的情义，可马上就发现燕琳恢复了高傲的公主模样，直到瑶如离去，她方才重新倚回到我的身边，指了指药碗道：“你生病了？”

我摇了摇头道：“这药是专门给你准备的。”

“我？”燕琳愕然道，“我好好地为什么要吃药？”

我指了指她的肚子道：“你该不是想让它大起来吧？”

燕琳轻声啐道：“哪会这么巧？”纤手却端起药碗，将草药饮得一滴不剩，看来她也生怕不慎有孕，万一不幸中招，恐怕我们之间的事情就再也遮盖不住了。

我从身后环围住她娇躯道：“公主可曾见过皇后？”

燕琳被我的温柔功夫弄得浑身酥软，娇喘吁吁道：“母后答应我只是先把婚事订下来，等父皇的病情稳定以后再谈婚嫁之事。”她回转娇躯，纤臂搂住我的脖子，“我是决计不会嫁给那个薛无忌的！”

我故意问道：“为什么？”

“你居然还问！”燕琳狠狠地拧住我的耳朵，“你这淫贼毁掉了我的清白，我如何可以再嫁他人？”没想到她心中对贞节倒是极为看重。燕琳道：“你最好赶快想个办法让我母后取消这门婚约，否则我就将我们之间的事情……”我慌忙掩住她的樱唇道：“公主绝对不可以说出这件事，否则恐怕我们两个都难逃一死。”

燕琳低声道：“你老实交代，究竟想把我们的事情如何处置？”

我笑道：“公主身娇肉贵，胤空又怎能配得上你？不如这样，你权当我们之间就是一场梦，慢慢将它淡忘如何？”我是故意如此说，意图观察燕琳的反应。

燕琳怒道：“你若是敢对我不负责任，我一刀杀了你！”

我笑道：“不如我将瑶如送给你，以后你们双宿双栖岂不美哉？”

燕琳轻轻咬了咬下唇，俏脸竟然有些红了，轻声道：“不知怎么……我对瑶如……再也没有原来……那种心动的感觉……”我心中大喜，看来她的性情果然发生了改变。

燕琳离去以后，我才深深地松了一口气，事情虽然没有像我预想中的那样糟糕，可是一切仍然在我的掌控之中，好在晶后真正的用意是利用燕琳婚嫁之事来刺激燕元宗的争位之心，只要达到目的，燕琳嫁不嫁薛无忌已经无关紧要。

房门轻响，瑶如和采雪送燕琳走后回到书房，她们似乎有话对我说。

瑶如和采雪对望一眼，开口道：“公子，刚才我们拼贴这幅古画的时候，发现了一个秘密！”

我心中一怔，脱口道：“什么秘密？”

瑶如和采雪来到我的面前，分别拿起卷轴的两端，我举目望去，却见画轴和画幅的契合之处隐约有一条黑色细纹，像极了木质开裂的纹路。

“你们是说……这画轴有问题？”

采雪道：“这只是我们的猜测，不过没有经过公子的允许，我们也不敢擅作主张！”

我点了点头，从书案下拿出匕首，沿着那条黑色细纹小心地撬开，画轴被剖成两半，一卷淡黄色的丝帛从中暴露出来。

采雪和瑶如同时发出咦的惊讶声。

我又撬开了另一根画轴，里面也有一卷丝帛，不过是棕色。将两卷丝帛展开之后放在书案之上，这才看出其中一幅是地图，上面画满密密麻麻的标记，还有一些潦草的字迹。另一幅画的是许多裸体的小人儿，初时我以为还是春宫图，可是仔细一看，那小人儿的身上画满了红黑不同的线条，八成是人体的经络图，也许只有问过孙三分才能知道这是什么东西。

我将两件东西收好，虽然没有看出稀奇之处，不过能让管舒衡付出巨大代价购买的东西一定有它的价值。

门外传来喊声：“平王殿下！”

我透过窗格向外望去，却见一名身穿青衣的中年人站在院落之中，正和几名仆人说着什么。我走出门去，那青衣人向我深深一揖，将一张请柬递给我道：“平王殿下，在下陈子苏，是岐王殿下的御者，奉岐王之命特来请殿下前往胭脂湖泛舟饮酒。”

我点了点头，自从晶后把燕琳许配给薛无忌，我一直都在等待和燕元宗详谈的机会。

陈子苏道：“马车已经在门外恭候！”

我微笑道：“陈先生请稍待片刻，胤空更衣后马上随你前去。”

陈子苏恭恭敬敬道：“在下在此恭候。”

从陈子苏的信使身份来看，他在门客中的级别应该很低，我跟他来到车前，他将车帘拉上，向那车夫道：“吴四哥，你将平王殿下送过去，我得回去一趟，见到岐王的时候麻烦为我解释一下。”

那车夫笑道：“是不是回去给你老婆做饭？难怪非要叫我同来，原来是想让我替你。”原来这陈子苏除了信使还兼任车夫一职。

陈子苏讪讪地笑了笑，远远退到了一边。

那车夫意犹未尽地揶揄道：“天下惧内之人我倒见过无数，却从未见过像你这样的！”

陈子苏淡然笑道：“吴四哥难道没有听说过，夫屈一人之下，必居万人之上的道理？”

我闻言内心猛然一震，挑开车帘向外望去，却见那陈子苏已经向远方去了，仅仅凭刚才的这句话，就可以推断此人绝不简单。

燕元宗早就在画舫中等待，我来到船上画舫便缓缓荡向湖心，我们坐在二层平台之上，夕阳普照，湖风徐徐，当真是心旷神怡。燕元宗的表情显得十分忧郁，他肯定还在为燕琳的事情困扰，我低声道：“王兄这两日好像心绪不宁，不知有何心事，可否说出来让愚弟听听？或许我可以为你分担一下。”

燕元宗叹了口气道：“还不是为了琳儿！”他站起身来，遥望远处波涛浩渺的湖面，“琳儿自小跟我一起长大，作为她的皇兄，我自然不想眼睁睁看着她坠入火坑。”他表面上说得冠冕堂皇，其实心中满是龌龊之事，燕元宗此人也真是虚伪到了极点。

我淡然笑道：“听说薛相国的儿子薛无忌倒也算得上一位青年才俊，九公主嫁给他，也许并不像王兄想得这么悲观。”

燕元宗道：“胤空！你并不明白，母后之所以将琳儿嫁给薛无忌，真正的用意是想和薛氏父子搞好关系，琳儿只是她利用来拉拢对手的工具而已！”

我心中窃笑，嘴上却道：“母后之所以这样做，想必也有她的苦心。”

燕元宗的脸上露出一丝无奈：“苦心？还不是为了大秦未来的朝政！”

我趁机道：“王兄既然知道母后的苦心，为何不按照她说的去做呢？”

燕元宗用力拍了拍凭栏道：“我虽然对政治全无兴趣，可是也知道母后和大皇兄的争斗已经如火如荼，这次琳儿的事情，就是母后的一个赌注。”

我点了点头，燕元宗对形势的了解远比我想象中还要深刻。

燕元宗道：“可是母后有没有想过，薛相国和大皇兄相交莫逆，绝不会因为儿子的婚事转而支持她。”他目光中流露出无限失落，“琳儿只是一个牺牲品而已。”

我轻轻拍了拍燕元宗的肩头：“王兄有没有想过，其实这件事的主动权仍旧掌握在你的手中！”

燕元宗微微一怔，充满疑问的目光转向我。

我微笑道：“母后做出这所有的一切，都是为了让你登上帝位。”

燕元宗道：“可是我对帝位根本就全无兴趣！”

“其实只要你登上帝位，一切的问题全都迎刃而解……”我低声道，“九公主的婚事也是一样！”

燕元宗双目猛然一亮，我的话深深触动了他的心扉。

“为人子，当为母后解忧，为人兄，当为公主脱困，何去何从，王兄还请仔细斟酌。”

燕元宗沉默许久，终于点了点头道：“胤空，你是一个厉害的说客！”

我笑道：“胤空凡事皆从王兄的利益出发。”

燕元宗仍旧有些顾虑道：“话虽如此，不过……如果我真的登上帝位，以后岂不就要失去自由……”言语间显得怅然若失。

“如果王兄对权势没有任何的兴趣，大可继位以后将朝中大事交给母后，你依旧可以像现在这样自由自在地生活！”

燕元宗深深叹了一口气，我知道从这一刻起，他已经决定投入权力争斗的旋涡中去。

一切都如预计中顺利地进行，尽管中途出现了燕琳的插曲，也并不影响大局的发展。再有三日，大将军白晷就会抵达秦都，一场剑拔弩张的夺嫡风云即将拉开序幕。

晶后的目光中充满了对我的欣赏：“胤空！这次元宗之事，你居功至伟。”

我恭敬道：“都是母后计划有方，否则胤空也不会顺利地促成此事。”

晶后微笑道：“你又何必太过谦虚，为娘心里清楚得很。”她整了整衣袖接着道：“现在就是琳儿这个丫头有点麻烦，借口照顾父皇，婚嫁之事以后再议，不知道她脑子里又打着什么算盘。”

我暗暗心虚，在晶后面前却不敢露出半点颜色，低声道：“其实这样也好，若是现在就为九公主举办婚事，恐怕岐王那边一时间会无法接受，也许会弄巧成拙。”这句话表面上看是在为燕元宗考虑，其实是我的私心在作祟——燕琳已经和我有了夫妻之实，若是逼她嫁给薛无忌，恐怕她一时恼火，把我们的事情宣扬出来也有可能。

晶后点了点头道：“你说得也有些道理，不过婚期可以拖，订婚之事却万万不能马虎的。”她从桌上拿起一颗鲜红的荔枝，啖入口中，浅尝轻抿，诱人的风韵让我心跳忍不住加速起来。

“今晚我在儒月斋宴请薛相国父子，你一起过来。”

我微微一怔：“母后的意思是……”

晶后道：“我想今晚先将他们的婚事订下来。”

我不无担心地说道：“母后不怕岐王那边……”

晶后笑道：“他早晚都要面对此事，订婚只会激励他的斗志。”

我忐忑不安，晶后既然开口，我自然无法拒绝，可是想到燕琳的火暴脾气，晚上万一当众发作起来，又该如何收场？

第八章 订婚

儒月斋距离宣隆皇养病的裕德宫很近，晶后显然对宣隆皇的病情无法放心得下，选择这里宴请薛氏父子，正是出于这个目的。这里巧妙地利用了御花园的一角，茅舍竹篱，居然在宫墙之内营造出一种纯朴的民居氛围。

晶后按照寻常的家宴来布置，出席的外人除了我就是薛安潮父子，皇室中有燕元宗和燕琳兄妹，让我没有想到的是太子燕元籍居然也在受邀之列。

这是我第一次见到薛安潮父子，薛安潮年纪五十岁左右，白面微须，相貌清癯，颇有几分儒雅风骨。

可从薛无忌的身上却丝毫找不到其父的儒雅味道，他肤色黝黑，身材高大，面目英俊，浑身上下洋溢着强烈的男子气息。我不由得多留意了他两眼，以薛无忌的条件的确对女性有着巨大的杀伤力，燕琳如果不是畸恋瑶如在先，而后又被我无意中俘获，恐怕真的会被此人所吸引。

和我一样关注薛无忌的还有燕元宗，他的目光中充满了仇恨和杀机，我还是第一次从他的身上感觉到如此深湛的仇恨和憎恶，心中不禁暗暗捏了一把冷汗，若是我和燕琳之间的事情被他知道，恐怕他会不惜一切代价杀掉我以泄心头之恨。我对薛无忌不由得生出了几分同情，这可怜的家伙不知不觉中竟然成了我的代罪羔羊，燕元宗如果顺利登上帝位，恐怕第一个对付的就会是他。

我和燕元宗、燕元籍、燕琳同桌，晶后这样的安排让我如坐针毡，我不但要面对燕元籍这个大敌，还要随时提防燕琳的任性胡为。燕琳坐在我和燕元宗之间，我硬着头皮向她笑了笑。有道是“是福不是祸，是祸躲不过”，我只好把希望寄托在燕琳身上，但愿她能够分清利害关系。

燕琳的玉腿在桌下轻轻摩挲着我的大腿外侧，她的女性本能一旦被我开发出来，反而来得比其他女子更加炽热。我心中暗暗叫苦，刻意向一边坐了坐，拉开和燕琳的距离。燕琳幽怨地瞪了我一眼，好在众人的注意力都集中在晶后的身上，燕元宗虽然看在眼里，一定以为燕琳又在趁机报复，压根不会想到她是在和我打情骂俏。

燕元籍饮了一口茶水道：“皇后真是对平王不薄，像这种皇室的家事也请平王到场，不知道平王用什么法子讨得她如此欢心。”

我微笑道：“以太子处事待人的方式，自然无法理解母后的胸怀。”既然注定要和燕元籍站在相对立场，我也就没有了诸多顾忌。

燕元籍冷笑道：“我虽然无法理解皇后的胸怀，却能够知悉某些人的心思。”

我故作惊奇道：“太子原来还有识人之能？”

燕元籍双目露出逼人寒光：“本王阅人无数，却独独对平王看走了眼，平王果然是高深莫测。”

我呵呵笑道：“太子过奖了，以后胤空若想在秦都生存下去，处处还要仰仗您这位未来的国君。”

燕元籍冷笑一声：“有皇后关照你，哪里还用得上我，平王未免太高看我了！”

一直旁观的燕元宗忽然开口道：“胤空说得没错，以后恐怕我也要仰仗皇兄的关照！”他突如其来的一句话让燕元籍立时僵在那里。

我心中暗暗高兴，燕元籍对晶后的敌视终于激起了岐王燕元宗的反感。

此时宫女开始上菜，刚好缓和了我们这边剑拔弩张的气氛。燕元宗的目光仍然注视着薛无忌，看得出他的心情极差，不然刚才也不会正面和燕元籍发生冲突。

薛无忌举止得体，和父亲谈笑风生，目光偶尔向燕琳扫过一眼，随即又望向别处。我凭直觉感到此人有极强的克制力。

晶后举杯道："今晚袁家在此举办家宴，主要是为了订下琳儿和薛卫尉的婚事。"

燕元宗的目光中闪过一丝难言的痛苦，用力握紧了酒杯。

燕琳趁着众人的注意力都集中在晶后身上，伸出纤手狠狠地在我大腿内侧揪了一把，我痛得险些叫出声来，慌忙端起桌上茶水遮住面孔，借以掩饰痛苦的表情。却见燕琳一双美目望向空中的新月，眼波中荡漾着无尽春意。想起我们抵死缠绵的情景，我的心中不由又是一热，若是将如此风骚的一位美女双手奉送给薛无忌，我岂不是要抱憾终生？

此时晶后的目光突然转向我们，微笑道："这便是我的宝贝女儿长平公主燕琳，薛卫尉此前应该是见过的，你过去认识一下。"

薛无忌慌忙从坐席上站起身来，龙行虎步来到燕琳面前，恭敬道："无忌久仰公主绝代风华……"

燕琳忽然咯咯娇笑起来："你这人好生有趣，明明长得像个炭团，却尽拽些文绉绉的奉承话，是不是你爹爹教你的？"

薛无忌万万没有想到燕琳会这样说话，一时间场面尴尬到了极点。

我心中暗自快慰，却听晶后怒道："琳儿！不得无礼！"

那薛无忌应变神速，微笑道："皇后不必斥责公主，我想公主只是跟我开个玩笑！"他又来到太子、岐王和我的面前一一行礼，态度恭谦。我渐渐收起小觑之心，薛无忌此人能屈能伸，非同凡响。

燕琳气呼呼地坐了下去，若非是对晶后有所顾忌，她早就拂袖而去。

晶后向薛安潮笑道："薛相国，以后我们两家便是亲家了！"

薛安潮呵呵笑道："微臣得沐皇恩，不胜荣幸。"他望向燕琳道："九公主单纯可爱，贤良淑德，犬子能娶九公主为妻实则是前世修得的福分。"

薛安潮说谎话的功夫实在是有一流水准，若说燕琳单纯还勉强能够称得上，可她的身上哪里能够找到半点贤良淑德的影子？

薛安潮自身边拿出一个檀香木盒，交给薛无忌道："今日既然是你们定亲，身为父辈理当送给公主一件礼物。"他顿了顿又道："无忌自幼丧母，这根玉簪是贱内临终之时所留，她曾嘱托我说，将来无忌娶妻之时，便将这根玉簪送于未来的儿媳。”言语间充满深情，在场诸人无不为之动容。

薛无忌小心翼翼地拿着那木盒来到燕琳面前，经过刚才燕琳的冷遇，他这次留了一个心眼，玉簪是他亡母的遗物，对他来说是弥足珍贵，薛无忌微笑着问道：“公主请收下！”双手却牢牢托着木盒。

晶后一双美眸寒光凛凛地盯住燕琳，在她的逼视下，燕琳倔强的目光终于软化下来，伸手接过那木盒放在桌上，轻声道：“谢了！”

薛安潮哈哈笑道：“以后我们便是一家人了，何必这么客气！”

燕琳小声地嘀咕道：“以后你是你，我是我，谁跟你是一家人来着！”薛无忌仍未走开，将燕琳的话听得一清二楚，唇角忍不住抽动了一下。

太子燕元籍笑道：“无忌！以后我可就叫你妹夫了！来，咱们兄弟先干上一杯！”他举杯站了起来。

燕元宗冷笑道：“皇兄未免有些操之过急，他们只要一日还未成亲，一日便不可如此称呼，琳儿还是个女孩儿家，皇兄还需考虑一下她的感受。”

燕元籍一时间僵在那里，他怎么也没有想到向来与世无争的燕元宗，今日竟处处跟他作对。

还是薛无忌第一个反应了过来，微笑道：“无忌承蒙太子抬爱，难得大家都这么高兴，无忌先干为敬！”他端起酒杯仰头一饮而尽，燕元籍冷冷看了岐王一眼，也将酒水饮尽，重重将酒杯放在桌上，毫不掩饰对燕元宗的愤怒。此人心胸果然狭隘，喜怒皆形于色。

薛无忌又将酒杯斟满，向燕元宗道：“岐王殿下，无忌若是有何不敬之处，还请多多海涵！”他早就看出今晚燕元宗处处针对着他，所以主动向燕元宗示好，此人头脑相当灵活，不愧为大秦相国之子。

燕元宗勉强站起身来，淡然道：“既然是订婚之日，我也就不说太煞风景的话，不过有一点我必须提醒你，若然有一天你对不起燕琳，我这个做皇兄的第一个不会放过你！”

薛无忌尴尬地笑了笑，远处的薛安潮也显得颇为惊奇，他显然没有想到这个印象中一贯懦弱的岐王竟然发生了突变。晶后美目中闪过一丝欣赏的眼神，她所期待的正是这样的皇儿。

薛无忌最后和我又干了一杯，然后才回到自己的座位。

晶后正欲向众人敬酒的时候，许公公来到她的身边，附在她的耳旁小声地说了些什么，晶后的俏脸顿时变得惊慌起来，她迅速站起身来，向燕元籍道："劳烦太子替我招呼薛相国父子，我有急事需要离开一会儿。"她顾不得多做解释，转身向裕德宫的方向走去。

尽管晶后没有说明，每个人都猜测到此事一定和宣隆皇的病情有关。有这件事情压在心头，我们这些人再也提不起喝酒的兴致。

燕元籍双目不断向裕德宫的方向张望，终于再也沉不住气，起身道："我担心父皇有事，先过去看看！"

此事表面看来跟我毫无关系，其实宣隆皇的生死关乎我在秦都未来的利益，我佯装镇静，内心却是紧张到了极点。

薛安潮举起酒杯道："既然主人都有急事，老夫只好干了这杯酒先行告辞。"

我和燕元宗同时端起酒杯，正要陪他饮下，忽然听到裕德宫的方向传来激烈的争吵之声。我们相互对望了一眼，几乎同时向裕德宫的方向走去。

燕元籍脸色铁青地站在裕德宫前，四名御前护卫挡住他的去路，燕元籍怒道："若是再敢挡住我去探望父皇，小心我将你们碎尸万段！"

许公公道："太子勿怪，皇后吩咐过，没有她的允许，任何人都不准探视陛下。"

燕元籍怒吼道："我乃大秦太子，难道连探视父皇的权力都没有吗？"

许公公道："请恕老奴无能为力。"

每个人的内心都紧张到了极点，从眼前的情形来看，宣隆皇的病情恐怕不容乐观，晶后谢绝众人探望，意在掩饰宣隆皇的病情，好掌握整个局势的主动。

燕元籍再也无法控制住自己的情绪，大步向门前走去。

四名御前护卫齐刷刷地抽出腰刀，一时间气氛变得剑拔弩张起来。

燕元籍又向前迈了一步，四把钢刀已经指向他的胸前，燕元籍冷笑道："我倒要看看，你们有没有害我的胆子！”

许公公冷冷道：“太子还是不要难为老奴的好！”

“殿下！”薛安潮和我们同时赶到了现场，他轻轻拍了拍燕元籍的肩头，示意他镇静下来，宣隆皇生死未卜，在这里发生冲突显然不是什么明智之举。

燕元宗和燕琳对父皇的病情也十分关心，齐声道：“许公公！让我们进去看看父皇吧！”

许公公面无表情地道：“没有皇后的允许，任何人不可入内！”

薛安潮微笑道：“诸位请不必慌张，陛下吉人天相，想来不会有什么事情，大家还是先回去休息，等候皇后传召也不迟。”

燕元籍的目光终于软化了下来，他和薛安潮父子一起离开，燕琳在宫女的陪同下也返回储秀宫休息了。

我和燕元宗一路，他本来就因为燕琳订婚之事郁闷之极，现在又加上担心父皇的病情，心情糟糕到了极点。我们来到车马的停靠处，却没有看到驾车人的影子，燕元宗怒道：“人呢！”过了好半天才见到一个灰衣人自远处慌慌张张地跑了过来，仔细一看原来是那日去枫林阁给我送信的陈子苏。

他来到我们面前上气不接下气道：“岐王……殿下……我……我刚刚去小解……”

燕元宗怒不可遏地点了点头，忽而抬起腿，一脚将陈子苏踹倒在地上：“我燕元宗竟养了你们这帮废物！”他操起车上的马鞭疯狂地向陈子苏的身上抽打过去，马鞭过处，陈子苏的长袍被抽打得多处开裂。

我慌忙抓住燕元宗的手臂，苦劝道：“王兄，这是在皇宫之内，惊醒了其他人恐怕不好！”燕元宗狠狠将马鞭扔在了地上，手指陈子苏道：“滚！我再也不要看到你这个废物！”

这时，一名小太监从裕德宫的方向走了过来，远远道：“岐王殿下请留步！”

燕元宗余怒未消地瞪了陈子苏一眼，这才向那小太监道：“什么事情？”

小太监道：“皇后让岐王殿下今晚留在宫中侍候，随时等待传召。”

燕元宗点了点头。看来宣隆皇的病情肯定异常严重，晶后留燕元宗在此八成是为了皇位的最终归属。

等到燕元宗离去，陈子苏方才挣扎着从地上爬起来，岐王抽打的那几鞭着实不轻，长袍开裂的地方露出几道血痕。

我叹了口气道：“你有没有事？”

陈子苏摇了摇头，嘴唇却因为疼痛而明显地抽搐了一下。

我上前扶住他：“我送你回去！”

陈子苏感激地点了点头。

在我执拗之下，亲自驾车将他送到了秦都城北的永济胡同，这里居住的大都是普通百姓，夜色已深，居民多数都已经入睡，只有几间茅舍中还透出几点灯火，陈子苏的家恰恰是其中之一。

我扶着陈子苏下了马车，房间内传来一个温柔的女声：“是子苏回来了吗？”

陈子苏的脸上顿时浮现出无比幸福的神情：“汝妍，是我！”想来那女子定然是他的妻子。

我正要向他告辞，陈子苏道：“平王殿下请稍待，子苏有句话想对平王说。”

我点了点头，陈子苏从房间内搬了一个木凳让我坐下，然后又回到房中，我清晰地听到倒水之声，陈子苏应该是在伺候他的妻子洗漱。

过了许久陈子苏才重新走了出来，卷起的衣袖仍然未来得及放下，歉然笑道：“平王久等了，我们去那边说话！”

我跟着他来到院角的葡萄藤下落座，陈子苏道：“平王勿怪，内子瘫痪在床已有五年，子苏必须先照顾她就寝。”

我笑道：“重情重义方是大丈夫作为，我又岂会怪罪先生？”我留意到他仍然穿着那件破破烂烂的长袍，上面血迹斑斑，不知道如此惨状落入他夫人的眼里，又会做何感想？

陈子苏似乎看出了我的心思，低声道：“内子天生目盲，看不到我的样子！”

我惊讶地看了看他，没想到陈子苏的境遇居然如此不幸。我同情道：“岐王今日心情不佳，不然也不会对你如此过分，等到他气消了，我会在他面前替你求情。”

陈子苏苦笑道："谢谢平王的好意，不过今晚的事情以后，子苏已经彻底对岐王失望，以后断然不会再追随他了。"

我心中暗道，岐王门客数千，多一个少一个对他根本就是无足轻重的事情。

陈子苏低声问道："今晚皇宫夜宴早早结束，岐王又留在宫中，是不是宣隆皇的病情有所变化？"

我心中一怔，陈子苏怎么忽然对这件事发生了兴趣，却不知他到底是什么来路。

陈子苏笑道："平王不必多疑，子苏只是想帮平王分析一下眼前的形势。"

我心中一动，倒要看看这陈子苏能有什么超人见解，我微笑道："胤空愿闻其详。"

陈子苏道："宣隆皇病情严重，恐怕时日已经无多，皇权之争越发激烈，太子燕元籍虽然做事果敢，然而凡事过于莽撞，加之心胸狭窄，没有容人之量，此人若即位实非大秦之福。岐王燕元宗向来淡泊名利，自视清高，以其懦弱的性情，必然会在晶后的压力下介入皇位的争夺，不过此人若是登上皇位，大秦政权必然落入晶后之手。"

我微笑道："陈先生看得如此透彻，却不知太子和岐王谁登上帝位的可能性大一些？"

陈子苏淡然道："无论是谁登上帝位都预示着大秦衰亡的开始！"

我大吃一惊，陈子苏因何会有这样的推断？

陈子苏站起身来，目光炯炯有神，脸上充满了自信，哪里还是刚才那个潦倒的车夫，他低声道："太子若是登上帝位，以他的胸襟，势必马上着手对付晶后和岐王，甚至对其他有可能威胁到皇位的弟兄也会下手。晶后身为大汉公主，大汉成帝岂会旁观，秦汉之间的联盟只有走向消亡。"

我欣赏地点了点头，陈子苏的观点和我不谋而合。

陈子苏继续道："若是岐王登上帝位，大秦政权实际上就落入了晶后手中，以薛安潮为首的大秦臣子势力不容小觑，他们一定不会甘心权力落在一个外来的女人手中，对任何政权来说，内忧远比外患更加严重。"

陈子苏的远见卓识让我深深折服，他微笑道："当今八国之中，本以秦为最强，如若宣隆皇还有十年寿命，极有可能一统天下，没想到人算终究不如天算，任他如何，终究还是逃脱不了一个命字。"

"先生以为宣隆皇死后，八国又会发生什么变化呢？"我恭敬地请教道。

陈子苏道："宣隆皇只要一死，大秦刚刚得来的霸主地位必然不复存在，若是晶后掌权，她想坐稳位置，十有八九会依靠外力，而最佳的选择就是她的娘家大汉。大汉和大秦之间的关系因此会更进一层，相对而言，大汉得到的实惠恐怕更多一些。

中山国虽然附庸大秦多年，可是其国君张智成并不甘心如此，宣隆皇的死对他来说恰恰是摆脱大秦的良机，近来中山和大汉之间来往频繁，估计这次会依靠大汉的力量谋取独立。

齐国的实力在八国中仅次于大秦、大康，和大汉的实力相当，近几年在国君荆封同的刻苦经营下，国力不断提升，表面上重农轻武，实际上却在不断加强和西方的燕、韩、晋三国的关系，他们之间隐然已经形成牢不可破的联盟，这股力量发展的潜力巨大，绝对不可忽视。"

陈子苏把我最关心的大康留在了最后："大康这些年虽然不停衰退，可是根基仍在，以往对列国的侵略，已经让大康成为众矢之的，好在歆德皇总算意识到了这一点，最近密切地在修复与各国的关系。本来以大康的实力，现在是重新振兴的最佳时机，只可惜……"陈子苏欲言又止，似乎有所顾虑。

我恭敬道："陈先生有话尽管明说，胤空一定虚心受教。"

陈子苏欣赏地点了点头，方道："歆德皇年事已高，对权力和地位的欲望丝毫不减，大康将来所面临的危机恐怕要比现在的秦国还要严峻。"

我沉默了下去。

陈子苏低声问道："平王殿下难道没有重振大康，一统天下的愿望？"

我身躯不由一震，双目灼灼盯住陈子苏，低声道："陈先生以为我有几分希望？"

陈子苏微笑道："现今八国没有一国拥有一统天下的实力，大秦宣隆皇性命垂危，大康歆德皇年纪老迈，其余六国君主无论是权谋还是魅力都远逊于他们两位，天下间即将形成三股均衡的力量，平王已经占据天时。大康皇子众多，无不窥觑太子之位，平王若留在大康，以你的地位在众人之中脱颖而出的机会微乎其微。可你洞察先机，主动选择了来大秦为质，表面上走了一着险棋，实际上却成功跳离了宫廷争斗的旋涡，巧妙地占据了地利之机。殿下在危难之时为大康免去战火，让生灵免遭涂炭，迎得了大康的民心。而且殿下来到秦都短短的时间之内，居然能得够获得岐王和晶后的看重，在大秦的地位日益提高，这又占据了人和。集天时、地利、人和三者于一身，平王就是天命所归的王者。”

我内心激动到了极点，陈子苏对形势的把握竟然如此准确，此人的确是经天纬地的奇才，如果他能够成为我的助手，对我未来的大业，一定会有巨大的帮助。我恭恭敬敬向陈子苏作了一揖，陈子苏心安理得地承受了我的一拜，微笑道：“有道是，礼下于人必有所求，平王殿下想让子苏做些什么？”

我真诚道：“以先生的智慧，必然知道胤空想求你做什么！”

陈子苏哈哈大笑，他整理了一下破烂的长袍，恭恭敬敬地跪倒在我的面前，我慌忙上前扶住他的双臂：“先生何须如此！”

陈子苏真挚道：“子苏拜的是睥睨天下的帝王，一统江山之明君。”

我激动地抓住他的双臂，将他从地上扶了起来。

陈子苏道：“子苏今年三十有三，混迹于市井之中，空负鸿鹄之志，今日方得见明君，从现在起，子苏将不遗余力协助平王成就一番开创古今的宏图大业。”

我和陈子苏在葡萄架下促膝长谈，纵论古今天下，不知不觉间天已破晓，我们同时打了个哈欠，然后对望着大笑起来。

“我请你去吃早点！”我建议道。

陈子苏却摇了摇头道：“平王殿下还是自己去吧，子苏还要照顾内子。再说宫内这一晚恐怕又发生了许多变化，平王还是去关心一下为好。”

陈子苏嘱咐我道：“皇后和太子之争，关键在于相国薛安潮的背向，控制住薛安潮便等于控制住整个大秦的政局。薛安潮此人虽然心机过人，城府极深，然有一事可将他左右。"

我恭敬道："先生教我！"

陈子苏道："薛安潮自夫人死后，和其子薛无忌相依为命，掌握住薛无忌便等于控制住薛安潮，皇后应该已经看出了这一点，试图利用九公主订婚之事来缓和与薛安潮的关系。如果在此事上做些文章，也许能对局势的发展起到决定性的作用。"

我谨然受教，这才向陈子苏道别。

我驾着岐王的马车向秦宫的方向行去，途经观钱街的时候恰巧碰到了钱四海，他掀开车帘露出圆乎乎的大脸，笑道："平王殿下好大的雅兴，居然自己驾车。"

我笑道："胤空囊中羞涩，凡事只好亲力亲为。"

"呵呵！平王大清早便向钱某哭穷，该不是想让我请您吃早点吧！"钱四海指了指一旁的德兴楼，"我约了万花楼的慕容老板在此相聚，平王如果愿意赏脸，一起来吧！"

想到慕容嫣嫣的慵懒风姿我内心不由得一动，天色尚早，现在去秦宫也未必可以见到晶后，刚好趁着这个机会填饱饿了一夜的肚子。我把马车交给钱四海的马夫，和钱四海并肩走入德兴楼。

我只知道德兴楼最出名的是烤鸭，却没有想到这里的早点也很有特色。

钱四海和我在二楼靠窗的雅间坐下，从这里刚好可以看到街道上的景象。

因为慕容嫣嫣还未来到，我们只好先喝茶等待，我向小二要来一盆热水，草草洗漱了一下。

钱四海笑道："平王昨晚又去了哪里风流快活？"

我擦干脸上水渍，重新来到桌边坐下："昨晚和一位朋友聊天来着，哪有钱老板想象得那般快活？"

钱四海道："钱某听说昨晚宣隆皇病情又有反复，平王可曾听到什么讯息？"

我喝了口茶水，慢条斯理道："宣隆皇洪福齐天，肯定不会有什么事情，钱老板何必听信那些市井传言？"

钱四海低声道："空穴来风，未必无因，整个秦都谁不知道宣隆皇已经时日无多……"

我看了看四周，做出惊惶的样子，压低声音道："钱老板岂可乱说，这句话若是让别人听去，岂不是要惹下麻烦！"

钱四海狡黠一笑，凑到我面前道："平王看来并不把钱某当成朋友。"

我呵呵笑道："钱老板家财万贯，又是太子殿下面前的红人，胤空做梦都想高攀呢！"

钱四海乐呵呵摸了摸下巴："平王又在取笑我了，新皇只要一日未曾登基，这天下究竟是谁的还不知道呢！"他从怀中拿出两张银票，悄悄递到我的手中，数额竟然有五万两之多，我心领神会地接过收好。

钱四海道："盐场的事情，多亏平王帮忙。"看来晶后已经将田氏盐场的经营权交给了他。

"恭喜钱老板！"

钱四海道："过两天我就要离开秦都，前往济州接管田氏盐场，临走之前我想让平王替我向皇后再讨个人情。"

我暗道，钱四海的银子果然没有这么好拿："钱老板有事尽管吩咐，只要胤空能够做到一定竭尽所能。"

钱四海笑道："此事对平王来说一点都不难，我想向皇后讨一张特赦令，赦免原田氏盐场总管徐达迟的罪责。"

我并不知道这个徐达迟是何许人也，不过能够让钱四海看重的人物，肯定不是什么平凡角色。

钱四海道："此人因为田氏被抄家之时私藏账册而落罪，本身算不上什么重罪。现在仍然关在济州大牢内，只要皇后开口，应该没有什么问题。"

我点了点头道："我会向皇后当面求情。"

钱四海忽然笑着站起身来，我转身看去，却是慕容嫣嫣到了。

慕容嫣嫣也没有想到我会在场，微显诧异之后，向我嫣然一笑。

钱四海殷勤地为她拉开座椅，慕容嫣嫣道："嫣嫣听到消息，薛相国集合一帮老臣前往宫中去了，恐怕是为了册立新君的事情。”她这句话分明是冲着我说的。

钱四海道：“薛相国今时不同往日，他不但是大秦的相国，还是九公主未来的公公，晶后也要对他忌惮几分。”

我心中暗道，这个薛安潮果然没有因为和晶后联姻改变原有的立场，宣隆皇病情的突然变化让他下定决心，尽快拥太子登上皇位，现在晶后肯定承受着前所未有的巨大压力。想到这里我再也坐不下去，起身道：“我忽然想起还有要事未做，你们两位慢用，胤空告辞了！”

钱四海诧异道：“早点还未吃呢，什么事情要如此着急去做？”

慕容嫣嫣眼波微转，她一定猜出我急于入宫去搞清事情的发展状况，轻声道：“平王殿下慢走，楼梯湿滑，足下还是要小心一些为妙。”

我笑着点了点头，转身离去。

我刚刚来到皇宫，便听到宣隆皇病情好转，在晶后的陪同下上朝的消息。初时还以为是谣言，见到孙三分后才知道情况果真如此。我由衷地赞叹道：“孙先生果然是华佗再世。”

孙三分苦笑着摇了摇头道：“你难道没有听说过回光返照吗？”

我心中一怔：“孙先生的意思是……”

孙三分道：“宣隆皇本来还有七日可活，这两日我用金针刺穴之法，强行激起他剩余的生机，现在恐怕他活不过三日！”

我倒吸了一口冷气，孙三分这样做只有一个理由，那就是晶后的授意。

孙三分感慨道：“晶后的确深不可测，昨晚她故意在太子和薛安潮面前放出烟幕，让他们以为宣隆皇病重，仓促组织大臣拥立太子。今日却带着宣隆皇一起上朝，定然让这帮人措手不及，和薛安潮站在同一阵线的大臣全都浮出水面，她在皇位的争夺上已经占尽先机。”

到底是什么促使晶后突然改变了计划？我苦苦思索着这件事，晶后既然敢提前夺去宣隆皇的性命，那么她一定做好了充足的准备，难道说大将军白暑已经回到了秦都？

孙三分道：“我现在最担心的，就是晶后掌握秦国政权之后，会不会对我们下手？”

我苦笑道：“兔死狗烹，鸟尽弓藏，这件事并非没有可能，不过在我们没有危及她的切身利益以前，也许她暂时不会对我们下手。再说，她掌权后的第一件事应该是清除掉太子和薛安潮那帮人，孙先生不必担心。”

孙三分由衷感叹道：“真想早日离开这个是非之地。”

外面传来动静，透过窗格可以看到宣隆皇和晶后在一群宫女、太监的陪同下返回了裕德宫。孙三分拿起他的药箱走出门去，我嘱咐他道：“替我向晶后通报一声，我要见她。”

我在房中足足等了半个时辰，也没有见到晶后派人传召我，看来孙三分八成把我交代的事情忘了，好在他的房间里有几盘点心，我自己泡了杯热茶，自得其乐地吃了起来。

房门吱的一声轻响，燕琳冷笑着走了进来。我心中一慌，一口点心顿时噎在了喉头，我憋得满脸通红，不停地指着自己的喉头。燕琳慌忙来到我的身后，在我后背上重重捶了一拳，我这才透过气来。

燕琳一把揪住我的耳朵道：“你这淫贼，昨晚因何要处处避开我！”

我苦笑道：“九公主，你现在是薛无忌的未婚妻，我们还是多多避嫌为好。”

燕琳怒道：“你既然知道我是薛无忌的未婚妻，为何还要三番两次地淫辱于我……”我吓得慌忙堵住她的嘴巴，燕琳趁机抓住我的手掌狠狠咬了一口，我忍痛挣脱开来，哀求道：“好公主，待会儿要是让人看到我们这个样子，岂不是麻烦透顶，你先放过我好不好？”

燕琳浅笑道：“要我放过你也行，待会儿你要到储秀宫来找我。”

我无可奈何地点了点头，燕琳这才放过我。她这边刚刚离开，晶后便在许公公的陪同下过来见我。

晶后向许公公使了一个眼色，许公公离开将房门掩上。

我慌忙跪倒在地上：“胤空见过母后！”

“起来吧！”晶后显得有些疲惫，围绕皇位归属的斗争越发激烈，她已经多日未能安寝，现在已是身心俱疲。

我将钱四海嘱托我的事情转告给晶后，她点了点头道：“这件事很容易，等会儿我会让人把特赦令给他送去。”她又道：“元宗昨晚又来找我……”我这时才留意到她的美眸中充满了悲哀，现在我所能做的只有倾听。

晶后道：“这个混账居然……居然当着我的面承认……爱上了燕琳，还要挟我……如果不取消燕琳和薛无忌的婚事，他就会主动放弃帝位的争夺。”

想不到燕元宗对燕琳的迷恋竟然到了如此病态的地步，我本想借此来激发他争取帝位的雄心，没想到却成了他要挟晶后的理由。晶后可以面对任何巨变，却偏偏无法应对这个不争气的儿子。因为愤怒她的俏脸变得煞白，纤手在微微发颤，让我从心底生出无限怜惜，现在的她所承受的压力实在太大了。

“母后打算怎么办？”我小心问道。

晶后幽然叹了一口气道：“我哪里还会有什么办法，真不知道该拿这个忤逆子怎么办？胤空，这次你无论如何都要想个法子，帮我劝服这个混账！”

我点了点头，可是对劝服燕元宗再没有任何把握。

晶后道：“从他小时起，我一直都在培养他坚强独立的性格，可是没想到他天性懦弱，根本无法改变。”

我忽然想到了燕琳，她刁蛮任性，从某种角度来说，燕元宗所欠缺的东西恰恰在她的身上可以找到，如果他们不是同父异母的兄妹，倒也不失为一对性格互补的绝配，也许正是这一点让燕元宗对她迷恋如斯。

晶后道：“如果元宗自己不愿角逐皇位，我又该如何赢得群臣的支持呢？”

“母后！听说今天薛相国集合群臣力捧太子上位！”

晶后冷笑道：“这只老狐狸铁了心要和我作对，可惜他终究没有算到皇上病情好转，今日竟然能够在我的扶持下上朝！”她对我仍旧有所保留，如果不是孙三分事先告诉我金针刺穴之事，我还真以为宣隆皇的身体正在奇迹般康复。

我建议道：“母后，不如你先答应岐王殿下，等到继承皇位之后再做打算……”

晶后摇了摇头道：“他根本不相信我。”她凤目充满寒意，“没想到淑妃留下的这个女儿终究还是给我带来了麻烦！”

我内心猛然一凛，从晶后的眼眸中我感到一股浓浓的杀意，如果燕元宗成功地登上帝位，晶后为了阻止他的畸恋，极有可能下手杀掉燕琳，只有这样才能彻底地断绝燕元宗的奢望。

我顿时感到了深深的悔意，现在看来我当初揭发燕元宗对燕琳的畸恋，将燕琳推向薛无忌，实则是把她推向了死亡的边缘。

晶后道：“我恐怕他生出事端，把他暂时软禁在旭阳宫，一会儿你跟着许公公过去劝他，他把你当成好朋友，也许会听你的话。”

我皱了皱眉头，脸上露出为难之色。

晶后敏锐地觉察到了我的表情变化，低声道：“你不想去？”

我苦笑道：“母后！并非是胤空不想去，就算我去找元宗恐怕也是徒劳无功。”

晶后道：“难不成我真的要取消这桩婚事？”

“母后难道没有发现，问题的关键还是在九公主身上！”

“燕琳？”晶后不解地问道。

我微笑道：“孩儿有个大胆的想法，这件事如果利用得当也许是一个控制薛安潮的契机。”

晶后道：“薛安潮为人谨慎，城府极深，控制他哪有这么容易？”

“我们可以从薛无忌入手，控制住他等于控制住薛安潮！”

晶后道：“薛无忌武功超群，有万夫莫挡之勇，况且他身为大秦卫尉，为人机警异常……”晶后盯住我的双目道：“你既然这么说，难道已经有了主意？”

我点点头道：“如果是九公主来做这件事，恐怕会容易得多！”

晶后满面狐疑道：“燕琳那个丫头又岂会心甘情愿地对薛无忌下手……”

我心中暗自得意，只要我出马燕琳肯定会心甘情愿地做这件事情，表面上却不敢显露出半分得色，充满信心道：“九公主一心悔婚，胤空相信她没有拒绝的理由。”

这时门外忽然响起许公公惊惶的声音：“皇后……皇上他……”

我和晶后对望一眼，慌忙向门外冲去。

宣隆皇吐出的污血已经将纯金痰盂接满，一向镇静的孙三分也是满头大汗，他连续向宣隆皇身上扎了数枚金针，然后又掀开锦被，抱起宣隆皇的右足，继续用金针刺穴。宣隆皇口中鲜血渐渐止住，脸色却变成了青灰色，呼吸渐渐微弱起来。

室内宫女、太监惶恐到了极点，一个个都屏住了呼吸。

我低声向许公公道："许公公，你让侍卫守住裕德宫四周，任何人不准靠近这里，更不许这里的人离开。"许公公抬头看了看我，马上明白了我的意思，慌忙出门去了。

晶后并没有表现出太多的悲痛，对宣隆皇的病情她早就有所准备。

宣隆皇的眼睛忽然睁开了，他的右手指向晶后，喉头发出嗬嗬的声响，然后手突然无力地垂了下去……孙三分停止了手上的动作，缓缓放开了宣隆皇的足踝。

一名宫女突然哭出声来，身边的小太监慌忙堵住她的嘴巴。

晶后冷冷盯了她一眼，许久方道："皇上睡着了……"

我向孙三分递了一个眼色，孙三分这才站起身来。晶后默默来到宣隆皇的身边，伸出纤手为宣隆皇阖上双目。我和孙三分静静地候在一旁，彼此都知道这意味着什么。在晶后做出充足的准备以前，宣隆皇死的消息绝不能泄露出去，连同我们在内，所有在场的人暂时都不可以离开这里。

晶后亲手放下龙榻上的帷幔，转身向许公公道："你带孙先生他们去偏殿休息，务必要好生伺候，切莫慢待了他们。"名为休息，其实是将所有人软禁起来。

"是！"许公公恭敬道。

晶后又向我道："胤空！你留下来，我有些话想单独对你说。"

许公公带其他人前往偏殿，偌大的房间中除了宣隆皇的尸身就剩下了我们两个。我心中忐忑不安，虽然是晶后一手造成了宣隆皇的加速死亡，可是孙三分终究没有完成预先约定的二十天之数，晶后会不会借此向我发难？

晶后在桌旁坐下，深邃的美目在室内昏暗的光线下，越发显得捉摸不定。

我屈膝在她的面前跪下："母后！孩儿罪该万死！"

晶后漠然道："你究竟所犯何罪？说给哀家听听！"

"孩儿未能完成当日对母后的承诺，请母后治罪。"

晶后冷冷道："如果你不说，我几乎忘了，看来我的确不可轻饶你！"

"母后请降罪，胤空决无怨言！"我竭力装出诚恳的样子。

晶后幽然叹了一口气："人都已经死了，就算责罚你又有什么用？你起来吧！"

我心中窃喜，看来晶后并没有想杀我的念头。

晶后道："皇上驾崩之事最多可以瞒过今日，明日朝中必起震荡，你是否还记得刚才对我说过的话？"她所指的自然就是利用燕琳对付薛无忌的事情。

"儿臣记得！"

晶后道："既然你有如此充分的把握，这件事就交给你去办。切记，此事务必成功，千万不要打草惊蛇。"

我趁机提出要求道："母后，要完成此事还需要孙先生帮我。"我之所以提出这个要求，是担心晶后对孙三分下手，意在保护孙三分。

晶后点了点头道："我让许公公带你去见他。"

孙三分从药箱中取出一个蓝色小瓶，交到我的手中："这药名为七日醉，任何人服下一粒，都会昏迷不醒。"

我小心地收好，向孙三分道："孙先生恐怕还要在这皇宫之中委屈几日。"

孙三分对此早有准备，淡然笑道："岐王一日未登上皇位，我肯定要在这里待上一日，老朽贱命一条，死不足惜，殿下千万要小心，及早留好退路。"

"先生请放心，胤空会小心的。"

孙三分又叹了一口气道："宣隆皇驾崩之时，晶后神情自若，显然已经做好准备，看来大将军白暑已经回到秦都。"

我点了点头，晶后冷静的背后必然有所依仗。其实从昨晚宴请薛相国父子开始，她就已经一步步展开了行动，我敢断定，白暑肯定已经回到秦都，晶后所做的一切大概都是和此人密谋策划的结果，由此可见白暑的心机并不在薛安潮之下。

皇宫表面依旧风平浪静，宣隆皇的死讯被严密封锁了起来。我来到储秀宫的时候，刚刚是正午，几名小宫女正围在插满鲜花的秋千旁，身穿湖绿色宫装的燕琳正娇笑着荡着秋千，她应该早就看到了我，一双美眸柔媚地看着我，就快滴出水来。

我慢慢走了过去，燕琳轻咬樱唇道：“平王殿下有事情吗？”她对我的感情已经越陷越深，在这帮宫女面前根本掩饰不住心中的情意。

我暗叫不好，照这样下去，用不了多少时间，我们之间的那点暧昧就会昭然于日月之下。

我满脸庄重道：“胤空有一件事想对公主说！”

燕琳走下秋千带着我向储秀宫走去，那帮小宫女都十分识趣，没有一个人跟过来。

我随手掩上宫门，燕琳转过身来，猛然扑入了我的怀中，娇嗔道：“你这狼心狗肺的东西，居然害得人家等了你整整一个上午。”

娇羞的憨态实在令我心动，我挑起她的下巴在她樱唇上重重吻了一口，燕琳紧紧搂住我的身躯，梦呓般发出一声轻吟。我知道现在还不是缠绵的时候，附在她耳边道：“想不想和薛无忌那个浑蛋彻底撇开关系？”

燕琳睁开美目，欣喜地点了点头：“怎么？你求过母后了？”

我低声道：“她肯定不会答应！”

燕琳满脸失望之色：“那还会有什么办法？”

我微笑道：“记不记得你对我用过的方法？”

燕琳俏脸通红道：“你这浑蛋，又拿那件事来取笑我！”

我从身后将她揽入怀中：“琳儿，当初你的那个主意的确奇妙，只不过用错了对象。这次我们用来对付薛无忌，定然让他百口莫辩。”

燕琳轻声道：“那倒是……谈到奸猾，天下间又有谁能够及得上你。”

我伸手探入她的长裙之中，轻抚玉臀道：“还是九公主要比胤空滑上许多。”

燕琳抓住我不安分的大手，低声道："你想我怎么做？"

"让宫女去请薛无忌来储秀宫赴宴，然后趁机在他的酒中下药。"

燕琳不住点头，美目发亮，轻声道："这次定然让那个薛无忌死无葬身之地！"

燕琳在我的要求下刻意打扮了一番，我亲手为她梳理长发。从六岁起，我就用这种方式对母亲表达孝心，没想到今天居然也能派上用场。我的手指顺着燕琳丝缎般柔滑的长发缓缓滑下，指尖轻轻地触摸着她后颈的肌肤，镜中的燕琳露出一丝浅笑，我熟练地为她梳理了一个"坠马髻"的发式，发髻略偏一侧，造成一种不平衡的观感，增添了女子的娇媚之态，恰是"妆鸣蝉薄鬓，照坠马之垂髻"。

燕琳美目中满是喜色，轻轻托了托鬓发，娇声道："想不到你居然还有这一手技艺，比小德子梳得还要好一些。干脆把你一刀咔嚓了入宫来当太监。"

我握住她的香肩道："我若是当了太监，九公主会不会倍感失落？"

燕琳俏脸红了一红，转身看了看我："我要是一开始便把你废了，也不会被你这个淫贼欺辱……"

我将她揽入怀中，轻轻拉开她腰间的裙带："公主若是废了我，又岂会知道何谓人间之极乐？"

燕琳羞道："你想做什么？"

"奴才伺候公主更衣！"我已经拉开她的长裙，燕琳光洁无瑕的裸背展现在我的面前。

我的面孔轻轻贴在她的后背上，双手在她平坦光滑的小腹上合拢。

燕琳轻声道："你这淫贼，总是趁机欺负我……"她的螓首却向后仰起，尽情享受着我温柔的摩挲。

燕琳在我的帮助下换上了红色宫装，伊人经过精心的修饰越发显得楚楚动人。我将那瓶七日醉交到她的手中："切记一粒即可，千万不要伤了薛无忌的性命。"

燕琳郑重点了点头，忽然眼圈红了红，扑入我的怀中。我以为她是过于紧张的缘故，轻声劝慰道："不用害怕，一切都在我们的计划之中，肯定万无一失。"

燕琳轻声道："我……好怕……你会不会骗我……"

怜惜之情油然而生，我用力搂住她的娇躯："你放心！我藏身在这里，发生任何意外，我都会第一个冲出去保护你。"其实以我的能力连燕琳都打不过，又怎么能谈得上保护她呢？

燕琳点了点头，深情道："我信你……"

薛无忌如约而至，我预先换上了太监的服饰守候在帷幔之后，只要燕琳得手，我便会冲过去接应她。透过轻纱可以看到薛无忌满面春风地走了进来，看到他一双眼睛呆呆地盯在燕琳身上，我没来由感到一阵醋意。不知不觉间我已经把燕琳看成了自己的女人，别人多看她一眼也是对她的一种亵渎。

燕琳表演得十分到位，按照我的嘱咐，她对薛无忌表现得若即若离，薛无忌似乎早已经习惯了她的这种态度，微笑道："九公主让人找无忌来有什么事情？"

燕琳示意身边宫女为薛无忌奉上香茗，眼前一幕对我来说是再熟悉不过，当日如果不是我机警，说不定真的会被燕琳变成太监。薛无忌显然没有我那样的戒心，不过他只是喝了一口便将茶杯放下。

燕琳拿出那个檀香木盒放在几上，轻声道："这根玉簪还给你。"

薛无忌微微一怔，慌忙道："这是家父送给公主的信物，无忌断断不可收回！"

燕琳道："其实昨晚我就已经看出，这玉簪在你的心目中十分重要，况且薛相国说过这是薛卫尉亡母的遗物，如此贵重的东西我又怎可收下？"燕琳这句话说得诚挚之至。

我之所以让燕琳做这件事就是为了先打乱薛无忌的阵脚，减少他的防备心理。

薛无忌知道燕琳并不是退婚，这才放下心来，他将木盒重新推到燕琳的面前："家母当初留下这根玉簪，就是为了留给无忌未来的……妻子……"他偷偷观察着燕琳的颜色，确信燕琳没有动怒这才将最后两个字吐露出来。

燕琳叹了口气，柔声道："薛卫尉勿怪，燕琳昨晚并非刻意针对你，只是我自小向往无拘无束的生活，对母后的所为心存反感。"这句话虽然是我教她所说，可是从燕琳口中说出来更容易博得对方的同情。

薛无忌道："在下最欣赏的就是公主独立的性格，公主放心，无忌一定不会强迫公主下嫁给我。"

燕琳轻轻咬了咬下唇，美目望向薛无忌道："薛卫尉能够理解燕琳，我实在是开心得很……"声音中竟然透出一丝温柔，我忍不住忌妒起来，这丫头该不会弄假成真了吧！

薛无忌趁机表白道："无忌虽然不才，但对公主之心苍天可表，希望公主能够给无忌一个证明自己的机会。"

燕琳俏脸微红，端起桌上茶水道："多谢薛卫尉能够理解燕琳的烦恼，燕琳便以这杯茶表示对你的谢意。"

薛无忌点了点头，接过茶杯一饮而尽。

我暗自松了一口气，燕琳总算圆满完成了我交给她的任务。

燕琳轻声道："薛卫尉请稍待，我去房间内给你拿一件物事。"她转身向寝室的方向走来，美目得意地向我眨了眨。

忽听薛无忌大声道："公主……你……你在这茶水中放了什么？"

燕琳听到他的声音，加速向我跑来。

薛无忌怒道："你居然……下毒！"身躯凌空已然飞起，转眼间已经来到燕琳的身后，伸手向燕琳的香肩抓去。燕琳闪电般抽出藏在腰间的短剑，转身向薛无忌手臂削去。

第九章 夺嫡

薛无忌的身躯在空中陡然拔高数尺，右手中指屈起，当的一声弹在燕琳手中短剑之上，燕琳娇呼一声，再也拿捏不住，短剑脱手向我的方向飞来，深深刺入我身边的抱柱之中，我被惊出了一身冷汗。

薛无忌的右手已经锁住了燕琳的喉头，厉声道："说！谁让你如此对我……"他的声音微微颤抖，显然七日醉的药性已经开始发作。听到动静的宫女和太监慌忙冲了进来，看到眼前的情景全都大吃一惊，一个个奋不顾身地扑了上去。

燕琳大声斥道："逆贼！枉我好心对你，你居然想非礼我！"

薛无忌冷哼一声，虎躯微震，将身后的两名太监甩到一旁，两名小太监护主心切，从墙上取下兵刃再度向薛无忌冲了过去。

我留意到薛无忌额头之上布满了汗水，难道他正在用自身的功力逼出体内的迷药？我操起早已准备好的短枪，从帷幔后冲了上去，机不可失，若是被他逼出迷药，我们在场的所有人都要遭殃。

薛无忌冷哼一声，双目寒光暴涨，一把将燕琳向我推来，我慌忙收回短枪，张开臂膀接住燕琳。薛无忌在瞬间已经转过身去，劈手夺过小太监手中的长刀，内力贯注刀身，长刀发出嗡嗡的轰鸣声，显然他已经愤怒到了极点，冷森森的杀气从他的身上散出，刹那间便笼罩了整个空间。

两名小太监似乎被他的威势吓住，傻呆呆站在原地，竟忘记了动作。薛无忌长刀一挥，一道冷电闪过，那两名小太监的脑袋竟然被他齐齐切了下来，一时间鲜血飞溅，四处皆是。

燕琳吓得花容失色，我比她也好不到哪里去，握枪的手腕都颤抖了起来，想不到薛无忌竟然强悍如斯。

薛无忌怒吼道："胤空？"声音中包含着无限的惊奇与愤怒，他无论如何也想不到幕后的主谋竟会是我。

事到如今，我已经没有任何选择，心一横挺起短枪向薛无忌的心口刺去，薛无忌长刀反挑，登时将我的短枪从中切成两段，寒光一闪，刀锋径直向我的颈部砍来。

"不要！"燕琳扑在我的身前，为我挡住刀锋。

薛无忌微微一怔，长刀凝在中途："你们……"他仿佛明白了什么，一双虎目在瞬间被怒火完全染红。

我看准时机将手中的半截短枪向他掷去，拉住燕琳的小手没命地逃向宫门的方向。

薛无忌挥刀拨去断枪再度向我们追来，因为迷药的作用，他的脚步虚浮起来。饶是如此，他和我们的距离仍然在不断接近。

一名冲上前来想要阻拦他的宫女又被他斩于刀下。

就在千钧一发的时刻，耳边忽然传来一个愤怒的声音："薛无忌！你要干什么？"却是岐王燕元宗赶到这里。薛无忌抬头看了看他，动作却没停下，双手举刀歪歪斜斜地向我砍了下来。

燕元宗怒吼一声全速冲了上来，一把捉住薛无忌的手腕，屈膝重重地顶在他的小腹之上。若是换在平时，燕元宗定然不是薛无忌的对手，可是薛无忌事先已经饮下迷药，此时药性完全发作，他的反应比原来不知道要迟缓了多少。

燕元宗早就对薛无忌恨之入骨，下手决不留情。薛无忌在他的全力一击之下，再也无法支撑下去，长刀当的一声落在地上，壮硕的身躯缓缓倒在了地上。

燕元宗也没有想到自己的一击竟然有如此的威力，双目之中充满了迷惘之色。

我慌忙放开燕琳的纤手，找来绳索将薛无忌结结实实地捆了起来。

燕琳由于惊吓过度，不住地啼哭，燕元宗轻轻拍着她的肩头，小声劝慰着。我从心底对燕元宗感到厌恶，这浑蛋对燕琳绝非兄妹般的关爱，动机龌龊到了极点，可是表面上我却不敢表现出来。

储秀宫内侥幸存活下来的两名宫女都吓得瘫倒在地上，我吩咐她们暂时不要将此事透露出去，然后才动手将几名太监、宫女的尸首拖到侧室之中。做完这一切，我重新回到大厅之中，燕琳的情绪似乎稳定了许多，燕元宗来到我身前道："你怎会在这里？"

我压低声音道："母后让我过来，设计拿住这个逆贼！"

"母后？"燕元宗不解道，他无论如何也想不出晶后对付薛无忌的理由。

我这才将和晶后的计划一一告诉燕元宗，燕元宗听完我的解释，脸上的神情渐趋缓和，从他对待薛无忌就能够看出，此人忌妒心极重，若是我没有一个合理的解释，他肯定会怀疑我和燕琳之间有私情存在。

我忽然想起他被晶后软禁在旭阳宫，不知为何会来到这里，忍不住开口问道："王兄怎会在关键之时来到这里？"

燕元宗道："母后把我软禁在旭阳宫，我趁着守门太监不注意，偷偷溜了出来，来储秀宫主要是想从九妹这里询问父皇的病情，谁想恰恰遇到了这件事情。"

看来他并没有去过裕德宫，是以并不知道宣隆皇驾崩的消息。

燕元宗看了看地上昏迷不醒的薛无忌道："我们拿他怎么办？"

我低声道："此人擅闯禁宫，意图非礼公主，罪大恶极，先将他严加看管起来，等候母后发落！"

燕元宗的嘴角浮现出一丝笑意，我的话正中他的心思，他之所以和晶后反目，就是为了燕琳和薛无忌的婚事，现在薛无忌被抓，燕琳的婚约自然解除，他心中的愉悦可想而知。

处理完薛无忌之事，我离开了储秀宫，燕元宗担心燕琳受到惊吓留下来陪她，我心中虽然感到不自在，可是以自己的身份的确提不出反对的理由。再者，燕元宗只是一厢情愿，在燕琳面前他仍然在压抑自己的感情，表现出的也只是兄妹间的关爱而已。

回到裕德宫后已是黄昏，晶后仍旧坐在我离去时的位置，她仿佛一直都在等待着我的到来。她已经换上了一身白色的孝服，宛如一朵不沾染任何尘世俗气的百合花，清高而孤傲，透露出淡淡的落寞。

我却看到晶后坚强的背后隐藏的孤独和寂寞，在如此空旷的房间内静静守候着宣隆皇的尸首，也许对于她来说自从踏入大秦的后宫，这种生活就已经开始了，选择皇室的同时就等于选择了一条孤独的道路。

晶后落寞寡欢的眼神终于停留在我的身上："怎么样了？"

我恭敬答道："母后，薛无忌私闯禁宫，意图强暴公主，现在已经被拿下，只等母后发落！"

晶后缓缓点了点头，从她的表情看不出太多的惊喜："我早就知道，你一定不会让我失望！"

我上前一步低声道："这次之所以能拿住薛无忌，全靠岐王相助！"

晶后的美眸闪过一丝惊喜："元宗？"

我点了点头道："岐王现在仍在储秀宫中，儿臣已经将母后的一番苦心全都告知与他。"

晶后喟然叹道："但愿他能够明白才好……"

她起身道："你准备一下随我出宫去做一件事情。"

我心中不禁惊奇万分，晶后居然在这个时候选择出宫，却不知有什么重要的事情。

夜色正浓，我和晶后并肩坐在马车中，这是我第一次从平等的角度来看她，晶后凝脂般的肌肤在黑色狐裘的衬托下越发显得艳如娇雪，深邃的眼眸中荡漾着不可捉摸的神秘，这种神秘更让我心神摇曳。晶后拉开车帘，向窗外看去，外面不知何时下起了雾，两旁的景物朦胧模糊，在夜色中留下一个个缥缈的幻影。

晶后轻声感叹道："我已经很久没有离开皇宫了……"

我没有说话，对她来说秦宫就是她生活的全部，她的一生都在为之努力和奋斗。

“宫外的空气果然比宫内要清新得多。”晶后露出一丝浅笑，她的绝代风姿让我的呼吸为之一窒。

马车在西城的草堂茶舍停下，我率先下去，然后小心地搀扶晶后走下马车，我握着她柔腻光滑的素手，内心的激动实在是难以描摹。

茶舍的陈设十分简朴，土墙泥地，除了墙上的两三副字画，再无其他装饰，茶舍内一个客人都没有，只有一个须发皆白的老者靠着火炉歪头打盹。晶后似乎对这里颇为熟识，径直向东首蓝布帘后的单间走去。

单间之中，一位中年人靠窗而坐，正在品尝着茶水，看到晶后进来，他站起身来，躬身一揖，晶后淡淡地摆了摆手，来到桌前坐下。

此人高挺英伟，脸孔方方正正，轮廓分明，皮肤白皙，身上穿着灰色长袍，他的眼神深邃难测，专注而笃定，好像从不需要眨眼睛的样子。黑发白肤形成了一种强烈的对比，颌下微须，洋溢出成熟的男子气概。

晶后转向他道：“大将军果然给本宫面子。”我内心一震，难道这就是秦国大将军白ося？

那人淡然笑道：“皇后宠召，微臣焉敢不至？”

我静静站在一旁，晶后这才将他介绍给我说：“胤空，这位就是白晷将军。”

我心中的疑问得到了证实，白晷果然来到了秦都。

白晷向我点了点头，目中露出欣赏之色。

晶后品了口茶水道：“皇上已经驾崩了！”

白晷并未感到太多的惊奇：“皇后，微臣已调拨两万龙骧军、五千虎翼军于城外守候，只等皇后一声令下，便可将薛安潮那些人一网打尽！”

晶后果然早已做好了充分的准备，有了大将军白晷的鼎力相助，对付太子集团应该不难。

晶后眼波轻转，轻声叹了口气道：“哀家反复考虑，并不想看到喋血皇城这一幕上演。”

白晷面露迷惘之色，显然不明白晶后怎么突然改变了主意。

晶后坦诚道：“陛下刚刚驾崩，朝野内外必然惶恐不安，周遭列强蠢蠢欲动，若是此时掀起更多血腥，只会引起大秦臣民人人自危，我不想看到这种局面出现……”她美目之中闪烁着晶莹的泪光。如果不是知道了她的全部计划，我还真以为她是在为大秦的未来考虑。

白晷道：“薛安潮顽固不化，自始至终都坚定地站在太子一方，皇后如果心慈手软，恐怕会后患无穷。”

晶后道：“哀家并不是没有考虑过，可是凡事不可操之过急。”她指了指我道：“胤空今日帮我拿住了薛无忌，有他在手，薛安潮投鼠忌器，很多事情肯定要容易得多。”

白晷诧异地看了看我，他显然并不相信我可以拿住英勇无敌的薛无忌，不过这句话由晶后说出，他又不得不信。白晷道：“皇后运筹帷幄，微臣自叹弗如。”

晶后道：“我回到宫中就会把皇上驾崩的消息散布出去，秦都必然会出现动荡，白将军务必助我控制住城内的局势。”

白晷恭敬道：“皇后放心，御林军统领周超乃是我一手提拔，皇城之内绝对万无一失。”

晶后不无担心地说道：“太子身兼水军都督一职，在大秦军方拥有一定的实力……”

白晷不屑地笑道：“他只是虚有其职，水军的大权仍然掌握在副都统王元德手中，元德和我的关系想来不必再向皇后解释了吧？”

晶后微笑道：“我倒忘了，王都统是白大将军的内弟。”

白晷道：“这几日早已安排妥当，皇后尽可高枕无忧。”看来他早已潜入秦都多时，一直都在暗中为夺嫡做准备。白晷犹豫了一下仍然建议道：“利用薛无忌要挟薛安潮虽然是一着妙棋，可是微臣以为，隐患还是及早去除为好。”

晶后点了点头道：“一切还是等到岐王登基以后再说，我不想引起那帮老臣子人人自危之心。”

白晷默然不语，目光深邃，让人很难看透他究竟在想些什么。

晶后道：“一切拜托白将军。”

白暑恭恭敬敬道："微臣不胜荣幸。"

晶后转身向门外走去，白暑含笑向我看了两眼，满怀深意地点了点头，我向他笑了笑，方尾随晶后离去。

上了马车，晶后有些疲惫地闭上双目，轻声道："我累了，好想歇一歇，到了地方再叫醒我……"

她的确有些倦了，靠在车厢很快便进入了梦乡。

这些日子她实在是太辛苦了，我怜惜地看着她，她高贵美丽的躯壳下一定隐藏着一颗憔悴疲惫的心。

薛无忌已经成为晶后手中的王牌，利用他应该可以要挟薛安潮转变原有的立场，不过有一件事情我始终不明，既然能够得到大将军白暑的相助，她为什么不索性将薛安潮这帮人一网打尽，以除后患呢？

我知道晶后一定有她自己的想法，她兵不血刃地解决这场皇位之争，肯定有更深一层的考虑。

马车终于抵达了目的地，晶后悠然醒来，她从我的肩头抬起头来，向我温婉笑道："你这孩子，也不叫醒我。"

我乖巧地回答道："孩儿见母后太过疲惫，是以不想惊醒您。"

晶后点了点头，整了整仪容，望着天空若有所思道："今晚注定不会宁静……"

回到裕德宫，从外面看和平时并没有任何不同，走入其中，才发现许公公已经带人布置好了灵堂，整个宫殿内到处都是白色挽联帷幔，气氛肃穆到了极点。看到晶后回来，他慌忙来到近前，低声道："太子刚才来过，想冲入宫内探望皇上病情，被老奴拼死拦住了。"

晶后轻轻叹了口气道："难得他还有几分孝心，许公公你着人把薛相国请来，就说皇上有事情托付给他！"

许公公愕然道："皇后娘娘的意思是……"

晶后道："皇上驾崩的事情也该让万民知道了。"

薛安潮在半个时辰之后来到了裕德宫，他走入宫内，看到眼前的情形顿时大吃了一惊，双目含泪，大声哀号着跪倒在地上道：“陛下！老臣来迟一步，竟没能见到陛下最后一面……”

他哭号着在地上不住叩头。

晶后面无表情地看着薛安潮的表演，许公公悄悄来到她的身后低声道：“薛相国已经集合众臣在正德殿等候，太子马上就会赶到……”他补充道：“现在大家还不知道皇上已经驾崩的消息。”

晶后唇角泛起一丝冷笑。我暗道，这薛安潮果然考虑周到，生怕皇后趁机对自己下手，想好了一切可能的退路，可是他万万没有想到爱子薛无忌已经落到了我们的手中。

薛安潮含泪来到晶后面前，他在瞬间已经完全回复了冷静，低声道：“老臣见过皇后！”

晶后道：“我先把相国叫到这里，你应该知道所为何事！”

薛安潮故作糊涂道：“请恕微臣愚昧！”

晶后冷冷道：“我想和相国商议一下，究竟由谁来继承大统的事情。”

薛安潮故作惊奇道：“今日臣曾经在大殿上提出此事，皇后不是已经回绝了吗？”

晶后道：“此一时，彼一时，日间皇上的身体还有好转的趋势，我自然不急于提出此事，可是现在……”她故意停顿了一下。

“皇上……”薛安潮又流出两行浊泪，却不知他的内心之中是不是真的悲痛。他擦干眼泪，忽然像换了一张面孔，怒道：“皇后！皇上驾崩这么大的事情，你居然掩饰得风雨不透，究竟有何目的？”

晶后淡然笑道：“哀家所做的一切都是为大秦的社稷着想，莫非薛相国以为我还会包藏什么祸心不成？”

薛安潮冷冷道：“今日朝廷之上，皇后早该看到人心背向，拥太子为帝乃是众望所归的事情，皇后以为掩盖住皇上驾崩之事，便可以只手遮天了吗？”

晶后凤目含威，玉面上笼罩了一层严霜：“看来薛相国是想利用群臣继续为难我？”

薛安潮笑道：“不敢！臣只是做自己认为该做的事情。”他恭恭敬敬作了一揖道：“皇上驾崩，天地同恸，臣必须将此事知会群臣……”他有恃无恐道：“众臣都已经在正德殿等候，老臣必须马上将皇上驾崩之事告知于他们！”

晶后冷冷道：“我想有件事你也该知道了。”她目光向站在一旁的我望来。

我用冰冷的口吻道：“薛相国，今日下午薛无忌强行闯入储秀宫，意图强暴公主，现在已被打入天牢。”

薛安潮的瞳孔骤然收缩了起来，目光变得怨毒之极，他转向晶后道：“你……”

晶后眼波轻转，指了指身边的座位道：“薛相国难道想看到喋血皇城这一幕上演？”

薛安潮表情复杂到了极点，反复犹豫之后，终于重新坐了回去。

晶后坦诚道：“我本来想用武力夺嫡，可是即使这样成功了，大秦也将元气大伤，周邦诸强就会趁势而起，我又如何对得起皇上的嘱托……”她美目之中闪烁着晶莹的泪光，一副忧国忧民的模样。

晶后道：“平心而论，元籍无论是魄力还是能力都强出元宗很多，可是皇上临终之前反复嘱咐我说，绝不可让元籍登上皇位。”我心中暗暗发笑，宣隆皇死的时候我就候在一旁，何曾听到他说过这番话来？晶后的演技的确出众，有道是死无对证，现在她想怎样说便可怎样说。

晶后道：“皇上说：‘元籍虽然素有才干，可是心胸狭隘，这是做帝王的最大顾忌，心中容不下兄弟亲人者更无法容下群臣众将，又谈何统领千里疆域，带给万民安康？’”

薛安潮不无讽刺地说道：“看来在晶后心中只有岐王才是最佳的人选了！”

晶后道：“元宗虽然生性淡泊，缺少王者之威，可是他宅心仁厚，为人慷慨，若他登基为帝，必然会爱民如子。皇上也正是看中了这一点，才指认元宗为大秦之新君。”这才是晶后今日的重点。

薛安潮呆呆出神，许久方道：“皇后打算如何处置太子殿下？”

晶后微笑道：“这件事还是交由相国处置……”

薛安潮道：“臣不明白皇后的意思……”

晶后拿出一份早已写好的诏书道：“这是根据皇上的意思写好的诏书，薛相国可以先看看。”

薛安潮恭恭敬敬双手接了过去，展开那诏书，却见那上面书写着：

王室不造，天祸未悔，先帝创业弗永，弃世登遐。元籍长嗣，属当天位，不谓穷凶极悖，一至于此。大行在殡，宇内哀惶，幸灾肆于悖词，喜容表于在感，至乃征召乐府，倡优管弦，靡不备奏，珍馐甘膳，有加平日，采择媵御，产子就宫，丑声四达，亲与左右，执绋歌呼，推排梓宫，又复日夜亵狎，群小漫戏，兴造千计，费用万缎，人力殚尽，刑罚苛虐，幽囚日增。居太子之位，好皂隶之役，处万乘之尊，悦厮养之事，远近叹嗟，人神怨怒，社稷将坠，岂可复嗣守洪业？今废为营阳王，奉迎岐王元宗，入纂大统，以奠国家而泽人民，特此令知。

我心中暗笑，看来晶后早已做足了功夫，连燕元籍的一些糗事都挖掘了出来。

薛安潮看完顿时额头冒出了冷汗，双目盯住晶后道：“这……”

晶后微笑道：“相国看仔细了，太子如此无道，又岂可继承大秦之伟业？”

薛安潮苦笑道：“欲加之罪，何患无辞。”他收起诏书向晶后道：“却不知皇后要怎样处置老臣？”

晶后道：“薛相国乃是国之栋梁，新皇登基之后，一切还要靠你辅佐，哀家一定会待你像以前一样。”这句话恐怕只有她自己才会相信。

薛安潮道：“皇后既然如此坦诚，老臣也不怕将话言明，无忌乃是我唯一的孩儿，还请皇后饶他性命。”

晶后点了点头道：“相国不必担心，只要元宗登上帝位，薛卫尉自然会平安无事。”

薛安潮道：“晶后放心，岐王继位之后，老臣即刻带着无忌返回齐国，再不踏入大秦边境半步。”这薛安潮是出生在秦国的齐人，被宣隆皇燕渊赏识并重用，经过数十年苦心经营才爬升到了相国的位置。

等到薛安潮离去，晶后转身向我道：“胤空！照你看，薛安潮信得过吗？”

我恭敬道：“薛无忌在我们的手中，谅他不敢玩出什么花样，不过晶后是不是真的想放过他们父子？”

晶后微笑道：“哀家既然可以让太子做营阳王，又怎么会对他父子赶尽杀绝呢？”

我暗道，晶后若是真的放过了薛安潮父子，恐怕真的像白謩所说的那样放虎归山。

晶后向许公公道：“你去把众皇子都叫过来，这件事应该让他们知道了。”

她递给我一个玉牌道：“你亲自去一趟储秀宫，通知元宗和燕琳即刻赶来，顺便去看一看薛无忌的情况如何。”其实她的主要目的是让我去看看薛无忌的情况，确保此事万无一失。

我点了点头，关切道：“母后不要太过操劳了，还是抓紧时间休息一下。”

晶后嘱托道：“储秀宫后有一个冰窖，位置隐秘，你让魏统领把薛无忌暂时转移到那里。”

我叫上孙三分一起来到储秀宫，岐王燕元宗和燕琳已经从宫中异常的变化中猜到了什么，当我把宣隆皇驾崩的消息告诉他们后，两人大哭着向裕德宫跑去，看来宣隆皇在他们的心目中还是十分的重要。

薛无忌仍然处在昏睡之中，负责看管他的是六名大内侍卫，全部是晶后的亲信。我将玉牌出示给他们，领头的统领魏玉山按照晶后的吩咐，将薛无忌转移到了冰窖之中。

我让孙三分检查了一下薛无忌的身体，孙三分探了探他的脉门，苦笑着摇了摇头，向我低声道：“你究竟给他吃了几粒？”

我诧异地看了看孙三分，马上醒悟到，肯定是燕琳那妮子生恐药性不够，加重了剂量。

“他会不会有事？”我的心情顿时紧张了起来，若是毒死了薛无忌，恐怕会非常的麻烦。

孙三分摇了摇头道："身体应该没有什么大碍，不过没有十天半月恐怕他不会醒来。"

我如释重负地舒了一口气。冰窖十分寒冷，很难长时间待在里面，我让魏玉山找来被褥为薛无忌盖上，现在还不是夺去他性命的时候。

回到地面，整个皇宫内已是哭声一片，宫内随处可见身穿孝服的大内侍卫的身影，每经过一处门廊，都会遇到侍卫仔细检查，好在晶后事先给了我玉牌，我一路畅通无阻。

闻讯赶到的百官跪倒在裕德宫外，哭号之声响彻夜空。在外面巡视的许公公看到我，悄悄走了过来，引我进入侧室，拿出一套孝服让我换上。我是宣隆皇的义子，自然要尽些子女孝道。

许公公帮我换上孝服，低声道："几位皇子公主都哭得多次昏过去了，劳烦平王殿下代为照顾……"我点了点头道："母后怎么样了？"

许公公道："皇后还好，不过刚才几位大臣动议太子登基，惹得她发了一通脾气。"大概是看出晶后对我十分看重，许公公对我的态度相当尊敬。

我整了整孝服的衣袖，从正门进入灵堂，许公公指引我跪在灵堂的左侧。我来到燕元宗和燕琳身边，一脸悲恸地跪了下去。

燕琳早已哭得美目红肿，看到我，情不自禁地向我肩头靠来，我心中一凛，慌忙用眼神制止住她，没想到燕琳双目一闭，竟然倒在了我的肩头，我张臂揽住她的纤腰，紧张道："公主……"

燕元宗转过脸来，好在眼前情况特殊，他并没有生出任何的疑心，声音沙哑地对我说："胤空！你先扶琳儿去房间休息，顺便找位御医为她诊治一下……"

我点了点头，和许公公架起燕琳来到侧室，幸好孙三分一直都候在这里，他为燕琳检查了一下道："不妨事，只是伤心过度，让她休息一会儿应该不会有什么事情。"我这才放下心来。

这时门外传来一阵骚动，却是相国薛安潮和大将军白暑一起到了，许公公慌忙离去招呼，随手将房门掩上。我透过窗格向外望去，却见白暑和薛安潮各穿一身孝服，脸上的表情都是肃穆之至，唯一不同的是薛安潮的脸上多出了几分郁闷和无奈，他一定还在牵挂着爱子的安危。他的手中拿着一份诏书，显然是晶后交给他的那份遗诏。

我的内心忍不住剧烈地跳动了起来，只要薛安潮宣读这份遗诏，岐王燕元宗就会顺利登上帝位，晶后就可以成功执掌大秦的政权。

燕琳忽然发出一声长长的哀叹，她在床上移动了一下娇躯，缓缓睁开双目："胤空！"房间内除了孙三分并没有其他人在，我也就没有太多的顾忌，来到床边，燕琳含着眼泪扑入我的怀中。

孙三分扭过头去，看似回避，其实是在为我们留意着外面的变化，以防有人突然闯入这里，撞破我和燕琳之间的私情。

"父皇他……"燕琳凄凄艾艾地说道。我轻轻吻了吻她光洁的前额："没事的，一切都会过去。"

燕琳紧紧抱住我的身躯，泣声道："答应我，永远留在我的身边……不要离开我……"我重重点了点头，这时孙三分大声咳嗽起来，我慌忙放开燕琳，站起身来。

却是许公公进来，向燕琳道："公主殿下，薛相国就要宣读遗诏，你是不是过去一下？"燕琳点了点头，在许公公的扶持下向门外走去，来到门前她转身向我道："胤空！你不去吗？"

其实宣隆皇的遗诏跟我没有任何相干，可是以我的身份参与其中，也算得上合情合理，我连忙跟了过去。

我和燕琳重新来到灵堂跪下，此时晶后已经来到灵堂之中，薛安潮和白习交换了一个眼神，薛安潮来到正中，大声宣读遗诏：王室不造，天祸未悔，先帝创业弗永，弃世登遐……

遗诏的内容我早已知晓，主要的注意力都集中在太子燕元籍的身上，却见燕元籍原本充满信心的面孔，突然变得苍白，他不能置信地望着薛安潮，燕元籍无论如何也想不到薛安潮会在关键时刻倒戈。

燕元籍双目很快被仇恨燃烧，他握紧双拳，正欲站起。这时从群臣中已经站出一人，此人是大秦奉常官桓谧，为官向来清正，为人刚直不阿，一直都是太子燕元籍的坚决拥护者。桓谧大声道：“吾皇在世之时，已经定下太子为继任新皇，又怎会在临终前仓促改变？”

薛安潮尴尬道：“桓大人，遗诏的确是陛下亲口所述……”

桓谧哈哈大笑起来：“好个亲口所述！陛下说这些话的时候究竟有谁在场？”他环视身后百官：“我等来到宫中，皇上已然驾崩，难道皇上临终之时，薛相国始终守在君侧？”

薛安潮脸色难堪到了极点，在此之前他和桓谧一干人等在正德殿商议拥太子上位之事，现在自己突然倒戈，已经成了众人唾弃鄙夷的中心。

桓谧道：“废长立少，违礼不祥。太子乃是天命所归，我等绝不承认相国手中的那份遗诏！”

白暑怒道：“反了！桓谧！你身为大秦奉常，居然敢在先皇灵前大放如此大逆不道的言辞，你眼中到底还有没有先皇？”

桓谧冷冷道：“桓某一颗忠心对天可表，今日便是拼得一死，我也不会让奸佞小人阴谋得逞！”

众臣之中又有几人站了起来，燕元籍的脸上闪过一丝安慰，他起身道：“欲加之罪，何患无辞！元籍一心为国出力，为父解忧，自问没有任何的错处，父皇绝不可能留下这份遗诏。”

一直都未曾发言的晶后冷冷道：“元籍！你父皇病重之时，你来床边探视过几次？又怎知道陛下不会留下这份遗诏？”

燕元籍冷笑道：“元籍对登上皇位并无苛求，只是元籍不想让大秦的江山平白无故地落入外人之手。”

晶后冷笑道：“外人？难道在你的眼中，只有你才是陛下的嫡亲子孙吗？”

燕元籍怒道：“我父皇重病之时，每次我来探病，你都百番阻挠，今日又不知从何处弄出这份遗诏！却不知你究竟是何居心！父皇突然驾崩，皇后好像并未向大家交代死因？”

晶后冷冷道：“太子难道真的想知道陛下的死因？”她转身向白暑道：“鲁

王带到了没有？”

白暑恭敬道：“启禀皇后，鲁王已经带到，现正在宫门外等候发落！”

燕元籍脸色突变，要知道当年正是他指使鲁王给宣隆皇服下逍遥散，可是事后鲁王已经逃往晋国，却不知又怎么会落在白暑的手中。

晶后微笑道：“你还要不要和鲁王当场对质？”

燕元籍额头冷汗簌簌而下，要是鲁王将此事拆穿，他恐怕再也没有翻身的机会。

我心中暗自奇怪，晶后之前并没有透露任何的口风，鲁王燕元赐难道真的落入了她的手中，还是她故布疑云来扰乱燕元籍的阵脚？

燕元籍转身不住向后张望，白暑道：“太子是不是等待杜鹏那帮侍卫前来谋反？”

燕元籍脸上露出极为惶恐的神情：“你……”

白暑冷笑道：“我已经让御林军首领周超将杜鹏一帮逆贼全部拿下，太子恐怕等不到他们了！”

燕元籍面如土灰，晶后对形势的把握远远超出他的想象。

看到势头不妙，桓谧身边的几名臣子又悄然退了下去，只剩下桓谧一个人仍然站在原处。

晶后淡然道：“桓大人还有什么话说？”

桓谧向前走了两步，目光如炬逼视薛安潮道：“薛相国难道不记得陛下的恩典了吗？当日你在我们的面前一番慷慨陈词，如今却为何突然变卦？”

薛安潮心中有愧，不敢面对他咄咄逼人的目光。

白暑怒道：“混账，陛下尸骨未寒，岂容你在这灵堂之上胡闹！来人！把他给我押下去！”

桓谧哈哈笑道：“白大将军，你好威风，好煞气！”他手指白暑道：“边境战事正急，你身为护国大将军，居然不顾国家安危，潜入秦都，意图废黜太子，却不知你维护的究竟是何人的利益？”

白暑怒道：“攘外必须安内，白某一心为国，若是不及时回秦都，你们这帮乱臣贼子恐怕要违背圣命，让吾皇含恨九泉。”这时门外四名持刀护卫冲了进来，将桓谧团团围住，桓谧面无惧色，大吼道：“我乃大秦奉常，谁敢拿我！”

四名护卫被他的威势吓倒，居然犹豫着不敢上前。桓谧怒发冲冠，环视众臣道：“你们一个个都是贪生怕死之辈，眼看着先帝一手创立的大秦基业就要断送在这帮逆贼的手中！”目光所到之处，群臣纷纷垂下头去，不敢面对桓谧的目光。

我暗暗赞叹，桓谧此人也可以称得上一条真正的好汉。

桓谧跪倒在地上，向宣隆皇的方向恭恭敬敬地拜了三拜，起身忽然向晶后的方向冲了过去。白碁及时挡在晶后的身前，却见那桓谧一头撞在晶后身边的抱柱之上，鲜血沿着他的额头迸射出来，所有人几乎同时闭上了眼睛，不忍再看下去。

桓谧手足不住抽搐，口中仍然喃喃道：“我……以我血……荐……轩辕……”眼中渐渐失去了光彩，终于，他的呼吸完全停止。

薛安潮用力咬住下唇，双目中已经满是热泪，他忽然跪了下去，所有人都明白薛安潮此拜并非为宣德皇，而是为了桓谧。

晶后黯然叹了一口气道：“桓大人也算一颗忠心，不过却被奸佞小人蒙蔽。”她向白碁道：“白将军，你让人把桓大人厚葬了。”

桓谧的死非但没有激起群臣的愤慨之心，反而让他们仅存的那点正义全都消散得无影无踪，一个个哪里还敢再多说话。

薛安潮颤声把遗诏读完，燕元籍似乎也失去了往日的锐气，面色铁青地跪在原地。

白碁率先来到燕元宗的身前，屈膝跪倒在地上：“臣白碁拜见吾皇万岁！万万岁！”他这一引头，其余众臣争先恐后地过来参拜燕元宗。

晶后看到大局已定，唇角露出一丝不易察觉的笑容。

我和燕琳跪在角落，静静看着燕元宗，他并没有表现出任何的开心，眉宇间的忧虑和无奈始终挥抹不去。我忽然有些同情起他来，万人向往的帝位，对燕元宗来说也许只是一副无形的枷锁而已。

桓谧的尸身已被移走，地上触目惊心的血迹仍然未干，在一片白色的海洋中显得更为突出。他的死只是政权更迭过程中的一个插曲，更只是一场屠杀开始的序幕。

我和孙三分在次日的黎明离开皇宫，燕元宗继位已成定局，继续留下已经没有太多的作用。孙三分回头看了看远处的秦宫，长长舒了一口气道："老朽还以为再也没有机会离开了呢！"

我笑道："这次辛苦孙先生了。"

孙三分道："这几日皇宫之内定然风波不断，我们还是远离为妙。"

我点了点头，晶后下一步恐怕就要对付薛安潮和太子这帮人，岐王既然已经顺利即位，身边有白暑不遗余力的帮助，中间应该不会再生异变。街道之上，四处都是来回巡视的御林军，百姓因为宣隆皇的驾崩，一个个脸上俱是愁云惨淡，气氛显得压抑之极。

车子前往枫林阁的中途，我忽然想起了陈子苏，正是他的点拨才让这场夺嫡风云避免了更多的流血发生，也许我应该先去拜访他，将眼前的形势向他禀明。

孙三分见我对陈子苏极为推崇，也愿意和我一起前往去结识一下。

我们两人来到陈子苏的家中，房门虚掩，一位中年美妇正坐在院中，想来是陈子苏的娘子。我轻轻叩了叩房门道："陈先生在吗？"

陈夫人柔声道："我家相公出去了，马上就会回来，您是不是平王殿下？"

我笑着点了点头，却见她双目始终盯着别处，美眸毫无神采，看来陈子苏说她目盲果然不假。

"平王请进吧！"陈夫人轻声道，"民妇身体不便，无法远迎！"

我和孙三分对望了一眼走进门去，陈夫人三十多岁年纪，大概是长期室内生活的缘故，脸色显得有些苍白。

"请随便坐！桌上有茶，平王请用！"

我看了看桌上一切都有准备，难道陈子苏知道我要来这里？

陈夫人温婉笑道："子苏说殿下今日可能会来，他果然没有猜错！"

我笑道："陈先生未卜先知，确是当世奇才。"

陈夫人道："天下间这么夸他的，恐怕只有你我二人而已。"言语之间流露出无限的惆怅。

孙三分忽然道："陈夫人足下瘫痪已有几年了？"

陈夫人微颦秀眉道："五年前我去父亲坟前扫墓感染了风寒，然后下肢突然就失去了知觉。"

孙三分道："老朽不才，愿为夫人请脉。"我心中大喜，孙三分医术高超，或许可以治愈陈夫人的顽疾也未必可知。

陈夫人点了点头，将手腕伸出。

孙三分仔细察探了一下陈夫人的脉象，沉吟片刻方道："夫人之病，应该有药可医。"

陈夫人难以置信道："先生是说……"

孙三分充满信心道："老朽虽然不能确定可以让陈夫人恢复如初，不过经过治疗，正常行走应该不难！"

"先生此话当真！"门外传来陈子苏惊喜若狂的声音，他显然听到了我们的对话。

孙三分微笑着点了点头，陈子苏屈膝就要跪下行礼，我和孙三分一左一右慌忙搀起了他。

陈子苏颤声道："若是先生能够治好内人的双腿，陈子苏愿做牛做马以报先生重造之恩。"

孙三分道："陈先生想谢便谢平王殿下。"他慷慨地把这个人情送给了我。

陈子苏还要道谢，我挥了挥手道："胤空此次前来，有些事情向陈先生请教。"

陈子苏请我入座。

我将这段时间宫内发生的事情一一向陈子苏讲述，陈子苏不住点头。

我迷惑道："胤空有一件事百思不得其解，既然晶后如此恨薛安潮那些人，为何不干脆把他们全部铲除，反而留下后患？"

陈子苏淡然一笑："平王以为，这次政变除了晶后胜利以外，还有什么人是最大的受益者？"

我首先想到岐王燕元宗，可是他一心追求与世无争的生活，登上帝位实在非他所愿，他迷恋燕琳，可是碍于兄妹关系，晶后无论如何也不可能让他得偿夙愿，他并没有从中得到什么。我忽然想到了白暑，脱口道："白暑！"

陈子苏点了点头道："如果我没有猜错，晶后一定意识到白暑经过此次夺嫡之后，在大秦的地位会更进一步，如果任其发展，恐怕会失去对他的控制。留下薛安潮那帮臣子，名义上是避免屠杀流血让群臣人人自危，实际上是为了日后分权，而制衡白暑。"

我恍然大悟，晶后的远卓见识的确高出我一筹。

陈子苏道："只可惜……晶后的如意算盘未必能够得逞。"

"先生怎么说？"

陈子苏站起身来遥望着皇城方向："表面上看晶后已经顺利夺权，可是真正起到作用的是白暑，晶后在军方并没有任何的威信可言，而且废黜太子，另立新君此事已经失去了人心，晶后早已失去了对全局的操控能力，很多事情将不可避免地向其他的方向发展。"

我被陈子苏这番大胆的预测深深折服："如果白暑当真如陈先生所说，晶后岂不是要面临更大的危机？"

陈子苏点了点头道："无论晶后作何打算，白暑一定不会放过薛安潮。"

我笑道："晶后也不会放过他，对晶后来说，薛安潮和太子是首先要除去的两个人。"

陈子苏道："白暑行伍出身，为人冷酷无情，他极有可能借着铲除薛安潮和太子之机，在大秦掀起一场腥风血雨。"

我不无忧虑地说道："看来这件事，我必须提醒晶后一声。"

陈子苏诡秘一笑："平王殿下难道没有看出，这才是您的机会所在吗？"

我不解地望向陈子苏，一时间猜不出他这句话的真正含义。

陈子苏道："晶后独揽朝政，大权在握，对殿下未必是好事。"

我恍然大悟，自己深悉晶后的内幕，如果晶后顺利地夺取大权，自己在晶后的眼中自然成为毫无作用的人物，而我了解的那些内幕足以为我带来杀身之祸。

陈子苏道："殿下若想在大秦继续平安地生存下去，就必须成为晶后心中不可或缺的人物。"陈子苏微笑道："高处不胜寒！晶后马上就会感觉到这句话的真正含义。"

我和孙三分回到枫林阁的时候已经是正午，瑶如和采雪看到我们回来，欢天喜地地迎了上来。宣隆皇驾崩的消息早已传得街知巷闻，她们始终在为我们的安危忧虑，见到我们平安无事地归来，这才把高悬着的心放下。

瑶如掩饰不住对我的思念，紧紧抱住我的臂膀，俏脸偎依在我的肩头。采雪静静站在瑶如的身后，矜持地向我微笑着，美目中的那丝情意却已悄然流露出来。

孙三分笑道："我现在最想吃得就是采雪做的云吞面。"

采雪欣喜道："孙先生稍待，采雪马上就去给您做！"

瑶如轻声道："公子是不是一夜未眠？瑶如这就去给你铺床。"

我轻轻在她丰满的玉臀上捏了一把，低声道："那你可要陪我！"瑶如俏脸一红，慌忙垂下头去，逃也似的向我的卧房跑去。

我哈哈大笑，孙三分无可奈何地摇了摇头，我忽然想起从那副春宫图卷轴中发现的东西，拉着孙三分来到了书房，把那幅绘有裸体小人的丝帛出示给他。

孙三分拿起那丝帛仔细看了许久，方才道："这应该是某种内功修行的图谱，上面的线条根据人体的穴道和经脉绘制。"

我心中不由得一动，自从上次被岐王的几名门客当街羞辱，我就兴起了修习武功的念头，也许这张图谱上记载的是极为厉害的武功，不然又怎会让齐国富商管舒衡如此看重？

孙三分道："公子从何处得来的这幅图谱？"

我笑道："就是那幅春宫图的卷轴里，本来我还以为这又是什么房中之术，现在看来应该是武功心法了。"

“公子想要学武？”孙三分有些奇怪地问道。

我点了点头：“在这乱世之中，如果没有武技防身的确处处受制。”

孙三分深表同意：“公子言之有理，老朽虽然对武功之道不甚了解，可是这幅图谱，我倒可以为你详细解答。”他医术精湛，对人体穴位经络自然熟到极点。

我连续一个昼夜没有合眼，的确有些倦了，吃完午饭便回到卧室之中蒙头大睡起来。醒来之时已是夜晚，瑶如在灯下正为我缝制新衣，我悄然走到她的身后，一把搂住她的娇躯，瑶如吓了一跳，素手被针刺破。

我慌忙抓住她的玉手，将她的手指含入口中。瑶如娇羞无限，一只手放在我的肩头，柔声道：“公子吓到奴婢了……”

我歉然道：“都是胤空鲁莽，弄伤了瑶如。”伸手挑起瑶如曲线柔美的下颌，在她丰盈饱满的樱唇上深深吻了一记。

瑶如嘤咛一声扑入我的怀中，却听到房门被轻轻叩响，采雪在外面道：“公子！有位慕容姑娘前来拜访你！”

我微微一怔，慕容嫣嫣此来一定是为了探听秦宫中的情况。我只好依依不舍地放开瑶如，低声道：“你等着我，我即刻回来……”

我来到书房的时候，慕容嫣嫣正在那里观看着墙上的书法，采雪为我泡好茶水，又为慕容嫣嫣换上热茶。

“慕容姑娘深夜到访，不知有何要事？”我微笑着来到慕容嫣嫣的身边。

慕容嫣嫣淡然一笑：“嫣嫣不知道平王殿下晚间仍是如此操劳，冒昧到访还请见谅。”

我听出她言语中包含着的讽刺意味，脸上不禁有些发烧，慌忙请她坐下，借以掩饰自己的尴尬。

好在慕容嫣嫣及时转换了话题：“嫣嫣此次前来，是想问平王殿下一些事情。”

“慕容姑娘有话尽管明说，胤空一定知无不言，言无不尽。”我一副诚恳的样子。

慕容嫣嫣浅笑道："记得上次平王殿下曾经对嫣嫣说，宣隆皇二十日之内便可康复，没想到现在他已然驾崩了！"

我尴尬地咳嗽了一声，笑道："世事难料，没想到宣隆皇竟然如此命薄。"

慕容嫣嫣道："这两日宫内风云突变，白晷力捧岐王上位，太子燕元籍反被罢黜，想来其中的详情平王殿下应该是最清楚不过。"

我点了点头道："其中的情形我的确知道一些。"

慕容嫣嫣道："我想求平王一件事情，据闻大秦奉常桓谧以死抗争晶后，他的尸首被大将军白晷弃之于午门，以儆效尤。"

我心中一怔，当时我明明听到晶后说过要白晷厚葬桓谧，他居然阳奉阴违，做出这等事来？

慕容嫣嫣道："桓谧为人刚正不阿，为官素有清誉，死后却遭到白晷如此折辱，此人实在是卑鄙到了极点。更有甚者，他不但弃尸午门，还下令查抄桓谧一家，桓家三十二口全部被打入天牢之中。"

我倒吸了一口冷气，陈子苏分析得果然没错，白晷这样做分明就是不把晶后放在眼里。

慕容嫣嫣道："嫣嫣想请平王在晶后面前为桓氏一门求情，饶过他们孤儿寡母的性命。"

我沉吟片刻方道："不知慕容姑娘和桓谧有什么关联？"

慕容嫣嫣道："桓大人的女儿桓小卓是嫣嫣的闺中密友，还请平王殿下仗义相救。"

我点了点头，慕容嫣嫣从袖中拿出十万两银票，放在我面前："如果这些不够，平王尽管直言。"

我正色道："嫣嫣姑娘把胤空看成什么人了？"把银票重新推还给她。

慕容嫣嫣并没有收回的意思，轻声道："这些银两是供平王打点之用，殿下务请收下。"她忧心忡忡道："据嫣嫣刚刚得到的消息，太子一行已被逐出秦都，相国薛安潮也被白晷软禁在官邸中，秦都的形势越来越严峻了……"

我万万没有想到短短的时间内，居然发生了如此巨大的变化，看来晶后果然失去了对局面的把握。

送走了慕容嫣嫣，我马上换好了衣服，让仆人备好车马准备入宫。采雪来到我面前轻声道："公子，此去千万小心。"

我点了点头道："你放心，我会照顾好自己。"

采雪道："有些事情并非人力可为，公子切勿勉强……"她一双美目之中充满忧虑，刚才我和慕容嫣嫣说话时她就在一旁，肯定知道我是去为桓谧一家求情，故而劝我明哲保身，不要被牵连进去。

我笑着拍了拍她的俏脸："我答应你，一定会平平安安地回来。"

采雪咬了咬下唇，美目中荡漾着无限娇羞，我忽然想起她昔日的美艳，这件事过后，我一定要让采雪换回原来的女儿装束。

第十章 失控

桓谧一家的死活跟我毫无关系，我之所以现在选择入宫面见晶后，主要是考虑到此刻是她最为孤独和彷徨的时候，也是最需要别人关心的时候。

皇城内依然一副肃穆萧飒的景象，御林军戒备森严，比起以前没有任何的松懈。途经午门的时候，我下意识地掀开车帘，却见午门的城楼上，果然有一具尸首被高悬在上面，想来那就是大秦奉常官桓谧的尸首。冷月照射在尸首之上，投下一道长长的黑影，此情此景越发显得凄凉。

我心中暗暗嗟叹，桓谧本想用自己的生命来激起众人的斗志，没想到竟沦为白暮震慑百官的工具。

裕德宫前身穿孝服的宫女和太监仍在不停地忙碌着，我留意到除了几名负责宫中礼仪祭祀的官员，其他的重臣大都已经离去。宣隆皇新丧，按理说大秦的臣子理应在此守灵，难道又发生了什么变故？

我带着满腹疑虑向裕德宫走去，迎面碰到许公公，他正端着夜宵从宫内走出，看到我忍不住叹了口气道："皇后娘娘已经两天粒米未进了……"

我伸手接过托盘道："我去劝劝她。"

许公公道："皇上正和白将军在正德殿商议葬礼之事，大臣们多数都过去了，这边反倒冷清了起来。"言语中隐隐流露出不满。

我向他道："许公公，你年事已高，还要保重身子，皇后以后还要靠你照顾。"

许公公连连点头，又道："刚才三皇子打翻了烛台，皇后一怒之下将皇子、公主全部赶了出去。"

我点了点头，轻轻推开裕德宫的大门，一股冷风从我的身后吹入，整个大厅之中白色帷幔飘拂而起，我忍不住打了一个寒战。

大殿之中空空荡荡，只有一名宫女坐在那里打着瞌睡，我并没有打扰她，蹑手蹑脚地向内殿走去。

掀开白色帷幔，我看到晶后静静坐在宣隆皇的棺椁前，双目呆呆望着远方，竟似有些痴了。我将托盘放在晶后身边，恭敬道："母后！"

晶后这才缓过神来，惊然道："胤空！你……你何时进来的？"她的声音显得虚弱无力。

我轻声道："儿臣刚刚进来。"

晶后幽然叹了一口气道："我已经不知道现在是白天还是夜晚了……"

"此时乃是深夜！"

晶后秀眉微颦，从座椅上站起身来，她忽然娇呼一声，身躯险些倒在地上，我慌忙上前搂住她的纤腰。娇躯入怀，我的心神为之一荡。

晶后在我的扶持下重新坐了回去，苦笑道："想来是坐得太久，脚都麻了。"

我蹲在地上道："母后！孩儿帮你活络一下血脉。"

晶后点了点头，看来并不反对。我内心一阵狂喜，双手捧起晶后的足踝，放在我的膝盖之上。虽然隔着罗袜，我仍然能够感受到晶后足踝的圆润细腻，晶后的小腿纤长而圆润，没有丝毫赘肉，我有节奏地揉搓着她的双腿，晶后用力咬住下唇，终于忍不住发出了一声轻吟。

我手上减轻了几分力度，关切道："母后是不是嫌孩儿手重？"

晶后摇了摇头道："你揉捏得甚是舒服，酥麻的感觉减轻了许多。"

我趁机道："母后好像心事重重，不知所为何事？"

晶后叹了口气，美目之中隐然有泪，她呆呆注视着一旁的烛火，过了许久才道："你深夜入宫恐怕不仅仅是为了拜祭父皇吧？"

我点了点头道："孩儿什么事情看来都瞒不过母后，我此次来是求母后放过桓氏一门的性命！”

晶后娇躯微微一震，她素手紧紧握住座椅的扶手道：“我不是已经下令厚葬桓谧了吗？”

我压低声音道：“桓谧的尸身现在被悬挂在午门之上，桓氏一门老小尽数被打入天牢之内……”晶后重重在扶手上拍了一掌，显然是愤怒到了极点，随即愤怒又转变为无奈：“一定是白暑所为……”

我低声道：“母后难道真的让白将军就这样任意胡为？”

晶后幽然叹了一口气道：“白暑手握重兵，我原本想利用他在军界的实力击败太子和薛安潮一帮人等，没想到他竟然借着元宗登基之事大动干戈……”她的俏脸上浮现出一股莫名悲哀，“你恐怕还不知道，他在一日之间已经假借元宗之名连杀七名重臣……根本没有将我这个皇后放在眼里……”晶后的美眸中充满了深深的悔意。

我站起身来，轻轻为她揉捏着肩头。

晶后道：“为今之计，我只好等元宗正式登基之后再做打算。”

我安慰她道：“白暑虽然志在独揽大权，可是目前他若想巩固自己在大秦的地位，就必须拥立元宗为帝，短时间内不会有谋反之心，母后无须过虑。”

晶后轻轻拍了拍我的手：“危难之时，我的这帮皇儿竟然看不清眼前局势，无一人可为我分忧，幸亏还有你在身边。”

我深情道：“母后待孩儿恩同再造，即便是让胤空赴汤蹈火，胤空也不会有任何怨言。”

晶后颇为感动，轻轻握住了我的手掌。

我深知对待晶后和其他的女人不同，就算已经认她为义母，最好还是要保持一定的距离。

晶后轻轻叹了口气，道：“胤空，你刚才求我放过桓氏一族？”她的声音渐渐恢复了平时的冷静。

“如果母后为难，就当胤空没有说过。”

晶后道：“我马上下一道懿旨，让许公公亲自去大牢，将桓氏一族放了……”

她停顿了一下又道："桓谧的尸首也让他家人领去，好生安葬了吧。"

"多谢母后！"我深深一揖。我来此之前，本来想向晶后建议分权之道，没想到和晶后之间会发生这种事情，只好以后再寻找机会了。我看了看托盘内早已凉透的夜宵，关切道："母后还是吃些东西，距离陛下安葬还有数日，如果这样下去，恐怕会熬坏身子。"

晶后点了点头道："我知道了！"

走出裕德宫，远方的天空已经露出了一丝青灰色，一群乌鸦从宫殿的上方飞过，嘶哑的叫声在空中久久回荡，愈发加重了这份清冷。许公公和两名小太监站在御花园前，呆呆看着那群乌鸦，喃喃道："神鸦也来辞别吾皇了……"

乌鸦在民间虽然被视为不祥之物，可是在秦宫之中却被视为神灵。

许公公看到我，迎过来道："薛无忌逃跑了！"

"什么？"我瞪大了双眼，薛无忌明明服下了七日醉又怎会逃跑？

许公公低声道："和他一起不见的还有魏玉山，几名侍卫全都被砍死在冰窖里。"

我倒吸了一口冷气，看来魏玉山和薛无忌的关系非同一般。

许公公道："薛无忌身为大秦卫尉，在宫内侍卫中自然有几个知交，只是没有想到竟会是魏玉山。"

我心中暗道，薛无忌逃走对我来说绝对算得上一个噩耗，我和燕琳设计将他拿下，他一定对我恨之入骨，以后只要有机会，他势必会对我进行报复。想到这里，我顿时感到一阵不安，早知如此，当初就应该解决了他，如今悔之晚矣。

许公公道："这件事我还没有禀告皇后。"

我低声道："这件事暂时不要告诉她，母后知道也只是平添心事。"

许公公忧心忡忡道："这两日皇后的压力太大了……"

我离开皇宫的时候，迎面碰上一队御林军押解着囚犯，我依稀认得囚徒中有几人乃是朝中重臣，看来这场宫廷变乱仍然没有结束，虽然是晶后一手挑起这场夺嫡风波，白暑却利用此次机会将风波演化成一场暴风骤雨，时势的发展远远超出了我的预料。

回到枫林阁的时候，早有一位客人在那里等候，此人是来自大康的使节周若水，我在大康的时候曾经和他有过接触，那时候他只是宫内负责礼仪的执事官，没想到短短的时间竟然连升数级。

周若水见我回来，慌忙跪倒在地恭敬道："平王殿下！"

我笑道："这里不是大康，我也不是什么平王，你起来吧！"

我和周若水分宾主坐定，周若水道："臣此次是专门参加宣隆皇的葬礼。"

我不禁有些奇怪，从康都到秦都就算日夜兼程也要花去五天五夜的时间，却不知周若水如何赶到的。

周若水道："歆德皇于半月前便猜出宣隆皇必死无疑，所以让臣十日前出发。"

我心中一怔，突然想起之前慕容嫣嫣曾经问过我宣隆皇的病情，难道她从中猜出了什么端倪？

周若水道："皇上让微臣给平王带来了一封信。"他从袖口掏出一封书信，双手奉到我的面前。

我当着他的面展开了信，信中无非是一些虚情假意的宽慰之辞，从笔迹我已经认出这并非父皇亲笔所书。看来他连提笔给儿子写封信的工夫都没有，我对他的失望又增加了几分。

我放下书信道："父皇的身体怎样了？"

周若水道："陛下身体强健，神采更胜昔日。"

我心中暗暗苦笑，父皇若是继续强健下去，岂不是要急死我那帮等待继位的兄长？不过这对我倒不失为一个好消息，让我有足够的时间来蓄积自己的力量。

周若水道："雍王千岁知道我来，特地让我给殿下捎来了礼物。"他让随从将两个大大的礼盒放在桌上。

我点了点头，没想到我这个庸碌无为的叔父竟然还记得我。周若水又向我介绍了大康近期的情况和朝中的变动，我留他在府中吃完了午饭。

三日之后，天色还未放亮，在元宗和晶后的主持下，皇亲国戚、文武百官，以及各国前来吊唁的使节在大秦太庙举行了隆重庄严的仪式，一切完毕之后把宣隆皇的遗体运往秦都以西，葬入秦室历代君主的“园寝”。

御林军在统领周超的率领下走在送葬队伍的最前方开路，龙骧军护卫两旁，虎翼军在最后压阵，运载陪葬物品的骡车达千乘之众，送葬的队伍连绵十余里不断。

秦都的百姓披麻戴孝，跪在道路两旁哭着哀送这位一手将大秦发展壮大的君主。晶后和元宗都哭得死去活来，闻者心酸。

我身披孝服走在众皇子的身后，距离九公主燕琳很近，她在两名宫女的扶持下，哭得异常凄惨，宣隆皇死后，她现在已是父母双亡。

白晷纵马走在大臣队伍的最前方，脸上表情严峻，流露出悲痛莫名的神情，我知道他自然不会是真心悲痛，眼下只是在逢场作戏罢了。

天空开始飘起细雨，气氛更显肃穆悲沉，送殡队伍走了几个时辰才在午后时分抵达了秦室“园寝”。宣隆皇的陵墓分从内到外三重城垣，结构和秦宫大致相同，在东南西北各建有角楼，守卫森严，各有一名陵官主管。

通往陵园的主道两旁排列着陶制兵马车俑等守墓饰物，进入陵内，由大秦新任奉常官曲靖来到墓旁的寝庙，先把宣隆皇的衣冠、牌位安奉妥当，由大将军白晷宣读祭文，然后才举行葬礼。我留意到宣读祭文之事本该由相国薛安潮执行，却不知道今日他因何没有亲临葬礼。

把灵柩移入皇陵的墓室时，晶后哭得晕了过去，连我都无法分清她此刻究竟是不是出自真心。

又过三日，秦都军民才脱下孝服焚掉，一切重归正常。

在各国使节离去之前，秦惠安皇，也就是燕元宗在秦宫宴请各方宾客，我也在受邀之列。燕元宗特地让人通知我提前来到皇宫，私下有事和我相商。我提前一个时辰来到宫中，燕元宗一身黑色朝服静静坐在旭阳宫中，他的前方墙壁上悬挂着一幅大大的秦国疆域地图。他的眼神迷惘而虚无，脑海中不知在想些什么。我不敢打扰他，静静站在他的身后。

过了许久燕元宗才长长叹了一口气，转过身来。

我慌忙跪下道："胤空参见陛下……"

燕元宗苦笑道："这里并没有其他人，你也无须做样子给我看，起来吧！"

我这才站起身来，轻声道："皇兄找我有什么事情？"

燕元宗道："母后为我订下一门亲事！"

我心中一震，表面却不动声色道："如此说来胤空要恭喜皇兄了！"

燕元宗站起身来："你可知道那女家是谁？"

我摇了摇头，此事之前并无任何征兆，我又怎会知道？

燕元宗走了两步才道："白碁的大女儿白俪姬！"

我不由大吃一惊，白碁果然厉害，他将女儿嫁给燕元宗之后，便贵为国丈，加之手握大秦兵权，在大秦声势之显赫已无人可出其右。

燕元宗愤然道："自从我父皇驾崩之后，白碁骄横无道，威慑朝野，先后已经诛杀十余名朝内重臣，狼子野心早已昭然于日月之下，我岂可娶此贼的女儿为妻？"

这件事的确十分严峻，燕元宗至今尚未娶妻，若是迎娶俪姬，她就理所当然地成为皇后的第一人选，以白碁目前的声势，此事必成定局，难道晶后就任凭白碁发展壮大不成？

燕元宗道："我求过母后，可是她坚持让我娶俪姬为妻，无论我怎样苦求都不愿收回成命！"他抓住我的手臂道："胤空！你无论如何都要帮我说服母后！"

我点了点头道："胤空愿意为皇兄尝试一下，不过母后未必肯听……"

燕元宗道："母后自从葬礼之后，终日躲在凤阳宫中，对朝中发生的一切全然不理，难道她就忍心将这样一个乱摊子丢给我？"

我忍不住苦笑起来，看来燕元宗并不了解自己的母亲，眼前的这个局面，晶后比任何人都要难过得多。自从葬礼之后，我一直都在回避她，这并非出于对她的恐惧，而是我想给她一个相对冷静的空间，去考虑如何应对眼前的政局，我并不想扰乱她的心神。

几日不见，晶后又憔悴了许多，这却为她更增了一种楚楚可怜的柔弱风韵。

看到我，她并没有感到太多的惊奇，指了指身边的座椅道："元宗让你来的？"

"母后圣明！"

晶后淡然一笑："你这次来是不是来劝我收回成命，取消这门亲事？"

我摇了摇头道："胤空并无此意。"

晶后道："那你来此究竟为了何事？"

我看到四处无人，低声道："胤空此来是为了母后！"

晶后秀眉微颦，露出一丝怒色。

我轻声道："白碁居功自傲，骄横无度，母后为何还要让太子迎娶他的女儿，让他的权势更进一步？"

晶后脸上的神情稍缓，反问道："你以为哀家还有选择吗？"

"母后此举是不是为了让白碁安心？"

晶后点了点头，忧心忡忡道："今日上午薛安潮的府邸突然失了大火，府内一百多口人命，尽数亡于大火之中。"

我惊讶之极，脱口道："此事难道又是白碁所为？"

晶后用力咬了咬下唇道："说起来这件事还是因我而起，昨日白碁面见元宗让他下旨查办薛安潮，我并未答应，没想到今日一早便传出了这个噩耗。"

我心下黯然，薛安潮一定已被白碁所害。

晶后道："元宗的婚事是我提出的，白碁长女俪姬姿容美丽，秀外慧中，娶她为后，也算门当户对……"

"母后有没有考虑过皇上的感受？"

晶后道："这只是权宜之计，元宗身为一国之君，又岂可凡事都以个人利益为先？"

我建议道："母后！白碁趁着政权变换之机，大开杀戮，意在削弱皇上和母后的力量，长此以往后果将不堪设想，母后最好及时扶植新生力量与白碁抗衡。"

晶后美目中流露出欣赏之色，她轻声道："我又何尝没有想过，薛安潮本来是一个合适的人选，可现在却已被白碁这个逆贼先行除去，放眼朝中，再无他人有足够的能量和他抗衡。我之所以让元宗娶俪姬为后，也只是想暂时把白碁稳住。”

我低声道：“薛安潮早已成为白暑最大的隐患，白暑又岂能容他继续活下去？母后若想除掉白暑，首先要从内部分化他的权力。”

晶后轻声问道：“说来听听！”

我拿起桌上的茶水喝了一口，意在试探晶后的反应，要知道这杯茶晶后刚刚饮过，旁边为我泡的新茶我故意不动。晶后双目掠过一丝惊讶，却没有显现出任何责怪的意思。洁白如玉的茶盏上隐然留有她唇齿的芬芳，我轻轻抿了一口放回桌上：“胤空的意思是扶植白暑的亲信！”

晶后美目猛然一亮，脱口道：“我怎么没想起来！”她欣喜地站起身来，来回走了两步赞道：“妙计！随着地位的改变，他们之间的关系肯定也会发生一些微妙的变化，表面上看我对白暑恩宠有加，实际上用他的部属来分化他的军权，好！”

我笑道：“此事万万不可操之过急，母后要在白暑毫无察觉的情况下，提升其他人在军中的地位。”

晶后道：“白暑昨日还求我提拔周超和王元德，好，我便做个顺水人情，让周超统领秦都御林军，官升两级，顺便把龙骧军和虎翼军也划给他调度。水军总都督的位置就留给王元德。”

我又道：“古有二桃杀三士之典故，母后提拔他们的同时，切莫忘了在他们之间制造利益冲突。”

晶后欣赏地点了点头道：“今天的晚宴你就不必去了，随我去将军府一趟。”

我微微一怔道：“母后要去白暑那里？”

晶后微笑道：“元宗大婚以前，我总要去见见未来的儿媳！”

将军府位于秦都城南乌雀街，此地远离繁华闹市，居住的大都是秦都的上流权贵，建筑风格各有千秋，街道全部用大块的青石砌成，月光辉映下反射深沉的光华。宣隆皇死后的宵禁仍然没有解除，大街上行人稀少。

晶后此次出宫并不想惊动他人，只带上了我和许公公。

马车在将军府前停下，我搀扶着晶后走下马车，许公公来到门前向那两名门倌通报，两人慌忙向府内跑去，我这才知道晶后此次造访事先并未通知白暑。

没过多长时间，白暑一身便服慌忙迎了出来，跪下道："微臣不知太后驾到，未曾远迎，还望太后恕罪！"宣隆皇已死，燕元宗成为大秦的皇帝，晶后理所当然的升级成为太后。

晶后摆了摆手道："白大将军何须如此客气，马上我们就是一家人了，快些请起！"

白暑这才站起身来，神情极为恭谦，又跟我打了个招呼。他在前方引路，我和晶后跟随他向正堂走去。

白暑的府邸虽然规模庞大，可是并无烦琐的装饰，整座府邸显得十分简朴。穿过宅院，绕过山水照壁，我们来到了白府正堂卧虎堂，几名仆妇规规矩矩地跪在门前，厅堂内的灯火刚刚燃起。

晶后笑道："白将军，怎么不见你的两位千金？"

白暑恭恭敬敬道："臣已遣人通知她们，晶后请在厅中稍候，她们即刻就到。"

我和晶后在厅中坐了，下人为我们奉上香茗。我的目光被悬挂在正面墙壁上的卧虎图吸引过去。卧虎图长约两丈，高约七尺，画上一只白色猛虎蜷伏于花丛之中，虎目之中毫无杀气，反倒流露出一丝温顺可爱的神态。我好奇地走了过去，画面的笔触和用色都是一流水准，只是画者胸中并无豪气，无法勾画出猛虎的威猛气势。

白暑在身后道："白某早就听说平王殿下书画双绝，可否品评一下这幅卧虎图。"

我淡然笑道："如果胤空没有猜错，这幅画的作者应该是两个人！"

白暑奇道："何以见得？"

我指了指画面道："花丛和猛虎分明是两种不同的手笔，花朵勾勒得精心细致，线条柔美圆润，猛虎却下笔随意，线条流畅不羁，一个人绝对无法画出这两种截然不同的画风。用色亦恰恰相反，猛虎着色素雅清淡，花朵用色鲜艳夺目，又恰似两者刚好对换了位置。如果胤空没有猜错，这花朵的颜色定是画虎者所填，这猛虎的色彩却是绘花人所为。”

白眘赞道：“平王好眼力！”他又道：“平王看看这幅画可有什么缺憾？”

我笑道：“胤空斗胆评上几句，论画工这幅画的确可以称得上一流，可是若是从布局上来看这幅画只能沦为二流，若是谈到意蕴，这幅画充其量只能算上三流！”

白眘似乎被我引起了兴趣，大声道：“愿闻其详！”

“此画名为卧虎图，自然以虎为主。虎者，百兽之王也，傲啸山林，震慑众生，此虎却画得温顺如猫，目光中找不到任何煞气。”

白眘轻轻嗯了一声。

我又道：“虎旁点缀的百花本来勾勒得恰到好处，可是用色却偏于艳丽，有喧宾夺主之嫌，让人一眼看去只见百花，却看不到猛虎，猛虎的气势又输了几分，这才是最大的败笔……”

我的话还未说完，却听到身后一个悦耳的声音道：“满口胡说八道！”我回过头去，却见一对清丽绝俗的少女俏生生站在门前，两人身材长相都有几分相似，穿着同样的白色棉质长裙，左侧少女年纪稍长，冠发蛾眉，流露出一股天生高贵的雍容气度。右侧的少女年纪小些，俏脸上稚气未脱，从头到脚一分装饰也没有，但是通体清洁，一尘不染，衣服又极称身，柔肌胜雪，别有一种清丽脱俗之致，人更生得修眉横黛，星目澄波，色比花娇，颜同玉润，虽然脂粉不施，不经意间却流露出一股绝世容光，使人不敢逼视，她一双美目愤愤然紧盯住我，大有跟我誓不罢休的样子。

白眘故意板起面孔叱道：“思绮！不得无礼！”

原来她们就是白眘的两个女儿俪姬和思绮，我心中暗赞，这白眘真是祖上积德，居然生出两个这么漂亮的女儿。同时也不免有些遗憾，俪姬如此一位绝代佳人眼看就要嫁给燕元宗那个变态。

“还不见过太后！”白眘大声道。

俪姬娇柔一笑，婷婷袅袅向晶后走去，思绮仍不解恨地瞪了我一眼，这才向晶后走去。

“俪姬、思绮见过太后娘娘！”

晶后笑着搀起她们，左右看了几遍，赞道：“白卿家生得好女儿，真是让哀家越看越爱！”

俪姬大概已经知道自己即将嫁入宫中，一举一动都显得十分矜持，思绮显然没有姐姐那般温柔，仍旧记恨着我刚才的评论，一双美目偷偷瞪了我多次。

白晷把我介绍给她们姐妹，思绮道：“我当是谁，原来你就是那个康国的质子！”

白晷怒道：“绮儿！休得胡说！”

我笑道：“白大将军勿要怪她，思绮小姐说的确是实情。”

俪姬柔声道：“平王殿下请勿见怪，我这妹子平时娇纵惯了，不懂得什么礼数！”她声音宛如出谷黄莺，吐字呼吸充满诱人韵律。

思绮不依不饶道：“你凭什么说这幅画连三流水准都算不上？”

我心中暗笑，我已经看出这幅画八成是她和姐姐两人合作完成，刚才我把这幅画批得一无是处，自然让她大为光火。

俪姬劝道：“绮儿！平王殿下说得不错！”

“什么说得不错？我看啊，有些人只不过是哗众取宠、眼高手低之辈！”

晶后也笑了起来：“绮儿这孩子性情倒是率真可爱。”

我心中对白晷的两个女儿忽然产生了浓厚的兴趣，对我来说这是个难得的机会，我刚好可以在她们面前展示一下自己的绝艺，能够赢取这双姊妹的芳心也未可知。我微笑道：“在下不才，愿为白将军画上一幅卧虎图。”

白晷笑道：“如此甚好，也让这小丫头看看什么叫作人外有人，天外有天！”

他差下人为我取来笔墨纸砚。雪白的宣纸平铺在书案之上。

晶后似笑非笑地看着我，她对我的画技充满了信心。

我慢慢来到书案之前，并不急于落笔，转身向思绮道：“思绮小姐可愿为我磨墨？”

思绮噘起可爱的小嘴道：“画幅画哪里还有这么多讲究？”

我微笑道：“小姐此言差矣！想完成一幅画作，首先就要讲究墨汁的均匀浓淡，我看思绮小姐用墨的水准高超，所以才有此要求。”

思绮勉为其难地走了过来，为我磨墨。我又向俪姬道：“还请俪姬小姐为我调色！”

俪姬温柔地点了点头，来到书案的另一端。

我向下人要了一盆清水，洗净双手后拭干，这才闲庭信步地回到书案之前，思绮小声嘀咕道：“故弄玄虚！”

我向她挤了挤眼睛，伸手捻起狼毫，饱蘸墨汁，在丈许的白宣之上笔走龙蛇。一旦进入状态，整个天地之中仿佛只有我们一人一画存在。每一笔都倾注我的全部热情，我的每一次落笔都看似随意，仔细看上去却又是那样无懈可击。

思绮的目光由开始的不屑渐渐变成了一种欣赏，进而变成了一种钦服。俪姬的美目也流露出崇拜的神情。

“好了！”我在画上留下题跋，轻轻将狼毫搁置在笔架之上。

白畧欣赏地点了点头：“好画！”画面上一只猛虎蜷伏于山崖之上，虎目炯炯，露出慑人光华，天空愁云惨淡，一场风雨即将来临。无论笔势、笔力、笔意都无懈可击。

白畧笑道：“平王果然名不虚传。”

我微笑道：“若非感受到白大将军的虎威，胤空也画不出这猛虎的气势来！”

白畧哈哈大笑。

俪姬和思绮仍在观赏着我的大作，对我的欣赏可见一斑。

晶后微笑道：“白将军，过两日我便让人将聘礼送来！”

白畧恭敬道：“臣以为俪姬入宫之事还是暂缓一下。”

晶后皱起秀眉道：“怎么？白将军莫不是以为元宗配不上你的女儿？”

白畧慌忙跪倒在地上道：“太后娘娘切勿动怒，请容微臣解释！”俪姬和思绮见父亲突然跪下，不知发生了何事，慌忙也跟着跪下。

晶后幽然叹了口气道：“白将军，快些请起，莫要吓到了你这两个乖巧的女儿。”

白畧这才起身道：“先皇刚刚入葬，现在就为陛下举行大婚，恐怕会落为他人话柄！”

晶后道：“这你无须担心，我负责向那帮大臣解释，大秦不可一日无君，一样不可无后，元宗身居高位，身边又怎能无人辅佐？这件事就这么定了。”

白碁连连点头。

我心中暗骂，这白碁当了皇帝的老丈人不知高兴成什么样子，表面上还装出诸多顾虑，真是一个十足的伪君子。

晶后道：“白将军，我还有一个想法。”

“太后请讲！”

晶后看了看我道：“你看我这个孩儿怎么样？”

白碁微微一怔，低声道：“平王殿下天资聪颖，文采过人，实在是不可多得的天之骄子……”

“你既然这么欣赏他，我也就放心了。”晶后笑着望向思绮道，“这思绮纯真可爱，我看她和胤空倒是挺合适的一对儿，白将军意下如何？”

“这……”白碁一时间怔在那里，晶后给了他出了一个大大的难题，我虽然也是王爵称号，表面上还是晶后的义子，可实际上只不过是大秦的一个囚徒，哪有父亲愿意将女儿许配给囚犯的道理？

白碁额头上渐渐冒出了冷汗，他许久方道：“只是……绮儿还小……”

晶后笑道：“白将军此言差矣，我只是想为他们两人定下婚约，又不是让他们即刻完婚。”晶后将话说到这个地步，白碁再也想不到任何推托的理由。

我心中大乐，没想到自己凭空捡了个便宜，抛开白碁这个阴险狡诈的岳丈不论，思绮的绝世姿容着实让我心动。

晶后道：“思绮，你若是不反对，我便当你默许了！”

思绮俏脸通红，既不说同意也不说反对，想来刚才她已经被我的才情所打动，再加上我外表出众、器宇不凡，又有哪位少女不会心动呢？

俪姬美目中隐隐露出一丝忧色，她忽然开口道：“父亲怎么忘了，思绮自幼便订下一门亲事，一女岂可许配两家？”

白碁恍然大悟道：“是啊！我倒忘了，思绮幼时，我曾经为她订过一门亲事……”

晶后面露不悦之色，冷冷道：“许配给了谁家？”

白暑犹豫了一下方道：“白某的一位老友吴开山……”他分明是在撒谎。

“把那门亲事退了！有什么事情哀家来担待！”晶后愤愤然摔下一句话，再也不看白暑一眼，转身向外走去，我慌忙跟了上去。

来到大门前我忍不住回头看了一眼，却见白氏父女仍然站在那里，思绮见我回头含羞垂下头去，俪姬美目却充满了惆怅和失落。我心中一动，俪姬分明也为我的才情所动，刚才的那番话究竟是为了维护妹妹，还是出于忌妒？也许，后者的成分更多一些。

离开将军府，晶后情不自禁露出了微笑，我知道她今晚终于出了一口恶气，心中自然快慰到了极点。我心中暗自得意，晶后和白暑的斗争刚刚开始，我就落到了天大的便宜，不过这个白暑肯定不会轻易把宝贝女儿许配给我，需要想个法子尽快把思绮弄上手才行。

晶后轻声道：“你是不是很得意？”

我微微一怔，慌忙道：“孩儿有何值得得意的事情？”

“不但得到了一位绝世美女的芳心，还有可能拥有一位势倾天下的岳丈，这还不足以让你开心吗？”晶后的笑容十分耐人寻味。

我忽然醒悟到，晶后为我订下这门亲事不仅仅是为了打击白暑，她还想让我利用这个机会接近白暑，甚至获取白暑的信任。我低声道：“在胤空的心中，这世上没有任何人可以比得上母后的地位。”

晶后很快就为元宗和俪姬定下了大婚之期，考虑到宣隆皇驾崩不久，多少要顾忌臣民的感受，她将婚期定在三个月后。白暑对朝中大臣的打压报复也开始有所收敛，动荡许久的秦都终于慢慢恢复了平静。

晶后为了避嫌，很长一段时间没有传召我入宫，我多数时间都留在枫林阁，陈子苏几乎每天都会过来和我一起讨论形势，闲暇之余我在孙三分的指点下修炼起春宫图中的图谱，也许是我毫无武功根基的缘故，修炼了十余天，仍然没有得到其中的法门。

不觉已是清明，细雨霏霏，我一早便准备和瑶如、采雪去胭脂湖边踏青。正要出门，却看到钱四海和管舒衡一起走进门来。

我笑道："今天是什么风，居然把两位大财东吹到我这座破庙里来了？"

钱四海呵呵笑道："无事不登三宝殿，钱某今日是来找你晦气来了。"

我把二人请入房内，让瑶如为他们奉上茶水。

管舒衡笑道："难怪平王殿下最近深居简出，原来躲在这里金屋藏娇！"

瑶如红着脸退了出去。

我向钱四海道："钱老板不是去济州接管盐场了吗？怎么还留在秦都？"我马上想到钱四海八成是因为皇位的归属未定，始终未敢离开。

钱四海一副兴师问罪的样子："平王好像忘了答应过我的事情。"

我这才想起上次曾经答应他向晶后求情赦免田氏盐场原总管徐达迟，我的确在晶后的面前提过，晶后也答应了下来，可是看钱四海的表情，那张赦免诏书肯定没有送到他的手上。晶后最近忙于皇宫事务，可能把这件小事给忘记了。

我歉然道："钱老板放心，这件事我一定给你办到。"

钱四海呵呵笑了起来："平王殿下千万不要介怀，钱某没有催你的意思，最近宫中发生的事情实在太多，太后自然兼顾不到这种小事。"

管舒衡道："今天我们此行一是为了和平王聊聊，二是为了请平王赴宴。"

我笑道："管老板何需如此客气，你从齐国远道而来，按理说应该由胤空来尽地主之谊才对，怎能三番两次让你破费？"

管舒衡笑道："平王误会了，这次请你的是我的干女儿嫣嫣，我只是捎个消息过来罢了。"

我眉头微皱，这慕容嫣嫣请我肯定是为了我帮她求太后赦免桓氏一门的事情。不过她若是表示谢意大可亲自前来，却不知为何让管舒衡前来邀请。

管舒衡满怀深意地向我笑道："听闻平王殿下已经和白大将军的小女儿订下婚事，不知可否属实？"

我摇了摇头道："传言而已……"晶后虽然提出了这件亲事，可是白暑并没有当场答应，我自然不能承认。

钱四海眼珠转了转，狡黠笑道：“据说白大将军的女儿思绮清丽无伦，若是平王能够娶她为妻倒是一桩美事。”

两人旁敲侧击想从我口中打听到一些宫内的消息，我避重就轻地应付了几句，聊了很久，也没有看到他们有告辞的意思，看来我携美踏青的计划只好泡汤了。

采雪这时走了进来，附在我耳边轻声道：“宫里来人了……”我慌忙起身向外迎去，见到了燕琳的贴身宫女芸儿，我本来还以为是晶后传召我，没想到会是燕琳。

茹儿向我施礼道：“平王殿下，公主有急事请你入宫！”

我点了点头道：“你先回去吧，我准备一下就过去。”

却见茹儿仍然站在原地不动：“公主交代一定要我把殿下请回去，不然她不会放过芸儿……”

燕琳那个丫头做事向来都是如此，我只好点了点头道：“你在这里等我，我回去跟客人解释一下。”

来到储秀宫我才知道燕琳感染了风寒，已经病了数日，这两日一直都躺在宫内养病。我跟着茹儿由角门进入宫内，茹儿轻声道：“宫里的其他人都被公主支到前院，不会有人打扰……”她说话的时候始终不敢正眼看我，我这时才想起自己刚来大秦之时，曾在太子府假借醉酒调戏过她。燕琳被我征服以前对同性有着异常的癖好，想来茹儿也是她的玩伴之一。从她的神情来看，多半已经知悉了我和燕琳之间的事情。我暗叫不妙，燕琳这丫头终究无法将我们的秘密守住。

茹儿引我来到寝宫，让我藏身在帷幔之后，确信宫内没有其他人在才向我挥了挥手。她向瑶床上指了指，转身出门去了。

燕琳背身躺在床上，似乎已经睡去。

我轻声道：“公主！”

燕琳毫无反应，我走到床边伸手去拉她的香肩，不料燕琳猛然转过身来，抓住我的手臂狠狠咬了下去，我痛得大叫起来。燕琳这才放开了我的手臂，美目含幽带怨地看着我。

我嬉皮笑脸道："公主怎么忍心如此对待胤空？"

燕琳怒道："我恨不能把你一块一块吃下肚去。"

她雪白的香肩露出在锦被之外，格外引人心动，我在床沿边坐下，伸臂搂住她娇躯，柔声道："这些天来我每时每刻都在想着你，不过碍于宫内人多眼杂，不方便来此。"

燕琳挣脱我的怀抱，一把揪住我的耳朵道："你还敢骗我，现在整个秦都谁不知道你就要成为白大将军的乘龙快婿，你究竟想瞒我到什么时候？"

我苦笑道："公主从何处听来的传言，此事纯属乌有。"

燕琳半信半疑道："皇兄亲口告诉我的，那岂会有错？"

我抱住她的娇躯，在她吹弹可破的俏脸上轻吻了一下道："母后的确向白晷提起过这件亲事，不过那白晷的小女儿自小便订下婚约，哪有一女许配两家的道理？"

燕琳含笑道："此话当真？"

我重重点了点头，对待燕琳这丫头最好的方法就是能哄则哄，能骗就骗。

"我姑且信你这一次……"

燕琳如同一只温顺的小猫趴伏在我胸前，手指轻轻在我的身上画着圈儿，小声呓语道："你打算何时向母后求婚？"

我微微一怔，低声道："父皇刚刚驾崩，现在提出这件事好像不是时候……"

燕琳狠狠在我胸口抓了一把："你究竟准备把我如何处置？"

我低声道："公主玲珑玉体，活色生香，处置的办法只有一个！"

燕琳忍不住娇笑起来，忽听门外茹儿大声道："陛下到了！"

我顿时吓出了一身冷汗，这燕元宗早不来晚不来，偏偏挑这个时候来。听茹儿的口气，他应该已经到了门外，就是穿衣服也来不及。

燕琳慌忙将我的衣服和靴子扔到床下，床下的缝隙太小，我根本无法容身，只好躲在被窝之中，好在瑶床宽阔，室内光线又十分昏暗，很难被人发觉。

没多久我便听到了燕元宗的声音："琳儿！你可曾好些了？"

燕琳老老实实躺在被窝里，她现在赤身裸体，自然不敢坐起来答话，便装出虚弱无比的样子："好些了……不过还是想睡……"

我心中暗骂燕元宗无耻之极，妹妹的闺房岂能随便闯入？

燕元宗道："我让太医为你熬了补药，你喝了吧！"

我轻轻拍了拍燕琳的玉腿，燕琳道："陛下先放在桌上吧，我现在不想吃东西。"

燕元宗叹了口气，怅然若失道："琳儿，我还是喜欢听你叫我七哥。"

燕琳轻声道："皇兄已经贵为一国之君，琳儿自然不敢无礼。"

燕元宗大声道："琳儿！你可知道，我根本就不想当什么一国之君，如果不是母后逼我，我宁愿和你一起归隐山林……"他激动之下，居然连这句话也说了出来。

燕琳并不知道他对自己的畸恋，只当他说的只是一时气话，轻声劝道："皇兄身居高位，首先考虑的应该是大秦子民，岂能时刻都想着归隐山林？"

燕元宗又上前走了两步，大声道："我现在连最基本的自由都失去了，哪有精力去考虑其他的事情？"

我生恐燕元宗看出破绽，吓得趴伏在燕琳双腿之间，一动也不敢动。燕琳屈起玉腿，柔滑的玉肤摩擦着我的肩背，我此刻却顾不上享受这份香艳，若是让燕元宗发现我躲在里面，恐怕我的小命就要玩完。

燕元宗黯然道："母后让我三月之后迎娶白暑的女儿俪姬！"

燕琳笑道："如此甚好，琳儿又多了一个嫂嫂。"

燕元宗看到燕琳毫无感觉，不由更加郁闷，长叹了一口气道："我不耽误你休息了，明日我再来看你！"

听到宫门关上，我这才长长地舒了一口气，门外传来茹儿的声音："恭送陛下！"

过了许久，确信燕元宗已经离开，燕琳才咯咯笑了起来，一双玉腿紧紧夹住了我，娇声道："你若是敢对不起我，我就叫皇兄砍掉你的脑袋，不……还是把你咔嚓了，入宫来伺候我！"

我做出凶狠无比的样子，狠狠将燕琳压在身下：“这就让你知道我的厉害……”

我在储秀宫和燕琳足足缠绵了两个时辰，临近黄昏的时候才想起和钱四海、管舒衡的约会。告别了燕琳，刚刚出了储秀宫，迎面就遇到了许公公，我本想回避一下，没想到他目力极好，大声道：“平王殿下！我正要去找你！”

我只好笑着迎上去道：“公公找胤空有什么事情？”

许公公向储秀宫的方向看了看，想必是看到了刚才茹儿从后门将我送了出来。

我慌忙解释道：“九公主让人请我过去给她画像。”

许公公哦了一声，这才道：“太后让老奴去枫林阁找殿下入宫，可巧在这里碰上了，不然老奴恐怕要白跑一趟。”

我笑了笑，内中却叫苦不迭，今天整整一个下午和燕琳大战了数个回合，晶后偏偏此时传我入宫，不知道自己的精力还能不能应付得了她。

第十一章 征途

晶后显然没有想到我会来得如此快捷，颇感诧异地看了看我，许公公凑过去悄悄在她耳边说了几句。我暗叫不好，以晶后的智慧八成不会相信我编造出的那个理由，如果她认真起来，让我把画像拿给她看，那又该如何是好?

好在晶后并没有盘问我的意思，让许公公退下后，示意我来到她的身边坐下。

“胤空！此次我叫你前来是有件重要的事情想托付给你。”我看她面色凝重，知道此事定然非同小可，谨然道：“母后但请吩咐！”

晶后道：“自从薛安潮死后，相国一职始终悬空，白誓今日早朝之上提议司空刘玄义来出任相国之职，被我否决了。”她起身向窗前走去，“那刘玄义和白誓相交莫逆，若是由他出任此职，大秦的朝政就等于完全落入白誓的手中，我再想制他恐怕难于登天。”

我愤然道：“这白誓果然是狼子野心，母后及早准备才好，绝不可以任由他坐大！”

晶后点了点头道：“所以我想让你去一趟济州。”

我微微一怔：“济州？”

晶后伸出纤手握住我的臂膀：“大秦在先皇的手上发展到今日之规模，除了白誓和薛安潮，还有一个人功不可没。”

对此我还从未听说过，内心充满了好奇。

晶后道："先皇曾经有一位结拜的兄弟，名叫沈驰，如今大秦的律法便是在他所著《律民论》的基础上修订而成，此人学识出众，计谋超群，曾经官拜大秦廷尉。后来宣隆皇看他在朝内声誉日隆，对他产生了提防之心，找了一个借口将他免职，贬往东海济州去做城守，算起来已经有十一年之久。"

我来到大秦已有一段时间，对大秦的政治和历史都做过一番刻苦的研究，可是却从来都没有听说过沈驰这个人，目光露出迷惘之色。

晶后道："这许多年来，沈驰一直毫无怨言地当着济州的城守，如果不是我翻阅大秦历代官员名册，几乎把他遗漏。"她的美目熠熠生光。

我试探着问道："母后是不是想请沈驰出山，担任相国一职？"

晶后点了点头道："我的确有这个打算，不过在沈驰回京以前我不想这个消息透露出去。"

"所以母后想让我去一趟济州把沈驰请来！"

晶后道："沈驰被贬这么多年，对秦室难免会生出怨气，所以我想让你亲往，劝说他回来出任相国之职，以你的智慧，这件事应该可以做到。"

我恭恭敬敬道："多谢母后信任胤空。"

晶后又嘱托道："你要记住，这件事决不可露出半点风声，白晷那个逆贼若是知道我请沈驰出山，一定会从中阻挠。"

"母后放心，胤空一定不负所托。"想到马上就可以离开秦都，我的心中忽然产生了一种放飞的感觉。

晶后意味深长地看了我一眼道："听说刚才你去储秀宫了？"

我慌忙解释道："孩儿是去给九公主画像，顺便探视一下她的病情！"

晶后淡然笑道："我又没问你去做什么，你紧张什么？"她为我整了整衣领道："元宗大婚之后，我就会替燕琳这丫头找一个婆家，远远地把她嫁出去，留她在皇城之内早晚会给我惹出麻烦！"

我内心一凛，难道晶后对我和燕琳的事情有所觉察？我暗呼不妙，看来以后我需得更加谨慎才好。我立刻依依不舍道："济州路途迢迢，胤空此去不知何时才能回还，心中唯一无法放下的便是母后。"

晶后早已备好了密旨，交于我道："你一定要亲手把这道懿旨交给沈驰。"

我郑重地将懿旨纳入怀中，低声道："母后！钱四海要前往济州接管田氏盐场，我刚好可以跟他同往，借口出去散心，应该不会引起其他人的怀疑。"

晶后点了点头道："这倒是一个掩人耳目的机会，不过钱四海那人狡猾异常，你千万不要在他的面前泄露了什么。"

"母后放心，孩儿自然有应对钱四海的方法。"我又想起钱四海之前的嘱托，向晶后道："上次钱四海托孩儿求母后放过田氏盐场原总管徐达迟，母后不知是否还记得？"

晶后笑道："我最近事务繁多，这件事倒给忘了。好！我马上再给你拟一道赦免令，却不知钱四海为何如此紧张这个徐达迟？"

我猜测道："徐达迟既然是原来田氏盐场的总管，想来对田氏的物业详情知道得十分清楚，钱四海找他估计也是为了此事。"

晶后赞同地点了点头道："田氏盐场自从收归国有之后，经营状况日趋衰败，这次交由钱四海经营，也许可以扭转长期的困境。"

慕容嫣嫣设宴的地点并不在她的万花楼，而是胭脂湖西畔的一艘画舫之中，湖畔一带都是人工用山石木桩砌成的堤防，正面埠头上泊着大小不同的五六艘游艇。

钱四海早在埠头等待，在他的指引下我登上正中那艘最大的游艇，整艘游艇灯火通明，甲板上摆满鲜花。船上执事的全都是美丽少女，船头十几个鲜衣花貌的男女幼童各自拿着笙箫鼓乐，正在互相说笑，等候开船。

两舷独宽，并各空着一列，座位设在下面，操舟的人便坐其中，只露上半身。每人拿着一片装设华丽的上等木桨，穿着一身华丽短装，人也坐定，衣饰船桨和人的高低通体一律，没有丝毫参差。每面十二人，掌舵的不在其内，里外悬满宫灯，亮如白昼。

舱房之内几榻桌椅无不齐备，锦兰绣褥，龙须细垫，四面摆满香花，灯光花影，照眼欲迷。

我是最晚一个抵达宴会的客人，管舒衡、慕容嫣嫣等人早已就座，看来只等着我到来开席。我歉然道："胤空刚才入宫面见太后，所以晚来，还请诸位见谅。"

管舒衡笑道："平王殿下能来，便是给我们面子。"他将身边的一位年轻人介绍给我道："这位是西门公子！"我笑着向那年轻人看去，却见此人中等身材，相貌英悍，二目黑白分明，上面两条细长浓眉，面如冠玉，衣饰华美，一副翩翩公子的模样。

钱四海低声向我介绍道："他是中山国西门伯言的儿子西门戈。"我这才知道眼前的这位年轻人来自天下第一武器制造商西门家族，也是名满天下的世家子弟，马上微笑着和他见礼。

慕容嫣嫣趁着这会儿的工夫示意开船，画舫缓缓向湖心驶去。

船头的丝竹声悠扬而起，随着湿润的夜风远远传了出去。

我把晶后的那一纸赦免令交给了钱四海，钱四海千恩万谢道："平王果然信人，钱某一定不会忘记您这份人情！"

我笑道："有钱老板这句话我就放心了，胤空这就让你偿还我这个人情。"

钱四海错愕万分，随即又笑了起来："平王殿下尽管开口，只要钱某能够做到，一定全力以赴。"

我笑道："钱老板不必担心，说起来只是一件小事，我听说济州风景宜人，是一个绝佳的游览去处，心中神往已久，如果钱老板不嫌胤空累赘，这次带着我一起去济州转一趟如何？"

钱四海本来还以为我要提出多么苛刻的要求，一听我提出这么容易的小事，顿时放下心来，大笑道："钱某求之不得，此去济州路途漫漫，我正愁一个人如何消磨时间呢。"他有些顾虑地说道："不过……"

我知道他肯定是在担心我的质子身份，微笑道："我已经跟皇后说过，她同意我去济州游玩。"

钱四海笑道："如此甚好，如此甚好……"他的表情仍然有些不自然，以他的狡猾八成把我这次去济州看成是在晶后授意下对他的监督，我懒得向他解释，让他误解对掩饰我此次的主要任务更为有利。

因为之前听慕容嫣嫣说过，管舒衡来到秦都主要的目的就是为了和西门家族接洽，看来西门戈就是西门家族的代言人。从他和管舒衡的对话中可以看出，西门戈和管舒衡并不熟识，两人之所以能够坐在一起，全是慕容嫣嫣从中牵线的结果，慕容嫣嫣的能力由此可见一斑，难怪天机局会派她前来秦国卧底。

慕容嫣嫣始终表现得矜持有度，多数时间都在倾听我们的谈话，我和钱四海谈到前往济州时候，她表现得极为关切，美目专注地盯住我。

我转身向她笑道：“慕容姑娘有没有兴趣一起前去游历？”我突如其来的一问，让慕容嫣嫣有些猝不及防，她俏脸微微红了红，我的邀请在众人的眼中的确包含着极为暧昧的意思。

西门戈的目光中闪过一丝不安，我敏锐地觉察到他对慕容嫣嫣的感情非同一般，因为我刚才的话而生出警觉之心，十有八九把我当成了情敌。

慕容嫣嫣婉转回绝道：“嫣嫣对济州的海景一直向往已久，只可惜俗务缠身，恐怕近期无法成行。”她端起酒杯道：“嫣嫣便以这杯薄酒为平王殿下送行，祝平王殿下一路顺风！”

我哈哈笑道：“胤空谢过慕容姑娘！”我和慕容嫣嫣碰了一下酒杯，对饮而尽。

钱四海狡黠笑道：“慕容老板怎么厚此薄彼，钱某和平王一样都要前往济州，难道你眼中我和平王的地位竟然如此悬殊吗？”他双目转了转道：“自古美人爱才子，该不会……”

他此言一出，西门戈的脸色顿时难看之至。管舒衡看出了其中的微妙之处，笑道：“四海兄的这张嘴巴尽会胡说，来！老夫替我的乖女儿敬你一杯，但愿你在济州过得舒服自在，终生都不要再回秦都才好！”

钱四海哭笑不得道：“管兄这话说得可不够厚道，怎么听都不像是祝福之言。”

众人齐声大笑，我主动和西门戈干了一杯，西门戈道：“济州的东砀码头是我家的物业之一，平王殿下前往济州如果有什么事情，可以去找我的二叔西门伯栋。”

我微笑向他致谢，没想到西门家族的势力居然伸展到了大秦疆域之上，由此可见他们家族的实力绝非泛泛。

钱四海道："如此甚好，抵达济州以后，钱某一定亲往东砀码头拜访。"他任何时候都不失商人本质，只要有机会，绝不放过。

西门戈为人极为认真，当场便修书一封交与钱四海。

趁他写信的工夫，慕容嫣嫣约我来到船头甲板之上，夜深人静，湖面无风无浪，天地间显得异常静谧。慕容嫣嫣遥望空中新月，美目中荡漾着让人心醉的光彩，不知为什么，我和她在一起的时候总能感觉到彼此间存在着一段无形的距离，我不由自主地要保留这段距离的存在，这也许是我始终不能完全信任她的原因。

慕容嫣嫣道："桓氏一家的事情，多谢殿下了。"

"举手之劳，何足挂齿。"我淡然道。

慕容嫣嫣道："岐王登上帝位，殿下的处境应该好上许多，有没有想过重返大康？"

我苦笑道："这件事恐怕并不是我能够做主的！"

慕容嫣嫣道："如果平王殿下确有归国之念，嫣嫣或许可求左相国从中协助。"

我轻轻拍了拍画舫的凭栏："慕容姑娘的好意我心领了，不过胤空以为，一切还是顺其自然的好。"我自然不想在现在这个时候返回大康，比起在康都那段郁闷不见天日的时光，现在的生活要多姿多彩，再说，父皇仍然没有定下继任人选，我何苦去卷入众皇子的争斗中？

慕容嫣嫣凝视我道："如果嫣嫣没有猜错，平王一定另有打算……"

我转身盯住她明澈的美目，脚下向前走了一步，突然拉近的距离让慕容嫣嫣不知所措，她娇躯本就靠在凭栏上退无可退，我并没有进一步对她进击的意思，淡然道："慕容姑娘猜错了！"这句话中包含了两层意思，慕容嫣嫣俏脸顿时红了起来："平王的心思的确让人无法捉摸……"

我低声道："如果胤空没有领会错，慕容姑娘对我的一切都很感兴趣！"

慕容嫣嫣道：“平王恐怕也领会错了，嫣嫣只是出于对殿下的关心，并没有其他的意思！”

我哈哈大笑了起来。

晚宴直到午夜方才结束，钱四海和我约好两日后出发，然后各自乘车离去。

我深知这次任务的重要性，即便是对孙三分和采雪她们也没有吐露前往济州的真正目的。

孙三分道：“最近秦都风云变幻，公子出去散散心也好。”

我嘱托道：“这里的一切就要拜托孙先生了。”

孙三分道：“公子尽管放心前去，老朽一定不负所托。”

采雪轻声道：“公子的春衫都已准备好了，如果还有什么需要，请吩咐采雪去做。”她已经从我的话中听出，这次我想独自前往济州。

我笑道：“应该没有什么需要，钱四海家财万贯，一切都会安排妥当。”

一直默不作声的瑶如忽然道：“公子可不可以带瑶如前去？”

我其实早就考虑这件事情，钱四海此行主要的目的就是为了接管田氏盐场，田氏盐场又恰恰是瑶如家族的产业，她提出跟我一起同去也是情理之中的事情。

瑶如道：“我已经离开家乡多年，还望公子体恤瑶如思乡之情，满足我的这点奢望……”说话间美目中已经是泪光盈盈。

我皱了皱眉头，采雪猜到我心意轻声道：“公子无须顾虑，那钱四海并不清楚瑶如的身世，你带瑶如前往不会引起他的顾忌。”

我点了点头道：“好吧！不过切记途中不可泄露了自己的身份！”

瑶如喜极而泣。

采雪笑道：“有瑶如在公子身边照顾，采雪便放心了。”

瑶如之所以想随我前往济州，原来还有一个愿望，她的母亲死后骨灰便留在秦都，这次前往济州刚好可以将她的骨灰带回故土安葬。

翌日清晨，我和瑶如前往秦都郊外的大佛寺去取其母的骨灰。瑶如身穿月白色衣裤，全部为山麻手工织成，极其合身，长发用同色的布带轻轻束起，纯朴之中透出一种娇媚韵味，越发让我心动。

也许是想起亡母和家人，瑶如今日的情绪有些低落，我虽然温言宽慰，她仍然无法高兴起来。来到大佛寺，才知道今日适逢一年一度的庙会，各道赶会之人极多，庙中添了许多行贩和摊铺，许多赶庙会和抢头香的人头一两天便赶了来，拥挤喧哗，嘈成一片。到处尘雾飞扬，杂乱不堪。

每一殿台外面都有一座大炉鼎，四处香火鼎盛，烟气迷漫，稍近下风便呛得人透不过气来，眼张不开，银锭香烛堆积如山，成捆成束的香烛纸钱似流水一般争先恐后往火炉和石槽中投去，一股股的青烟带着焦香上冲霄汉。

穿过大殿，走向侧门，前方出现了一道曲折的回廊，瑶如对这里的一切十分熟悉，带着我向前走去，又走了两三百步，才来到她母亲骨灰存放之处。负责看守骨灰的两名僧人问过情况，才让我们通过。

这是一个比较荒凉的院落，名为漂泊园，大佛寺专门留出用来盛放异乡死者的骨灰。

瑶如找到母亲的骨灰，忍不住落下泪来。取走骨灰必须向寺院登记注销，手续颇为烦琐，我又让瑶如向寺院捐赠了一千两银子。这一千两银子让这帮僧人顿时将我们奉若神明，恭恭敬敬地请到后方禅院喝茶等候，他们主动去代办手续。

禅院之中栽了不少菩提树，空气中散发着阵阵的幽香，我的心境竟然生出几分超脱之感。瑶如去前殿上香，等了许久不见她回来，我无聊之余，正想去寻她，走到拱门时，忽然听到一个温柔的女声叹道：“一入宫门深似海，明年这个时候我恐怕就不能来此进香了……”言语中包含着诸多哀怨。

这声音对我来说竟有几分熟悉，可是一时之间想不起来是哪一个。

又有一个娇柔的声音道：“姐姐何须如此担心？你嫁给陛下之后便是母仪天下的皇后，出入恐怕比现在还要自由许多。”

我心中一动，从她二人的对话中，我已然猜到她们分明是白碁的两个宝贝女儿，真是机缘巧合，没想到会在这寺院中遇上。我快步走出拱门，却见前方曲径之上，两位窈窕少女向观音院的方向款款而行，正是俪姬和思绮。

我远远跟在她们的身后，看到两人进了观音院。

来到门前却见俪姬和思绮双双跪在蒲团之上。两人都是虔诚之至，心中各自想着心思。

思绮娇声道："姐姐许下什么愿望？"

俪姬幽然道："求菩萨保佑爹爹身体安康，保佑思绮早日找到知心爱人！"

思绮娇嗔道："姐姐好坏……"她挽住俪姬的手臂道："姐姐为什么不为自己许愿？"

俪姬轻声道："我入宫之后，一切就已经由不得自己，许下愿望又有何用？"她向思绮道："你这小妮子又许下了什么愿望？"

思绮俏脸微红，低声道："没什么……和姐姐的差不多哩……"

俪姬哪里肯信，追问道："你休要骗我，当着观音菩萨的面，若是敢说假话，恐怕你的愿望就不灵验了……"

思绮紧张地掩住俪姬的樱唇道："好姐姐……我说，可是你要先答应我，千万不可以告诉爹爹。"

俪姬微笑着点了点头。

思绮轻声道："思绮……求菩萨让我再见……平王一面……"

我心中大喜过望，没想到这小丫头的愿望居然和我有关，看来我那晚的表现已经悄然征服了她的芳心。

俪姬淡然笑了一声道："原来你是在想着平王！"

思绮慌忙道："我只是想请教他一些书画上的技艺，并没有其他的意思！"

俪姬幽然叹了一口气道："其实姐姐何尝看不出你的心思，爹爹之所以没有答应这桩婚事，还不是为了你的日后幸福着想。平王虽然也是王室贵胄，然则他的身份终究是一名质子，若是将来康秦之间发生战事，他恐怕难逃一死。"

思绮神情黯然，轻声道："但愿秦康之间永远和平才好……"其中的意思不言自明。

我心中得意到了极点，身后忽然传来一个声音道："施主！你躲在门后做什么？"回头看去，却见一个小沙弥愤怒地站在远处，我尴尬地笑了笑。

这时俪姬和思绮姐妹几乎同时从佛堂中冲了出来，看到我在外面，两人的俏脸同时红了起来，她们定然想到刚才的一番对话全都被我听入耳中。思绮咬了咬樱唇，娇嗔道：“胤空！你好无耻，居然躲在这里偷听我们说话！”

我笑道：“思绮小姐误会了，胤空刚刚来到这里正想进香，并未听到你们的对话。”

那小沙弥不依不饶道：“这位施主，我明明看到你在这门后躲了很久，你为何还要说谎话欺骗这两位女施主？”

我的谎话被他无情拆穿，只好尴尬地笑了笑道：“巧合，巧合……”

俪姬看了我一眼道：“偷听别人隐私好像不是什么君子所为！”

“胤空本来就不是什么君子！”我笑着向观音像前走去，屈膝跪在佛像之下，朗声道，“求观音菩萨保佑胤空平平安安长命百岁，保佑俪姬小姐和陛下姻缘美满，保佑思绮小姐早日找到如意郎君。”然后站起身来向二女道：“你们也听到我许下的愿望，这下可谓是两不相欠！”

俪姬神情冷漠，思绮俏脸上却洋溢着一丝笑意，轻声斥道：“你这人果然狡猾。”

我笑道：“今日能够遇到两位小姐，也算是一种缘分……”

俪姬冷冷道：“俪姬倒不觉得有什么缘分！”她牵住思绮的小手转身离去，走到拐角尽头，思绮忍不住回过螓首，我向她扮了一个鬼脸，思绮嫣然一笑，如花笑靥让我顿时痴在那里。

我和瑶如正准备离开大佛寺的时候，看到一位美婢守在我的车前，她迎上前道：“可是平王殿下？”

我点了点头。

那美婢道：“我家小姐有几句话想对你说！”

我笑道：“你家小姐是哪一个？”

那美婢俏脸红了红道：“我家小姐姓白……”我心中一喜，思绮那清丽无伦的俏脸立时浮现在我的眼前，这小丫头果然对我情根深重，主动约我相会。

我让瑶如在车内等我，随着那美婢向半山草亭走去。

等到了草亭我才知道约我之人竟是俪姬，而不是她单纯可爱的妹妹。对于这位即将成为秦国皇后的美女，我内心中还是充满了敬畏，若是有任何得罪之处，将来她只要在燕元宗的枕边说上两句，就足以让我无法消受。

俪姬静静站在草亭前，暗红色长裙掩映在萋萋芳草之上，宛如点缀在浓浓绿意上的一朵玫瑰。从我的角度看去，俪姬高高在上，气质雍容华贵，我心中暗赞，她也许天生就是皇后的当然人选。

我恭恭敬敬地向她做了一揖。

俪姬轻声道："知不知道我为什么要约你来这里？"

"您是不是为了思绮小姐的事情？"

俪姬点了点头，秀眉微颦道："思绮性情单纯，毫无心机，我不想看着她走入歧途。"

她这句话让我十分不舒服，表面上却不敢有丝毫的表露："大小姐的意思胤空明白。"

俪姬幽然叹了口气道："平王殿下，俪姬之所以有此请求，并非是对你抱有成见，我只是希望思绮能够幸福快乐。"

"大小姐放心，胤空没有半分埋怨您的意思！"我留意到俪姬眉宇间始终笼罩着愁云，难道这场即将来临的婚姻并没有带给她半份的快乐。我试探着问道："俪姬小姐好像并不开心？"

俪姬轻轻抿了抿樱唇，美眸如烟似雾，一双斑斓的彩蝶从我们的身边飘飞而起，吸引了我们的注意力。

俪姬充满惆怅道："我从未想过有一天会嫁入皇室，如果让我选择，我宁愿过淡泊无争的生活。"她目光追随着那对彩蝶道："恐怕今生我再也没有那样的机会了……"

我心中微微一怔，俪姬的观点竟然和燕元宗不谋而合，看来两人果然是天生一对。想起燕元宗，我又不免为俪姬的命运深深担忧，燕元宗至今仍然无法放下对燕琳的那份畸恋，就算俪姬嫁给他，恐怕也很难改变，俪姬又有什么幸福可言？

俪姬道："我的命运已经无法改变，所以我才不想看到妹妹像我一样，殿下能够明白吗？"

离开秦都的日子空中依旧细雨绵绵。

我本来以为钱四海的阵势会一如既往的豪华奢靡，没想到这次他居然仅仅动用了四辆普通乌篷马车。正中的两辆马车分别属于我和钱四海，前方的马车为随行仆从准备，最后一辆车内拉着路上必需的物品。此行钱四海专门带了四名护卫负责保护我们的安全，按照他的说法，这四人全都是以一当十的高手，遇到任何风险都可以应付。

马车的外表虽然普通，里面的陈设却极为奢华，地毯、织物、香炉、灯具，无一不是上品。钱四海一定是考虑到此去济州路途迢迢，车辆外表过于奢华只会引起不必要的麻烦，所以将车辆的外表刻意掩饰了一番。

我脱下长衫舒舒服服地靠在椅上，瑶如拿起靠垫为我垫在身后，又为我除下靴子将我的双足放在她的膝上。我惬意地闭上双目，漫漫征途有美人相伴，一切都会变得浪漫旖旎起来，此次的济州之行，不失为一次放松身心的大好机会。

雨一连下了两日，直到第三天的午间才完全放晴。我打了个哈欠，这两日始终都躲在车内，实在有些憋闷。掀开车帘，护卫头目周朗纵马来到车旁，大声道："平王殿下，再有二十里地就是回龙镇，我们可以好好地歇一歇脚了。"

我笑道："今日怎么没见钱老板出来？"

周朗道："他还在睡觉呢，平王若是有事，属下这就去叫醒他。"

我摇头道："不必惊扰他，我只是随口问问。"这才放下车帘，瑶如也听到我们的对话，轻声道："看来下午就能到回龙镇了！"

"你去过回龙镇？"

瑶如摇了摇头道："我曾经路过那里，可是从来都没有在那里停歇过，回龙镇并不适合女子前往……"

我有些诧异地看着瑶如："为什么？"

瑶如俏脸微红道："回龙镇还有一个名字，叫安乐窝，镇上妓院林立，有秦东第一福地之称……"

我笑道："原来如此，难怪那帮侍卫一个个兴奋异常。"

瑶如轻声道："公子心中是不是和他们一样期待？"

我一把将瑶如诱人的娇躯揽入怀中，低声道："有你在我身边，我哪还会有这方面的心思。"

瑶如轻轻喘息着推开了我道："公子，侍卫都在外面。"

黄昏时分，马车沿着一条碎石小路行上高岗，道路两旁现出大片树林，四面均是暮霭萦绕，视野所及一片朦胧。隐闻音乐锣鼓之声，刚刚放晴的天空又昏暗起来，一场风雨又来临。又行了一会儿，天色变得漆黑，风中时有雨点打下，道旁高地忽有灯光现出，锣鼓之声也越发喧闹起来。看来前方便是瑶如口中的安乐窝——回龙镇。我们一行车马上了高岗，只见前方的洼地之中有一座小镇。

外围是一圈青砖砌筑的城墙，再往外还有一条五丈宽阔的护城河和吊桥，城门大开，灯火通明，那音乐之声便是从城内传来。刚到门前，便有两个手持长枪的壮汉喝问来意。周朗说是过路客商，他们这才让我们通过。

走入镇内，只见路人如织，商贩的叫卖之声不绝于耳，两旁建筑大都是木质小楼，楼前凭栏处站满了三五成群的妖艳女子，看来这秦东第一福地的名称果然非虚。没等我顾得上浏览街景，雨开始变大，街道上的人群很快便散去，那些站在外面招揽客商的女子也回到了房间内，刚才喧嚣的大街突然寂静了许多。

马车在一间名为得意居的客栈前停下，我和瑶如下了马车，顶着细密的雨水向客栈内跑去，钱四海身宽体胖，落在了我身后，这么短的一段路程已经让他气喘吁吁。

钱四海一边擦去额头上的雨水，一边埋怨道："这鬼天气，阴沉沉的，让人郁闷得要死！"话音未落，远处的天际猛然响彻了一个炸雷，钱四海不由自主哆嗦了一下，和我们一起向柜台走去。

客栈老板居然是一位姿色不俗的中年美妇，她身穿兰花长裙，外饰白色罩衫，举止之中自然流露出一股天然媚态。她一双媚眼向我们几个瞟了一瞟，懒洋洋道："几位客官，得意居的房间全部满了，还请到别处去。"钱四海何时受过这等冷落，正想发作。

这时周朗那几名护卫从外面走了进来，周朗笑道："苏三娘！难道我来这里也没有房间吗？"

苏三娘看到周朗登时眉开眼笑道："我当是谁，原来是周财东！"

我和钱四海对望一眼，都露出了无可奈何的笑容，这苏三娘眼力竟然如此之差，连宾客的尊卑贵贱都看不出来，这周郎只不过是个跟班，他又有什么资格被称为财东了？

周朗被她的一声财东叫得有些尴尬，老脸微红地向我们看了看。

我和钱四海同时扭过脸去，钱四海低声对我道："这小子八成和这个骚娘们有一腿！"我深表赞同地点了点头。

苏三娘对周朗果然热情周到，马上就为我们准备了几间上房。在楼下大堂中用过晚餐之后，我们便各自回房休息。

推开木格窗，夜风送来阵阵的清凉，让我的精神为之一振。很久未曾有过如此轻松的心境了，远离秦都的同时让我也远离了政治争斗的中心。

大雨仍然没有停止的迹象，瑶如燃亮了红烛，整个房间显得异常的温馨，我掩上木窗，来到床前坐下，拍了拍床沿道："瑶如！过来！"

瑶如刚刚来到我的身边，我握住她的柔荑正想说话，却听到门外忽然传来了敲门声。我本不想理会，可是那敲门声越来越急，丝毫没有停止的意思，只好整了整衣服，向门前走去。打开房门，眼前的情景吓了我一条，四名身穿薄薄娈衣的女郎站在门前，一个个搔首弄姿极尽妖娆，可惜长相全都是粗劣无比，脸上厚厚的脂粉也无法抹去身上的恶俗味道。

"公子要不要我们陪你？"

我笑道："在下有内人相陪，就不劳烦几位美人了！"

"啐！"几人同时向我白了一眼，"有没有搞错，带着老婆居然还要到这里来！”

我慌忙掩上房门，这帮庸俗的女子的确让人畏惧如虎，生出退避三舍之心。

瑶如笑得捂住了肚子，她还是第一次见到我如此狼狈的样子。我恶狠狠道：“都是你破坏了我和四位美女共度良宵的机会，今晚我要让你加倍偿还！”我大笑着扑了上去，瑶如娇笑着尖叫道：“不要……”

风雨将木格窗吹开，我有些无奈地摇了摇头，瑶如起身去关窗，忽然惊呼道：“公子！你快来啊！”

我慌忙起身向窗前冲去，却见城墙的方向竟然燃起了熊熊大火，风雨中隐隐传来喊杀之声。我果断道：“好像有些不对！赶快换好衣服！”

我和瑶如刚刚穿好衣服，钱四海在周朗的陪同下便匆匆来到了我的房间。

他显得有些慌张：“平王殿下……有马贼正在攻打这里，我们赶快离开……”

周朗大声道：“我已经让手下人去准备车马！”

我们来到楼下，眼前的气氛紧张到了极点，衣冠不整的客人和妓女乱作一团，客栈的大门早已经被伙计从里面顶住，苏三娘正在柜台上收拾，看到我们下来，她向周朗道：“寨门估计就快失手了，你们从后门走！”

来到后院，眼前的景象让我们不由大吃一惊，我们的三名护卫和四名仆从手拿钢刀围护在硕果仅存的两辆马车之前，以防其他客人趁乱抢走我们剩下的车马。

钱四海骂道：“这帮混账！居然连强盗都不如！”

因为损失了两辆马车，我、瑶如和钱四海挤在一辆车中，其余的仆从上了另外一辆马车，两名护卫骑马在两旁保护，周朗在前方开路，一名护卫负责压后。

车马穿越后门小巷来到大街之上，街道之上到处都是惊慌失措的路人。钱四海紧张得不住用锦帕擦着冷汗，大声道：“快一点！快一点！”

周朗在车前道：“东家放心！寨门坚固，这帮马贼一时半会儿攻不进来……”他话音未落，只听到身后人群发出大声哭号，我探出车窗向寨门的方向看去，却见远处寨门之处，数十名黑衣骑士纵马驰骋冲入，手中全部拿着明晃晃的利刃，在风雨中呼喝狂啸。

“马贼已经攻进来了！”我骇然道。瑶如吓得花容失色，娇躯瑟瑟发抖。

马车全速向回龙镇的后门冲去，怎奈路上挤满了逃难的人群，我们的速度不得不减缓下来。一名壮汉从人群中冲出，向我们的车上爬来。护卫拔出钢刀，用刀背狠狠地击打在他的身上，惨呼声中那人从车上跌了下去。

钱四海命令道：“只要有人敢靠近马车，格杀勿论！”

这时又有十几名难民同时冲了上来，周朗和那几名侍卫挥刀向人群砍去，怎奈人群越聚越多，一名侍卫猝不及防被拖下马去。

钱四海一张面孔被吓得毫无血色，眼前的形势完全失去了控制，我们身后的那辆仆从乘坐的马车已经被人群包围。周朗和两名侍卫挥刀砍翻两人，鲜血并没有起到应有的威慑作用，反而激起了这帮难民的愤怒，他们不顾一切地冲了上来，将我们围在中心。

我已经看出眼前的局势下马车根本无法脱困，反而成了众矢之的，推开车门拉住瑶如跳了下去，钱四海看到形势不妙，也爬下了马车。好在人们的注意力都集中在车马之上，我和瑶如得以混入人群之中。

我紧紧牵住瑶如的柔荑，生恐被人群冲散，可是和钱四海的距离却越来越远。那群黑衣马贼正在向我们的方向冲来，我和瑶如随着人群没命地向后门逃去。

嗖！一支羽箭破空向人群中射来，穿越层层雨丝，射中我身边的一名老者的后心，冰冷的镞尖自他的前胸穿了出来，鲜血从他的胸前喷射而出。

瑶如被眼前情景吓得娇呼一声，顿时瘫软在地上。

我刚刚拉起了她，又被身后的人群冲倒，慌乱间被数人踏中我的身体，一阵剧痛接踵而来。羽箭如蝗般射入人群，又有几人被射倒在地。

我和瑶如相拥趴伏在地上，这时那帮马贼已经杀入人群，他们下手毫不留情，刀刀见血，转眼之间地下已经倒下一片尸首。我们一动不动地趴在原地，希望能够躲过马贼的屠戮。鲜血混合在雨水之中将整条街道染红，我和瑶如的身上沾满了血水和泥浆。那帮马贼的屠杀足足进行了半个时辰，整个小镇这才变得寂静下来。

这寂静中充满了死亡的气息，我和瑶如紧紧拥抱在一起，身上还覆盖着一具冰冷的尸首，心中不住企盼着这个夜晚赶快过去。

两名马贼开始在死尸身上搜索金银细软，搜索过后，还不忘向死尸的身上补上一刀，以免有人没有死绝。眼看就要到我们的身边，我和瑶如都紧张到了极点。

忽然，一条血糊糊的人影从死尸堆中跳了起来，没等两名马贼叫出声来，便挥刀将两人砍杀。我看得真切，那人竟然是护卫周朗，欣喜之余慌忙站了起来，低声道："周护卫……"

周朗听到有人叫他也吃了一惊，看清是我才放下心来，一瘸一拐来到我的身边低声道："平王殿下……此地不宜久留，我们还是赶快离开……"

我和瑶如随在他身后，周朗显然受了伤，行走十分艰难，我们趁黑从回龙镇后门离开。

周朗松了口气道："平王殿下，沿着这条路直走就可以抵达通往济州的官道，我们要抓紧赶路。"

我摇了摇头，心中暗忖：那帮马贼发现同伴死后，一定会追来，周朗受了伤，瑶如又是女流之辈，我们不可能逃出太远。我指了指右方的小山道："我们还是暂且去山上避一避，等到马贼散去，再继续赶路。"

周朗点了点头，我扶着他沿着泥泞的山路爬了上去，在半山腰处一个隐秘的破庙内暂时藏身。没多久，就看到山下亮起了火光，想来是那帮山贼已经放火焚烧了回龙镇。

我们三人全身都被雨水淋透，周朗取出火石，我在庙内找来一些干燥木材，在庙宇的大殿生起一堆火来。

周朗不住地打起冷战，他的脸色苍白之极，我这才留意到他的右腿上仍旧插着半截羽箭。

周朗掏出匕首，向我道："殿下可不可以帮我一个忙？"

我点了点头，让瑶如出去再拾些干柴，其实旨在支开她，省得看到血腥的场面。

我将匕首在火上烤了烤，递给周朗一段枯枝，周朗咬在口中，用力撕扯开被鲜血凝结的长裤，羽箭深深没入了他的大腿肌肉。我用匕首小心地划开了他的肌肤，抓住断箭的尾端，全力拽了出来。周朗痛得闷哼一声，额头上汗水簌簌而下，鲜血从他的创口之中汩汩流出。我从火堆中抽出一根火棍，将燃烧的一端迅速压在他的创口之上，利用原始的方法助他止血。

周朗近乎痉挛地张大了嘴巴，枯枝从他的嘴中滑落。“啊！”他大声惨叫起来。

我将火棍重新扔回火堆之中，撕下烤干的衣袖将周朗的创口包扎了起来。

周朗过了许久才缓过气来，发出一声长长的叹息。他用手背擦去额头的冷汗，向我勉强挤出一个笑容：“多谢平王殿下……”

我笑道：“说谢谢的应该是我才对，刚才如果不是你出手杀了那两名马贼，恐怕我此刻已经倒在了他们的刀下。”

周朗靠在抱柱之上，虚弱道：“我以前经过回龙镇多次，可是从来没有听说过什么马贼，不知这些人究竟是什么来路？”

我关心的只是我们如何脱离困境，向周朗道：“这里距离济州还有多少路程？”

周朗道：“如果是骑马七日之内应该可以抵达。”

我点了点头道：“明日我们去附近集市上买一辆马车。”

周朗苦笑道：“距离这里最近的集市也有一百多里的路途，我恐怕是走不动了……”他所言的确有理，我看了看他的伤处，没有几天的休养，他的伤势很难恢复。

天亮的时候，周朗又发起烧来，因为手头没有药物，我只好用冷水替他擦拭身体降温。因为他的伤情仍未稳定，我终于决定在这座破庙中暂时停留几日，等到周朗的身体恢复以后，再继续赶路。好在这山中不乏野果、野菜，我们暂时没有饥饱之忧。只是周朗的伤势不容乐观，创口处开始化脓，如果得不到及时医治，恐怕这条腿很难保住。

“要是孙先生在就好了！”我看着周朗的伤口叹道。

周朗笑道：“生死乃是上天注定，平王何须如此感叹，再说这点箭伤还不至于要了属下的性命！”

我帮他清理完伤口，重新包扎好，转向山下的方向道：“不如我去回龙镇去看看，也许能够找到马匹。”

周朗摇了摇头道：“平王不可只身犯险，回龙镇已经被烧掉，应该不会剩下什么。”他建议道：“平王还是将我留下，你们先行赶往前方集镇，找到车马，再差人接我如何？”

我其实也曾经有过这个念头，可是这山间常有野兽出没，周朗现在又毫无反击之力，连最基本的饮食起居都成为问题。如果我们离去，他的安危很难得到保障。我拿起周朗的长刀：“不必说了！我还是去回龙镇看看！”我之所以如此坚决地回去看看，还有一个原因，就是我不慎将晶后交给我的懿旨弄丢了，抱着侥幸的心理看看能不能够找到。

周朗见我如此坚决，只好作罢。我让瑶如留下照顾周朗，独自向山下走去。

我悄悄来到回龙镇，经历浩劫的小镇满目荒凉，处处都是被熏炙的乌黑的断壁残垣，路上遍布烧焦的死尸，空气中弥漫着一股让人作呕的焦煳味道。昔日繁华喧嚣的小镇，如今竟然成为一片死亡之地。

我用衣袖捂住口鼻向小镇中心走去，忽然留意到前方的交叉路口，竟然有纸钱在地面上随风翻飞。我心中一凛，迅速抽出长刀躲在断壁之后，贴着墙壁来到街角处向前方望去，却见右侧的街道之上，一名身穿白衣的女子正在向空中挥洒着纸钱，想来正在凭吊死者。

我收起长刀向她走去，那女子听到脚步声转过身来，竟然是得意居的老板娘苏三娘。

“是你！”我们同时惊呼道。

苏三娘将手中的纸钱全部洒向空中，来到我身前道：“公子怎么还留在这里？”

我苦笑道：“我有一位朋友受了伤，只好滞留在附近，来此是看看有无可以代步的工具。苏老板为什么还留在这里？”

苏三娘道：“一来是为了超度这些亡魂，二来是为了取我未来得及拿走的东西。”她美目之中露出怨毒之色，“我手下的那帮伙计觊觎我的财物，将我从马车上推了下来，我只好趁乱躲了起来，确信那帮马贼已经离去才敢回到镇中。”

“三娘可知道那帮马贼的来路？”

苏三娘叹了口气道：“一定和狼盗卓屠有关。”

“卓屠？”

苏三娘道：“这卓屠是活跃在秦国东部最为凶残的一个盗贼，他手下的党羽听说有万人之多。”

我有些奇怪地问道：“他怎会屠戮回龙镇？”

“这件事说来话长，卓屠去年抢了一位美女郭润玉，强行霸占为妾，可是没想到这郭润玉和他的得力助手柳三变竟然勾搭成奸，两人脱离山寨私奔，这卓屠用尽方法都找不到他们的下落，便迁怒于回龙镇……”苏三娘停顿了一下补充道，“柳三变祖籍于此，可是他的父母双亡，这回龙镇之上根本没有他的任何亲人！”言语间愤恨之极。

这卓屠果然可恶，我问道：“难道官府也不过问吗？”

苏三娘冷笑道：“官府？若是没有官府暗地维护，卓屠焉敢如此猖狂？再说这回龙镇远离城市，便是官府接到消息又不知要过上多少时日了！”

我看到她衣衫洁净，心中暗自奇怪，却不知苏三娘从哪里得来的这些东西。

苏三娘似乎看出我的迷惑，笑道：“我在得意居下有一间地窖，很多东西都藏在里面，这几天我一直都躲在里面，大火未能烧到，才躲过了这场浩劫。”

我心中一动，若是苏三娘有这间地窖存在，想来应该有可用之物。

苏三娘道：“既然能够在劫后重逢，我们便可称得上有缘，我和公子做个交易如何？”

“什么交易？”我饶有兴趣道。

苏三娘指了指前方：“公子帮我运一些东西离开，我给公子提供一辆代步之车。”

我笑道：“听起来的确公平！”

苏三娘引着我来到得意居的地窖前，原来她在地窖内藏匿了不少金银细软，单凭她一个弱质女流的确无法运送出去。不过这苏三娘头脑也简单到了极点，若是遇到了其他人，窥觑她的财产，定然一刀将她杀了。我又在小镇的废墟中搜索了一遍，到处都烧得一片狼藉，那道懿旨就算遗失在这里，也必然被烧掉了，我彻底放弃了希望。

苏三娘所谓的代步之车就是一辆独轮车，装上她的财产后车上便仅仅能够容一人坐下。

我和她一起去山上接了瑶如和周朗，苏三娘这才知道躲过劫难的还有其他人在。周朗和苏三娘是老相识了，两人见面自然有一番感慨。

我让周朗上了独轮车，拉着车子一路向济州的方向走去。

苏三娘随身带有一瓶金创药，为周朗换药包扎之后，周朗的情况渐渐好转。我们一路上走走停停，一整天才走出五十多里。所到之处都是一片荒芜，连一个村庄都看不到，晚上便在路边的树林中宿营。我自出生以来，还是第一次进行如此艰苦的劳作，坐在火堆旁便不想起来，瑶如来到我身后为我揉捏着酸痛的臂膀。

周朗感激道：“公子……周朗来世必结草衔环以报公子大恩。”因为苏三娘在一旁，他自然不好喊我平王殿下。

我伸展了一下双臂道：“你若是真想谢我，干脆就教我几式刀法。”

周朗有些奇怪道：“公子想学武功？”

我点了点头，历经几次波折我越发感觉到拥有武功的重要性。

周朗道：“只要公子不嫌弃周朗武功低劣，我必然将所学一切倾囊相授。”

周朗当即便将自己最为得意的一路刀法交给了我，我天生禀赋过人，周朗口传身授，短短的半个时辰我便已经将这路刀法的要领掌握，所欠缺的仅仅是火候而已。

苏三娘和瑶如对武功并没有什么兴趣，一旁聊天去了。

我们在第二天黄昏抵达了最近的市镇，苏三娘为人十分豪爽，利用手头的银两请我们在镇上大吃了一顿，又为周朗买了伤药，本来我以为她会就此和我们分手，没想到她竟然买来车马要和我们一路前往济州。

瑶如低声向我道："三娘打算去济州再谋发展……"

我心中暗笑，苏三娘口中的发展八成是再开一家妓院，嘴上自然不好点破，再说，我的行李银票都在混乱中失落，她对路途十分熟悉，为人慷慨，有她同行也会方便许多。

周朗伤势日趋稳定，执意让我去车内休息，主动承担了驾车之职。

躺在瑶如身上，不知不觉便进入了梦乡，睡梦中竟然出现了画轴中的那幅经络图。我恍若进入无我之境，一股柔和的气流从我的丹田生出，缓缓流遍全身，仿佛一双温暖的手在触摸我的四肢躯干，令我舒服到了极点。气流越来越强，流速不断加快。在体内运行数周天后，气流慢慢重归丹田。全身的疲惫一扫而光，我真想大喊大叫一番，方能舒尽心中快意。

朦胧中听到苏三娘道："瑶如，你相公绝非寻常人物。"

瑶如解释道："瑶如只是公子的奴婢，并非妾侍。"

苏三娘笑道："我平生阅人无数，你们之间即便无夫妻之名，也早就有了夫妻之实。"

瑶如羞道："三娘！"

我心中暗笑，苏三娘说话也太直接了一点。

苏三娘道："不过我看得出龙公子绝非寻常人物，这种男人往往都是心性狂野不好管教。"

瑶如轻声道："公子对瑶如好得很。"

苏三娘道："男人都是这样，若是想让他对你死心塌地，需得有一定的手段。"

瑶如似乎很感兴趣，低声道："什么手段？"

苏三娘笑道："自然是床第之术，让他对你难舍难离！"

瑶如啐道："三娘好坏，瑶如不理你了！"

听到这里，我再也忍不住，哈哈大笑起来，那苏三娘直愣愣地看着我道：

"龙公子太不磊落，居然偷听我和瑶如妹子说话！"

我笑道："你说得如此大声，字字句句都钻入我的耳朵里，胤空有选择吗？"

瑶如羞得俏脸通红，躲入我的怀中。

苏三娘也笑了起来道："我教瑶如妹子一些对付你的手段，又有何不妥？"

我笑道："并无不妥，三娘若是想当瑶如的师傅，还需言传身教，不如这样，你亲自把床第之术演示给我们一观如何？"

苏三娘饶是见多识广，这次也被我闹了一个红脸，羞道："你果然不是好人，难怪我这妹子会被你迷得神魂颠倒。"

我和瑶如齐声笑了起来。

我们始终未曾提及钱四海等人，八成他们俱已葬身回龙镇，现在讲来也只会平添惆怅罢了。

第十二章 济州

济州位于东海之滨，海深水阔，这里得天独厚的条件造就了许多大型的港口，高丽、东瀛的客商通过此地来往买卖，成为八国的客商与海外贸易的重要口岸。

马车驶入济州城郊，官道两旁垂柳荫荫，随风轻动，宛若绵延不尽的绿色丝绦。周朗和苏三娘并肩坐在车头，驱策着马匹，轻声耳语，不时发出畅快的笑声，看来两人之间肯定有过一段情事。

一踏入济州境内，瑶如的情绪便显得异常低落，双目忧伤地望着车外，呆呆出神，我知道她一定在回忆家族的辉煌过去。

苏三娘转身道：“我在济州城内有一位金兰姐妹，入城后我们可以先去她那里暂时落脚。”

我心中暗道：三娘的姐妹八成也是风月场中的人物，此次我来济州受了晶后所托，若是住在那种地方恐怕不便。只是我在回龙镇遗失了懿旨，见到沈驰又该如何取信于他？

马车已经来到城门前，周朗缓缓停下马车，我掀开车帘，却见前方数十名卫兵正在逐一盘查过往人群。

周朗道：“公子！看来要下车检查！”

我和瑶如下了马车，两名卫兵走了过来，上下打量了我们两眼，其中一人惊喜道：“你可是龙公子？”

我被他突如其来的一句搞得有些莫名其妙，自己从未来过济州，又怎会有人认识我？

城墙前一位青衫老者听到喊声，慌忙来到我的面前，拿出一幅画像核对了一下，大声道：“你就是龙胤空，龙公子？”

我更加摸不着头脑，他居然一口叫出了我的名字。我向他手中的画像看了看，果然那画像上的男子竟和我有七分相似。

那老者笑道：“龙公子不必生疑，我是受了主人的嘱托在这里等你的！”他自我介绍道：“在下苏远林，是西门老爷的管家！”

我忽然想起，临别秦都之前，西门戈曾经说过他的二叔西门伯栋在济州经营东砀码头，微笑问道：“先生口中的主人可是西门伯栋？”

苏远林笑道：“正是我家主人的名讳！”

他挥了挥手，两辆豪华的四驾马车向我们的身边行来，苏远林恭敬地做了一个邀请的手势：“龙公子请上车！”

我心中对发生的情况已经猜测了七八分，钱四海极有可能安然脱困逃到了济州，他肯定为了我的事情去求西门伯栋帮忙。我向苏远林问道：“钱老板怎么样？”

苏远林微微皱了皱眉头：“钱老板于五日前来到了济州，他身上多处受伤，随他前来的两名侍卫伤情也是十分严重，我家主人专门为他请了名医诊治，现在他还在养伤。”

确信钱四海仍然活着，我稍稍放下心来，一切还是等见到钱四海再说。

西门伯栋在济州的权势很大，路人看到他们的车马纷纷避让。

济州城道路笔直广阔，路上行人稀少，据苏远林介绍，济州城内居民大都以港口谋生，现在正是上工的时候，所以日间城内显得异常冷清。

马车在城内前行了数里，然后转而驶向正北。耳中已经听到波涛之声，海水的咸腥味道扑面而来，我拉开车帘向前望去，却见前方一片蔚蓝的海面出现在眼前，海水反映着空阔的天光，变幻无极，仪态万千，在晴朗的天空下光艳得无法描画。

西门伯栋的府邸便建筑在临海的小山之上，马车在门前空阔的草地停下。

门前早有几人恭候在那里，我刚刚下车，一人便大笑着向我走来，朗声道：“龙公子！在下久候多时了！”他四十多岁的样子，身穿质地上乘的葛黄色绣边长袍，身材高大，五官轮廓棱角分明，让人感到一种说不出的粗犷，最为奇特的是他的胡须竟然全部都是棕红色。

我心中料定此人定是西门伯栋无疑，慌忙上前两步道：“来的可是西门先生？”

西门伯栋热情地握住我的双手哈哈大笑道：“正是在下！”他挥手向我做出一个邀请的动作，和我并肩走入府邸。

西门伯栋的府邸建筑得十分精巧，走入其中宛如进入了江南园林。府内数十处楼台亭榭，参差错落，掩映其间，形胜天然。园内异常静谧，越觉清丽脱俗。沿途所见仆人大都在静静劳作，即便是交流也是用手势表达，看来西门伯栋门规甚严。

七八转折以后，由一座嶙峋的太湖石旁侧转过，耳边听到水声潺潺，面前忽然开爽，现出一片池塘。水源本是前面溪流，经过匠心布置，由地底用竹筒引水，从七八丈高的假山缺口倒挂下来，化成五六道大小飞瀑直注池中。池大约有十亩，高木垂柳环绕池边。对面一座竹制敞厅，厅前有亩许平地，芳草芊绵，绿净无尘，厅侧厅后，修篁千竿，撑霄荫日，映得几案皆成碧色。

我一面浏览路旁景色，一边问道：“钱老板可在此处？”

西门伯栋道：“他的足踝受了伤，仍然躺在床上。”他指了指东边的回廊道：“就在那里！”

我跟着西门伯栋向钱四海养伤的地方走去。

走过回廊，穿越尽头的拱门，眼前出现了一个小小的庭院，钱四海正睡在躺椅上昏昏沉沉地晒着太阳。他听到动静睁开双眼向我们这边望来，肥胖的脸上露出惊喜无比的神情：“龙公子！”他挣扎着想站起身来，我慌忙上前按住他的身躯道：“你伤势仍未痊愈，不可移动身子。”

西门伯栋示意苏远林带着瑶如等人先去安顿，又让仆人泡来茶水，和我一起在钱四海的身边坐下。

钱四海谈起往事仍然满怀歉疚：“钱某真是罪该万死，让那帮马贼惊扰了公子！”在西门伯栋的面前他仍旧注意掩饰我的真正身份。

我笑道：“钱老板不必自责，那件事已经过去，再说我又没有受到什么损失。”

钱四海连连点头，这才转向西门伯栋道：“这次多亏了西门兄仗义相助，不然钱某也不可能这么快和公子重逢。”

西门伯栋笑道：“钱老板太客气了，你们能过来找我便是看得起我西门伯栋，在济州城内只要我能够做到的，两位尽管吩咐。”此人性情颇为豪爽，表现得慷慨大度，让我对他不禁生出好感。

钱四海道：“那日我和龙公子失散以后，李东和管潮拼死把我救了出来，我的足踝在混乱中被人踩中，不幸骨折，找到车马后，我曾经让他们两个回去找殿下，可是回龙镇早就成为废墟瓦砾，不见一人，我找不到你们的下落，实在是忧心不已。”钱四海感叹道：“我们只好先行来到济州，求西门老板帮忙。”

西门伯栋补充道：“我让画师根据钱老板的描述，绘出了公子的样貌，发给守门士兵，让他们留意过往人群，幸好没有错过！”

看来西门伯栋和济州的官员一定十分熟识，也许他认识沈驰也未必可知，我心中不由一动，可当着钱四海的面又不便相询。

直到西门伯栋陪我前往住处的时候，我才问道：“西门老板，不知这里可有一位叫沈驰的官员？”

西门伯栋双目露出迷惘之色，许久方道：“的确有一位叫沈驰的官员，他好像是东门的城守……不过我已经有很久未曾听到他的消息了……”

我这才知道沈驰并不是像晶后所说的济州城守，而是济州城东门的一个看门官儿，此人若真有晶后口中的经天纬地之才，甘于默默无闻的守上十年大门，确有常人不及的耐性，我心中对沈驰的期待又增加了几分。

西门伯栋安排我在北院暂住，这是一个雅致的院落，从院中的小亭刚好可以看到远处的海面，亭乃是四根两尺方圆的大捕木挺立地上，离地两丈，再用山中特产香草搭成一个穹顶，不借雕漆，也无栏杆。院内幽兰香草最多，不知用什么方法，连那亭顶上面的香草也都清鲜如活，上面还垂下许多丝兰，沿着亭边随风飘拂，别有一种古朴清丽之趣，眼界更是雄旷无比。

亭内外用具多半为整块楠木所制，全是实心，共有一张矮桌、四个香草织成的蒲团、一个大木桩，另外还有大小两个木榻放在亭内。左角放着一个小泥炉和几件陶木所制茶具、两束极整齐的松柴和一些木炭，全都清洁异常。床榻用具尤为古雅合用，似是主人闲来到此坐卧，看山望海之用，坐在亭中微风轻送，海浪声声入耳，让人不由生出远离尘世喧嚣的出世感觉。

苏三娘把周朗送到这里就离开西门府邸找她的姐妹去了，她对我们极为放心，从回龙镇带来的财产全都暂时寄存在这里。

瑶如身体有些不适，早早地上床休息了。我看到她心情不佳，悄悄离开了房间，让她一个人好好清净一下。

周朗正在院内舒展筋骨，一路拳脚打得虎虎有风，我赞道："周师傅的拳脚果然厉害！"自从跟他学习刀法以后，我便称他为周师傅。

周朗慌忙停住动作，笑道："平王见笑。"

我伸手指向他腰间的长刀："我练习刀法也有几日，周师傅既然伤势已经痊愈，亲自指点我几招如何？"

"小的遵命！"

周朗抽出长刀恭恭敬敬递到我的手中，自己从树上折下一段树枝道："平王不必顾忌，尽管向我攻来！"

这还是我学刀以来第一次和别人演练，高举长刀大吼一声，向周朗的头顶劈落，因为担心伤到周朗，我并没有使出全力。

周朗神情泰然自若，直到刀锋距离他的头顶还有三寸多处，挥动手中树枝突的一声击在刀身的侧缘，一股大力沿着刀身传来，我手臂微微一麻，刀锋顿时偏离原来的方向，险些脱手飞了出去。

周朗手臂斜向下方用力，树枝贴住刀身向下弧形牵引，我再也拿捏不住，长刀失手落在地上。

周朗为我拣起长刀重新递入我的手中："对敌之时，容不得半点心软迟疑。"

我心中一震，这对敌之道和政治斗争竟然有异曲同工之妙。我握紧长刀，向后退了两步，只有保持一定的距离，才能充分地施展出自身的招数。

我猛然一个前冲，这次手头再也不敢留情，长刀发出一声呼啸，径直向周朗的前胸刺去。

“好！”周朗赞了一声，树枝斜斜地向刀背击来，他主要的应对之道就是避其锋芒，刀锋虽然锐利却无法准确砍中树枝，树枝一个巧妙的旋转，压在我的刀背之上，顿时将我的这次攻击完全化解。

我忽然悟到了一件事情，太后和白晷之间的争斗，不正像我和周朗的这场比试，树枝虽然柔弱，只要运用巧妙，一样也可以和锋利的长刀抗衡。

我和周朗在院中对练了一个时辰，由开始的生疏渐渐变得熟练起来，周朗忍不住赞道：“平王的确是练武的奇才，当年在下学习这套刀法整整用去了一年的时间。”

我微微一笑，收起长刀，拿起桌上的毛巾拭去额头上的汗水，武功和政治其实殊途同归，都是在对敌人充分观察了解的基础上，寻找对方的弱点，力求一招制敌。我在这些方面天生异常敏感，虽然从未修习过武功，可是我审时度势的能力早已非常人所能比拟，这就是常说的大局观，也许这兼顾全局的能力才是让周朗叹服不已的原因。

西门伯栋当晚在府内设宴为我接风，拄着拐杖的钱四海也参加了晚宴，经历了回龙镇的那场生死劫难，我们之间的关系更近了一层。

钱四海悄声向我道：“现在我是一贫如洗，只好死皮赖脸住在西门老板家里了。”

我偷笑道：“钱老板打算何时接管盐场？”

钱四海道：“不急，我打算先去找徐达迟。”他庆幸道：“幸亏我将特赦令和信件都贴身携带，不然的话，这次恐怕麻烦就大了。”由此可见他做事之周到。

想起弄丢了那道晶后的懿旨，我不禁有些汗颜，钱四海办事果然比我要周到得多。

西门伯栋深谙待客之道，他并不问我们此次前来的主要目的，整个晚上都在热情地敬酒，除此以外就是大谈中山国和大秦的风土人情。我和钱四海对主人的热情都表现出十分感激，一直喝到午夜方才散去。

回到住处，却发现瑶如并不在房内，我本来以为她可能去了院中散步，可是找遍整个庭院也没有发现瑶如的影子，心中顿时惊慌起来。问过周朗才知道，瑶如傍晚时出门去散步，一直到现在都没有回来。

我并不想惊动主人，悄悄向总管苏远林借了两匹马，和周朗两人出门去寻找瑶如。周朗在此之前曾经来过济州两次，对这里的地理情况有一些了解，我们在府邸周围搜索了一遍，仍然没有看到瑶如的身影。

我担心道："这两天她始终心绪不宁，我应该多多关心她才对……"

周朗自责道："都是小人失职，我原该跟着瑶如小姐的。"

"这与你无关，是我自己太过疏忽……"我心中不免有些愧疚，若是瑶如出了什么事情，我很难原谅自己。

周朗道："殿下，不知道瑶如小姐在济州有没有亲戚和朋友？"

我心中一动，瑶如自小在这里长大，对这里的环境一定相当熟识，按理说应该不会出什么事情，我低声道："周师傅，你可知道田氏家族的旧宅在哪里？"

周朗点了点头道："田氏旧宅就在西南方的东归大街，殿下怎么突然想起问这些？"

我当然不会将瑶如的身世告诉他，挥鞭道："走！带我去看看！"

我和周朗策马扬鞭，没多久便来到了一片气势恢宏的建筑前方，周朗指着田府大门道："田氏府邸自从田循落难后已经被查封多年，里面早已荒废了。"

我借着月光仔细看了看门口，那封条仍然好端端地贴在上面，并没有人动过。

我放缓了马速，沿着田府的外墙缓缓前进，却见前方道路之上出现了一座巨型的石制牌坊，一位丽人手捧瓷坛，仰望着牌坊呆呆出神，不是瑶如还有哪个。

我向周朗做了一个手势，翻身下马，将马缰扔给周朗，悄然向瑶如走去。

我脱下斗篷，为瑶如披在身后，瑶如这才惊觉过来，转身看了看我，泪眼中露出宽慰之色。

我搂住她香肩道："怎么一个人到这里来了？我好担心你。"

两行晶莹的泪水顺着瑶如洁白的俏脸滑下，她泣声道："十五年前秦国发生旱灾，我爹爹从大汉、大康购入粮食开仓赈灾，这座功德牌坊就是当年宣隆皇表彰我爹爹的善行所立……当年还赐予我田氏一族免罪金牌一面，没想到他最后还是背信弃义对我爹爹下手……”

我怜惜地吻了吻她的额头，从我的观点看，宣隆皇的作为并不难以理解，田氏对盐业的垄断，决定了他们家族在大秦经济中超然的地位，宣隆皇绝不会甘心让国家的经济命脉把握在田氏家族的手中。

瑶如回身遥望田府的高墙：“我好想再见爹爹一面……”

我轻声劝慰道：“你放心，你们父女总有重逢的一天。”

瑶如抽抽噎噎道：“我来此是想把母亲的骨灰放回祠堂……可是……”

我点了点头，决意满足伊人这个心愿。示意周朗过来，让他牵好坐骑，我扶着瑶如踩在马背之上爬上了高墙，我也随后爬了上去。周朗有些担心道：“殿下……这里是朝廷查封，您……”

我笑道：“你留在这里帮我望风，我去去就来！”

周朗解下腰间长刀扔给我道：“带上防身！”我伸手接过向他笑了笑。转身从围墙上跳了进去，又把瑶如接了下来。这里荒废已久，院内的荒草已经有齐人高。瑶如阔别故宅多年，睹物思人，妙目之中泪光涟涟，显然想起了昔日阖家团圆的时候。

我抱着骨灰坛跟着她向祠堂的方向走去，月凉如水，照在这偌大的府邸之中，越发显得空旷寂寥，落寞无比。

我们所处的地方是田府后院，距离祠堂很近，道路许久无人行走，青砖缝隙中长出了许多野草和野花，淡淡的清香飘荡在夜空之中，微风轻送，让我原本紧张的心情慢慢放松了下来，沿着长满青苔的路面行走了数十步，便来到祠堂前方。

祠堂大门上并没有封条，大概是因为时间太久，已经被风吹落。我们推门而入，一股冷风迎面吹来，我忍不住打了一个冷战。

瑶如取出火石将祠堂内的烛火点燃，这里供奉的都是田氏一族列祖列宗的牌位。我按照她指定的位置将骨灰坛放好，瑶如双膝跪地，悲声道：“娘亲！女儿带您回来了……”便哽咽无法出声……

我正欲劝她离去，烛火突然剧烈地闪烁起来，一股浓烈的杀气向我们的方向逼来。我迅速抽出长刀，本能地向身后挡去。

随着一声刺耳的金属相撞声，一股大力沿着刀身传了过来，我虎口剧痛，长刀脱手飞了出去。

冰冷的刀锋已经横在我的颈后，我心中沮丧到了极点，自己练了多日的刀法，竟然在对手的面前如此不堪一击。瑶如娇呼一声，没等她转过身来，身后一个冷酷无情的声音道："老实站在那里，不然我一刀杀死他！"这声音对我来说竟然有几分熟悉，我苦苦冥思，苦于刀锋架在我的脖子上，此刻脑海之中变得空空荡荡的。

"你是田玉麟？"

"不是！"我冷静地答道，他口中的田玉麟是瑶如的哥哥，对手显然将我误认成他了。

对方一把扳过我的肩膀，此人黑衣蒙面，一双眸子在烛火下闪烁着寒光。

他一双剑眉忽然皱了起来，惊道："平王殿下！"

我心中大奇，没有想到此人竟然认得我。

他慌忙撤去长刀，双膝跪倒在地上道："恩公恕罪，小人罪该万死惊扰了恩公！"他缓缓揭下蒙面黑布，英俊的面孔之上充满激动和愧疚的复杂神情。

"唐昧！"我万万没有想到眼前的这人竟然是唐昧。

我慌忙把他扶了起来："你因何会在此地？"

唐昧看了看四周，压低声音道："平王殿下，此地不宜久留，先离开这里，我再向你解释。"

翻过围墙和周朗会合后，我们几人来到唐昧临时落脚的客栈。

关上房门，唐昧重新跪倒在我面前："唐昧罪该万死，还请平王治罪！"

我笑着搀起他道："你刚才并不知道是我，何罪之有？"

唐昧这才站起身来，周朗为人精明，知道我们之间定然有许多话私下要谈，借口去买些夜宵，出门回避。

唐昧见过瑶如，向我道："平王殿下和田氏家族有什么瓜葛？为何会深夜潜入祠堂之中。”

我笑着指了指瑶如道：“瑶如的父亲便是田循，我去祠堂是为了陪她安放母亲的骨灰。”

唐昧这才明白了事情的原委，他叹了口气道：“原来瑶如姑娘便是田府的小姐。”

瑶如道：“我刚才听你喊出我哥哥的名字，难道你有他的消息？”

唐昧点了点头，站起身道：“唐昧自从离开秦都以后，便从事了刺客的行当，七天以前，有人花重金让我来济州守候田玉麟。”

瑶如失声道：“你……要杀我哥哥！”

唐昧不置可否地点了点头：“雇主给了我三千两银子，让我务必将田玉麟的人头带回去。”

我忍不住问道：“雇主是谁？”

唐昧为难道：“平王请恕罪，从事我们这个行当的必须遵守规则，为雇主保密是首要的条件。”

我见他如此说，自然不好继续追问下去。

唐昧道：“田玉麟从北疆逃跑，惹下了大祸，以后你们应该不难打听出来。”

瑶如心中是忧喜交加，喜的是哥哥已经成功脱困，忧的是他惹上了这么厉害的对头，现在的处境更是危险重重。她不无担心道：“你见到我哥哥会不会……”

唐昧笑道：“田小姐尽管放心，唐昧既然已经清楚了这件事情的始末，我绝对不会继续插手，明日我便把银两退给他们。”

我欣赏地点了点头，向唐昧道：“唐昧！我这次来济州需要办一件很重要的事情，你以后可不可以留在我身边帮我？”

唐昧慌忙跪倒在地上道：“唐昧愿为殿下赴汤蹈火在所不辞！”

我心中大喜过望，有了唐昧这个高手在身边帮助，我以后做起事情要容易许多。

翌日清晨，我和唐昧骑马来到济州城东门拜访沈驰，问过守门士兵方知，沈驰已经抱病两年，现在仍在家中养病。问清沈驰的居处，我们纵马向海滩行去。

骏马沿海滩而行，马蹄有节奏地踩落在洁白的细纱之上，翻腾起一阵缥缈的沙雾。举目遥望，碧海与白沙相映成趣，赏心悦目到了极点。

唐昧指了指前方山崖上的小屋道："那里应该是沈驰的居处了。"

我笑道："难怪沈驰会老老实实地在济州待上十一年，如此人间仙境，换作是我，也心甘情愿。"

唐昧道："恕唐昧直言，公子胸怀大志，绝不会安于一隅。"

我哈哈大笑，用力挥鞭打在马臀之上，骏马一声长嘶，率先向崖下驰去。唐昧催马赶上，和我并辔驰骋。

我们来到山崖之前，将马匹拴在山下大树上，沿着一条狭窄的山路拾阶而上。山空人静，时而传来鸟鸣之声。只见两旁危崖参天峭立，壁上满生苔藓藤树。一片青苍中间，现出一条谷径，由下方向上望去，天色宛如一条翠带，盖在上面，时有白云飞渡。谷径更是蜿蜒弯环，曲折如螺。境地幽渺，气象雄深。

我们两人来到山顶的小屋，草屋周围又生着好些兰蕙和大片菊花，秋菊春兰，竞相争妍。加上清波映月，碧山倒影，泉响松涛，竞鸣幽籁，景物之佳，前所未见。独自漫步花间，不由志逸神清，胸怀开朗。门前一个垂髫童子，正拿着扫帚清扫院落。

我恭敬道："敢问小兄弟，沈先生在吗？"

那童子看了看我道："我家先生出海钓鱼去了，这两日应该不会回来，你过些日子再来吧！"

我不免有些失望，这沈驰居然有这么大的闲情逸致。我把自己的姓名留给那童子后才和唐昧离去。

三天以后，我又和唐昧前去拜访，沈驰仍然没有回来，这次我为沈驰带来了一些礼物，将礼物留下之后，又把姓名通报给那童子一遍才离去。

来到山下，唐昧忍不住道："这沈驰究竟是何许人物，竟然让公子两度屈尊来访？"

我笑道："我也是忠人之事，不过能让晶后看重的人应该不是寻常人物。"

唐昧笑道："下次我们再来便可算得上是三顾茅庐了。"

我点了点头道："却不知这个沈驰有没有卧龙之才？"

回到住处，却见钱四海正陪着一位衣衫破旧的中年文士聊天，两人看到我慌忙站起身来，钱四海道："公子！我给你介绍一下，这就是昔日田府的管家徐达迟！"

徐达迟慌忙上前见礼，我留意观察了此人，他年约三十，两鬓却已斑白，面上的皮肤因为长期牢狱的缘故，显得格外苍白。

钱四海道："明日我便去接管田氏盐场。"言语间透出由衷的兴奋，他此行的主要目的便在于此，如今一切将要实现，他心中的快慰可想而知。我们谈话的时候，瑶如陪着苏三娘也走了过来，她和徐达迟目光相遇，彼此都吃了一惊。

徐达迟颤声道："大小姐……"

瑶如眼眶微红："徐叔叔……"

我早就知道他们相遇一定会出现如此局面，钱四海对此却毫无准备，目瞪口呆地站在原地，他苦笑着向我道："公子，瑶如姑娘原来是田循的女儿？"

我笑着点点头。

"公子瞒得我好苦！"钱四海一脸的无奈，得知瑶如是田循的女儿，他不由得担心自己能否顺利接管盐场。

我笑道："钱老板何出此言，我也是刚刚知道。"

钱四海自然不会相信我的话，我拍了拍他的肩头道："钱老板尽管放心，我保证瑶如不会干涉你接管盐场的事情。"

苏三娘这次来主要是为了拿走自己的行李，还有一个目的就是请我们前去赴宴。

苏三娘凡事都喜欢夸大几分，她口中的姐妹被她吹得天花乱坠，俨然成了济州城内的首富。

钱四海低声道："我中午要去盐场，恐怕去不成了。"

苏三娘白了他一眼道："我何尝说过要请你去了？"

钱四海被她抢白了一通，老脸涨得通红。

苏三娘向我道："龙公子千万不可以推托，这次多亏了你，我才能够平平安安地抵达济州，主要是谢你来着！"她四处看了一看，故作惊奇道："怎么没见到周朗？"

我笑道："三娘看来主要还是请周朗，我们前去会不会妨碍你们两人的好事？"

苏三娘俏脸微红啐道："你这人好不正经，尽会胡说，我若是真想和周朗做那件事情，又怎会怕你们妨碍！"她这句话一出口，顿时引起一片哄笑。

等到了地方我才知道，苏三娘的朋友竟然是济州首屈一指的富商之一骆云雁。济州富商巨贾无数，可是多数来自外地，本地的富商屈指可数，骆云雁就是其中最为显赫的一位，济州城半数的妓院、赌场和酒楼都是她的物业，因而外人又送给她一个称号——骆半城。

骆云雁请客的地方是济州最大的酒楼望海楼，楼高五层，临海而建，推窗便可看到醉人海景。走入三层天一阁，身穿黑色长裙的骆云雁笑盈盈迎上前来，一举一动都充满着诱人风情，可以想象出，她年轻时必然是颠倒众生的绝世美女。

苏三娘挽住骆云雁手臂向我们一一介绍。

骆云雁美目始终荡漾着诱人笑意，她娇声向我道："云雁久仰公子大义，今日总算有缘相见。"

我哈哈笑道："胤空对骆老板也是仰慕得很呢！"

骆云雁娇声道："公子说笑了，云雁区区一介草民，哪会有如此荣幸？"美目流转，尽显媚态，瑶如似乎对她无太多好感，微微皱了皱眉头。

骆云雁正要邀请我们入席，这时楼下忽然传来一阵喧嚣的吵闹声。

一个粗豪的声音嚷道："格老子的，让你们老板娘快点来见我，不然老子就一把火烧了这望海楼。"

我们都是微微一怔，骆云雁俏脸上浮起一丝尴尬之色。

那声音继续道："王八犊子！居然敢对老子动手！"只听嘭的一声巨响，然后传来一声惨呼，接着便是杯盘碟碗落地的声音，下面显然已经大打出手。

骆云雁不慌不忙向我们道："想来是客人有些误会，云雁下去看看究竟。"

我向唐昧使了一个眼色，也跟在骆云雁身后，出去看看究竟发生了何事。

却见一楼大堂之上，一个铁塔般的汉子双手叉腰站在那里，他的身边还坐着一位虬须汉子，身材十分魁梧，三十来岁年纪，身穿棕色麻布长袍，鹰鼻阔口，满面风霜之色，浓眉之下一双淡蓝色眼眸深陷进去，顾盼之际，极有威势，从他的外表上看，此人显然不是中土人士。

几名伙计正躺在地上哎哟不止，身边杯盘碗碟散落了一地，场面一片狼藉。

虬须汉子似乎对眼前景象视而未见，悠闲自得地拿起茶水慢慢咽了一口。

那魁梧的黑汉大吼道："快叫你家老板出来！"他反手操起身边的八仙桌，高高举过头顶向着柜台的方向砸去，那八仙桌乃是紫檀木所制，木质坚硬，在他全力一掷之下，将柜台撞得四分五裂。

这黑汉哈哈狂笑一声，又举起一张桌子，向我们所站立的楼梯砸去。

我向唐昧递了一个眼色，唐昧腾空飞起，从高处径直飘落下去，足尖准确地点在桌面之上，身体在空中一个巧妙的旋转，将对方的力量卸于无形。

八仙桌稳稳地落在地上，唐昧淡然笑道："这位兄台好大的脾气，有话好说，何必动怒！"

那黑汉虎目圆睁死死盯住唐昧，一双铁锤般的拳头紧紧攥起，仿佛随时都要冲上去和唐昧拼命。

骆云雁婷婷袅袅走下了楼梯，娇声道："两位大爷，奴家骆云雁，便是此间酒楼的老板，请恕我眼拙，奴家实在想不出在何处见过两位大爷。"

一直未曾说话的虬须汉子缓缓放下茶盏，双目宛如冷电一般落在骆云雁脸上，骆云雁虽然是见多识广，也不禁微微一怔。

那汉子冷冷道："天香楼可是你的产业？"

骆云雁轻轻拢了拢云鬓，娇声道："不错，大爷有何见教？"

那汉子霍然站起身来："我听说上月有十名东胡女子被贩卖到天香楼，你究竟把她们藏在何处？"

骆云雁此时方知对方找自己所为何事，俏脸却笑容依旧道："大爷从何处听来这等消息，一定是有人凭空诬蔑，天香楼中绝没有任何东胡女子。"

那汉子冷笑道：“你无须抵赖，如果我们没有确凿证据，也不会找到这里来。”他向那名黑汉递了一个眼色，那黑汉又抓向身边的桌子。

骆云雁不禁动怒道：“看来这位大爷是存心找我麻烦来了？”

那汉子淡然点了点头，威胁道：“把那十名东胡女子交出来，我们马上离开这里，否则你会付出惨重的代价！”

骆云雁呵呵娇笑起来：“大爷觉着我这个女流之辈好欺负吗？”

这时从门外涌入了十多名彪形大汉，一个个手握铁棍。

骆云雁挥了挥手，十几人迅速将那两名胡人男子围在中心，举棍向他们身上打去。

那黑汉爆发出一声闷雷般的狂吼，右臂张开硬生生格开来袭的铁棍，然后就势将铁棍的一端抱入怀中，身体猛然一个急旋，将那十多名打手悉数甩倒在地上。

他一手握住一根铁棍，双目盯住唐昧恶狠狠道：“拔刀！”

唐昧缓缓摇了摇头道：“你不配！”

黑汉怒吼一声，挥动铁棍冲了上去，铁棍卷起两道狂飙，向唐昧拦腰击落。

唐昧足尖在桌面上轻轻一点，身体在空中升腾了两丈有余，对方的攻势顿时全部瓦解。黑汉看似愚鲁，出手速度却快捷到了极点，双棍上挑，向唐昧足踝击去。

唐昧身躯在空中接连两个旋转，再次升高了数尺，那黑汉连击不中，气得哇哇大叫：“小子！有种的话，下来跟我打过！”

唐昧一个倒翻进一步拉远了和他的距离。

那黑汉正要冲上去，却听那虬须汉子大声道：“图答！回来！”

这名叫图答的黑汉脾气虽然暴躁，可是对那名虬须汉子极为顺从，乖乖走回他的身边。

虬须汉子缓缓走向唐昧，目中露出欣赏之色，他微笑道：“久闻中原地大物博，卧虎藏龙，高手如云，今日一见果然名不虚传。”他目光落在唐昧腰间长刀之上，“在下东胡赫连战，愿向壮士讨教两招。”

唐昧淡然一笑，伸手握住刀柄，他显然已经看出赫连战是超一流的高手。

赫连战缓缓抽出腰间弯刀，刀身宛如一泓秋水，荡漾着逼人寒芒，赫连战抽刀的动作极其缓慢，每抽出一寸，阴冷的杀气便将他周围的空气排浪般压榨出去。

我虽然身处在三层的凭栏处，仍旧感到一种莫名的寒意，禁不住下意识地向后退了一步。

赫连战的弯刀终于全部抽出，与此同时唐昧的瞳孔骤然收缩，他拇指轻动，腰间长刀弹射而出。

赫连战手中弯刀的寒芒布成了一个尺许方圆的光弧，来势极度缓慢，待到距离唐昧一尺之时速度猛然加快，空气在刀气的撕扯下碎裂成了千丝万缕，气体的爆炸声接二连三地响彻空中。

唐昧手中长刀猛然发出龙吟般的长鸣，刀身嗡然颤舞，炫目的刀光映得四处猛然明亮起来，仿佛宇宙的豪光聚集在此一焦点，风啸如泣，空气排荡如浪。双刀连续发出五声轻重各异的撞击，刺耳的金鸣声让人几欲掩耳。

两人身躯交错，彼此背向对方。

赫连战前胸的衣襟裂开了一道长痕，唐昧左袖缓缓从身上飘落。

“好刀法！”赫连战大声赞道，身体同时以左足为轴，猛然旋转起来，弯刀在他的周身划出一道凄美的光幕，远远望去宛如一条银龙游走在他的身边。

唐昧手臂微震，刀气撕裂前方的空气，锋利的刀尖破空向赫连战刺去。

随着一声空气爆裂的巨响，两人的刀锋重新碰在一处，彼此的力量让两人的身体微微为之一震。

唐昧目光变得越发凝重，刀尖微微一顿，身躯向后倒飞而起，赫连战如影相随，弯刀画出一道弧光，向唐昧攻去。

唐昧后撤之时，早就计算好了角度和位置。双足在身后墙壁上重重一顿，身体猛然向前弹出，借用反冲的力量将攻击的威力提升到最大。

赫连战大吼一声，弯刀全力劈出，双刀交接之处刀芒大盛，两人的身躯在空中凝滞片刻才向地面落下。所有人都已看出他们的武功在伯仲之间，若想分出胜负，恐怕是百招之后的事情。

两人正要蓄力再战，忽听门外传来一声朗笑道："住手！怎么自家人打起来了？"

众人举目向门前望去，却见西门伯栋大踏步走了进来，他因为要处理码头上的事情所以晚一步到来。

赫连战和唐昧对望了一眼，缓缓撤去刀身的力道。西门伯栋笑着来到两人身前道："赫连兄别来无恙！"

赫连战微笑道："红胡子！果然是你！"看来两人早就认识，交情还非同一般。

西门伯栋拍了拍他宽阔的肩膀道："这里全都是自己人，赫连兄想来有些误会，有什么事情全都包在我西门伯栋身上。"

骆云雁和西门伯栋也早就相识，连忙上来招呼。

西门伯栋首先将我介绍给赫连战，赫连战微笑着看了看我身后的唐昧："能够拥有这样出色的手下，龙公子一定有过人的魅力。"

我哈哈笑道："赫连兄的汉话说得真好，你手下图答也是一条响当当的汉子！"那图答为人憨厚，听到我赞他，不好意思地摸着后脑勺嘿嘿傻笑起来。

西门伯栋最后才将骆云雁介绍给赫连战，他向骆云雁道："这位赫连兄是东胡最富有的商人。"我对东胡赫连家族也有所闻，他们是东胡最有势力的家族之一，贩卖马匹木材，南往八国，北往高丽，都是他们经商的范围。

骆云雁见惯了各种场面，娇笑道："云雁有眼不识泰山，还望赫连公子多多海涵。"

赫连战道："骆老板！今日当着红胡子的面，你还是将那件事交代清楚为好。如果那十名东胡少女的确在你的手中，你花去的一切开销都由我来负责。"也许是西门伯栋在场的缘故，他口气已经缓和了许多，不过原则寸步不让。

骆云雁微微皱了皱眉头，西门伯栋微笑道："骆老板看在我的面上，若是知道那些东胡女子的消息，不如告诉赫连公子吧。"他对骆云雁的底细十分清楚，料定此事定然和她有关。

骆云雁看事情已经到了这个地步，自然不好继续坚持下去，轻声叹了口气道："当着西门老板的面，云雁也不相瞒，日前我的确买下了十名东胡女子，现在仍旧在城东旧宅之中学习歌舞。"她美目望了望赫连战道："既然赫连公子是西门老板的朋友，云雁便将那十名东胡女子还给你。"

有道是人敬我一尺，我敬人一丈。骆云雁做出如此让步，赫连战自然不能无动于衷，他慌忙起身道："这件事我处理得有些鲁莽，如有得罪之处，还望骆老板海涵。"他从怀中掏出一沓银票双手递到骆云雁的面前，"这五万两银票，就当作对骆老板损失的一点补偿。"

骆云雁淡然一笑道："看来赫连公子并不想结交云雁这个朋友。"

"此话怎讲？"

"云雁之所以将这些东胡女子还给你，一则是看在西门老板的面子上，二则是敬重赫连公子是一条汉子，又岂是为了这几张银票？"骆云雁这句话说得掷地有声，在场的所有人对她的慷慨都心存佩服。

赫连战欣赏地点了点头，对骆云雁的那点芥蒂早就消失得无影无踪。

骆云雁从桌上拿起酒杯斟满，微笑道："赫连公子若是存心谢我，那么就干了这杯薄酒，略表寸心。"

赫连战哈哈大笑，接过酒杯一饮而尽，然后捧起桌上的酒坛，大声道："在下还有事情要办，今日无法一一相敬，借着骆老板的这坛美酒，赫连战敬大家！"

他端起酒坛，仰首饮下。

我心中暗赞，这赫连战果然是一条漠北的好汉。

赫连战饮完那坛美酒，将酒坛轻轻放在地上，向众人拱了拱手道："赫连战先行告辞，等我处理完手上的事情，一定邀请诸位喝他个一醉方休！"

赫连战和图答走后，骆云雁正要邀请众人重新入席，却看到钱四海的贴身护卫李东匆匆忙忙赶了过来。他来到我面前上气不接下气道："龙公子……盐场出事情了……"我微微一怔，这才留意到李东的衣衫被扯破了多处，脸上也多了几道瘀痕。

李东缓了口气又道："盐场的工人发生骚乱，钱老板和管潮几个……被堵在了仓库之中……"

我和西门伯栋对望了一眼，同时站起身来。

西门伯栋道："我去官府求援！"

我和唐昧、周朗正要离去，瑶如从身后叫住我道："公子！我随你去看看！"考虑到瑶如田氏小姐的身份，我点了点头答应下来。

田氏盐场位于东海之滨，只有身临其境才能知道盐场规模的壮阔，纵马驰骋在沿海滩涂之上，远远就可以看到前方两座高耸入云的角楼，那里就是田氏盐场的入口。

瑶如在身后搂住我的身躯，轻声道："角楼起警戒的作用，在盐场的周边共有三十九座。"

我举目望去，那角楼之上并没有警卫巡视，看来田氏盐场自从收归国有之后，管理变得松散了许多。远处的晾晒场上聚集着数千名工人，显得群情激奋，正围着盐场的一座仓库叫嚷。

一旁的唐昧道："公子是不是等官兵来再过去？"他生恐工人们情绪失控危及我的安全。

我勒住马缰，向李东道："你可知道他们究竟为何闹事？"

李东叹了口气道："具体的情形我也不清楚……本来钱老板正召集他们开会，说着说着，便发生了骚乱。"

这时一个苍老的声音叫道："大……小姐……"

身后瑶如娇躯微微一震："林伯……"

我转身望去，却见右方一位瘦削的老者佝偻着肩背站在那里，混浊的双目之中满是激动之色。瑶如翻身下马，向那老者跑去。

林伯垂泪道："大小姐……果然是你……"他双膝跪倒在沙滩之上。

瑶如冲上前去扶起林伯双臂："林伯……你快快起来……"

我也跃下马来，将缰绳掷给唐昧。

瑶如扶着林伯站起身来，轻声道："林伯可知道盐场工人因何闹事？"

林伯擦去泪水道："大小姐，这盐场本来是田氏的物业，被朝廷强行霸占了过去，这三年来始终在拖欠工人薪水。"

我心中一动，看来这帮工人闹事定然和薪水之事有关。

林伯道："今日这个钱四海过来，不但不愿补偿我等的薪金，居然还要将老弱病残的工人全部辞退，我等岂能和他善罢甘休？"

瑶如噙着眼泪，转身看了看我，泣声道："盐场的工人多数依靠这里为生，若是钱老板将他们辞退，他们又如何谋生……"

我看了看瘦骨嶙峋的林伯，心中暗道：钱四海辞退这些人倒也无可厚非，换作是我接手盐场，也不愿承担这帮老弱病残之辈。表面上却并未表露出来，我向林伯道："林伯！我和这位新来的钱老板交情颇深，若是你信得过我，不如劝人群先行散去，让我和钱老板谈谈如何？"

林伯看了看我，又看了看瑶如。

瑶如道："这位龙公子是我的恩人，林伯大可不必顾虑。"

林伯这才点了点头道："我去劝劝他们，不过龙公子一定要说服钱老板收回成命才好！"

我笑道："林伯放心，我一定尽力而为。"

林伯是田氏盐场的元老之一，在这帮工人中的威望很高，经过他的劝说，人群马上就散开了。我们来到盐仓，正看到钱四海在管潮的陪同下战战兢兢地走出门来。

我和钱四海来到僻静之处，钱四海长长舒了一口气，擦去额头上的冷汗，低声骂道："这帮刁民，险些把钱某的骨头给拆了……"

我看到他狼狈的模样，心中暗暗发笑。

钱四海道："多亏了平王殿下为我解围！"

我摆了摆手道："恐怕你的危机仍然没有过去，那帮工人绝不会甘心被你辞退。"

钱四海显然仍未从刚才的惶恐中恢复过来，心有余悸道："难道我要背负上这许多累赘……再说他们的薪金完全是朝廷所拖欠，与我有何相干？"

"话虽这么说，可是这帮工人已经认准了你是事情的关键，这些陈年旧账自然要算到你的头上。"

钱四海苦着脸道："平王殿下可有良策？"

我淡然一笑，这钱四海虽然狡猾，可是论到政治上的手腕，却难登大雅之堂，更何况他视财如命，眼界方面欠缺不少。

我低声道："钱老板可以先答应他们。"

"殿下可知道，朝廷拖欠的是三年的薪金！"钱四海惊道。

我笑道："你可以利用谈判之机，找到其中带头闹事之人，下面的事情恐怕不要我说了吧？"

钱四海茅塞顿开，重重地拍了拍大腿道："好，擒贼先擒王，平王果然英明！"

我看了看四周道："钱老板这件事情还是尽量做得隐蔽一些为好，钱用在官府身上，远远比用在这帮工人身上要有效得多。"

瑶如的出现在这些盐场的工人中引起了不小的轰动，从他们对瑶如表现出的尊敬，可以看出田氏一族在他们心中的地位很难被外人取代。

钱四海远远望着瑶如的方向，目光中隐隐露出几分怨恨，早已崩溃的田氏家族仍然成为阻碍他接受盐场的一座大山。

我轻轻拍了拍他的肩头道："钱老板不必担心，这几日我就会带瑶如返回秦都。"

我并不想在济州作太多的停留，一是因为瑶如自从来到这里之后，变得十分忧郁。还有一个原因，我身在济州总是感到某种不安，我无法确切地证实这种不安是来自济州还是来自秦都。

不过在没有完成晶后托付给我的任务之前，我暂时无法离开这里，我已经是第三次来到沈驰的茅庐。

那名童子正在院落中晾晒着松果，看到我和唐昧进来，微笑道："龙公子又来了。"

我点了点头。

那童子指了指房间道："先生已经回来了，现在正在午睡，不如您就在这院中等他一会儿。"他搬来两尊黄杨树桩制成的矮凳，请我和唐昧坐了。为我们斟上茶水，茶色深紫，光影浮泛，还未到口，便觉异香馥郁，闻之神清气爽。我端起入口一尝，果然是色香味三绝，甘留舌上，一会便觉身心轻快，心情舒畅。

“好茶！”我低声赞道。

那童子不无得意地昂了昂头道：“这叫紫雨茶，是我在后山悬崖上采摘而来，经过先生的亲自翻炒，俗人很难有这种口福的。”

我呵呵笑道：“小兄弟说话好生有趣，你怎么知道我不是一位俗人呢？”

童子骄傲道：“我跟随先生多年，也学了一些观相之术，你骨骼清奇，相貌不凡，自然不是寻常人物。”

我饶有兴趣道：“连你都有如此神通，你家先生岂不是更加厉害？”

“那是当然！”

我和唐昧足足等了两个时辰，仍未见沈驰从房中出来，眼看就要日薄西山，如果继续等下去恐怕天就要黑了。唐昧等得有些不耐烦，愤然向我道：“这沈驰分明是故意刁难公子，不如我进去将他揪出来！”

我狠狠瞪了他一眼，低声斥道：“不得无礼！”唐昧慌忙垂下头去。

我看了看那紧闭的木窗，心中暗道：“不知这个沈驰究竟是何等人物？

这时忽然听到房内一个清朗的声音道：“听风！有客人来了吗？”

那名叫听风的童子规规矩矩答道：“先生，有位姓龙的公子求见。”他强调道：“他先前已经来过两次了。”

沈驰哈哈笑道：“龙公子请稍候，沈某沐浴更衣之后便来见你。”

我微笑道：“沈先生不必着急，胤空在此恭候便是。”

那沈驰又磨蹭了许久才从草庐走出，此人身材中等，面貌普通，肤色黝黑，和我想象中的相貌大不相同。沈驰穿着一双木屐，一边打着哈欠一边向我走来。

我恭敬地做一揖道：“晚辈胤空拜见沈先生！”

沈驰淡然摆了摆手，自行来到矮凳上坐下，倒了一杯茶水，咕嘟喝了一大口，咂了咂嘴巴道：“沈某好像和龙公子素昧平生，不知道你找我有什么事情？”

我留意到他的指甲很长，而且上面存有黑色的泥垢，显然刚才他未曾沐浴。

我试探着问道：“沈先生可曾听说秦都发生的事情？”

沈驰摇了摇头道：“沈某这几年一直在山中休养，闲暇时候便出海去垂钓，朝廷的事情许久未曾过问了……”他双目眯起，上下打量了我几眼道：“龙公子此次是专门为我前来？”

我点了点头道：“实不相瞒，胤空此次是奉太后之命而来。”

沈驰笑道：“龙公子说笑了，太后焉会想起沈某这个荒野村夫？”

我正色道：“胤空的确是奉太后之命，特来请沈先生出山。”

沈驰道：“龙公子可有凭据？”

我尴尬道：“胤空来济州的路上遇到马贼，慌乱中将太后的懿旨失落。”

沈驰不无讽刺道：“看来这次太后所托非人。”

唐昧双目怒视沈驰，对他的无礼傲慢已经是忍无可忍。

我用目光制止住唐昧进一步发作，若他激怒了沈驰，恐怕我更难达成此行的目的。我微笑道：“太后让胤空此次专程前来邀请沈先生出任大秦相国之职。”

沈驰笑道：“我姑且相信你所说的一切属实，不过恐怕沈某要让你和太后失望了，历经宦海沉浮，沈某早已心如止水，视功名富贵如过眼烟云。”沈驰的眼神无比深邃，说话的时候，表情没有任何的波动，让人很难窥探他内心真实的想法。

我叹了口气道：“沈先生有没有考虑过大秦的前途和命运？”

沈驰微笑不语，端起茶盏轻轻吹去荡漾在水面的茶叶。

我慷慨激昂道：“大将军白睿独揽朝政，骄横朝野，狼子野心早已昭然天下，若是任由他继续发展下去，大秦终有一日会成为他的囊中之物。”

沈驰点了点头道：“照龙公子的说法，相国之位无异于烫手山芋，沈某更加不敢接受了。如果我没有猜错，太后之所以让我回去出任相国之职，就是想用我来制衡白睿，沈某说句不客气的话，这个想法无异于天方夜谭。”

我盯住沈驰，默默期待着他的下文。

沈驰站起身道：“白睿手握重兵，权倾朝野，沈驰当年在大秦最高也只是坐到了廷尉的位置，如今更只是济州东门的一个看门官儿，太后即便给了我相国的职位，我又拿什么去和白大将军抗衡？搞不好我屁股还未将位子暖热，白睿就夺取了我的这条性命。”他转向我道：“龙公子不远千里而来，想来是太后绝对信得过的人物。”

“胤空容太后垂怜，被太后收为义子！”我这才向沈驰表明我和晶后之间的关系。

沈驰微微一怔，忍不住又端详了我两眼，许久方道：“原来你就是大康的质子平王龙胤空！”晶后认我为义子的事情早已传遍大秦，想来沈驰也一定有所耳闻。

我点了点头。

沈驰不解道：“沈某有一事不明，还请平王为我答惑。”

“沈先生请讲！”

“大秦正值多事之秋，对大康来说却是一个千载难逢的良机，平王身为大康子民却为大秦之国运奔波，于情于理好像都有些无法说通……”

我笑道：“按照沈先生的说法，胤空应该希望大秦越是动乱越好，可是沈先生有没有想过胤空此时的命运和大秦的国运是紧紧联系在一起的？”

沈驰眉峰一动：“平王考虑得果然周全，康国若是趁乱对大秦用兵，恐怕第一个要死的就是殿下。”

此人的见识果然非凡，剖析形势丝丝入扣，晶后对他的推崇并不是没有道理。

我恭敬道：“若是大秦发生内乱，大康伺机而动，胤空损失的最多只是区区一条性命，沈先生损失的却是故土和家园。”我环顾四周道：“若是大秦发生战乱，恐怕沈先生这种悠闲自得、抽身世外的生活也没有多少时日了。”

沈驰呵呵笑了起来：“按照平王的说法，沈某应该接受太后的邀请了？”

我点了点头道：“沈先生的那本《律民论》胤空仔细拜读过，先生提出的律法面前人人平等，实在让胤空佩服。”

沈驰道：“可惜始终无法在大秦真正实施。”

“沈先生难道不觉得这次是实施胸中抱负的最佳时机吗？”

沈驰缓缓向前方走去，遥望远方渐渐坠入海中的夕阳，若有所思道：“九泉之下的宣隆皇若是知道我重回秦都不知要做何感想……”

第十三章 缘起

沈驰终于答应随我一起返回秦都，我隐隐觉着他并不是因为我的话而改变了初衷。也许从刚开始他就已经决定返回秦都了，他究竟是为了大秦的国运，还是为了显赫的权势，抑或是为了晶后？也许这个答案只有等回到秦都才能揭晓。

回到西门伯栋的府邸，我看到房门紧闭，正想推门进去，一名仆妇来到我的身边低声道："龙公子，瑶如姑娘整整一个下午都在里面，她好像哭得很厉害……"

我点了点头，轻轻叩了叩房门："瑶如！开门！"

我喊了许久，瑶如方才把房门打开，美目早已哭得红肿，看到我之后用力咬了咬嘴唇，重新扑倒在床上又悲悲切切地哭了起来。

我掩上房门，来到瑶如身边伸手要抱她，却被她一把推开。瑶如抽抽噎噎道："你可曾记得答应了我什么？"

我心中微微一怔，看瑶如的情形，八成盐场那边又出了什么事情，满脸堆笑道："我当然记得！"

"那你为何还要让钱四海把林伯他们全部抓起来？"瑶如的话马上证实了我的猜测，可是她今日一直都在府中，却不知哪个嘴快的将这件事传达给了她。

我装出一副茫然不知的样子："什么？钱四海把林伯他们抓起来了？"我马上显得义愤填膺，怒道："这个唯利是图的浑蛋，居然用如此卑鄙的手段来对待林伯他们！"

瑶如果然被我的样子所迷惑，轻声道：“你……当真不知道此事？”

我伸手为她拭去脸上的泪珠，柔声道：“傻丫头，我一早便和唐昧去找沈驰，根本不知道钱四海会做出这等事来。”

瑶如轻轻点了点头，怯怯说道：“瑶如刚才对公子无礼，还请……原谅……”瑶如美目之中泪痕未干，越觉雾鬟风鬟，丰神绝世，媚目波莹，哀艳不胜。

我张臂将她揽入怀中，瑶如立时纵体入怀，紧紧偎抱着我，任凭亲热抚摸，一言不发。

我看到她满面哀愁，显然还在牵挂盐场之事，附在她晶莹耳珠旁低声道：“要不要我去找钱四海，让他把林伯那些人全部放了？”

瑶如点了点头，用力抱紧了我的身躯：“谢谢公子！”

我吻了吻她柔软的嘴唇，低声道：“我们之间还用得上如此客气吗？在我的心里早已将瑶如看成了我的妻子……”

瑶如俏脸嫣红，情不自禁地发出一声嘤咛，我深情款款的表白早已令她芳心欲醉，我一边抚摸着她的娇躯一边道：“你放心，我一定会救出林伯他们。”我正要对她采取更进一步的行动，瑶如推开我双手道：“公子还是快去求钱四海放过林伯他们，再晚恐怕就来不及了！”我只好依依不舍地放开她，微笑道：“好！等我回来你定然要好好陪我！”

钱四海没有料到我会来盐场找他，一双小眼睛眯成了细缝，恭维道：“平王殿下果然高明，我按照你的法子将那帮闹事的头领全部弄了进去，部分工人看到他们这个下场，一个个老实了许多，下午又开始正常上工了。不过还是有很多强硬的工人闹事，我刚刚让侍卫把他们驱赶了出去。”

我笑道：“这都是你钱老板的本事，胤空可不敢居功。”

钱四海嘿嘿笑了两声道：“平王这次来是不是有事情要我去做？”

“听说你把林伯也抓了进去？”

钱四海点了点头道：“那老家伙也是带头闹事的人之一，所以……”

我瞪了他一眼道：“钱老板明明知道瑶如和他的感情非同一般，这么干岂不是令我难做？”

钱四海尴尬笑道：“钱某考虑得的确有欠周详，平王放心，我马上就让人把林老头给放了。”

我叹了口气道：“其实我并不是怪你，换作是我也会和你一样难做！”

钱四海连连点头。

我又道：“这样吧，等我和瑶如离开济州之后，你尽可凭着自己的意愿行事！”

钱四海愕然道：“平王要离开济州？”

“大概三天之后就会离开！”我说的日子恰恰是沈驰答应离开济州的时间。

“这么快！”

我笑道：“我本来打算好好散散心，可来到济州却发现自己始终牵挂秦都的一切，新皇刚刚登基，母后又面临着无数复杂的事情，我还是早些回去为他们分忧。”

钱四海感叹道：“平王说得是，秦都目前的局势的确让人放心不下，殿下早些回去也好。”他又道：“这田氏盐场的经营若想重归正途，恐怕需要一些时日，钱某短时间内是回不了秦都了。”

临别之时钱四海一直将我送到大门外，唐昧牵着坐骑过来，我正要上马，唐昧忽然大声道：“小心！”闪电般从腰间抽出长刀，掩护在我和钱四海的身前。刀身在暗夜中闪过一片寒芒，准确地击中突然袭来的羽箭。

刀锋过处，激起一片火星，羽箭歪歪斜斜地没入沙滩之中。

钱四海吓得脸色煞白，双膝一软，瘫倒在地上。这羽箭的目标分明是他，如果不是唐昧及时出刀，此刻他恐怕早已命丧九泉。唐昧目光炯炯盯住远方，随时提防着对手再次出手袭击。

听到动静的数十名侍卫慌忙冲了过来，自从盐场发生了动乱之后，钱四海明显增加了侍卫的数量。

唐昧低声道：“刺客埋伏在盐场西方的角楼上，你们过去看看！”那帮侍卫面面相觑，却无一人敢前去查看。

钱四海这时从刚才的慌乱中恢复过来，怒道：“全都是饭桶！养着你们这帮废物又有何用！”

唐昧道：“那刺客此次行刺不成，一定不会继续留在盐场，恐怕已经逃走了！”

钱四海心有余悸道：“若是他再来行刺，那我该如何……”

我望着西方的角楼道：“若是我没有猜错，这刺客应该对盐场的情况极为了解，也许他根本就是盐场的工人也不一定。”

钱四海咬牙切齿道：“明日我定要将这帮刁民仔细盘查一遍，找出意欲害我之人！”

我心中暗笑，钱四海即便这样做也定然是徒劳无功，看他的模样，今晚定然是无法安眠了。这刺客虽然不是冲我而来，可是突如其来的一箭也为我的内心蒙上了一层阴影，田氏盐场果然复杂，看来这场动乱的背后一定有人在唆使。

唐昧道：“公子怀疑这刺客是田氏盐场的人？”

我淡然笑道：“这只是我的猜测。”

“公子的猜测并非没有道理。”

我奇怪地看了看唐昧。

唐昧道：“从刚才那一箭的力度来看，刺客应该是一流高手！据我所知田氏一族中武功最好的应该是田玉麟，而且他箭法超群，有百步穿杨的本领！”

“你是说，刚才行刺钱四海的是田玉麟？”

唐昧点了点头道：“有这种可能，田玉麟应该已经潜入济州城内，公子还记得上次我差点误伤你的事情吗？”我想起和唐昧相逢的情景，他差点把我当成了田玉麟，险些对我施以杀手。

我默然不语，过了一会儿方道：“唐昧，田玉麟究竟在北疆惹下了什么祸端，以至于有人不惜花下重金买他性命？”

唐昧犹豫了一下，终于下定决心道：“田玉麟杀掉了北疆巨贾卫东临的儿子卫展，卫东临又怎会饶过他？”

我微微皱了皱眉头，这个田玉麟在北疆充军，不知又怎会惹下这种麻烦？

唐昧道：“田玉麟应该已经潜入济州多时，济州城中定然有人同他接应。”

我微微一怔，忽然想起下午时候瑶如的异常表现，难道这事情和她也有关系？

唐昧似乎看出了我的表情变化，低声道：“公子有心事？”

我挤出一丝笑容道：“没什么。”

回到西门伯栋的府邸，我发现瑶如并不在房内，问过负责照顾我们起居的仆妇，才知道瑶如在我走后不久便出门散步去了。我几乎可以断定瑶如一定有事在瞒着我，也许她早就知道田玉麟潜入了济州。我的内心中顿时充满了愤怒，无论瑶如的出发点是什么，我都无法容忍我的女人做出任何背叛我的事情。

我叫上唐昧纵马出门而去，唐昧从我冷酷的面孔上仿佛看出了什么，他试探着问道：“公子想去田氏旧宅？”

我一言不发地点了点头，挥动手中马鞭重重地抽打在骏马的臀部，骏马一声长嘶，疾风般向田府的方向冲去。

冷月当空，映照得整个天地宛如笼罩上一层银霜，田府的高墙在地上留下一道长长的投影。我翻身下马，在唐昧的帮助下攀上高墙。

唐昧低声道：“田玉麟绝非泛泛之辈，公子千万小心！”我点了点头，率先从高墙上跳了下去。空气中弥漫着淡淡的花香，整个宅院在月光下显得静谧异常。远处祠堂之中隐隐透出灯光，我用力握紧双拳，眼前的一切已经证实了我的猜测。

唐昧示意我留在原地，抽出长刀向祠堂悄声无息地靠近过去，他即将靠近祠堂的时候，室内的灯光突然熄灭了。

窗格发出两声轻响，两道寒光从祠堂内闪电般射向唐昧。

唐昧手中长刀迅速来回拨动，将两支羽箭格开，与此同时，一道黑影从格窗中冲出。

唐昧怒吼一声，全速迎了上去，一刀劈向对方的头颅。

那黑衣人应变奇快，反手从身后抽出长剑，剑身在唐昧长刀上轻轻一搭。身躯宛如大鸟般向上飞去，稳稳地落在屋顶之上。

月光如水，静静照在他的身上，他潇洒飘逸，身躯高大而强壮，英俊的面孔上流露着淡淡的哀愁，让他整个人更显得孤傲无情，连我也不得不承认此人是人间少见的美男子。

他淡然注视着唐昧："我认得你！"

他的表情始终如一，声音充满了男性的魅力，我却从中听到了无尽的冷酷。

唐昧跃上屋顶的同时，一道耀眼的光华自黑衣人的手中弹射而出，闪电般刺向唐昧的胸前，转瞬间攻出一十八剑，空气中淡淡的香气立刻被凝结了。唐昧手中长刀同时迎出，刀剑在夜空中十数次交锋，夺目的火星四处飞溅。两人又同时落在了地上。

黑衣男子冷冷道："好刀！"

唐昧微笑道："好剑！"

唐昧大吼一声，长刀向对手弧形横削而去，长刀掬起一抹月光，画出凄美绝伦的光华。黑衣男子身躯高飞而起，衣袂飘飘，宛如振翅欲飞的仙鹤，手中长剑轻轻搭在长刀之上借力又向上飞出丈余，整个身躯倒转过来，长剑从上而下向唐昧的头顶刺来，宛如千万点寒芒罩住了唐昧所有退路。

唐昧身躯纹丝不动，长刀向那万点寒芒的中心劈去，寒芒立消，空寂的宅院中发出一声巨响，长刀刀锋正劈在剑尖之上，白衣男子身躯再度向上飞出，唐昧足下青砖因承受不了巨大的压力从中断裂。

黑衣男子身法极为诡秘，空中一个曼妙的转折，长剑发出一声轻吟，整个人平行地面飞出，剑尖直指唐昧的咽喉。

唐昧双手擎刀，一式"力劈华山"向对手斩去，此招虽然寻常，但经他手中使出，威力却不同凡响，刀气形成的霸道狂飙向来人涌去。黑衣男子剑速猛然加快，从浓重的刀气中撕开了一道裂隙向唐昧胸前刺来。唐昧虎躯向右疾转，刀锋斜向对手手臂斩去。

黑衣男子冷哼一声，手中剑向来刀封去，刀剑再度相撞，两人身躯都是一震，唐昧应变极快，左足向对手小腹踢去。

黑衣男子腰腹猛然向后回缩，左手向唐昧膝弯点去，唐昧身躯向右疾转，右臂却向前推出，长刀全力向对手砍去。两人同时后撤，两人之间的距离拉开一丈有余。

黑衣男子右手轻扬，剑气激发而出，在静夜中发出嗤嗤声响。

唐昧丝毫不敢大意，长刀蓄势待发，两人目光在虚空中无数次交锋。

黑衣男子身躯猛然弯曲若弓，向唐昧弹射而来，长剑刺向唐昧前胸。唐昧大吼一声长刀向来剑劈去，剑势中途陡然一变，宛如万千雪莲飘起于夜空之中。唐昧瞳孔骤然收缩，凝聚全身功力劈在那万朵雪莲的正中。

只听到轰然一声巨响，剑光顿时消失，黑衣男子踉踉跄跄向后退了数步，嘴角一丝鲜红的血迹缓缓流了出来，唐昧正要继续进击，忽然听到一声娇呼："住手！"

我向前望去，却见瑶如满脸泪痕地冲了过来，不顾一切地挡在那名黑衣男子的前方。唐昧缓缓垂下了长刀，眼光望向我的方向。

我缓缓从黑暗中走出，目光冷冷盯住瑶如道："原来你一直都在骗我！"

瑶如俏脸变得毫无血色，娇躯瑟瑟发抖，却仍然护在那男子身前："公子，求你放过我哥哥……"

"瑶如！你不必求他！这混账分明也是大秦的走狗！"田玉麟怒吼道。

我微笑着望向田玉麟："我一直都在奇怪，盐场的事情肯定有人在幕后挑唆，原来那个人就是你！"

田玉麟孤傲道："田氏盐场本来就是我们田家的产业，是你们这些无耻小人用卑鄙的行径夺去！"他声音变得有些嘶哑，看来在刚才和唐昧的交手之中伤得不轻。

我对田氏盐场并没有任何的兴趣，更无意于夺去田玉麟的性命。今夜之所以夜探田府，主要是出于对瑶如的关心。我叹了口气道："你去吧！远远离开济州，如果继续留下只有死路一条……"我看了看瑶如，她早已哭成了一个泪人儿，"不要连累你的妹妹！"

田玉麟高傲的眼光渐渐软化了下来，他盯住我的双目，缓缓点了点头："帮我照顾好瑶如！"转身正要离去。

这时从围墙四角悄声无息的溜下数十道黑影，他们全都是黑衣蒙面，手握长刀。

田玉麟冷冷道："带瑶如走！这些人是来找我的！"他缓缓抽出背后强弓，抓出五支羽箭，同时搭在弓弦之上。田玉麟双目闪过一丝慑人寒芒，力贯双臂，弓如满月，五支羽箭追风逐电般分别向五名黑衣刀客射去。

我向唐昧使了一个眼色，唐昧心领神会，抽刀狂吼一声追逐着箭矢的方向全速冲去。

两声惨呼在静夜中响起，两名黑衣人被羽箭射中。唐昧阻击对手的同时，田玉麟又从趁机射出五箭，对手有六人先后中箭倒地。

"快走！"我低声向田玉麟道。

田玉麟点了点头，眼前的局势已经明朗，以唐昧的武功对付这帮黑衣武士应该绰绰有余。

田玉麟深深凝视一眼妹妹，转身向东方的围墙逃去，身躯如大鸟般跃向墙头，就要跃上高墙之时，一个白色的纤纤身影突然出现在围墙之上，人影随风荡动，一道寒光居高临下向田玉麟的头顶劈落。

田玉麟身在半空之中，仓促间手中长剑斜向格挡在身前。对方这次的时机无论角度还是力道拿捏得都是恰到好处，狭窄的剑身顺着田玉麟的长剑斜行下滑，向他执剑的臂膀斩去。田玉麟不得已向后回缩，没想到对手的利剑居然弧形反折了起来，剑锋嗤的一声挑破了他胸前的衣襟。

田玉麟被对手迫得手足无措，重新落在院中，那白衣蒙面少女的剑锋已经将他前胸的衣襟划开，夜风吹过，露出他强健的胸肌，上面一道殷红色的血痕触目惊心。

田玉麟又后退了几步，方才稳住了身形。刚才在和唐昧的决斗中，他损耗了大部分的体力，现在已经无力和对方抗衡。

那少女冷冷道："把田氏账簿交出来！"

田玉麟握紧长剑，目光坚忍而顽强，虎吼一声，双手握剑全力向那少女劈去。那少女手中剑随意挥出，轻轻沾在田玉麟的长剑之上，娇躯却如惊鸿般向后倒飞而去。

我这时才知道她真正的目标是我和瑶如。

慌乱间我抽出佩刀向她砍去，那少女一声轻笑，剑尖在我刀背上轻轻一搭，娇躯已经从我的头顶越过，利剑指向瑶如的咽喉道：“全都给我住手！否则我一剑刺死你的妹妹！”

唐昧此时已经成功地击退了那十多名黑衣刀客，第一时间冲到我们的面前。

田玉麟脸色苍白地看着那蒙面少女，无力道：“你不可伤她……”

那少女发出一串银铃般娇笑：“为什么不可以？我想做的事情天下间只怕还没有人可以拦住！”她剑锋微动，森冷的剑气立时斩断了瑶如鬓边的青丝，一缕秀发缓缓飘落在地上。

利剑横亘在瑶如娇雪般的玉颈之上，只要她稍一用力，瑶如就会香消玉殒。

瑶如忽然大声道：“哥哥！快走！”

田玉麟嘴角抽动了一下，他的内心显然处在剧烈的斗争中。

瑶如含泪道：“那账册是我们田氏一族复兴的希望所在，你千万不可交给她！”

我内心不由一怔，看来瑶如对我隐瞒的事情还有很多。

田玉麟叹了一口气，自怀中缓缓拿出一本淡黄色的账册，在那少女面前晃了晃，猛然一扬手，掷向空中。

那少女娇躯腾空而起，纤手向账册抓去。

唐昧同时发动，挥动长刀，一股霸道无匹的刀气隔空向那少女斩去。

那少女竟如风中柳絮，在空中一荡三摇，飘起数丈有余，稳稳将那账册拿到手中，娇笑道：“谢了！”于空中毫不停留，一个曼妙的转折已经向围墙外投去。

唐昧担心我的安危并未继续追击，我留意到田玉麟的表情并无任何失落，心中暗道：难道这田玉麟给她的是一本假账册？

田玉麟再也不向我们看上一眼，转身向和那少女相反的方向投去。

瑶如惊魂未定地站在原地，许久才哇的一声哭了出来，我叹了口气道：“回去再说。”

冷月疏星，清辉四彻，所有房舍道路，全都明朗朗地涌现于月光之下。寒烟不起，万籁无声，道路在我们的面前曲折延伸，一阵冷风迎面吹过，坐在我身后的瑶如忍不住打了一个冷战，她伸臂想要从身后搂住我。

我冷冰冰道："坐稳了！"挥动马缰狠狠地抽打在马臀之上，骏马负痛，长嘶一声，箭一般向前冲去。

唐昧生恐我有所闪失，紧紧跟在我的身后。

瑶如受我如此冷遇，心中一酸，低声啜泣起来。我其实心中并未真正恼她，不过如果不给她一个深刻教训，恐怕她日后还敢欺瞒我。我自幼生活在宫廷之中，目睹无数嫔妃为了私利欺瞒父皇，耍尽手段，若是连一个女人都不能威慑，以后又谈何一统天下？

头顶忽然听到一阵咯咯娇笑，我愕然抬头望去，却见刚才那个白衣少女去而复返，站在一株垂柳之上，娇躯随着那柳枝微微起伏。一弯新月从她的身后照来，皎洁的月光笼罩着她无限美好的躯体，为她平添了一层神秘的光环。

少女镐素如雪，襟袂飘飘，月光之下越显气质飘逸，仪态万方，又穿着一身白衣，更显玉洁冰清，飘然有出尘之致。她一双美目含幽带怨地盯住我道："这位公子可否留步，我有句话想对瑶如姐姐说！"

此女武功卓绝，行事诡秘，我心中暗自提防，表面却微笑道："有什么话姑娘尽管说明！"

唐昧冷冷道："妖女！田玉麟并不在这里，你若是敢纠缠我家主人，小心我取你性命！"

那少女咯咯笑了一声，纤手捂住丰盈的胸膛，娇声道："人家好怕哟！这位公子怎么如此凶恶，胸中难道没有一点怜香惜玉的念头，当真是不解风情……"她声音娇柔婉转，美目宛如春水般荡漾，当真是诱人之至，虽然面上罩着面纱，仍然掩饰不住她的绝代风华。

她纤手轻轻扬起那本账簿："瑶如姐姐！你那位大哥好生狡猾，居然拿着一本假账册来骗我！"她突然将那账册向唐昧掷去，娇躯同时向下扑落。

账册落到中途，少女娇叱一声，手中三尺细剑闪电般挥出，剑气从剑锋激发而出，顿时将那本账册撕裂成千片万片，无数纸屑从空中翻飞而下，笼罩住我们头顶的天空，远远望去宛若无数盘旋飞舞的黄蝶。

唐昧如蛟龙般自马背上飞起，长刀划出一团光雾，将意在迷惑他视线的纸屑击成齑粉。万千纸屑之中，一道冰冷的寒芒径直刺向唐昧的胸膛。

唐昧怒吼一声，一刀全力迎出，那少女招式诡异，剑刃刚刚沾上对方刀锋，立刻向后倒飞出去，在空中一个曼妙的转折，娇躯弧形回旋，再次向唐昧攻来。

唐昧不等她来到面前，隔空连续劈出三道霸道无匹的刀气，那少女长剑轻挥，看似轻描淡写地和这三股刀气连连相交，娇躯在空中轻轻荡荡地连续后退，重新落回那垂柳之上，纤手风姿无限地理了理云鬓，妙目盯住唐昧道："好狠的刀法！"

唐昧见到她已经被逼退，也不进击，谨慎地守护在我和瑶如的身边。

少女一双美目盯住我道："公子既然不愿留我，小女子只好离去了！"足尖在垂柳上轻轻一点，已经融入夜色之中，一阵缥缈的声音留在身后，"公子小心！那骨灰坛中究竟藏了些什么？切勿被瑶如姐姐给骗了……"

这少女的话正中我内心的痛处，转身看了看瑶如，瑶如花容惨淡，一双美目泪光盈盈，我用力挥舞马鞭，纵马向前方行去。

到房间内，瑶如掩上房门，立刻跪倒在我的身下，抱住我双腿泣声道："公子……瑶如并不是存心骗你……"

我冷冷道："那骨灰坛中究竟藏有什么秘密？"

瑶如颤声道："公子休要相信那妖女胡说，骨灰坛中的确是瑶如母亲的骸骨……"

我冷笑了一声，挣脱开瑶如的怀抱，来到床前坐下。

瑶如伤心之至，抽抽噎噎道："那日见了林伯之后，我才知道哥哥已经来到了济州。"

我淡然道："兄妹相见本来就无可厚非，我问你，那田氏账簿之上究竟有什么秘密？"

瑶如咬了咬下唇，并没有立刻回答我的问题。

“你终究还是信不过我？”我的内心涌起一股难以名状的愤怒。

“不是！”两行晶莹的泪水顺着瑶如的面颊缓缓流下，她颤声道，“瑶如绝没有欺瞒公子的意思，这件事之所以没有告诉公子，就是不想公子为田府的事情操心……”她跪着挪到我的面前，“那本账簿是我父亲当年放款和经营的名单，里面涉及许多秦国的王族贵胄，哥哥此次回来就是为了找出这本账簿，以图对这些忘恩负义的小人进行报复。”

我点了点头，瑶如的解释合情合理，不过如果这个账簿真的如她所说，里面记录的东西恐怕相当重要，若是揭发出来势必影响极大，难怪有人要不计代价得到它。照今晚的情形来看，田玉麟应该已经得到了这本至关重要的账簿。

“这本账簿留在你大哥的身边只会增加他的危险，你为何不劝他把账册留下？若是由我转呈给太后，或许可以还你田氏一族一个清白。”

瑶如期期艾艾道：“我曾劝过大哥，可他执意要亲手处理这件事，瑶如也没有办法……”瑶如伸手为我除去足上长靴，妙目之中仍然是泪光盈盈，“瑶如知错了，以后再也不敢对公子有任何欺瞒。”

我见她神情哀艳缠绵，情泪珠流，不由得由怜生爱，由爱加怜，早将刚才对她的那点怨恨抛到了九霄云外。

此次离去我并未惊动钱四海等人，甚至都未向主人西门伯栋告辞，对府上仆人宣称出去游玩，便悄声无息地离开了他的府邸。

晨风轻送，吹去浓浓睡意，青白色的曙光和淡淡的晨雾交融在一起，点染着济州的山山水水，马蹄踏在青石板道路上，发出悦耳的蹄声，在空旷的街道久久回荡。路旁霏霏青草随着蹄声有节奏地微微抖动，草尖上的露珠顺着叶子的脉络缓缓滑下。

来到高处，我忍不住回身向东方的大海望去，海潮刚刚开始升腾，湛蓝色的波涛卷起白色的浪花，形成了一道延绵不绝的银色水线，一轮红日从海面溢出，焕彩腾晖，映射出半天红霞，泛起千里金波，景色分外壮丽。

这种雄壮的景色是我在大康所无法看到的，胸中涌起万丈豪情，总有一日我要将这一切划归于我的国土之内。

骏马的嘶鸣打断了我的沉思，我用力夹了一下马腹，和唐昧并辔向济州城东门驰去。

沈驰果然信守诺言，带着童子听风准时在东门外的长亭等候。我微笑着迎了上去，恭敬一揖道：“沈先生果然信人。”

沈驰哈哈笑道：“沈某只要答应过别人的事情就不会失信。”

我恭恭敬敬地请沈驰上车，和唐昧两人行在最前，此次返程我共雇了两辆马车。

我们才走出不到一里路，就听到身后隐隐传来喊声：“龙公子！请留步……”

回头看去，却见钱四海和西门伯栋二人分别骑着一匹骏马在几名侍卫的跟随下追来。我苦笑着摇了摇头，没想到终究还是让他们察觉了我离开的事情。

钱四海气喘吁吁地从马背上艰难爬了下来，以他如此肥胖的身材，骑马对他来说的确是件为难的事情，他擦了擦脸上的汗水道：“公子……你……你……不是明天……才走吗……”

我笑道：“我担心秦都有事，所以提前离开。”又看了看西门伯栋，歉然道：“西门老板勿怪，胤空在府上叨扰多时，这次实在是不想再给你添麻烦。”

西门伯栋大声道：“龙公子哪里的话，伯栋这些日子和公子颇为投契，能够结识公子乃是前生修得的缘分。”

他身后侍卫端着一个酒坛来到他的面前，另外一人拿出三个酒碗分别倒满。

西门伯栋双手将其中一碗递到我的面前，诚挚道：“公子既然执意离去，在下也不好强留，此往秦都路途迢迢，愿公子一路顺风！”

我感激地点了点头，这西门伯栋的确是好客之人。我伸手接过他手中的酒碗，仰首一饮而尽。西门伯栋陪我干了一碗，又为我添满。钱四海上前道：“公子回去之后，替我向太后当面致谢！”我微微一笑：“钱老板放心，我母后若是知道你成功接收田氏盐场，自然要为你高兴。”钱四海喜滋滋地和我对饮了一碗，然后从侍卫手中拿过一个装满金银的行囊，递到我的手中：“公子把这些盘缠带上！”

对钱四海我根本无须客气，这些金银也是从田氏盐场搜刮所得，我接过行囊，入手沉甸甸的，显然分量不轻，我大笑着将行囊扔给唐昧。

钱四海见过唐昧的出手，知道他武功远在自己的几名侍卫之上，笑道："公子有唐昧一旁保护，沿途肯定不会再有什么麻烦。"我拉他到一旁低声道："盐场的事情，你千万不要过于激进，威慑他们的同时切勿忘记怀柔之策，万一把事情闹大，在太后的面前恐怕不好交代。"钱四海连连点头。

我这才向他们一一道别，西门伯栋又拿出一个木匣奉到我的面前道："我听闻龙公子正在修习刀法，这把钢刀是西门家顶级工匠所制，送给公子做个纪念！"

西门家族乃是普大之下最大的武器商人，他们制作的兵器必为精品，我欣喜万分地接了过去，西门伯栋的这份礼物比起钱四海的金银更让我惊喜。

我邀请道："西门老板若是有空去秦都，一定要去枫林阁找胤空一聚，让胤空能有致谢的机会。"

西门伯栋哈哈大笑道："公子放心，也许不久我们就会在秦都见面。"

我拱手向他们一一道别。

沈驰很少下车，饮食起居都是那叫听风的童子伺候。回去的路线我刻意绕过了回龙镇，这主要是为了减少麻烦。随着离秦都越来越近，我的心境也变得越来越紧张，济州之行让我暂时忘记了宫内的风云变幻，回到秦都就意味着重新投入这残酷的斗争中去。晶后已经将全部的希望寄托在这个其貌不扬的沈驰身上。

我虽然相信沈驰有过人的能力，可是单凭一己之力想和手握重兵的白暑对抗，在我看来仍然无异于天方夜谭。从沈驰的身上却看不到任何的紧张，无论以后他会有如何作为，单单这份平静的心态，就已经让我折服。

"再有两日便到秦都了……"沈驰懒洋洋在车内道。

我纵马来到他的车旁，微笑道："沈先生醒了？"

沈驰笑道："我哪里能睡得着，这山间小路崎岖不平，沈某的这身骨头都快要散架了。"

我也笑了起来："沈先生，前方就是大路，您马上就可免除颠簸之苦了。"

沈驰拉开车帘，打了个哈欠向外面张望了一眼，旋即有缩回头去："平王殿下专挑山野小径，究竟是为了躲避何人？"

"沈先生莫要误会，胤空是想趁机浏览一下沿途的景致。"

沈驰哈哈笑了起来，然后轻声道："平王是不是害怕沈某安逸日久，早已毫无斗志，故而事先让沈某历练一番人世辛苦。"

"沈先生真会说笑话。"

这时日已西坠，夜幕不久就要降临。

唐昧挥鞭指向前方："公子！今日不如我们就在那座客栈歇息！"

我举目望去，却见暮色之中果然有几间茅舍，门前还用竹竿挑起数盏红灯。

我点头道："好，就去那里！"

沈驰在车内道："荒山野岭，路人稀少，在这里开店的非奸即盗，你们还是不要招惹麻烦为妙。"

唐昧露出一丝不屑的笑容，他对沈驰一直没有太多好感。

我微笑道："沈先生尽管放心，即便是黑店，有唐昧在也不会有任何事情！"唐昧的武功卓绝，有他在身边我自然有恃无恐。

沈驰嘿嘿冷笑了一声再不说话。

一行人来到那草舍前方，门前早有一名小二笑嘻嘻奔了出来："几位大爷，住店还是吃饭？"他衣衫虽然破旧，洗得倒是十分整洁。

唐昧道："你们这里可有上房？"

那小二笑眯眯道："大爷放心，我们三元客栈是方圆百里最为舒适的地方，后院有三间整洁的上房，保管让几位大爷住得舒坦。"

我打趣道："我几百里山路走了过来，只看到你这家客栈，难怪你敢夸这个海口。"

那小二呵呵笑着挠了挠头顶，来到我的马前帮我牵住缰绳，我翻身下马。先从车内请出了沈驰，然后才到后面车中扶出了瑶如。

瑶如经过这几日的奔波显得异常疲惫，半依半偎靠在我的肩头。我关切道：

"怎么？是不是身体不舒服？"瑶如点了点头，虚弱道："想来是受了些风寒，四肢软绵绵的，毫无力气。"我摸了摸她的额头，只觉她的额头烫得吓人，慌忙把她的娇躯横抱在怀中向客栈走去。

这间客栈虽然简陋，收拾得却是异常洁净，柜台前一位美艳少妇正在那里拨弄着算盘，她穿着一身蓝色印花衫裤，腰间束着一条青布裙，从头到脚一点装饰也没有，但是通体清洁，一尘不染，衣服又极称身，看在眼里，说不出的清洁爽目。想来是为了方便做事，衣袖管卷起半截，露出两条欺霜赛雪、细腻圆滑的手腕，想不到这山野之中居然有如此美艳的女子。

她娇媚媚地看了我一眼道："大爷！上房早已经准备好了。"声音软糯如酥，勾人心魄。

我先把瑶如安置在房内，沈驰粗通医理，从随身携带的药箱中找到几味草药，让听风煎了给瑶如服下。瑶如睡着后，我才和沈驰几人来到店堂吃饭，此时才留意到东南角的桌子上趴伏着一位青衫儒士，他似乎已经喝醉了，口中仍然道："拿……酒来……"

那老板娘恶狠狠骂道："你这酒鬼三天两头地来我店中赊酒，老娘的这点生意哪经得你如此折腾！"

那青衫儒士摇摇晃晃站起身来，一时立足不稳，重新趴倒在桌上，将桌上的杯盘碗碟摔了一地。那老板娘气得脸色煞白，从柜台旁端起一水盆，来到那儒士面前兜头浇了下去。

那青衫儒士忍不住打了个冷战，紧接着又打了两个响亮的喷嚏，酒意登时清醒了七八分，赔笑道："润娘！可怜我一次，再赏些酒吃吧！"

润娘柳眉倒竖道："赏你两个耳刮子！还不快滚，若是惊扰了我的贵客，今日老娘定要将你扒皮抽筋。"

那儒士仍然笑容可掬道："润娘若是愿意，就是打上我十个耳光也无妨，只要你赏我一杯水酒就行。"

润娘无可奈何地叹了口气道："老娘开店，还没见过像你这样的惫懒人物。"她扭着杨柳细腰向柜台走去："阿旺，给这醉鬼再拿一壶酒，让他醉死才好！"

来到我们面前却换了一张娇柔妩媚的笑脸，柔声道："几位大爷想要用些什么？"

我问道："你这里有些什么？"

润娘笑道："大爷莫要以为我这里是穷乡僻壤，却不知道山里有山里的好处，我那厨子做的山珍野味，保你闻所未闻，见所未见。"

我笑道："好！把你们拿手的菜肴尽管端上来！"

润娘高高兴兴地应了一声，去厨房准备。

沈驰低声道："这女子绝不是寻常村妇，你看她双手细嫩，根本不像进行过劳作的模样，你们再看她的面容，哪里像个终日在山风中过活的女子？"

唐昧唇角泛起一丝不屑，反唇相讥道："照沈先生的看法，这间分明就是黑店喽？"

沈驰的话虽然不无道理，可是以此来判断润娘开的就是黑店，也未免太过武断。

那青衫儒士端起一杯酒朗声道："人生得意须尽欢，莫使金樽空对月……"仰首一饮而尽，唐昧似乎受他感染，大声道："小二！拿酒来！"

润娘亲自为我们端上四碟凉菜，分别是熏野鸡、白切野猪肉、拌鲜笋、葱油山菌，餐具虽然都是粗劣瓷器，可是分量十足。

酒水乃是取自山上纯净山泉酿造，刚刚除去泥封便闻到异香扑鼻。

沈驰使了个眼色，听风拿出银针在菜肴中逐一刺探了一下，发现那银针并无异样，这才放下心来。

唐昧道："沈先生这下放心了吗？"

沈驰微微一笑道："酒水还未试过，有道是小心驶得万年船，难道唐护卫从来都没有听说过？"

唐昧哈哈笑了一声，端起酒杯一饮而尽。

那听风又在沈驰杯中探了探，确信无毒，沈驰才将酒水饮下。

我考虑到晚上还要照顾瑶如，并未饮酒。唐昧向来是无酒不欢，饮了满满一坛。沈驰的酒量居然也不差，他和唐昧并不投缘，两人各喝各的，颇有些拼酒的味道。

那青衫儒士此刻仿佛又喝醉了，把酒坛推倒在桌上，大声道："酒逢知己千杯少，话不投机……"话未说完，已经趴在桌上鼾声大作。

夜幕降临，远处的山林中时而传来野兽的嗥叫，四周显得越发寂静。

我打了个哈欠，率先道："你们继续喝酒！我去看看瑶如！"

沈驰也微有醉意，笑道："春宵一刻值千金，龙公子……莫要在这里陪我们了……"

回到房间，瑶如仍然在熟睡，我试了试她的体温，比刚才要降低许多，心中渐感宽慰。

我找出西门伯栋送我的那个木匣，这几日我一直都没有时间观赏此刀。打开木匣，露出一柄长约四尺三寸的长刀，刀柄是由青铜铸造，外面用犀牛皮包绕而成，饰以象牙旋纹，双手握刀尚余半寸，刀鞘为墨绿色鲨鱼皮缝制，整把刀的外观精巧而不失古朴。

手握刀柄缓缓抽出，一股冷森森的寒气迎面而来，秋水般的刀刃映射出逼人寒芒，刀底刃宽约一寸六分，逐渐向前方收拢，刀背厚约两分，刀锋却薄如蝉翼，烛光之下，隐约可以看到刀身刻有盘龙铭纹。

我双手握刀向前做了一个劈刺的动作，刀身幻化出一片雪样银芒。西门家族的武器制造工艺果然出众，大秦拥有如此坚强的后盾，难怪军队的战斗力会在短时间内得以迅速提升。

房门被轻轻叩响，小二在门外道："大爷！我给您送薰香来了！"

打开房门，小二笑容可掬地将薰香递到我的手中："荒山野岭，蚊虫特别多，这薰香乃是特制，可以驱赶蚊虫。"我点了点头，接过薰香随手关上房门。

瑶如忽然发出一声惊叫，我随手将薰香扔在桌上，来到床前。

瑶如满头大汗地坐了起来，看到我"哇"的一声哭出声来，紧紧抱住我道："我……刚才做了个噩梦，梦见公子不要瑶如了……"

我轻抚她的香肩道："傻丫头，怎么会，瑶如一直都是我的心肝宝贝。"瑶如娇躯瑟瑟发抖，我摸了摸她的额头道："我去找沈先生再为你煎一服药。"

瑶如紧紧抱住我道："瑶如不要吃药，只要公子陪在身边，什么病都会好的！”我为她披上外衫，在她俏脸上轻轻吻了一记，此时忽然听到外面发出呼的一声响动。

我和瑶如对望了一眼，彼此的目光中都充满了惊疑。

“我去看看！”我拿起桌上的长刀，拉开房门。

“公子千万小心！”瑶如在身后关切地嘱托道。

我点了点头，反手掩上了房门。

夜风迎面吹来，带起些许寒意，大半轮明月挂在松梢之上，清辉四射。耳听深草里面小虫交鸣，宛如潮涌，此应彼和，晃漾空山。明月将升，疏星耿耿，松荫满地，夜景清绝。

前方的店堂仍然亮着灯光，只是唐昧和沈驰早已不在那里，我回身看了看两侧的房间，灯光全都已经熄灭，也许他们已经入睡。

来到前方的房间中，润娘正托腮打着瞌睡，那名青衫儒士仍然喝着，看来他下定决心要醉死在这里了。

我摇了摇头，正要离去，润娘此刻却突然睁开双目，惊奇道："原来是大爷！有什么事情？"

我笑道："没事，一时睡不着，出来看看！"

润娘格格娇笑道："大爷是不是在找你的两位朋友？"

我还未回答，那润娘又道："此刻他们正软塌塌地躺在床上呢！"

我心中一凛，右手紧紧握住刀柄。

润娘道："这荒村野店，是不是别有一番风味呢？"

那名醉酒的青衫儒士，此刻居然完好地站了起来，他面貌英悍，二目黑白分明，上面两条细长浓眉，面如冠玉，颌下三缕长髯，举止颇有气度。

我冷笑道："原来你们所开的果然是黑店！"

润娘捂住樱唇娇笑道："你这人好生麻烦，只是吃菜，却不喝酒，哪里有个男人的模样？"

我缓缓拔出长刀，大声喊道："唐昧！"

润娘笑得花枝乱颤，她娇声道："和你同路的那个穷酸的确狡猾，可是他又怎会想到我将两种药物分别放在酒菜之中，只有两者混合，毒药的作用才能慢慢散发出来。”

我这才明白自己之所以没事，是因为只吃菜并未饮酒的缘故。

润娘美目娇娇媚媚地看了那青衫儒士一眼：“相公！这小子就交给你了！”

那儒士哈哈笑道：“刀不错！我要了！”

我迅速向后院退去，却见那叫阿旺的小二正欲闯入我的房间。我怒吼一声，举起长刀向他冲去。

阿旺反手从后腰抽出一把剁骨刀，毫不畏惧地向我迎来。

我大吼一声，双手握刀力劈而下，之所以发出大声的叫喊，是为了激发出自己内心的勇气，要知道我是第一次真刀真枪地面对敌人。

阿旺的剁骨刀当的一声撞在我的刀刃上，刀锋交会的地方迸射出万点火星。我双臂微微一麻，没想到阿旺的膂力竟然如此强劲。我仗着刀身长于对手的优势，刻意保持着一定的距离，连续向他劈出数刀。阿旺一把剁骨刀使得纯熟，轻轻松松将我的所有攻势化解，可是刀刃却被我劈得多处卷起。

阿旺气得哇哇大叫。

那名青衫儒士和润娘悄然来到我的身后，他们所站的位置刚好堵住我的退路，润娘笑道：“阿旺！你若是把他击败，我就把房里的美女送给你做媳妇儿！”她说这话的目的不仅仅是为了提升阿旺的斗志，还意在干扰我的心神。

连续和阿旺过了数招之后，我渐渐窥出门道，这阿旺无非是仗着蛮力，刀法杂乱无章，毫无技巧可言。只要不和他硬碰硬拼，我还是有克敌制胜的机会。

阿旺脾气颇为暴躁，越是无法拿下我，越是急躁，出手越发紊乱起来。我心中暗喜，瞅准机会一刀刺中他的手腕，阿旺负痛，失手将剁骨刀掉在地上。

那青衫儒士冷哼一声，鬼魅般欺至我的身旁，我根本没有想到他的速度会快到如此地步，回刀向他砍去，却砍了一个空。再想回头的时候，手腕突然一紧，那青衫儒士已经将我的手腕握住，劈手将长刀自我的手上夺了过去，屈膝顶在我的腿弯。我再也立足不住，狼狈无比地趴倒在地面之上。

那青衫儒士手指在长刀上轻轻弹了一下，长刀发出龙吟般轻响：“好刀！果然是西门家的大作！”长刀一声呼啸，刀尖指向我的颈后，“看在你送我这把好刀的分上，今日我柳三变就留你一个全尸！”

我几乎已经丧失了全部的希望，乍一听到他的名字，内心中陡然涌出一线曙光，难道他就是为回龙镇带去屠戮之灾的柳三变？情急之间我根本顾不上考虑许多，大声道：“你可是回龙镇的柳三变！”

那柳三变微微一怔：“你说什么？”

我从他突然变化的语气已经听出他定然是拐走卓屠老婆的柳三变，当下大声道：“果然是你，你拐走别人老婆便算了，为何连累我们整个回龙镇遭受灭门之灾？”

压在我颈后的刀锋略微松了一松，柳三变低声道：“你……果然是从回龙镇来的？”他一把翻转过我的身体，满面狐疑道，“我怎么从来都未见过你？”

我内心虽然紧张，表面却没有任何外露：“你离家多年自然不会知道我，得意居的苏三娘想来你会记得吧？”

柳三变目光中的怀疑顿时消失，刀锋却依然抵在我的咽喉之上。

润娘娇笑道：“说来说去，原来竟是一家人来着，相公，你怎么如此对待乡亲？”

柳三变脸上顿时浮起一丝笑容，冷森森道：“我竟然忘了！原来是乡亲！”

我看到他脸上的残忍味道，内心惶恐不已，我刚才的那句话实在是失策，柳三变和润娘之所以会躲在这里，就是为了隐匿身份，逃避卓屠的追杀。我情急之间竟然将他们的真正身份点破，这正是两人最顾忌的一件事，两人为了保住秘密绝不会给我任何的活路。

我一颗心仿佛坠入了冰窖之中，没想到自己聪明一世，竟然不明不白地死在这荒山黑店之中。

柳三变举起长刀冷笑道：“既然是乡亲，我便痛痛快快地送你一程！”

我双目紧紧闭上，心中着实沮丧到了极点。

屋檐上忽然响起一声咯咯娇笑，一个娇柔的声音道：“柳三变你为何要如此急于杀他？难道怕他说出你和苏三娘的奸情吗？”

我循声看去，却见一位十六七岁的少女静静坐在屋顶之上，肤如凝脂，星眸炯炯，艳光照人，丰神绝世，休说平生仅见，便是画图中人也无此美艳。尤其是那一双纤足，自然娟秀，圆肤六寸，罗袜如霜，不染丝毫尘垢，说不出那一种高雅清华、飘然出尘之致，浑身上下无一处不是造物匠心巧思，特意为她妆点琢磨而成。

我马上从她的声音中听出，此女便是当日在田府意欲抢夺田玉麟账本的蒙面少女，她在此地出现肯定还是为了那账本。

柳三变怒道："你胡说什么？"

那少女轻声道："怎么？我说错了吗？你和苏三娘的那段陈年往事难道没有发生过不成？"

润娘一双妙目满是怀疑地盯住柳三变，柳三变额头冒出冷汗，低声道："润娘切勿听这丫头胡说，我何时跟苏三娘有过什么事情？"

我不失时机地大声道："三娘嘱托我，若是能够见到你，便告诉你她在济州城等你相见！"

"你这混账！居然背着我和其他女人来往！"润娘生性善妒，对我和那少女一唱一和的说辞已经信了七分。

那少女幽然叹了一口气道："做女人做到你这份儿上真是可怜……"

我心中暗赞，这少女果然智计百出，轻易便抓住润娘内心中最为薄弱的环节。

柳三变再也无法遏制心中怒气，大吼一声，身躯游龙般飘然而起，在空中双手擎刀，冷月下幻化出一团凄迷光雾，全速向那少女刺去。

那少女居然不闪不避，剪水双眸盯住柳三变，流露出百般温柔。

柳三变不由得呆了一呆，原本全力劈出的一刀顿时收起了几分力道，变化虽然微妙，可是气势顿时削减了数倍。

那少女一声咯咯娇笑，娇躯宛如凌波仙子般轻轻飘起，穿着白色罗袜的纤足准确无误地踏在刀背之上。那少女左足在刀背上轻旋，右足向柳三变的手腕踏去。柳三变慌忙之中只好弃去长刀，向后连续撤了数步才躲开那少女的进击。

润娘柳眉倒竖，娇躯气得微微发抖，尖叫道：“混账东西，看到这只小狐狸连魂魄都丢了！”她妒火中烧，竟然顾不上我还在一旁，抽出软鞭跃上屋檐，挥鞭向那少女抽去。

那少女娇笑道：“你自己管教不好自己的男人，居然拿别人出气，果然可悲之至！”说话间娇躯轻飘飘飞起，越过润娘头顶，飘然落在我的身边。

我刚刚从地上爬起，正准备溜走，一下被她堵住去路。

少女娇媚道：“一个男子汉，居然眼睁睁地看着我这个弱女子被别人欺负。”

我不由浮起一丝苦笑，她若能算上弱女子，这世上的男人恐怕多数要汗颜了。

柳三变和润娘两人通过刚才的交手早已看出这少女的武功远在他们之上，哪里还敢再做停留，跃下屋顶慌忙向外逃去。

那少女也不追赶，美目盯住傻愣愣站在一旁的阿旺道：“怎么？你还不走？莫非真等着娶媳妇儿不成？”

阿旺这才回过神来，转身就向店外跑去。

我忽然想起唐昧等人中毒之事，大声道：“把解药留下来！”哪里还能看到他们的身影。

那少女轻轻拍了拍我的肩膀道：“不用着急，他们所中的毒，我可以救治！”

我苦笑道：“姑娘的解药恐怕没有这么容易得到！”

“算你聪明！”那少女嫣然一笑，更显得明艳绝伦，就连那弯皎洁明月也顿时失去了色彩。

我从地上拣起长刀，重新插回鞘中：“姑娘从济州一直跟踪到这里究竟所为何事？”

“你为何不问你的心上人儿现在究竟怎样了？”

第十四章 大婚

我微笑道："姑娘应该早就来到了这里，如果我没猜错，瑶如已经被你所制，我担心又有何用？"

她美目流转，眼波竟似蕴含无穷魅力，我盯住她的俏脸，感到一刻都不想离开。

她娇娇柔柔道："若是我把她杀了呢？"

我心中一凛，这少女行事怪异，真说不准会做出这种事来。

她靠近了我，一股诱人的体香飘入我的鼻息之中，轻声道："你怕不怕我？"

我哈哈笑了起来，视线终于从她的身上收回，遥望空中冷月，心情渐渐趋于平静，这少女身上充满了让人难以抗拒的诱惑，换作寻常人物早已在她的风姿面前迷失了本性。

我缓缓转过身来，目光重新落在她清丽绝伦的俏脸上："姑娘没有得到田氏账簿之前，恐怕不会轻易杀掉瑶如吧？"

少女嫣然笑了起来，越发显得风情蕴藉，温柔妩媚，她轻声道："龙胤空！你果然不是寻常人物，难怪有人会对你赞不绝口！"

我有些惊奇地问道："姑娘认得我？"

那少女坦然道："一早便听说过，不过在济州城被你给蒙混了过去。"

我笑道："姑娘当初并未问过我的名字。"

那少女目光突然转冷："胤空！你最好让她把那本田氏账册交出来！"

我叹了口气道："田玉麟已经把那本账册带走，当时你也在场。"

少女冷冷道："田玉麟早已逃出济州，我哪里去找他？今日只好借你心上人一用。"

我微笑道："请恕在下直言，姑娘若是带走瑶如恐怕并不明智。"

那少女秀眉微颦，若有所思。

我继续道："我对账册中记载的内容略有所闻，田玉麟之所以拿走那本账册，目的就是为了威慑大秦朝中的某些重臣。"我看了看她道："姑娘想得到这本账册也许是想毁坏掉这个证据，也许是拥有和田玉麟相同的目的。"

少女的秀眉舒展开来。

"我敢断定田玉麟一定会让这本账册起到最大的作用，他必然会去秦都！"

少女娇笑道："龙胤空！你果然聪明！可是你有没有想过即便是田玉麟去了秦都，他也不一定会和瑶如联系？所以为了以防万一……"她纤手轻扬，手指间闪过一丝冰冷的蓝芒。我分辨出这是一根细小的钢针。

"这叫断命七绝针，我已经将其中的一枚植入瑶如的体内！"

我倒吸了一口冷气，怒道："你居然用如此恶毒的手段！"

少女妩媚一笑："若不是你和手下出来搅局，此刻那田氏账簿早已落入我的手中！"她美目中闪过一丝冰冷杀机，"我给你一个月的时间，如果找不出田氏账簿的下落，你就只有等着心上人痛苦地死在眼前！"她纤手轻轻抚了抚我的前胸，"以你的头脑，做成这件事应该不难。"

她轻盈飘向半空之中，月光之下望去，衣袂飘飘，宛若仙子。她罗袖轻挥，在空中转过俏脸，向我嫣然一笑："忘了告诉你，我叫幽幽……"

幽幽刚刚离去，唐昧和沈驰同时从房内冲了出来，他们的步伐仍然有些散乱。唐昧大声道："公子！你有没有事？"

我摇了摇头，向沈驰道："沈先生没事吧？"

沈驰叹了一口气道："没想到终究还是着了别人的道儿！"

唐昧确信我没有任何损伤，这才放下心来，他低声道："刚才有人用冷水泼了我一身，然后把一颗药丸塞入了我的嘴里。"

我这才留意到沈驰和他的衣衫已经全部湿透，看来两人刚刚享受了同等待遇。给他们解药的肯定是幽幽无疑，这让我更加无法捉摸幽幽的行径，既然她出手救了唐昧和沈驰，为何又下毒手对付瑶如？这本账册对她究竟有怎样的意义？

瑶如一动不动地躺在榻上，不知道幽幽对她做过什么歹毒的事情。

唐昧道："瑶如姑娘看来被人制住了穴道！"他向我请示之后，方为瑶如解开被制的穴道。

瑶如哭着扑入我的怀中，显然刚才受到了惊吓，唐昧和沈驰识趣地退了出去。

我一边劝慰她，一边观察着她有无异样，表面上看瑶如一切如常，我心中不免存有一丝侥幸，也许幽幽只是故意恐吓我。瑶如究竟有没有被她种下断命七绝针，恐怕只有见到孙三分才能知道。

我们从后院柴房找到了听风，他不知何时被人敲晕了。

看到秦都巍峨的城墙，我的内心没来由感到一阵激动，比较济州和秦都，从心底我更加喜欢后者，我发现自己越是接近权力斗争的中心，血液中便会萌动难言的兴奋。

沈驰的眼中流露出极为复杂的目光，我轻易从中找到了一丝狂热，十一年的平淡生涯并没有磨去他胸中的抱负，一走入秦都，他对权力的渴望已经完全被唤醒。

沈驰和我对望了一眼，彼此都露出了会心的微笑，也许这就是我们的共同之处。

应沈驰的要求，我把他和听风暂时安置在城东禄缘客栈。沈驰并不想让自己来到秦都的消息迅速传开，离去之前他交给我一封信道："我所要求之事，全部写在这封信中，你先面呈太后，若是她答应我的条件，我愿入朝为官；如果她不答应，我和听风仍旧回济州去过以前那种闲云野鹤的日子。"

我让唐昧护送瑶如前往枫林阁，自己雇了一台软轿径直向皇宫而来。

时近黄昏，夕阳西下，整个皇城都染上了落日的余晖，远远望去，宫墙之上宛如镶上了一道金边。

我拿出沈驰托我交给晶后的那封信，信函并未封口，我抽出信笺，仔细将信看了一遍，沈驰在信中的条件是，由宣隆皇的三弟肃王燕兴启出任相国一职，任命他为大秦廷尉，另外附上了一系列调动官员的名单。

我微微皱了皱眉头，沈驰显然是想低调介入这场政治争斗，无论是让燕兴启出任相国还是从外地迁调官员入京，分明是转移白睿矛头指向的策略，没想到他离京多年，对大秦的官员结构还是如此熟悉。不过就算晶后答应他的要求，可是以白睿的狡诈肯定会觉察到他回到秦都的真正目的，沈驰用这种方法又岂能将他轻易骗过？

走入皇宫，但见道路两旁花树上悬着无数大小不同的红色纱灯，更有千百种奇花异卉结成的各式花球、花篮之类到处罗列，午门已经被装饰成为一座五色鲜花结成的大牌楼，举目所及，到处都是一片喜洋洋的气象，难道燕元宗和俪姬的婚事将近？

带着满腹的迷惑，我来到了凤阳宫。门前小太监见到是我回来，慌忙去里面传话，走到宫门前，许公公满脸笑容地迎了出来，远远便喊道："平王殿下！你可回来了……这两日太后正在念叨你呢！"

我微微一笑，却不知晶后思念的是我还是沈驰。

许公公引着我向宫内走去，低声道："平王回来的真是及时，明日便是皇上大婚之日，他若是知道你能够出席，肯定会十分高兴。"

一股难言的滋味涌上心头，俪姬雍容华贵的俏脸清晰地出现在我的脑海中，记得临别秦都的时候她曾经在草亭发出的感慨，这座皇宫在她的眼中也许只是埋葬青春的坟墓，明日的大婚，在她的眼中更像一场青春的葬礼。

晶后背身坐在镜前，雪白的香肩在黑色长裙的衬托下，越发显得楚楚动人。从她的角度刚好可以从镜中看到我的全貌。我放慢了脚步，也渐渐看清了晶后的俏脸。

她的目光平淡而冷静，我的来临没有带给她任何的欣喜，我早已狂热的心渐渐冷却了下来，我并没有重要到可以触动晶后心弦的地步。

“儿臣胤空参见母后！”

晶后仍然没有转过身来，淡然道：“沈驰呢？”

我恭恭敬敬道：“儿臣把他安置在宫外客栈之中，沈驰让我先将这封信呈给母后。”

晶后这才转过身来，看完那封信，缓缓放在梳妆台上，许久方道：“沈驰给我出了一个难题……”

我充满询问地看着晶后。

晶后道：“肃王燕兴启向来和我不睦，我若是让他成为相国，岂不是又在朝中为自己树立了一个对手？”

我低声问道：“燕兴启和白暑的关系怎样？”

晶后道：“两人没有什么深交却也没有什么矛盾！这燕兴启绝非善类，先皇在世之时，曾经任命他掌管财粮司，没想到他居然欺上瞒下，中饱私囊。先皇一怒之下将他官职除去，永不录用，他的肃王头衔也是三年前获封，像这种惫懒人物岂可出任大秦相国的重位？”

我笑道：“母后难道看不出沈驰是想转移白暑的注意力吗？”

晶后点了点头道：“我知道，不过……若是让燕兴启出任相国，白暑未必会答应。”她沉吟片刻方道：“你马上带我去见沈驰！”

我犹豫道：“沈驰目前并不想暴露他已经来到秦都，母后一举一动都为人瞩目……”

晶后淡然道：“白暑这两日忙于他女儿的婚事，应该没有过多的精力顾及其他，再说……我又岂会大张旗鼓地走出宫去？”

我和晶后乘坐软轿来到沈驰所居住的禄缘客栈，沈驰已经歇息，我敲了很久的房门，他才起来把门打开，他衣冠整齐，床上的被褥也已经叠好。沈驰笑道：“我一直都在等你！”

我恭恭敬敬地请入晶后，晶后微笑着走向沈驰：“沈卿家可曾记得我？”

沈驰深深一揖道：“草民沈驰参见太后千岁千千岁！”

“免了！”晶后来到桌旁坐下，我和沈驰分立她的左右。

“沈卿家请坐！”

沈驰依言坐在晶后的对面，神情宛如古井不波，看不出任何的变化。

晶后将那封信函放在桌上向他推了过去：“沈卿家为何保荐肃王？”

沈驰道：“保荐肃王意在转移白晷的指向，太后应该可以想到。”

晶后皱了皱眉头道：“你这封信中涉及迁调的官员竟有二十余人，而且多数都不在重要位置。”

沈驰笑道：“若是重要位置上的调动，恐怕白晷也不会同意！”

晶后星眸充满询问之色。

沈驰道：“恕草民直言，太后之所以把臣从济州请来，真正的目的就是想用臣来制衡白晷。”

晶后并不否认，微微点了点头。

沈驰道：“涉及迁调的二十六人全都是当年被宣隆皇贬谪的官员，臣想让自己回到秦都，重新被太后重用这件事变得理所当然。至于肃王燕兴启，他为人虽说贪婪龌龊，可是他的皇室宗亲地位仍在，相国之位他也勉强合格，更重要的是在白晷的眼中，燕兴启还不足以构成对他的威胁。”

晶后道：“看来你是想等时机成熟之后，再入朝为官了？”

沈驰点了点头道：“太后圣明。”

晶后叹了口气道：“也罢，明日便是元宗的大婚之日，趁着现在这个时候，我把你要求的事情全部做到。”她又向沈驰道：“沈卿家有何制横白晷之策？”

沈驰微笑着站起身来，在房中来回踱了几步，面对晶后道：“对付白晷并不难！”

我心中暗道：这沈驰大话连篇，白晷又岂是那么容易对付？

晶后饶有兴趣道：“说来听听！”

“白晷之所以能有今日权势地位，应该是太后一手造成，太后若想一切恢复如常，就必须把他放归到原来的环境中去……”

我和晶后的神情同时一变，沈驰此人果然非同寻常。

沈驰充满睿智的双目流露出自信的目光，这让人顿时忘记了他普通的外表。

晶后追问道："沈卿家有何高见？"

"近日东胡不断在大秦北部边境滋扰生事，爆发战争是早晚的事情。"沈驰压低声音道，"战事一旦爆发就是太后对付白暑最好的机会！"

我和晶后离开客栈时沈驰的话仍然在脑海中回荡，对我来说沈驰的策略宛如天际的曙光，为我展示出一个从未有过的境界。我也曾经想过无数可以对付白暑的方法，可是目光始终局限于大秦国内。而沈驰却将目光放到了大秦以外的列国，在国内政局陷入僵持的时候，借用外力来牵涉白暑的精力实在是绝妙到极点的想法。

晶后出门后向我道："胤空！你刚刚从济州返回，想来已经累了，还是赶快回去歇息吧！"

看来她并没有让我随她回宫的意思，我心中不免有些失落，恭敬应了一声，目送着她上了软轿，直至消失在夜色之中。

回到枫林阁已是深夜，众人仍旧没有歇息，都在等待着我的归来。

采雪听到动静，慌忙从厨房中跑了出来，美目隐然含有泪光，向我露出一丝浅笑，明眸侧顾，皓齿嫣然，隐蕴的那缕情思无所遁形地流露在眉宇之间，更显得丰神娇媚，惹人怜爱。

我向她露出一个温暖的笑容，连我也无法描摹我们之间这似有似无的感情了。

孙三分一脸严峻道："公子！瑶如姑娘仍然在发烧！"

我微微一怔，慌忙收敛心神转向孙三分道："先生可查看出她究竟所染何病？"

孙三分道："她脉象奇怪，忽强忽弱，时缓时急，气息沉重，显然是中毒之征兆！"他低声向我道："公子可曾检查她身上有何异常？"

我摇了摇头，忽然想起幽幽说过对她种下断命七绝针的事情，慌忙向瑶如房中走去。

我在采雪的帮助下，褪下瑶如的衣物，仔细在她的身上检查了一遍，果然在她左肩的位置发现了一个黄豆大小的蓝点。我倒吸了一口冷气，幽幽果然行事歹毒，为了一本田氏账册居然对瑶如下如此辣手。

出门叫来孙三分，我又把幽幽的事情向他讲了一遍。孙三分眉头紧皱，用手指触了触瑶如肩头的皮肤，然后从药箱中取出金针，将瑶如的肌肤刺破，放出几滴黑血。

“这断命七绝针的毒性我应该可以去除，不过……”

“不过怎么？”

孙三分叹了口气道：“这毒针乃是用内力射入瑶如的经脉，针随体内血液流动，老朽恐怕很难将之取出。”

我关切道：“这毒针在体内对瑶如可有危害？”

孙三分点了点头道：“这毒针每行进一分，瑶如姑娘的痛苦就会增加一分，就算这条性命可以保住，日后她也会生活在痛苦与折磨之中……”

我神情黯然，无力地坐在床边的椅子上，采雪轻轻拍了拍我的肩头，她芳心中也是难过无比，忍不住垂下两行珠泪。

孙三分道：“于今之计，最好找到下手之人，想来她定然有办法取出毒针！”

我点了点头，幽幽肯定还会前来，不过如果没有田氏账册给她，她恐怕不会救治瑶如，现在事情的关键反而集中在田玉麟的身上，却不知他会不会来到秦都。

惠安皇燕元宗大婚，作为他的义弟我理所当然要出席。我连夜写了一副贺联，精心裱好，上午时候才前往秦宫。道路两旁处处张灯结彩，整个秦都都因为这场大婚洋溢着欢乐的气氛，自宣隆皇死后，这是百姓最为开心的一天。

走入秦宫，仿佛走入红色的海洋，道路两旁尽是红色的宫灯与帷幔，宫女太监全都换上了红色的吉服，来回穿梭繁忙。

大婚的地点在秦宫最大的正德殿，我来到的时候新人刚刚来到殿前，却见由清一色美女所组成的宫廷乐队和八十名手持香花宫扇的美貌宫女，引导前行。到了大殿前，自动分开，由大殿两侧的红色花径绕殿而行，抄向后方进入礼堂。

十八名半持花篮半持炉香的美貌童男、童女引了新人，由正中踏着红色羊毛地毯走入大殿。六十名宫女和太监跟在他们身后，最后才是前来观礼的文武百官。

眼前万花如海，百丈香光，到处花灯鼓乐，锦绣成堆，霞蔚云蒸，富丽无伦。

我按照太监的指引来到自己的位置，却见俪姬凤冠红妆，盈盈步上殿堂，我虽然看不到她珠帘后的俏脸，可是能够想到此刻的她定然是伤心到了极点。

燕元宗表情紧绷，从他的脸上更看不到任何新婚的喜悦，显然他到此刻仍然对燕琳未能忘怀。

燕琳和思绮一左一右搀扶着俪姬，两人几乎同时从观礼人群中发现了我，向我嫣然一笑。她们仿若两朵含苞待放的解语花，我心中的阴霾在她们的笑容中顿时散去了几分。

身后一个沙哑的声音道："平王殿下！"

我愕然回过身去，却见肃王燕兴启不知何时来到了我的身后。他身材不高，略微有点发福，一张脸上充满和善的笑容，如果不是知道他的那段过去，我很难将他和贪婪二字联系在一起。

我慌忙笑着招呼道："肃王千岁您也来了！"其实我跟肃王只是在宣隆皇的葬礼上见过，之前还从未有过任何交谈。

肃王笑着道："皇上大婚，我一早便来了！"他目光充满暧昧地望向思绮道："白大将军的这双女儿真是人间绝品，听说小女儿已经和平王定亲，真是羡煞世人啊！"

我笑道："肃王千岁哪里听到的传言，我怎么不知道呢？"

肃王嘿嘿笑道："你莫要跟我客套，若是看得起我以后叫我皇叔便成！"

我笑着点了点头，心中盘算，燕兴启为何会主动向我示好？难道晶后已经将捧他成为相国之事告诉了他？可转念一想此事昨夜才刚刚定下，晶后不可能这么快让他知悉，心中越发迷惘起来。

典礼在奉常曲靖的主持下进行，我和燕兴启趁着这个空隙到礼官处将贺礼送上。

燕兴启看来是想专门结交于我，向我道："我对平王殿下的书法仰慕已久，不知平王殿下改日愿不愿意送我一幅？"

我愉快地点了点头道："改日胤空写好，一定亲自奉到府上！"

燕兴启哈哈笑道："平王果然爽快！本王先行谢过了！"

此时仪式已经举行完毕，燕兴启和我携手向大殿走去，我和他还有另外几名皇子同席。燕兴启此人在后辈面前全无架子，居然谈起风月场所的奇闻逸事，引得一帮皇子哈哈狂笑。我暗暗道：燕兴启此人果然成不了大器，沈驰将他推到相国之位，这个替罪羊倒也合适之极。

燕兴启酒量极好，和同桌的每位客人都干了两杯，压低声音向我道："皇侄……告诉你一个秘密……"他似乎有些醉意，说话也不像当初那般顾忌，手臂勾住我肩膀，附在我耳边道："元宗不喜欢……女人，这皇后……恐怕要有名无实……"

我心中一凛，这原是我发现的秘密，燕兴启又怎会知道？确信周围人仍然在觥筹交错的痛饮，并没有注意到我们的谈话，我才装出半信半疑的样子，低声道："皇叔没有证据，不可胡说！"

燕兴启嘿嘿笑了笑，又凑了过来小声道："去年新春之时，我请几位皇子去府中赴宴，为他们每人安排了一位歌妓……"他停顿了一下，向其他人看了看，这才低声道："他居然……把我安排的美貌歌妓给……"他伸出手掌狠狠地做出了一个下劈的动作。

我表情夸张地倒吸了一口冷气，心中的迷惑终于得到了解答，伸臂勾住燕兴启的肩膀道："皇叔！这件事千万不可对别人说，恐怕会招来大祸的！"

燕兴启看到我紧张的神情，酒意顿时醒了七八分，他呵呵干笑了一声。

这时惠安皇燕元宗向我们这边走来敬酒，我们一个个慌忙站起身来。燕元宗显得落落寡欢，敬酒也只是出于形式和礼貌，应付完一杯之后又转向其他的酒席。

燕兴启善于调动气氛，不多时便将我们一桌人灌醉了大半，他也喝得满脸通红，口中反复念叨着："高兴……真是高兴……"

我留意到晶后直到酒席临近尾声才来到大殿向众宾敬酒。燕兴启又开始胡说道："我所遇美女众多……可是却无人能和太……"我慌忙掩住他的嘴巴，这燕兴启的嘴巴真是毫无顾忌，什么话都敢说出来。好在众人的眼光都集中在晶后身上，并没有留意到燕兴启的表现。

我生怕他再闹出事情来，喊来一个小太监一起将他搀到偏殿的耳房中歇息。

掩上房门，正看到燕琳和许公公一起走了出来，燕琳看到我妙目之中顿时流露出怒色，还好有许公公在场，她不敢当场发作出来。

许公公笑道："平王殿下，我和九公主正准备去找你！"

我微笑道："找我有什么事情？"

许公公道："今晚白大将军府上会有宴会，皇后的意思是，让你陪同肃王一起前去。"

我点了点头道："我也收到了白将军的请柬，今晚肯定会去。"伸手指了指身后房门道："肃王有些喝多了，正在里面休息。"

"老奴这就去给他准备一些醒酒汤来！"许公公转身离去，这下燕琳总算有了和我单独相处的机会，她咬牙切齿道："好你个胤空！居然不声不响地去了济州……"

我慌忙向她递了个眼色，低声道："这里人多眼杂，公主千万不可胡说……"

燕琳一双美目就要冒出火来，她用力跺了跺脚，威胁道："我去御花园等你！你若敢不来，我就把你奸淫我的事情全部禀告母后！"说完转身气冲冲向御花园的方向去了。

我心中叫苦不迭，只好远远跟在燕琳的身后向御花园走去。

好在宴会仍未结束，宫中多数人都集中在正德殿和周围广场之上，御花园中静悄悄并无人在。穿越前方的回廊，又经过两处山溪小桥，峰回路转，顿时感觉到移步换形，一步一景。

可是燕琳拐入前方桃花丛之后竟然失去了踪影，我四处张望，确信御花园中并无他人在场，方才低声喊道："九公主……"一只纤纤玉手突然从花丛中探了出来，狠狠揪住了我的耳朵，将我扯到了花丛之中。

我还未来得及说话，她劈面就给了我一个耳光，脸上火辣辣的，好不疼痛。

“你这淫贼，居然如此狠心将我抛在这里……”燕琳美目之中珠泪盈盈，猛然扑入我的怀中紧紧抱住我的身躯，“你……可知道……我日夜都在思念你吗？”

我的内心中涌起莫名的感动，燕琳踮起脚尖灼热的樱唇用力吻住我的嘴唇。香舌频渡，玉软香温。我几乎要把持不住自己，理智中仍然知道这里是皇宫禁苑，便附在燕琳耳边道：“琳儿……这是御花园……”

我和肃王燕兴启直接从皇宫赶往白暑的府邸。燕兴启的酒意来得快去得也快，步入将军府的时候，他已经完全清醒。

白暑一身吉服站在门前迎宾，我和燕兴启代表皇室而来，被请到上桌，与我们同桌的还有燕元宗的几位兄弟，中午在宫中已经见过，多数都喝得醉醺醺的，坐在那里酒话连篇。

燕兴启和我一起坐下，忍不住笑道：“今晚看来又要大醉一场！”

我提醒他道：“肃王千万不可喝多了，有些事情说出来反而不好！”

燕兴启感激一笑：“你放心，我心里自有回数。”

因为晚上皇宫还有宴会，来到白暑府上的官员并不太多，不过其中大都是手握兵权的将领，这些人生性粗豪，个个嗜酒如命。随着宴会的进行，开始略显拘谨的气氛也完全放松了起来。

白暑率先向我们这边走来，燕兴启笑着站起身来，祝贺道：“白大将军今日嫁女，以后便贵为国丈，我们亲上加亲，从今以后可就是一家人了！”

白暑淡然笑道：“白某一心为国，功名富贵却从来都没有想过！”这句话说得冠冕堂皇，周围众人肃然起敬。

他和燕兴启对饮了一杯，又来到我的面前：“平王殿下！白某敬你一杯！”

我慌忙道：“恭喜白大将军！”白暑和我碰了碰酒杯，随口说道：“济州之行，玩得还愉快吗？”

我微笑道：“还好！”他居然用了一个“玩”字，这究竟是另有深意还是流露出对我的鄙夷？

白暑满怀深意地点了点头，转身走向他席。

燕兴启笑道："看来你们翁婿俩并没有太多的话可说。"

我苦笑道："肃王不要取笑我了。"

这时两名武将走了过来向燕兴启敬酒，我趁机离座借口去方便，向白府花园走去。

不知怎么，我隐隐觉着燕兴启并不像晶后所说的那样简单，此人表面虽然庸碌无为，可是这样却恰恰可以让人失去对他的防备之心。我甚至怀疑，他在我面前说出燕元宗的秘密都是刻意所为，如果真是这样，燕兴启倒是一个不得不防的人物。

月色朦胧，整个花园笼上一层若有若无的光晕，身处其中，顿时感觉到远离酒桌的喧嚣。我长长地舒了一口气，前方的竹亭中有一位红衣少女向我转过身来，却是白褚的小女儿思绮。

我们几乎同时开口道："是你！"

思绮是喜还颦，月光之下越显清丽脱俗，仪态万方，黑长的睫毛忽闪了一下，含羞垂下俏脸，轻声道："你……怎么会来到这里？"

我笑道："酒席太过喧嚣，再加上我本身不胜酒力，来到这里偷得片刻清闲，想不到居然遇到了你，真是缘分呢。"

思绮红着俏脸点了点头，有些惆怅道："我和姐姐自幼一起长大，还从来未曾分开过……"

我向她身边走了一步道："男大当婚，女大当嫁，大小姐嫁给圣上乃是顺理成章之事。"我看了看她的俏脸道："用不了太久，思绮小姐也会嫁人……"

思绮俏脸飞起一抹嫣红，越发显得明艳动人。

我敏锐地觉察到，她心中对我定然有几分情意，若不是忌惮白褚，我早就会对她下手。

我故意叹了口气道："却不知思绮小姐的未来夫婿是何等风流人物？"

思绮轻声啐道："你休要胡说，我何尝有……什么未来夫婿……"

我轻声道："胤空好像记得白将军曾经说过思绮小姐和吴姓人家的公子早就订下亲事。"其实我早就知道那是白褚推搪的借口，今日是故意引思绮说出来，借以试探她对我的感觉。

思绮轻轻咬了咬下唇，娇俏可爱的鼻翼微微翕动了一下，费了好大勇气才说道：“我何尝跟他订过亲事……”声音渐渐变小，几不可闻。

我心中暗笑，表面却做出十分惆怅的样子，长长叹息一声道：“自古多情空余恨，这世上不如意之事实在太多了……”

思绮定然猜出我所指的是什么，也是神情黯然。

我正待更进一步的时候，忽然听到身后一个冷冷的声音道：“白某正要给平王敬酒，没想到殿下跑到这里来了！”

我回头看去，却见白晷面无表情地出现在我的身后，双目几乎要喷出火来。

思绮惊慌地叫了一声：“爹爹！”

“这么晚了，怎么还不回去休息？！”白晷怒道。

思绮慌忙向自己居住的小楼中逃去。

我有些尴尬地挤出一丝笑容：“在下私闯贵府花园，还望白大将军见谅。”

白晷冷笑道：“平王殿下深得太后器重，白某岂敢埋怨！”他对我并没有任何好感。

我灰溜溜道：“时候已经不早了，胤空先行告退！”

“恕不远送！”

我心中的沮丧实在是无法用言语形容，刚刚走出白府大门，肃王燕兴启在后面追赶了上来：“平王留步！”

他来到我身边，埋怨道：“怎么一声不吭地就走了？”

我笑道：“胤空不胜酒力，无法继续再战。”

燕兴启道：“平王恐怕是嫌宴会嘈杂毫无情趣吧？”他向我诡秘笑道：“今晚我在万花楼提前订下酒席，平王有没有兴致一起前去？”

我刚刚被白晷一顿冷落，心中正在着恼，去万花楼放松一下也不失为一个好的选择，更何况我自从来到秦都之后还未曾见过慕容嫣嫣，刚好借着这个机会和她会面。

来到万花楼我才知道燕兴启邀请的客人并不止我一个，大秦宗正官刘艺，太仆朱无墨，中山国二皇子张敬延都在受邀之列。慕容嫣嫣并不在这里，这多少让我感觉有些失望。

我刚刚来到大秦时就和张敬延有过接触，那时候他曾经帮助太子燕元籍诬我用赝品送礼，那时所受的侮辱我仍旧记忆犹新。我们今时今日的地位已经和那时全然不同，他的靠山燕元籍早已被贬往营阳，而我现在贵为晶后的义子，惠安帝的义弟。

张敬延也没有想到我会到来，脸上神情显得惊惶之至。

我微微一笑，和他们一一见礼。

这间软香阁我原来没有来过，房间分内外三层，最外面是一个温泉水池，穿过长廊便可抵达我们吃饭饮酒的厅房，整个房间其实就是一个大大的床榻，正中摆放着一张小小的红木方桌，房间的西边墙壁之上开有五个门洞，里面是五间雅致的卧室。

我们先除去衣物在温泉水池中沐浴。沐浴中，五位美丽女郎走入水池，身上只穿着半透明的粉色娈衣，蒸汽萦绕之中更显妖娆多姿。

燕兴启笑道："这些女子都是刚刚从中山国而来，绝对与大秦美女不同！"

我们齐声大笑了起来。

张敬延神情尴尬，他也没有想到这些女子竟然都是中山国人。我心中暗自琢磨，这燕兴启做出如此安排究竟是无心还是刻意为之，对张敬延简直就是一种侮辱。

待几名女郎伺候沐浴完毕，我们换上白色棉袍来到厅房之中，身下床榻居然温暖无比。

燕兴启解释道："这张床榻是根据东胡的大炕做成，下面筑有炉灶。"

酒桌上摆好了几样精致小菜，燕兴启端起酒杯道："此酒乃是黄蘼所泡，有补肾强身之效，你们马上就会知道本王所言非虚！"

我们喝了两杯，那五名中山美女除去娈衣分别来到我们的身边，整个厅堂顿时春色盎然。

燕兴启笑道："中山的女子臀部丰满，腰肢纤细，双腿颀长，确实是玩物中的上品！”他句句不离中山二字，毫不顾及张敬延的感受，张敬延一张面孔变得铁青，轻轻推开了他身边的那名女子。

刘艺和朱无墨同时大笑，两人揽过身边的美女，上下其手。

燕兴启微笑道：“不过这只是外观，若是不亲身体会，你们绝想不到中山美女的好处，幸亏中山已经沦为大秦属国，不然的话我等岂能享受到如此的妙品！”

张敬延再也按捺不住，霍然站起身来，怒道：“肃王故意消遣我来了？”

燕兴启双目半合半开，不屑道：“消遣你？本王会有这样的闲情逸致吗？”他微笑道：“以二皇子的眼光可不可以看出这六名美女中，究竟哪位才是真正的中山美女？”

张敬延嘴唇剧烈地抽动了一下，他终于明白燕兴启请他来的目的就是当着我的面好好羞辱他一番，为我出一出当年太子府中的恶气。他目光无比怨毒地看了看我们，转身向门外走去。

燕兴启哈哈笑道：“夜冷风凉，二皇子还是多穿些衣服！”

六名美女倒在床上齐声娇笑起来。

燕兴启目光转向我道：“平王心中是不是舒服多了？”

我笑着点了点头，这燕兴启为了讨好我可谓是用心良苦，居然连这件陈年旧事也能查出来。

朱无墨一旁道：“肃王千岁，朱某也奇怪得很，这六名女子难道并不是中山美女吗？”

燕兴启笑道：“全都是赝品！不过美女确实货真价实！”

他揽过其中一位美女：“去把中山的那两位美女请出来让客人见识一下！”那美女娇嗔道：“千岁好生偏心，来到这里，居然自己还带着女人过来！”

燕兴启发出一声大笑。

朱无墨和刘艺笑道：“我们还是喜欢本土的女子，中山美女就算给我们，恐怕也会水土不服。”他们分别揽住两名美女起身向西墙单间走去。

燕兴启笑着摇了摇头道：“看来还是我们的品位要高出一筹！”

我心中明白，眼前的一切分明是燕兴启的预先安排，他向我示好的目的究竟何在？难道是想通过我向晶后转达他的诚意？

两名身穿黄色长裙的美女在刚才那名女子的引领下来到厅中，两人身材绝佳，样貌竟然有七分肖似，俱是满面春风，皓齿嫣然。

燕兴启道：“这两个是我从中山国得来的美女妙芙和妙蓉，两人虽然不是亲生姊妹，可是身材样貌都如同孪生。”

妙芙和妙蓉分别来到我的身边跪下，长裙之内竟然空无寸缕，纤长的玉腿靠在我的身侧，充满惊人的弹力。

燕兴启笑道：“平王殿下今晚可以感受一下她们的双飞之术，本王可以保证，你一定会乐不思蜀！”

我委婉拒绝了燕兴启的好意，此人绝对不同寻常，不但查清了我过去的一切，还深知我的喜好，今天的做法分明是投我所好，我虽非拘泥不化的正人君子，可有些事情还要谨慎为先。我现在的身份已经不同于往日，我和晶后之间的关系也非比寻常，若是让她知道我流连欢场，恐怕会心中不悦。我决不可冒险，不可因为一时欲望而牺牲了好不容易才经营起来的局面。

我不由得又想起了目前的政局，我必须尽快找到对付白暑的方法，力求在他和晶后两大阵营之间能够左右逢源，可是以他今晚对我的态度来看，他对我并没有任何的好感。如果想改变他的看法，最佳的突破口就是思绮。我露出一丝冷笑，成大事者不拘小节，不管采用什么方法我都要尽快将思绮掌握在自己手中。

我端起茶杯笑道：“王爷不会平白无故地送我这份大礼吧？”

燕兴启哈哈大笑了起来，他向我道：“自古有云，礼下于人必有所求，本王也不能免俗！”

他的直白让我顿时产生了浓厚的兴趣，我慢慢地放下茶盏道：“肃王千岁请讲。”

燕兴启道：“大秦少府之职已经悬空多年，本王一直想为国分忧，只可惜先皇对我抱有偏见。”他叹了口气又道：“大秦正值多事之秋，本王虽然能力有限，仍然想为宗室出力，为国解忧，如果可能，平王可不可以将我的意思转达给太后？”

我心中暗笑，燕兴启居然盯住了负责宗室供养的少府之职，若是他知道晶后有意让他相国之位又不知会作何感想，不过这次刚好是一个大好机会，我正好顺水推舟地送他一个人情，当下点了点头道：“肃王放心，胤空一定向母后禀告这件事。”

燕兴启微笑道：“此事如能促成，本王还有重谢！”

我在和燕兴启分手后的第二天一早就往秦宫去参见晶后。来到凤阳宫，晶后正在门前的花园中采撷鲜花。也许是因为燕元宗的大婚，她今日穿上了一袭红色束身长裙，上面精心绣有一只振翅欲飞的金凤，身处百花之中，和谐地融入满园浓浓春意。

橘色晨光笼罩着整个花园，为千姿百态的鲜花罩上一层柔和的光华，时而微风拂过，花瓣上的露珠随风飘下，划出一道美丽晶莹的弧线。

从我的方向刚好可以看到晶后侧面的剪影，她的目光充满了迷惘，唇角流露着淡淡的忧郁，纤手漫不经心地向鲜花摘去，却忽然发出“啊”的一声娇呼，无意中她的手指被花枝刺破。

我正要上前，却见许公公和两名宫女已经跑了过去。

晶后怒道：“混账东西！连你也敢欺负我！”她将手中花枝尽数扔在地上，向许公公道：“把这片花园给我铲平！”

“太后……”

“怎么！没听到我说的话吗？”晶后重重地拂下衣袖，转身向宫内走去，这才看到我。

她俏脸上仍然余怒未消：“胤空！这么早！”

我恭恭敬敬地向她行礼道：“孩儿特地来向母后请安！”

晶后点了点头率先向宫内走去。

晶后诱人的胸部仍在不断起伏，我的眼光情不自禁在上面多看了两眼，却正碰到她冷森森的目光，忍不住打了一个冷战。

晶后看到我的反应，目光渐渐软化了下来，叹了口气道："没想到亲生的儿子居然还不如你有心。"

"母后何出此言？"我随即反应过来，今日是燕元宗新婚第一天，按理说他和俪姬应该一早来到凤阳宫向晶后敬茶。

我笑道："也许……他们春宵苦短……起床晚了，也未必可知……"不知怎么，我心里突然涌出一股酸酸的味道。

晶后意味深长地看了我一眼道："你们年轻人只知道贪图欢娱，其他的事情完全抛在脑后了。"

我自然知道她心中所指，看到她明艳的容颜，不免一阵唏嘘。

"找我有什么事情？"

我这才将燕兴启的事情向晶后禀报了一遍。

晶后点了点头道："他之前曾经托别人向我说过这件事，他之所以看中少府之职，无非是想借机搜刮民脂民膏。"

我笑道："肃王若是知道母后有意让他出任相国之位，恐怕会高兴得疯了。"

晶后冷笑道："他始终无法改变贪婪的本性！"

"只要利用得当，他完全可以成为母后的挡风之墙。"

晶后满怀深意地笑道："你一早来便在我的面前拼命说着他的好话，是不是得了他的什么好处？"

我呵呵笑道："胤空就算趁机敲一敲他的竹杠也算是理所当然。"

晶后也笑了起来。

这时许公公在门外喊道："皇上驾到！"

晶后的秀眉终于完全舒展开来，看来燕元宗毕竟没有忘记他的这位母后。

身穿红色吉服的燕元宗和俪姬并肩走入宫内，我慌忙起身施礼。

燕元宗淡然笑道："都是一家人，胤空无须如此客气。"二人从宫女手中接过茶盏，跪倒向晶后敬茶。

我忽然留意到俪姬颈后有一道触目惊心的瘀痕，我心中不由得一颤，难道她昨晚遭到了燕元宗这个变态的折磨？俪姬为了掩饰这道瘀痕今日特地穿上了高领长裙，她俏脸上始终挂着淡淡的笑容，从表面绝对看不出她内心的痛苦。

晶后微笑着将他们两个搀起来，心满意足地点了点头道：“元宗，你总算成家了，你父皇在九泉之下也能瞑目了……”说话间眼圈红了起来，

燕元宗道：“母后放心，孩儿以后一定励精图治，让大秦日益强盛。”

晶后擦去眼泪道：“你能有此心思，为娘就放心了……”她一手捉住燕元宗，一手拉住俪姬，将两人的手掌叠合在一起，晃了晃道：“你们眼前最重要的事情还是给大秦皇室续下香火！”

燕元宗的脸色猛然一变，随即又迅速恢复了正常。

俪姬的美眸中涌现出无限幽怨。

我一直在留意两人的表情变化，晶后的注意力仅仅集中在燕元宗身上，笑着拍了拍他的肩头：“傻孩子，生儿育女乃是人生必经之路，你虽说贵为帝王，一样也要经历此事。”

俪姬俏脸通红地垂下头去。

晶后道：“今日难得你们都在，陪我一起用早膳！”

许公公早已安排宫女在外间摆好各色早点和果品。

我们一起来到桌前落座。

晶后心情好转了许多，不时讲着燕元宗儿时的趣事，俪姬时而发出阵阵浅笑，燕元宗却毫无表情，只顾埋头吃着东西。

俪姬不由得发出一两声会心的微笑，风姿诱人到了极点。然而，我注意到燕元宗猛然脸色一变，吓得俪姬娇躯一颤，刚刚夹起的点心又掉到托盘之中。

晶后关切道：“你怎么了？”

俪姬迅速镇静了下来，微笑道：“母后，孩儿只是一时失手。”

燕元宗有些不满地瞪了她一眼，我却仍然和晶后谈笑风生，俪姬的手下意识地抓住燕元宗的臂膀。

燕元宗冷冷拂落俪姬的纤手道：“这里是皇宫，规矩和你原来的全然不同。”

俪姬遭到他的冷遇，神情黯然之至，晶后怒道：“元宗，你这孩子怎么如此说话！”

俪姬温柔道："母后切莫怪罪皇上，此事原是孩儿的不是……"

我笑道："皇兄也是无心的，心中并无斥责皇后之意。"心中却已看出俪姬和燕元宗之间的感情绝非寻常新婚夫妻那样恩爱。

看着燕元宗和俪姬离开，晶后忍不住叹了一口气，充满惆怅道："你有没有感觉到元宗和俪姬之间的情况有些不对？"

我点了点头道："母后无须顾虑，假以时日他们之间定然会产生感情。"

晶后道："希望这样才好……"

走出凤阳宫的时候已经是正午十分，晶后的一颦一笑仍然回荡在我的脑海之中，我忽然发现自己对晶后的迷恋几乎不能自拔，现在的我仿佛游走于刀锋边缘，稍有不慎恐怕将落到万劫不复的境地，必须斩断这不该有的情愫。

肃王燕兴启成为相国之后，一定会对我感激万分，我们的关系肯定会因此而更进一层。按照沈驰的计划，晶后暂时并不会对白暑采取行动，这段时间应该是最为平静的时刻。我刚好利用这个机会考虑如何接近白暑，甚至获取他对我的信任。

瑶如的病痛没有任何好转的迹象，断命七绝针带给她的痛苦一日强似一日，孙三分利用所有的方法对她进行镇痛，可是看起来效果始终不大。田玉麟仿佛在人间消失了一般，没有任何的音讯，随着时间一天天地过去，我开始丧失了信心。

这是我从济州返回后第一次去拜会陈子苏，来到他府上的时候，他正在搀扶着夫人小心地在院内走路，孙三分果然妙手回春，看陈夫人的情形完全恢复只是迟早的事情了。

陈子苏看到我慌忙招呼我坐下，我让唐昧去外面买些酒菜，中午便在他这里吃饭。

陈子苏从我的脸色就已经看出我有心事，微笑道："平王殿下从济州游玩回来，似乎心情比原来还要沉重许多！"

我苦笑道："回来的这几天，诸般事情一股脑儿全部涌了过来，我几乎要招架不住了，今日才能抽出时间拜会先生。"

陈子苏早已从孙三分那里知道我回来的消息，他笑道："本来我想去府上拜会殿下，可是考虑到平王心境纷乱，还是让你冷静下来再去，没想到殿下今日亲自来了。"

我叹了口气道："胤空今日前来，是特地向先生请教的。"

陈子苏道："平王有话尽管直说。"

我这才将这段日子发生的事情一一向陈子苏道来，陈子苏一边倾听一边点头。当我说到沈驰提出让肃王燕兴启为相国之事时，他微微皱了皱眉头道："殿下有没有想过这沈驰因何会提出这个人选？"

我笑道："这点我早就考虑过，可是根据我的了解沈驰和燕兴启之间并没有过任何交往。"

陈子苏点了点头道："这么说，沈驰仅仅是用燕兴启来转移白暑的目标这么简单？"他似乎并未全信。

我继续说道："沈驰此人的确不好捉摸，他为了掩饰自身来到秦都的真正目的，还让晶后从外地调遣数十名被贬谪的官员。"

陈子苏道："这些官员殿下有没有调查过？"

"应该没有什么问题，多数跟沈驰都没有交往。"

陈子苏道："我总觉着沈驰真正的目的并不在迷惑白暑，可是一时间也无法猜透他的真正意图。"

第十五章 围猎

我深有同感地点了点头："沈驰向晶后献出了一个计策，借用外力来对付白睿！"

陈子苏双眉有力地跳动了一下，他脱口道："可是对外发起战争，让白睿远赴前线平乱？"

我重重点了点头。

陈子苏霍然站起身来，双目灼灼发光，在院内来回踱了几步方道："此人果然厉害！内部陷入僵局的情况下，借用外力摆脱困境，妙！果然妙计！"陈子苏重新回到我的面前道："按照沈驰的计划，以后大秦的朝政将形成三股力量，太后、白睿，还有肃王！"

"肃王！"我有些奇怪地看着陈子苏，在我的概念里燕兴启只不过是一个替罪羊而已。

陈子苏道："我敢断定沈驰捧出肃王的真正用意是让他和白睿对抗，而不仅仅是一个替罪羊！"

我茅塞顿开道："只有扶持肃王让他有足够的实力和白睿对抗，太后才能从中渔利！"

陈子苏道："不过这件事却风险十足，既要用肃王牵制白睿的力量，又不能让他趁机坐大，否则前狼刚走，后虎又至。"

我也考虑过这件事情，不过这种可能微乎其微，晶后对白睿绝不会长时间地忍耐下去，北疆东胡已经挑起战火，只要战事全面爆发，她就会着手对付白磬。

陈子苏道："有件事子苏必须提醒殿下，晶后真正掌控大权之日，就是你离开之时。"

我淡然一笑，现在谈离开还为时过早。刚刚返回枫林阁，肃王燕兴启就来找我，看来他急于得到我的回信。

我笑眯眯地把他请到书房之中，燕兴启和我寒暄了一番马上把谈话转入了正题："平王殿下……上次我拜托你的事情……"

我故意道："什么事情？"

燕兴启微微一怔，有些不悦道："拜托你帮我向太后提及的那件事……"

我装出恍然大悟的样子："原来是那件事！"

燕兴启关注地看着我。

我摇了摇头："太后并未答应！"

燕兴启一脸的失落："太后不答应？"

我点了点头道："太后绝不同意肃王出任少府之职，说您是皇叔，少府的职位焉能衬得起你的身份？"

燕兴启苦笑道："太后还是不愿用我。"

我压低声音道："不过太后有意让你出任……相国之职！"

燕兴启不可置信地抬起头来，双目之中的喜悦毫无保留地流露出来："你……你说什么？"

我笑着重复了一遍。

燕兴启激动地握住我的双手，仍旧不敢置信道："此话当真？"心情极度激动之下，声音都颤抖了起来。他好不容易才镇静下来，向我道："若是本王顺利登上相国之位，绝对少不了平王的好处！"

我笑道："此事已成定局，这两日太后就会让皇上下诏，肃王身为皇叔，想来那白磬也不能反对。"我婉转提醒他要防止白磬从中作梗。

燕兴启道："白磬那里我自有办法。"

"只要白碁答应，肃王出任相国之事就已成定局！"

燕兴启用力地晃了晃我的双手道："平王，我们结为兄弟如何？"

我不禁愕然张大了嘴巴，燕兴启的这个提议真的是匪夷所思，要知道我是晶后的义子，按辈分应该称呼他一声皇叔，他和我结拜这岂不是乱了辈分？

燕兴启道："难道平王殿下看不起我？"

我慌忙摇了摇头道："胤空岂敢，能得肃王千岁垂爱，胤空求之不得！"

虽然我们各自都抱有自己的目的，可是结拜以后感觉还是亲近许多。

燕兴启本来想要请我去肃王府一聚，我因为担心瑶如的病情婉言拒绝。

燕兴启走后，我来到瑶如房中，体内七绝针又开始折磨她，瑶如痛苦到了极点，贴身亵衣已经完全湿透，娇躯不住颤抖。候在一旁的采雪也是珠泪涟涟，看到我到来，采雪慌忙站起身来，含泪道："瑶如姐姐撑不下去了……"

我求助般望向孙三分，孙三分叹了口气道："七绝针深入她的体内，老朽无力取出，能做的无非是帮她镇痛而已。"

我关切道："既然可以镇痛，瑶如因何还会痛不欲生？"

孙三分道："公子可能不知道，但凡镇痛之药，对体内都有几分成瘾作用，若是每次都对她施以药物，恐怕……"他压低声音道："公子还记得宣隆皇吗？"

我内心猛然一凛，宣隆皇就是因为服用逍遥丸而死，我焉能让瑶如步他的后尘？

孙三分道："于今之计只有找到下手之人才能救她！"

我向孙三分和采雪使了一个眼色，他们马上会意退出门去。

我将瑶如的娇躯抱入怀中，瑶如用力咬住下唇，俏脸毫无血色，颤声道："瑶如……看来……无法侍奉……公子了……"我看到她痛苦的模样，心中一酸紧紧将她搂住，吻在她光洁的前额上，动情道："瑶如，你一定会好起来，我要你一生一世都跟随在我的身边。"

瑶如美目中满是泪水，樱唇被她咬得渗血来。

我心疼地为她擦去额头上的汗水："瑶如，告诉我你哥哥的下落。"直至今日，我仍然怀疑瑶如知道田玉麟的去向。

“我……不知道……”瑶如竭力道，看到她的样子，我实在不忍心继续追问下去，小心为她盖好被子走出门去。

孙三分看到我一脸的忧色，安慰我道：“每日只会发作三次，持续的时间不会超过半个时辰。”

我叹了口气，把孙三分和唐昧叫到书房。

孙三分以为我还是询问瑶如的病情，正要向我说时，我率先开口道：“上次的迷幻草你再给我一些！”

孙三分愕然道：“公子要它何用？”

我微笑道：“以后再告诉你。”

孙三分见我不愿说，也不敢多问，恭敬道：“我回头取来给你。”

我嘱咐他道：“孙先生再想想看，是不是还有方法可以救治瑶如。”孙三分苦笑道：“我已经尝试过多种方法，怎奈这七绝针构造奇特，我实在无力将它取出。”

我又向唐昧道：“唐昧，你这两日在秦都打探一下，看有没有田玉麟和那个叫幽幽的女子的踪迹。”

唐昧点了点头道：“属下知道，不过秦都人口众多，想找到他们无异于大海捞针。”

我笑了起来，拿出一张自己亲手绘制的画像道：“你去找画匠将这幅画像临摹，越多越好，然后在秦都的每一个角落都给我贴上去。”

唐昧接了过去愕然道：“是那名妖女！”

我点了点头道：“瑶如的病情不能再拖下去，我势必要逼她出来见我。”

唐昧有些顾虑道：“只怕她未必会轻易上当！”

我充满信心道：“她一心想得到那本田氏账簿，上次被田玉麟骗了一次，这次该轮到我们了！”

三天以后大批曾经被贬谪官员开始陆续返回秦都，沈驰也在回来的官员之中。晶后果然依照他的建议，提出用肃王燕兴启出任相国。我本来以为白暑会反对这件事，没想到他这次居然默认了晶后的做法，看来燕兴启此人的确有些手段。

燕兴启成功登上相国之位，心中兴奋到了极点，他在肃王府设宴专门宴请皇室贵胄和朝廷重臣，在他的心目中我居功至伟，邀请的贵宾名单中我被列为上宾。

肃王燕兴启的府邸并不在秦都城中，当年被宣隆皇贬谪之后，他便隐居于城外五里的蟠龙山，并于山下修建了一座慕雨山庄，三年前宣隆皇恢复他的王位之后，他便将慕雨山庄就地扩建成为肃王府。

我独自一人前往肃王府赴宴，来到肃王府时候，但见车马如龙，人声喧哗，前来恭贺拜谒肃王的官员无数，我心中暗道：这燕兴启若不是担任相国之职，焉能有今日之场面？

门前数十名身穿崭新服饰的仆人正在引领车马，我将手中缰绳扔给一名仆从。

远处传来一声大笑："胤空！我一直都在等你！"踌躇满志的燕兴启大步向我走来，我慌忙迎上前去向他行礼："肃王千岁……"

燕兴启板起面孔道："胤空，难道你忘了我们结拜的事情？"

我笑道："大哥勿怪，人多眼杂，我还是称你肃王好些！"

燕兴启又是一声大笑："好！总之你我心里明白就好！"他的注意力忽然被远处的一位贵客吸引了过去，我顺着他的目光望去，那人竟是大将军白晷。

燕兴启马上把我丢到一旁，满脸堆笑地迎了上去。

大秦宗正刘艺、太仆朱无墨显然是燕兴启的死党，今日他们也充当半个主人，负责招呼宾客。

太仆朱无墨引着我向肃王府中走去，整座王府依山而建，山势水韵尽在其中，沿途嘉木成行，满是花树。清溪如带，蜿蜒于小山丛树之间，地上生满鲜花，两旁柳芽舒青，柔条毵毵，充满生意。

沿着曲曲折折的鹅卵石路面穿过前方园林，遥望前面红桥对岸，柳林深处隐现着数栋精舍，奇石怪峰点缀其间，景色极其幽丽。走过红桥，前方疏落落种着几株不知名的花树，妃红俪白，间以绿萼，含苞欲吐，冷艳浮辉，树下细草蒙茸，甚似纤柔，处处一片盎然春意。转过花树丛，前方五步一桥十步一阁，千行杨柳之中，拥着金碧辉煌的楼台一所。四围种着姹紫嫣红的各色鲜花，繁英满地，五色缤纷，花开似锦，碧浪如云。

我心中暗赞：这燕兴启真会享受，这里比起秦宫的御花园犹有过之，难怪他不愿住在繁华喧嚣的城内。

那座金碧辉煌的楼台名为观景台，就是今晚宴会的地址所在。

我的位置在贵宾席，和大将军白砉、奉常曲靖等一帮朝廷重臣同桌，显见燕兴启对我的重视。不过这种安排倒令我有些尴尬，生恐白砉在酒席之上当众给我难堪。

好在白砉位高权重，一帮官员苍蝇似的围着他拼命地奉承拍马，他根本无暇顾及我的存在，直到客人正式落座之后，他才向我微笑着点了点头，看来是我多心了，以白砉的胸襟和眼光，他根本不会和我这样一个小角色计较。

因为白砉在场，我从酒席开始便表现得拘谨恭谦，众人敬酒的中心仍然围绕在白砉和燕兴启身上。我自幼便在这种环境下成长，在众人面前隐藏锋芒对我来说是件驾轻就熟的事情。

酒至半酣，燕兴启起身大声道："今日诸位能够赏脸来到这里，本王实在是感激之至，承蒙圣上垂爱，让我出任相国之职，今日本王当着诸位大人的面起誓，我身为大秦相国必忠于职守，克己奉公，为大秦民生不辞劳苦，为大秦社稷鞠躬尽瘁！"他端起桌上满满一杯酒水，仰首一饮而下，在场众人齐声喝起彩来。

我留意到此时白砉目光中流露出一丝嘲讽之色。

燕兴启又道："刚刚听闻大秦南部发生蝗灾，本王身为相国自然要率先做出表率！"他转身向仆从使了一个眼色，那仆从端出用红布蒙上的托盘。

燕兴启大声道："本王虽然没有太多的家资，仍愿倾力而为，这里面有五万两纹银，是我多年积蓄所得，愿无偿捐献给灾区民众！"他的这番慷慨陈词又获得一片掌声。

他挥手做了一个手势，此时高台之下，悦耳的丝竹声开始传出。从前方巧阁之中，十余名身姿曼妙的少女鱼贯而出。那些少女俱是以轻纱覆面，虽然看不清面容，单单从身姿来看便知俱是倾城绝色。

燕兴启微笑道：“这十五名中山国少女俱是万里挑一的绝色，而且更为难得的是……”他面上浮现出一丝暧昧的笑容道：“她们都是处子之身。”众人俱瞧得目瞪口呆。

燕兴启大声道：“今晚她们将属于为大秦捐献最多的人！”众人齐声欢呼，情绪激动到了极点。

我心中不由得暗暗苦笑，这燕兴启实在是荒唐到了极点，居然能想出用这种方法为灾民募捐，不过转念一想，他这一手八成是想借机送礼，原本别有用心的事情，经过他的巧妙安排变得理所当然起来。

白磬淡然笑了下，悠闲自得地端起桌上香茗品了起来，多数大臣都意识到燕兴启正在导演着一出闹剧，却不知他将会把事情导向到何处去。

那十五名窈窕少女每人身上都有号牌，她们婷婷袅袅来到场地正中，供众人品评。

宗正官刘艺率先叫道：“六号！我出一千两银子！”

众官多数都是抱着旁观的态度，刘艺这一出声，整个场面顿时鸦雀无声。

燕兴启笑道：“还有哪位大人出价没有？”环顾四周，居然无人回应。燕兴启点了点头：“好！六号少女便以一千两的价格归刘大人所有！”他此言一出满座哗然，其中夹杂着惋惜之声，在场的很多人都后悔刚才没有出价，让刘艺平白无故捡了个天大的便宜。

此头一开，整个场面顿时热烈起来，在场官员一个个争先恐后地竞起价来，价钱在众人的哄抬下一路上扬，便是最便宜的女子价钱也要用三万两方可求得。

那燕兴启呵呵大笑，把手中之事交托给管家，转身来到白磬的身边坐下，微笑道：“白大将军好像对此没有兴趣？”

白磬淡然笑道：“白某家资清薄，底气自然不足，救助灾民也只可尽力为之。”他自腰间解下一柄工艺精巧的弯刀放在桌上道：“这把弯刀是我从东胡大将完颜乌兹手中得来，今日借着王爷的地方捐出，略表寸心！”

燕兴启显得激动之极，接过那弯刀，抽刀出鞘，反复赏玩道：“此刀乃是曾经人称东胡第一猛将的完颜乌兹所有！”我看得真切，那柄弯刀只是一个饰品而已，纵使做工精巧，却也只能算是一个玩物，最多能值几百两银子。

没想到燕兴启道：“白大将军果然慷慨，如此宝物居然舍得捐献出来，本王出八万两银子购买此刀！”

在座的人无不色变，这燕兴启莫不是糊涂了，居然用八万两白银收购这把弯刀。

白磬哈哈笑道：“肃王果然爽快，好！这把刀就是你的了，那八万两白银就当白某对灾区百姓的一点心意。”

燕兴启喜滋滋地把弯刀悬在腰间，若是不知道真正背景，肯定以为燕兴启是天下间最大的一个傻子。

白磬站起身来道：“时候不早了，白某还有军务要处理，先行告退！”

“时间尚早，大将军为何不多饮几杯？”燕兴启出言挽留道。

白磬微笑道：“白某不胜酒力，再说近日北疆东胡不断侵扰大秦境，我需得尽快想出应对之策，留在这里只怕会坏了你们的酒兴！”

燕兴启恭维道：“白将军忧国忧民，实在是国之栋梁，本王钦佩之至。”他想亲自相送，白磬挥了挥手道：“不必了，千万不要冷落了其他大人。”他的目光落在了我的身上：“平王殿下请随我来，白某有几句话想问你！”

我心中一怔，万万想不到白磬会单独和我谈话。

燕兴启笑道：“正好，由平王送也是一样！”

我和白磬并肩离开观景台，一路无话，直至送到王府外，白磬看到四下无人，方向我道：“平王有没有想过返回大康？”

我一时间不知如何作答，若是说愿意回去，白磬会不会顺水推舟将我送往大秦？若是说不愿回去，他肯定要怀疑我留在大秦的真正动机。

白磬冷笑道：“看来平王对大秦十分留恋啊！”

我故意叹了口气道：“实不相瞒，太后对待胤空如同己出，圣上又视我如手足，胤空的确有些舍不得秦都……”

白磬冷冷道：“难道平王殿下对故土并无半分留恋？”

我脸上流露出极其复杂的神情，许久方道："胤空又何尝不想回去，只是……"

"好！我会向圣上禀明，近日便送你返回大康！"白誉咄咄逼人，不给我留有任何的余地。

我心中暗骂他的蛮横，白誉之所以这么迫切地想把我送走，八成是看出了思绮对我产生了情意，若是任凭发展下去，恐怕不好收场。

当着白誉的面，我只能装出惊喜的样子，屈膝跪倒道："多谢白大将军成全！"心中却道：此事还需禀明晶后，让她从中阻挠。

"起来吧！你也是一国王子，岂能说跪就跪！"白誉不屑说道。

我一脸惭愧地从地上站起来。

这时两名仆人牵着白誉的坐骑来到面前，白誉一手接过缰绳，翻身上马，他身体还未触到马鞍，那马鞍"啵"的一声爆裂开来，一团白色的粉幕笼罩住白誉的全身。

马前的那两名仆人忽然同时抽出刀来，向白誉的胸口刺去。

我大惊之下，不顾一切向其中一人合身扑去，却被他回身一肘，重重击在胸口，踉踉跄跄向后退了数步，方才站定身形。就在这片刻之间，白誉也获得了难得的喘息之机，身体自马上飞跃而起，落在两丈多处的平地之上，那团烟雾显然迷住了他的双目。

两名仆人挥刀全速向白誉冲去，我根本来不及考虑，迅速抽出长刀，大吼一声拦住两人去路。左侧一人双手握刀冷哼一声全力向我劈来，我刀身横向迎出，双刀相交发出"噌"的一声金属撞击声，我右臂一麻，迅速改为双手握刀。

对手刀身斜旋，沿着我的刀刃直落而下。刚才成功地接住他的一招让我信心倍增，我冷静地后撤一步，手臂微转，以刀背磕开他的这次进击。

另外一人却成功地绕过我的身边向白誉冲去，白誉发出一声怒吼，外袍突然鼓胀起来，一团白色的粉幕从他的身上四散开来，他五指紧握，一拳向着那名杀手的方向迎去。

锋利的刀刃与白誉的拳头相撞竟然寸寸断裂，那名杀手惊骇莫名地看着那只拳头在自己的眼前变大。清脆的骨骼碎裂声响彻在静夜之中，白弩一拳将那名杀手的头颅打得碎裂开来。

和我交手的那名杀手显然被白弩的强悍威慑住了，虚晃一刀向远处逃去，我正要追击，白弩大声道："穷寇莫追！"我收刀回鞘，来到白弩的面前。

这时王府内的护卫听到动静全都冲了出来，一脸惊慌的肃王燕兴启慌忙让人为白弩清理身上的白灰。白弩反应及时，双目并未落入太多的白灰，稍事清理便已恢复，燕兴启不住地向他道歉。

白弩淡然笑道："此事与你无关，想来有人知道我来王府赴宴，特地冒充你的仆人前来行刺，再说我并未受到什么损伤。"他转身向我点了点头道："这次多亏平王相助，我才躲过一劫。"

我笑道："白大将军吉人自有天相，胤空并没有帮上什么忙！"

燕兴启本想留白弩在此歇息，可是白弩拒绝了他的好意，整理好马匹之后上马离去，燕兴启仍不放心，又让王府护卫跟在后面保护白弩回府。

发生了这件事，众人都失去了继续留下来的兴致，一个个开始向燕兴启告辞离去，燕兴启也不挽留，把那十五名拍卖过的中山女子逐一送给她们的新主人。

我本来也想离去，可是燕兴启唤住我道："平王留步，我有话对你说。"

送走众人之后，燕兴启来到我面前，他的心情显然因为刚才白弩遇刺受到了影响。他苦笑着向我道："这该死的刺客居然选在我的府前闹事，若是白将军有任何损伤，我恐怕跳到黄河也洗不清干系了。"

我呵呵笑了起来："白将军武功卓绝，那帮杀手根本伤不了他。"

燕兴启掏出丝帕擦了擦额头上的冷汗，又道："胤空，今日你便留在哥哥这里，明天清晨我们一起去后山打猎，顺便散心，排遣一下心中郁闷。"

我还要推辞，燕兴启不由分说地拉起我的手臂："就这么定了，我让手下去你府上通知他们。"

燕兴启安排我在王府东南角的流云楼歇息，我留意到他随手将白弩的那柄弯刀扔在一旁，提醒道："大哥，这刀……"因为没有外人在场，我自然和他兄弟相称。

燕兴启笑道：“这种不值钱的东西要来何用？你若喜欢便送给你了！”

我奇怪道：“大哥既然知道此刀不值钱，为何还要花重金买它？”

燕兴启诡秘地向我笑了笑：“难道兄弟你看不出白暑献出此刀的真意？他根本就是向我示威，区区一柄破刀就宰掉了我八万两银子，我替他捐款，还显得他高风亮节。”

我心中暗笑，这白暑的确让燕兴启吃了一个大亏。

燕兴启在流云楼逗留到午夜方才离去。

四名美婢早已为我在木桶中蓄好了热水，这些美婢虽然姿色上佳，可是比起我上次所见的妙芙和妙蓉却差远了，只是不知燕兴启今日为何没有让她们来为我侍寝，难道是不舍得吗？

两名美婢负责为我洗浴，另外两名美婢向浴桶中不断添入热水，保持水温不变。我惬意地闭上双目，这些美婢的手法显然经过专业训练，揉捏得我周身异常舒服。

沐浴快要结束之时，房门轻动，两位绝美佳人盈盈步入房中，正是妙芙和妙蓉两个。看到她们娇柔妩媚的样子，我情不自禁激动了起来，四名美婢同时发现了我身体的变化，一个个红着小脸退了出去。

烛光闪动，妙芙和妙蓉身体淡淡的幽香勾起了我无限遐思。我伸手挑起妙芙曲线柔美的下巴道：“为何这时才来？”

妙芙娇柔道：“我们姐妹知道平王殿下来此，故而要精心修饰一番，再者说她们几个的按摩之术要远在我们俩人之上。”我呵呵大笑，分开手臂将她们二人揽入怀中：“在我心中她们又怎能及上你们万一？”

“殿下！”二女娇羞无限。

妙芙道：“让我们伺候殿下更衣！”转身去拿一旁的毛巾和棉质长袍。

烛火闪烁了一下，突然熄灭。

妙芙惊讶地叫了一声道：“蜡烛怎么灭了！”妙蓉道：“我去把它点燃！“

等了老半天却不见妙蓉点燃灯火，妙芙去拿毛巾也久未回还。我忍不住道：“怎么？看不到吗？”两女并未回答我。

我有些奇怪，开口道：“妙芙！妙蓉！”

一双柔软滑腻的纤手放在了我的肩膀上，黑暗中分不出是她们中的哪一个。我抓住纤手笑道：“其实做这种事情黑暗中更有情趣。”

身后忽然传来一声娇笑：“果真如此吗？”

我心中大骇，这声音的主人分明是那个妖女幽幽，没等我做出反应，脑后的头发一紧，她纤手摁住我的脑袋将我整个人摁入了浴桶之中。

我猝不及防间连呛了两口澡水进去，在我就快要窒息的时候她才把我从水中拎起，我剧烈地咳嗽了数声，方才缓过气来。

幽幽冷笑道：“你好大的胆子，居然把我的画像贴满秦都！”

“我……”我还没来得及解释，她又将我摁了下去，这次好在我有了准备，不过我从来没有想过自己的水性会用在浴桶之中。

她终于把我又拎出了水面，我贪婪地呼吸着空气，许久方道：“我……找你……自然有事情……”

幽幽道：“说！”

我又喘了口气才道：“那本账簿并不在田玉麟身上。”

幽幽道：“你是说……那账簿始终都在瑶如的身上？”

“是！”

幽幽冷笑一声，又把我摁了下去，这次的时间比前两次都要长，我出来的时候，双眼直冒金星，几乎就要昏死过去。

“你居然敢骗我！”她娇娇媚媚地说道。

我大口喘息着，过了许久才能说出话来：“我……怎会骗你……那……那……账册根本就不存在……”

“怎么说？”

“瑶如就是那本账册！”我灵机一动，谎话张口就来，“瑶如把账册的内容完全记在脑中，所以……她就是田氏的账册……”我之所以这么说，是因为看出幽幽对那本账册的重视程度，瑶如又被她种下断命七绝针，幽幽若想得到账册，就必须保住瑶如的性命。

幽幽放开了我的头发，柔声道："看不出你如此不济，女人缘倒是不错。"

我笑道："男人未必要武功卓绝才可以吸引美女的注意！"

幽幽反唇相讥道："一个连自己都保护不了的男人又谈何保护身边的女人？"

我心中暗道，那是你还未尝过男人的好处！嘴上却不敢这句话说出来。

幽幽道："我给你五天的时间，让瑶如将田氏账簿全部默写出来，如果你做不到，后果不用我说你也应该知道。"说完重重地在我头上敲了一记，这房间内突然沉寂了下去，我确信她已经离开这里，这才摸索着从早已变得冰冷的浴桶中爬了出来。

找到火种将蜡烛点燃，却见妙芙和妙蓉两女都躺在地上，不知是死是活，我把了把俩人脉搏，证实她们仍然活着，这才放下心来。将两女逐一抱上床去，自己也擦干衣服换上棉袍，推窗向外望去，夜深人静，整个王府都陷入一片寂静之中，幽幽早已不知去向。

妙芙和妙蓉先后醒来，惊奇道："我们怎么睡着了？"这妖女不知道对她们用了什么手段，对刚才发生的事情两人浑然未觉。

我关好了门窗，回到床前，幽幽的突然出现让我刚才强烈的欲念早已消失，两女一左一右偎依了过来："平王好像有心事？"

我点了点头，妙蓉娇声道："也许我们姐妹可以帮平王分担。"

我淡然笑道："累了，你们先回去吧，我想一个人好好静一静。"

清晨醒来，在王府婢女的服侍下我换上精悍的猎装，又将那柄肃王转赠给我的弯刀配上。

燕兴启早已让手下人备好车马，他也换上了一身利索的武士服，外罩银灰色金银鼠斗篷，足蹬水牛皮靴，身背雕弓，腰悬利刃，竟也增添了几分勃勃英气。跟随我们出猎的八名侍卫全都是青灰色武士服，气势威猛。燕兴启远远向我笑道："胤空昨夜睡得可好？"

我呵呵笑了一声："还好……还好……"心中却道，若是没有那妖女的出现才好！此事我并不想向他透露，信步来到他的身边，燕兴启似乎对我的隐私颇感兴趣，暧昧地问道："两女的风味如何？"

他还真够无耻，我附在他耳边道 ："火辣无比，胤空今日恐怕连马背都上不去了！"

燕兴启满意地哈哈大笑了起来。

侍卫将我二人的坐骑牵了过来，我的马匹是唐昧从集市中为我挑选而来，虽不是千里神驹，也能算得上一匹好马，可是在燕兴启的雪花掩毛玉兔马面前就完全失去了神采，即便和那八名侍卫的坐骑相比也差了一个档次。

燕兴启善于察言观色，马上觉察到了我心中所想，微笑道 ："你这匹马恐怕脚下有些软，太仆朱无墨昨日刚好送给我一匹黑狮子，就送给你吧！"他向那侍卫做了个手势。

那侍卫转身去了，不多时便牵着一匹通体乌黑的骏马来到我们面前。这匹黑马体形要比一般马匹稍大，毛色光泽，犹如吐脂，四腿纤长有力，鬃毛奇长齐刷刷覆盖在有力的长颈之上，果然有几分狮子的味道。

我越看心中越爱，从那侍卫手中接过马缰，翻身一跃而上，黑狮子双耳竖起，振起黑鬃，发出一声雄浑的嘶吼，前腿高高提起，有如腾空入海之状。我死死夹住马腹，勒住马缰，生恐被它掀翻在地。黑狮子原地颠簸了几次方才四蹄着地，立起的鬃毛重新趴伏在美丽的脖颈上。

燕兴启笑道 ："不妨事，这黑狮子送来我这里之前专门让骑师驯服过。"

我笑道 ："马和女人一样，越烈才越有味道！"

燕兴启狂笑道 ："兄弟果然见识非凡，此话甚得我心！"

身边侍卫为我把弓壶、箭袋挂上，一行人笼着马缰向王府外缓缓而去。一出王府的大门，燕兴启扬起鞭梢大声呼喝，那玉兔马翻开四蹄，疾风般向前方山路冲去，众侍卫也加上几鞭，追风逐电般向他的身后追赶而去。

我连续打了几鞭，这黑狮子居然四蹄硬生生钉在原地一动不动，眼看众人在我视野中已经成为一个小黑点，我抚了抚它的鬃毛道 ："马儿啊马儿，给我一个面子，快走！"

黑狮子长嘶一声居然把脑袋垂了下去，我又打了两鞭，它仍旧毫无反应，不由得心头火气，我低声呵斥道 ："混账东西，若是敢不听我的话，等我将来一统天下，必然将你剥皮拆骨，一泄心头之恨！”

黑狮子居然把头歪了一歪，右侧的眼睛盯住我充满杀气的双目，颈上的鬃毛突然根根竖立了起来。

我怒道：“畜生！居然敢对我不敬……”

话音未落，黑狮子仰首一声长嘶，翻开四蹄，如同离弦利箭一般冲了出去，我身体一个后仰，险些从马背上翻落下来。耳边风声呼呼不止，两侧树木闪电般向后倒退。

我死命勒住马缰，心中却没有任何恐惧，反而感到一种强烈的刺激感。黑狮子瞬间便追上了前方的队伍，这才慢慢放缓了脚步。

我来到队伍的前方和燕兴启并辔齐行，前行五六里山路，来到后山，抬头望去，前方山体层叠峦嶂，山势险峻，两边悬崖峭壁，中间一线羊肠小道，晨风拂面，松声入耳，空气中夹杂着野花的香气，游蜂浪蝶在马前四周不断飞舞，林中时而传来悦耳的鸟鸣，正是：千载画图山色里，四时歌曲鸟声中。

我们放缓了马速，催马入山，绕过前方高岗，地形渐渐宽阔。燕兴启笑道：“此地便可以行猎了。”手下人传令放狗，将十多头矮脚东胡猎犬一齐放出，口号一吹，这一群猎犬风驰电掣般向四周森林中冲去，不多时，便见到各种山野小兽，慌乱地奔窜出来。众侍卫弯弓引箭，一起飞射，箭如飞蝗般射入兽群，那帮小野兽逃无可逃，瞬间已经有部分死于箭下。

肃王燕兴启箭无虚发，脸上洋溢着得意的微笑。我在大康之时也曾经修习过箭术，连发数箭也射中了几只猎物。

这时松林处一阵窸窸窣窣的声响，却见一头梅花鹿从林中奔出，掠过我的马头向左侧森林中逃去。我和燕兴启同时射出一箭，那鹿听到弓弦声响，奋力地迈开四蹄，一个转向加速向林中投去，两箭顿时落空。

我左手持着雕弓，右手迅速从箭囊中摸出羽箭，瞄准它又射出一箭。那梅花鹿跑动中突然又是一侧，箭矢射中它的右臀。梅花鹿负痛向林中逃去，瞬间隐没在丛林之中，我把马缰一带，直追上去，进入林中看到它一瘸一拐地在前方奔跑。我拔出雕翎又是一箭，谁知道又射了一个空。我好胜之心不由得被它激起，暗自道：今日我定要拿住你这只畜生！向黑狮子后臀打了一鞭，紧紧追上，怎奈树林小径之中杂木丛生，黑狮子虽然神骏，可是在这种地形条件下，根本无从发挥。

我扣上弓弦又是一箭，箭矢快到它头颈的时候，它突然把头一偏，镞尖又失去了准头，射进一旁的松树之上，梅花鹿四脚如飞，瞬间穿越了丛林向后方山岭翻去。

我紧紧追赶，赶过山头，却见那梅花鹿踉踉跄跄向前方山岩冲去，脚步早已轻浮无力，我料到它已是强弩之末，淡然一笑，拿出雕翎搭在弓弦之上。那鹿儿摇摇晃晃居然倒在前方路上，我缓缓收起羽箭，这梅花鹿已经成为我的囊中之物。

我轻轻提了一下马缰，黑狮子缓步向梅花鹿走去。

距离那梅花鹿还有两丈左右的时候，黑狮子突然停下脚步，鬃毛根根立起，发出一声惊恐嘶鸣，我以为它又犯起刚才的毛病，挥鞭向它重重抽了一记。

没想到它非但不向前去，反而向后退却，那头梅花鹿又摇摇晃晃地站了起来，没等它迈开步子，山岩后忽然窜出一头斑斓猛虎，伴随着一声狂吼，血盆大口准确无误地咬住梅花鹿的颈部。

黑狮子惊恐万分，狂嘶一声，不顾一切地向前方窜去。

那头斑斓猛虎霍然扭过头来，居然舍弃了那到手的猎物全力向我追来。

危险不断迫近，黑狮子没命地向前方山崖奔去，我死命勒住马缰，双腿夹紧马腹，想要让它停下步伐，没想到黑狮子早已被那猛虎吓破了胆子，慌不择路，眼看就要冲下高崖。

我惊骇莫名，黑狮子高速行进中，若是从马上跳下，就算侥幸活命也必受重伤，更何况身后还有猛虎尾随，难道今日我就要命丧于此？

就在这千钧一发的时候，一道人影突然从右侧山岩后冲到马前，伸手抓住马缰，大吼一声硬生生将那黑狮子拉住。要知道这骏马狂奔之下前冲的力量何止千钧，他单凭一条臂膀便勒住马缰，止住骏马前冲的劲头，神力当真骇人到了极点。

那只斑斓猛虎已经冲到我们的面前，咆哮着腾空向我们扑来。

我吓得从马上滚落了下去，那大汉怒吼一声，左拳挥出准确地击中那猛虎的额头。猛虎居然被他一拳击打得翻滚了出去，趴在地上发出一声悲鸣，竟然显得委屈无比。

那汉子松开马缰，炸雷般大吼了一声：“孽障！还不快滚！”

那猛虎翘起的虎尾慢慢垂了下去，转身向远处密林逃去。

我惊魂未定地从地上爬了起来，这才看清救我于危难之中的是一个身材高大的汉子。此人年纪大概三十岁，黑面无须，双目炯炯有神，顾盼生辉，身穿手工纺织的粗布衣裳，外披兽皮，从他的打扮来看显然是这附近的猎户。

那汉子轻轻拍了拍黑狮子的长鬃，笑着向我道：“有没有伤到？”

我刚才从马背上跳下之时，身上皮肤擦破了几处，不过应该没有什么妨碍，当下摇了摇头道：“多谢壮士救命之恩！”心有余悸之余不禁暗暗称奇，想不到山野之中竟然有如此豪杰。

那汉子笑道：“区区小事何足挂齿！”

这时肃王燕兴启和手下的侍卫才尾随而至，燕兴启慌忙来到我的身边连连自责道：“都是哥哥的不是，让兄弟受惊了！”从刚才的那声虎啸声中，他已经猜到发生了什么。

我向燕兴启道：“多亏了这位壮士帮我赶走了猛虎，不然胤空此刻恐怕早就成了孤魂野鬼！”

燕兴启拿出一千两银票赏赐那位大汉。

那汉子拒绝道：“我救助这位公子并非为了图取回报！”

燕兴启见到他态度坚决，只得作罢。燕兴启他们几个刚才并未看到我命悬一线的情形，有些奇怪道：“这蟠龙山中向来未听闻有什么猛虎出没，再说那猛虎向来是昼伏夜出，怎地大白天会窜出来伤人？”

那汉子道：“在下焦镇期，是住在这附近的猎户，自幼便在这山中行猎，的确未曾听说过此地藏有猛虎的事情。”他皱了皱眉头又道：“蟠龙山延绵四十余里，往西与苍洱山相连，那苍洱山下有大秦皇室所建的百珍园，不知道这猛虎是不是从那里逃出的？”

燕兴启点了点头道：“回头我倒要查看一下，这猛虎若是真的从百珍园逃出，必要治那园主渎职之罪！”

焦镇期将马缰交回我的手中，低声道：“在下略懂相马之术，此马虽然神俊，可是身有暗疾，对公子来说是个隐患……”

此言一出，燕兴启的侍卫同时叱道：“大胆！你胡说些什么？”要知道这黑狮子乃是燕兴启亲赠予我，焦镇期的这句话等于给燕兴启难堪。

燕兴启制止住手下的叫嚷，微笑道：“焦壮士说来听听！”

焦镇期道：“此马表面看来和寻常马匹无疑，可是眼神散乱，目光迷离，此前肯定被人下过毒药，心智早已迷失，只要遇到突发状况，就会马上癫狂起来。”

燕兴启倒吸一口冷气。这匹马原来是别人进贡给秦皇燕元宗的，太仆朱无墨看到此马神骏非常，私自留了下来送给了燕兴启，没想到阴差阳错燕兴启又将此马转赠给我。照此说来，献马之人必然有谋害燕元宗之心。

我和燕兴启对望了一眼，彼此都看到对方眼中深深的惊骇。若是让献马之人奸计得逞，燕元宗遭遇不测，晶后岂能善罢甘休？

焦镇期掰开黑狮子的嘴巴，看了看它的牙口和舌头，用手指挑出它唇齿间的黏液在鼻翼前嗅了嗅：“若是我没猜错，之前肯定有人给它吃下了神离草。”

我关切道：“还治不治得好？”

焦镇期点了点头：“方法倒是有，在饲料中混合两升巴豆，让它将体内大部分毒素排清，然后取些露甘、箬于中和神离草的毒性，七日之后定可恢复如常！”他向我笑道：“不过这马儿痊愈之后性情比原来还要暴烈，公子若想驯服它，恐怕要下一些功夫。”

燕兴启所关心的是献马之人，对这匹黑狮子的病情不感任何兴趣。若不是焦镇期说出此马的救治方法，他肯定要下令手下当场将这匹马射杀。

此时天空阴云密布，隐隐传来风雷之声。燕兴启看了看阴郁的天空道：“坏了，看来要淋雨回去了！”

焦镇期指了指西南方向道：“那里有一条依山长廊，几位可以到那里暂时躲避一下。”

我们随着焦镇期向西南方向走去，走不几步果然看到一条残旧破烂的长廊依山而建。我们刚刚进入长廊之中，瓢泼大雨便从天而降。

走入长廊才发现这长廊依靠的山崖之上刻满了文字，这长廊就是为了保护这些石刻而修建。我凑近一看，上面所刻的竟然是孙子兵法，大奇道：“何人在此刻上的兵法？”

燕兴启也好奇地凑了过来，低声道：“我从不知道有此处地方……”

焦镇期笑道：“这兵法乃是大秦开国将军蒙轩所刻，最难得的是，上面刻有他自己的心得注释，蒙轩将军死后便葬在前方不远处的拔剑泉边。”

燕兴启似乎想起什么，轻轻哦了一声道：“好像有这么回事！”

焦镇期道：“蒙轩将军虽然立下无数战功，可是最终还是死于秦皇之手。”

燕兴启笑道：“陈年旧事了，亏你还记得，那蒙轩乃是康国人氏，先皇之所以杀他，是因为他勾结康国出卖大秦利益。”

焦镇期冷笑道：“用人不疑，疑人不用，那秦皇既然早就知道蒙轩将军是康国人氏，又为何拜他为将？若不是蒙将军为他征战，大秦焉有今日的辽阔疆域？”他言语之中对这故去的人物显然极为尊敬。

燕兴启不屑笑道：“你区区一个山野村夫，懂些什么？”

焦镇期大声道：“草民虽然是一介村夫，但是知道何谓大义忠烈，蒙将军之所以被秦皇所杀，是因为他功高盖主，遭到皇上忌妒……”

燕兴启听到他辱及先祖，忍不住勃然大怒道：“放肆！你居然满口大逆之言！”

我慌忙劝道：“肃王千岁，你也说他只是一介村夫，和他计较什么？”我直接喊出他的爵位意在提醒焦镇期，千万不要继续争执下去。

那焦镇期一双虎目翻了一翻，此时他才真正知晓我们的真正身份，他重重哼了一声，转身向雨中走去，显然不愿意和我们共同在长亭中避雨。

燕兴启看到他远去的背影气得大声骂道：“大胆刁民，居然敢对本王如此不敬！”那八名侍卫作势要出去拿他，被我苦苦劝住。其实以焦镇期刚才一拳惊走猛虎的实力，这帮侍卫八成不是他的对手。

雨停之后我和燕兴启在众侍卫的围护下回到王府，燕兴启又留我在王府中用了午饭，这才让人驱车把我送回秦都。那黑狮子虽说迷失了心智，可是从焦镇期口中已经知道了治愈之法，我仍旧将它带了回去。

我找来唐昧，将幽幽昨晚潜入王府之事向他说了，唐昧也是大吃一惊，他紧皱双眉道："此女武功高强，行踪诡秘，却不知究竟是什么来路？"

我叹了口气道："现在事情的关键仍旧是那本田氏账簿，只要能找到账簿，看看田玉麟究竟想威胁哪个，定然可以知道幽幽是谁指使。"

唐昧道："她给公子约下五日之期，公子想怎么做？"他也清楚我根本没有账簿可交。

我笑道："自然是伪造一份，她又没见过真正的账册，我写的是真是假，她又怎会知道？再说我也没打算给她分辨真假的机会！"

唐昧双目一亮道："公子想拿住她？"

我点了点头道："只有拿住她才可能逼迫她交出解药，除此之外我们已经没有任何的办法。"我又将日间巧遇焦镇期的事情告诉唐昧，感叹道："此人绝对是个人才，若是有他相助恐怕拿住那妖女的机会会大一些。"

唐昧道："我去打听一下，找到他的地址请他前来和公子会面。"

我摆了摆手道："不可！找到他的住处，我会亲自和你一起去见他。"

我让采雪备了几份上好补品，装在提盒之内向白府而来，白晷昨日遇刺，我刚好趁着这个机会去和他套一套近乎。

来到将军府，没想到白晷却不在府中，问过守门的奴仆才知道他前往朝中议事去了。看来他昨夜并没有受到什么损伤，我暗自嗟叹，看来白晷的马屁的确不是那么容易拍到。将手中的礼物和拜帖留下，我便纵马返回。

离开将军府，我纵马来到乌雀街，迎面看到一辆马车缓缓驶来，驾车的美婢竟然有几分熟悉，仔细一想，她分明是在大佛寺替俪姬传讯的白府婢女，我心中一动，难道这车中人竟是思绮不成？

我下定决心，在和马车擦肩而过的时候，试探着叫道："思绮小姐！"

车帘轻动，一张宛如芙蓉般醉人的俏脸从中露了出来，不是思绮还有哪个，她显然没有想到会在这里遇到我，目光中充满了惊讶。

我微微一笑，思绮俏脸一红，迅速垂下头去，车帘随之放下。

那美婢显然还记得我，大声道："平王想做什么？"

我微笑道："我有几句话想和白小姐说！"

那美婢一副戒备心十足的样子，大声道："让开！"

车内思绮温柔道："凌凤，不得无礼！"

我心中暗自得意，低声向车内道："前方有家叫作三重雪的幽静茶楼，胤空先去等待！"说完我一提缰绳率先向茶楼的方向而去，心中却忐忑不安，不知道思绮会不会跟来。

来到茶楼，我在二楼要了一个凭窗的雅间，推开格窗向外望去，却见思绮的马车果然跟了过来，我心中大喜过望，当下给茶僮一张五十两的银票，让他把思绮主仆二人引上来，没有事情切勿来这里打扰。

我趁着四下无人，将从孙三分手中得来的迷魂草向茶壶中放了几片。刚刚做完这件事情，思绮满面娇羞地走了进来，要知道大秦礼教甚严，男女之间即便是当街相逢也很少交谈，我和思绮先后来到这茶楼相见，在外人的眼中和偷情无异。

我彬彬有礼地请思绮坐下，凌凤虎视眈眈地站在思绮的身后，看来她一心要当思绮的保镖，我心中暗道：若是支不走她，这迷魂草便一并对她用了。

思绮黑长的睫毛微微垂下，轻声道："不知平王找我有何事？"

我故意叹了一口气，双目看了看凌凤。

思绮会意，向凌凤道："凌凤，你去门外等我！"凌凤这才不情愿地出去了，反手掩上房门。

我低声道："胤空此来是想跟小姐谈谈皇后的事情！"

"姐姐？"

我重重点了点头，装出一副忧心忡忡的样子："我前些日子入宫去拜见母后，恰巧与令姐相遇，总觉着她心神恍惚，忧心忡忡，丝毫不见新婚夫妇应有之快乐……”

思绮关切之情溢于言表，她黯然道：“姐姐新婚返家之时，我问她圣上待她如何？她还告诉我皇上对她恩宠有加，可是我隐隐觉得她有些不对。”

我感叹道：“一入宫门深似海，皇后遭到皇上冷遇，在大秦皇宫之中，竟连一个能说上话的人都没有……”

思绮美目之中隐然含泪：“姐姐自小便事事为他人着想，自己心中的苦楚从来都不对我和爹爹言明。”

我从怀中取出一方洁白的丝帕递到思绮手中，思绮犹豫了一下，还是接了过去，轻轻拭去脸上的泪痕。

我为她添满面前的茶盏，看着思绮优雅地饮下，暗自窃喜不已。思绮对我的阴险用心浑然不觉，按照孙三分的说法，她只要在一月之内连续服用这迷魂草三次就会对我产生难以舍弃的留恋，如果一切顺利，我很快就能够把她掌握，通过她或许可以改变白磬也未必可知。

思绮道：“我几次都想入宫去探望姐姐，可是爹爹总是不许我去……”

我故意叹了口气道：“有句话我不知当讲还是不当讲。”

思绮抬起头，一双清澈的妙目盯住我的面庞：“殿下直说无妨！”

我正色道：“在下总觉着白大将军将俪姬小姐许配给皇上，并没有考虑到自己女儿的感受……”我这句话等于指责白磬为了政治利益不惜牺牲俪姬的幸福。

我小心观察着思绮的表情变化，思绮秀眉微颦，若有所思，但脸上并未出现任何反感的神情。对白磬的指责只能适可而止，剩下的交由她自己去考虑。

思绮道：“平王殿下，思绮有一事相求，若是你能够见到我的姐姐，可否为我带个话给她？就说爹爹和思绮都很想她，有空的时候……多回来看看……”

我趁机说道：“思绮小姐难道不想亲自对皇后说吗？”

思绮娇躯微微一震，旋即又摇了摇头道：“爹爹不会允许我去的，再说皇宫岂是我来去自如的地方？”

我微笑道：“如果思绮小姐真的想去，明日上午我在这里等你！”

思绮俏脸绯红，考虑许久终于轻轻点了头。

第十六章 幽怨

翌日清晨，我早早便来到茶楼等候，可是直到日上三竿也未见到思绮过来，面前的茶水都已经换过三遍，我终于放弃了希望。有道是谋事在人成事在天，我想趁机让思绮第二次服下迷魂草的计划终于落空。

我失落地走出茶楼，却看到那个叫凌凤的丫头远远走了过来，她不住向后张望，显然害怕有人跟在后面，来到近前她神神秘秘地交给我一封信，低声道："小姐不会来了，劳烦你把这封信交给皇后！"说完便转身离去。

我苦笑着摇了摇头，费了一番心机没想到最后落到了一个信史的差事。

我已有几日没有入宫面见晶后，白晷想送我返回大康之事还是要及早向她禀明才好，顺便将思绮的这封信交给俪姬。

我从皇城东门进入，选择这里可以避过储秀宫，不然燕琳看到我来此，肯定又会一番纠缠。路过御花园的时候，看到晶后正在陶然亭中和俪姬说着话，两人不时发出欢声笑语，看来彼此之间相处融洽。

晶后首先注意到了我，向我招了招手，我慌忙跑了过去，向二人行礼道："胤空拜见母后，拜见皇后！"

晶后笑道："自家人哪有这么多烦琐礼节，赶快坐下说话！"

此时许公公带着一名小太监端着果品奉上，许公公道："太后娘娘！这是从西域刚刚运来的冰瓜和雪藕，您尝一尝！"

我们向那托盘中望去，雪藕倒是从未见过，形体不大，外皮呈淡青色，切面上排列着梅花状的五孔，又白又嫩，另具一种异样清香。冰瓜外形上看和哈密瓜无异，只不过比哈密瓜大上好几倍，绿色长圆，瓤黄籽细，其甜如蜜。外包冰雪，已用凉水泡去，切放大玉盘中。

晶后笑道："我当是什么冰瓜，原来就是哈密瓜！"

许公公恭恭敬敬解释道："启禀太后，这冰瓜和哈密瓜全然不同，这两种水果都是天山深处特产，因为长在雪峰高处，所以极为珍贵难得，即便是多年深居的山民，也有终身未得一尝者。

"哦？既然你说得这么好，我倒要品尝一下！"晶后将盘中瓜果分给我和俪姬，尚未进口便闻到一股香味。端的色香味三绝，甘芳满颊，其凉震齿，沁人心脾。才吃两片，便觉心身轻快，舒畅异常，齐声赞美不止。

我尝了两片，向小太监要来毛巾揩净双手。

俪姬看出我有话想要对晶后说，借口去前方观鱼，带着宫女向九曲长桥那边去了。

晶后用丝帕擦了擦唇角，意味深长道："这些日子你和燕兴启走得很近啊！"

我低声道："孩儿一心为母后考虑，接近肃王是为了查看他的底细！"

晶后迷人的唇角泛起一丝冷笑："听说你和肃王结拜，究竟有没有这回事？"我心中一沉，慌忙离座跪倒在晶后面前："孩儿正要向母后禀告此事！"

晶后冷冷道："我又没有责怪你，你跪下作甚？"

"孩儿一时疏忽忘记将此事告诉母后，还望母后恕罪！"

晶后呵呵笑了起来，她站起身向亭边走了两步："我还听说在肃王的庆功宴会之上，你出手救了白餍……"

"母后！孩儿只是恰巧在场，以我的能力又怎么可能救他？"我早就知道此事早晚都会传到她的耳中。

晶后叹了口气道："你这句话倒是实情，白餍若是这么容易被杀，又怎会有今日之局面？"

"孩儿此次前来也是和白餍有关！"

晶后道："起来再说话！"

从她的语气我听出她并没有真心生气，这才放心地站起身，来到她的身边："母后！我那日在肃王府赴宴，是白暑把我叫出门去，他问我想不想回康国！"

晶后黑长的睫毛微微颤动了一下："你怎么说？"

我低声道："孩儿不想回去！"

晶后转过脸来，妙目盯住我的双眼，仿佛要看透我的一切心思，我的目光坦然而诚挚，她绝对看不出任何的破绽。

"白暑今日入朝已经提出要将你送返回国！"

我内心巨震，这白暑果然没有因为我救他而改变对我的任何看法，还是一心想将我驱逐出大秦。我装出一脸愁苦的样子："母后，孩儿舍不得……这里……"我故意拖长了尾音，晶后肯定能听出我话中真正的含义。

晶后幽然叹了一口气："我何尝不知道白暑想送走你的真正目的，说起来这件事还是因我而起，如果不是我提起那门亲事，白暑就不会迁怒于你。"

我暗叫不妙，难道晶后已经同意了白暑的提议？

晶后缓缓在石凳上坐下，轻声道："白暑既然提出，朝中大臣自然都同意他的建议，连皇上都答应了……"

我眼前一黑，险些昏过去，自己好不容易在大秦才拥有了这样的局面，可是白暑的一个提议却让我所有的努力白费。今日诸事不顺，先是思绮爽约，然后晶后又告诉我这个消息，看来我在大秦已经时日无多。

晶后道："幸亏你的义兄燕兴启及时出面，他说现在东胡不断滋扰北疆，若是将你放回大康，歆得皇再无顾虑，有可能乘机发动战事，一切还是等到平定北疆的动乱再说。"

我大喜过望，却仍然不敢确定自己的去留，低声问道："母后！皇上怎么说？"

晶后意味深长地看了我一眼，突然露出一个醉人的笑容。她轻声道："皇上答应等到东胡叛乱平息再将你送回康国。"

我一颗高悬着的心总算放了下来。

晶后道："胤空，你和燕兴启结拜之事实在是荒唐之极，燕兴启那个浑蛋到处宣扬，哀家的脸面都让你给丢尽了！”

我满脸羞惭道：“这件事孩儿的确考虑不周！”心中忍不住骂燕兴启恬不知耻，这种事情哪能到处宣扬。

晶后道：“白晷看来是不会把女儿许配给你了，你以后就死了这条心吧！”

我慌忙解释道：“母后！孩儿对她并没有这样的念头！”

晶后冷笑了一声：“胤空，我难道看不出你有什么样的心思吗？”

我顿时无语，我的心思很难瞒过晶后的眼睛。

晶后摇了摇头，转身向凤阳宫的方向走去，走出亭子又想起了一件事，转身向我道：“你虽然是大康皇子，可是凡事还要顾虑身份，万花楼那种场合你还是少去为妙！”

我恭恭敬敬地一揖到底，直到晶后远去方才敢直起腰来。原本还想趁机巴结一番，没想到招来一通训斥，我的情绪顿时低落了下去，看来我和思绮之间终究是有缘无分，以后还是少去招惹为妙。

我神情黯淡地离开了御花园，来到渔港的时候，看到俪姬仍然没有离去，独自坐在曲桥的栏杆之上呆呆望着水面出神，才几日不见，她仿佛又清瘦了许多，看来她和燕元宗之间的生活并不如意。

我轻轻咳嗽了一声，俪姬抬起头看了看我，随即又把目光投向水面：“平王有什么事吗？”

我拿出那封信，恭恭敬敬交到她的手中：“昨日胤空遇到思绮小姐，她特地托我将这封信转交给皇后。”

俪姬看也不看那封信一眼，直接撕碎扔到了水中，我心中大奇，俪姬的举动实在是匪夷所思。俪姬美目冷冷盯住我道：“你心中是不是把我当成一个疯子？”

我慌忙道：“胤空不敢！”

俪姬冷笑了一声，螓首仰起，美目紧紧闭上，幽然道：“这信中的内容，我不看便已经知道，看了只会平添惆怅而已……”酸楚之情溢于言表。

我看到四下有人，自然不便和俪姬单独相谈，向她告辞道：“皇后娘娘，胤空还有事要做，如果没有其他吩咐，胤空先行告退！”

俪姬点了点头，我正要走时，她又唤住我：“平王！如果有空可否帮我画一幅画像？”

我犹豫道：“此事……恐怕不妥……”

俪姬凤目含威：“你究竟是不愿还是不敢？”

“胤空不敢！”

她神情稍缓：“我就当你已经答应了，改日我会让皇上下旨请你！”

我心中暗笑，画幅画也要搞到下旨这么隆重，看来这俪姬仍然不懂宫中的规矩，即便是她肯燕元宗未必会陪着她胡闹。我含糊地答应下来，转身离开了皇宫。

唐昧很快便打听到焦镇期的住处，他住在蟠龙山附近的一个小山村中，山村名叫将军村，据说是当年开国大将军蒙轩埋骨的地方，山内居住的人多数不是大秦后裔。

我和唐昧一早便离开秦都，上午时分才来到将军村。唐昧挥动马鞭指了指远方山谷中的村落道：“就是那里了！”

我举目望去，却见山谷之中稀稀落落地排列着十几户人家，房屋大都是泥墙茅顶，外用青竹扎起篱笆，村外小溪环绕，水流淙淙。

骑马越过清澈见底的小溪，却见溪边平地之上有十多个垂髫小童在那里玩耍。

两个孩童骑着竹马挥动竹竿相战甚欢，两人身后各自跟随着几个童子。他们随着两人的号令居然进退有序，攻防自如。

我和唐昧对望一眼，不禁同时露出了微笑，唐昧感叹道：“这里果然是将军村，连这么小的孩童都懂得用兵之法！”

那一群孩童看到我和唐昧顿时停下了手中的打斗，拿着竹竿一窝蜂冲了上来，将我们包围在核心，为首小童道：“来将何人？快快报上名来！”

我呵呵笑道：“小兄弟，有位焦镇期是不是住在你们这里？”

那孩童满面狐疑地看着我，身后一名小童道：“你认识焦叔叔？”

我还没有来得及回答，那名为首的小童怒喝道：“你不记得军纪了吗？当初我们是怎么约定来着？给我拖下去重打三棍！”

果然有两名童子上来，将那小童拖翻在地，扒去裤子，挥动竹竿毫不留情地在那小童白嫩的屁股上重重抽了三记。那小童居然十分硬朗，挨打时一声不坑，打完又一瘸一拐地来到为首小童面前。

那小童道：“知不知道我为何打你？”

“末将知罪！”

唐昧倒还没有觉得怎样，我却是暗暗心惊，这孩童现在都如此厉害，将来必是一代卓绝人物。

这时远处一位白发苍苍的老者向这边走来，他远远叱道：“你们这几个孩子终日学着别人打打杀杀，若是惊扰了客人看我不打你们！”那帮孩童一哄而散，只有那为首的小童笑嘻嘻跑到老者身边，搀住他臂膀甜丝丝叫道：“爷爷！”

那老者颤巍巍走到我们的面前道：“二位客人是来找谁的？”

我恭恭敬敬地将来意向他讲了一遍。

那老者笑道：“原来是找镇期的，他就在村内，正帮吴婆婆劈柴呢！”他向那孩童道：“福娃你带着这两位叔叔去找你父亲！”

搞了半天，这名叫福娃的孩子竟然是焦镇期的儿子。

福娃来到唐昧马前道：“我可以上马吗？”唐昧笑道：“当然可以。”他伸手抄住福娃的身躯将他抱上马来。福娃兴奋地抓住马缰，像个耀武扬威的将军大叫道：“我终于像一个真正的将军了！”

我们按照福娃的指引来到吴婆婆所住的茅屋，却见焦镇期正赤裸着上身在院内劈柴，他身材极为健硕，挥舞斧头时身上的肌肉隆起健美的轮廓，古铜色的肤色在阳光下熠熠生辉。

福娃高声叫道：“爹爹！这两位叔叔找你！”

焦镇期仰起头，他马上就认出了我，拿起肩头的毛巾擦了擦汗笑道：“公子怎么找到这里来了？”

我跳下马来，微笑着来到他面前道："胤空来此为了两件事，一是为了当面谢过焦大哥的救命之恩，二是有件事情想麻烦大哥。"

焦镇期引着我们来到院前垂柳下坐了，福娃蹦蹦跳跳地去为我们倒茶。

我让唐昧将带来的礼物放在矮桌上，焦镇期看着桌上的礼盒，不禁皱了皱眉头道："公子何须如此？"

我微笑道："焦大哥看看里面再说话！"

焦镇期迷惑地看了看我，这才打开了礼盒，里面是一张略显陈旧的弯弓。焦镇期的目光猛然一亮，他一把抓起那张弓，反复看了数遍，这才一把拉开弓弦，激动道："这……这是蒙轩将军的猎天弓，公子从何处得来？"

我呵呵笑了起来，这张弓原本是律金坊老板的藏品，我打听到以后用两万两银票和他交换而来，对焦镇期我自然不能实情相告，我笑道："这张弓是我的一位好友所藏，我那日听到焦大哥对蒙轩将军极为推崇，便向他求来这张弓转赠给我的救命恩人。"

送礼是门极其高深的学问，只要摸透对方的心事，送出去的礼物一定让他无法拒绝。

焦镇期又打开了另外一个礼盒，里面只有一本兵书，上面是我精心抄写的孙子兵法和蒙轩对兵法的心得，全都得自蟠龙山的石刻。

焦镇期赞道："好字！"他翻阅到书后落款之处，神情微微一变，抬起头向我道："你……是大康平王？"

我点了点头，焦镇期忽然屈膝跪了下去："大康子民焦镇期拜见平王殿下！"

我慌忙将他搀扶起来："焦大哥，你这是做什么？"福娃刚好拎着茶壶出来，看到眼前的情形，慌忙也跪在父亲的身边。

我和唐昧将他父子二人扶起，焦镇期这才道："在下本是康人！"

我点了点头道："焦大哥因何流落在此间？"

焦镇期道："这座山村中的居民几乎都是大康的子民，我们的先祖当时追随蒙轩将军南征北战，为大秦驱逐北方胡虏，扩展疆域。后来蒙将军落难，我们的先祖全都落罪，刑满之后，本想奉送蒙将军的骸骨返回故土，谁承想到我们却被大康所不容。”

我喟然叹道：“蒙将军为大秦打下广阔疆土，在大康眼中自然是罪臣贼子！”

焦镇期激动道：“蒙将军的母亲乃是秦人，他的血统中有一半流的是秦人的血液，当初他去康国投军根本无人赏识，后来才入大秦为将。”他停顿了一下又道：“蒙将军虽为秦将，可是从未带兵侵略过康国的一土一木！在他心中大康始终是他的故土！”

我心中暗道：这蒙轩虽然未曾亲自攻打过大康，可是正是他的存在，秦国的疆域才得以迅速地扩张，有道是此消彼长，秦国的强盛反衬出康国的衰落，无论焦镇期承认与否，这蒙轩对康国来说只是一个罪人！我并不想诋毁蒙轩在他心目中完美的形象，配合地点了点头。

焦镇期道：“蒙将军死前曾经嘱咐我们的祖辈，不可再食大秦之俸禄，若有机会便带着他的骸骨返回大康，没想到一直到今日，我们也没有完成他的遗愿，真是无颜面对蒙将军。”

我喟然叹道：“世上不如意之事十之八九，焦大哥也不必太过自责了。”

焦镇期道：“我们的祖辈为大秦所不容又为大康所弃，便在这里暂时住了下来，没想到一住就是五十四年！”他伸手摸了摸福娃的头顶，“可怜这些孩子全都不知道故国的样子，终有一日，我会带他们重返大康！”

我欣赏地点了点头：“若是我能够返回大康一定助你们完成这个心愿！”

焦镇期双目露出激动的光芒：“谢平王殿下！”

中午我和唐昧便留下吃饭。焦镇期饮酒也是海量，和唐昧两人推杯换盏，顷刻间便饮下三坛美酒。两人脾气性格颇为投缘，席间谈起武功，口头便切磋了起来，不时发出快意的笑声，我反倒插不上话了。

焦镇期向我道：“平王说还有一件事是什么？”

我笑道：“那匹黑狮子我用你教给我的方法，给它喂下了巴豆，可是自从那日开始便泻个不停，现在只剩下半条命了，所以想请你去看看！”

焦镇期点了点头道：“此事好说，明日我去秦都购物，刚好去平王府上看看！”

福娃听得真切，凑过来道："爹爹带我去吗？"

焦镇期瞪了他一眼道："大人在这里说话，有你小孩子什么事情，吃饱了便去和伙伴玩耍，在这里做什么！"福娃噘着小嘴向外面走去。

唐昧道："想不到焦大哥年纪轻轻就有了这么大的孩儿！"

焦镇期笑道："这些孩子是我收养的孤儿，他们都叫我爹爹，我还未成亲哩！"我心中对焦镇期的欣赏又增加了几分。

焦镇期是康人的消息给了我一个意外的惊喜，只要在故国上稍做一些文章，将他收为己用并不算太困难的事情。

焦镇期果然信守承诺，第二天一早便来到了枫林阁，我和唐昧陪他来到马厩。黑狮子连拉了几天，已经毫无精神，虚弱地躺在草堆上，毛色暗淡无光，口唇处不停流出白沫。

焦镇期来到黑狮子的身边，用手托起马头，看了看它的牙口，耳朵附在马腹上听了听，然后起身道："这原是我的疏忽，看来给它喂食迷离草的人还在饲料中掺入了芸榭，防止别人用巴豆施救。"

孙三分听闻有位兽医过来，也来到这里看热闹，他忍不住插口道："那芸榭和巴豆混合会加重泻药的作用，若是单独服用则不会有什么作用，却不知谁人对一头牲畜下如此重手？"

我苦笑道："下手的人真正的目标是秦皇，这黑狮子只是被他用来作为工具罢了。"

焦镇期道："它拉得差不多了，找些芋头煮了喂食它止泻，再弄点露甘、箬亍给它喂下，这匹马想要恢复元气恐怕需要一段日子。"

孙三分道："焦壮士对医理看来颇有研究，老朽有一件事想请教。"

焦镇期道："老先生尽管说，焦某对医马还有些方法。"

孙三分道："若是有异物侵入体内，焦壮士有没有方法取出？"

我不禁皱了皱眉头，这焦镇期根本就是个兽医，他焉会为瑶如医病？

焦镇期道："那要看异物本身的大小和所处的位置！"

"如果是一根钢针在靠近心胸的位置呢？"

焦镇期听到这时已经明白孙三分所问的并非是医马，而是医人。他想了想方道：“先生可以确定钢针的位置？”

孙三分点了点头道：“钢针位于肩胛后下数第七肋间，针尖朝向心脏所在。”

焦镇期瞳孔骤然收缩道：“老先生可否带我去看看病人？”

孙三分和唐昧同时向我看来。

我叹了口气道：“病人便是我的爱妾……”

瑶如左肩的那块蓝色印记已经扩展成铜钱大小，在娇雪般肌肤的映衬下更显得触目惊心。孙三分道：“老朽虽然可以去除针上的毒性，无奈此针深处体内，一日不能取出，针上的毒就无法彻底清除。”

焦镇期沉声道：“若是焦某没有看错，这位姑娘所中的是魔门的断命七绝针！”我听他一语道破此针的名称，心中不禁大喜，脱口道：“焦大哥识得此针？”

焦镇期的脸上浮现出悲怆之色，声音低沉道：“此针曾经夺去我爱人的生命，我焉能忘记……”从他的神情我已经猜出，焦镇期必然有一段极其伤心的往事。

他站起身道：“断命七绝针乃是魔门炽焰妖姬冷孤萱的独门暗器，天下间不知有多少无辜性命死在此针之手。”

他向我深深一揖道：“平王殿下若是信得过我，焦某愿冒险一试！”

我激动地握住他的手臂道：“焦大哥若是能治好瑶如，胤空今生今世都不会忘记你的恩德！”

焦镇期向唐昧道：“若想救治瑶如姑娘，还需要唐兄和我配合！”他又向孙三分道：“我还需要一个尺许长度的铁筒！”

孙三分点了点头道：“我会用银刀分开伤口处的血肉助你行功！”

我和采雪上床扶住瑶如的娇躯，孙三分用银刀小心地分离开患处的血肉，直至骨骼，焦镇期用铁筒覆盖在创口之上，单掌抵在铁筒的尾部，一股雄浑的内力沿着铁筒缓缓传入瑶如的体内。

瑶如发出一声痛苦的呻吟，十指狠狠地掐入我的臂膀之中，我痛得闷哼了一声。瑶如樱唇紧闭，毫无血色。

焦镇期额头之上竟然升腾起白色的雾气，他神情凝重，内息源源不断地度入瑶如体内，约莫过了半支香的工夫，焦镇期大喊道：“唐兄！”

早在一旁准备多时的唐昧，双掌齐齐抵在焦镇期的后背，焦镇期将两人的内力凝于一处，一股霸道无匹的气流惊涛骇浪般涌入瑶如的经脉，瑶如噗地吐出一口鲜血，与此同时我听到一声细微的金属相撞之声。

焦镇期缓缓收力，拿起铁筒，将其中的血液倾倒在一旁盛满清水的铜钵中，却见里面一根蓝盈盈的钢针缓缓沉落了下去，在场所有人都露出了欣慰的笑容。

孙三分马上为瑶如消毒，又用蚕丝缝合创口。

焦镇期擦去额头上的大汗，长长舒了一口气，他在疗伤的过程中损耗了极大的内力，整个人显得异常虚弱。

孙三分为瑶如包扎好创口，我把她交给采雪照顾。我来到焦镇期面前，躬身正要行礼，却被焦镇期拦住：“殿下切勿如此，我乃大康子民，你这样做岂不是想折煞我吗？”

孙三分这时也走了过来，他满脸欣喜之色：“瑶如姑娘应该没有什么大碍！”

焦镇期喝了一口茶水道：“焦某用内力逼出毒针，势必会损伤瑶如姑娘的经脉，要想恢复如常恐怕需要一些时日！”

孙三分赞道：“焦壮士果然是神医！”

焦镇期笑道：“孙先生千万不要如此说，焦某只是会两手医马的功夫，绝对谈不上什么神医，取针之事全凭武功，况且……”他向唐昧看了一眼道：“若是没有唐兄的帮忙，我也无力将此针取出！”他分析道：“看来下针之人并非是冷孤萱本人。”

唐昧道：“下针的是一个叫幽幽的妖女，她的武功和我在伯仲之间！”

焦镇期点了点头道：“这就是了，我和唐兄加起来功力差不多相当于她的两倍，所以此针方可顺利取出，若是冷孤萱亲种此针，恐怕我们用内力逼出此针的机会微乎其微。”他站起身来，“我们还是出去说话，不妨碍瑶如姑娘休息了！”

我们来到庭院之中，仆人早就为我们重新泡上香茗。唐昧的身材和焦镇期相若，找出一套衣衫让焦镇期换了，这才出来说话。

我已经看出焦镇期对魔门有深仇大恨，想来说动他帮忙对付幽幽并不算难。现在瑶如已经获救，我们对付幽幽又增加了几分胜算。

我正欲向焦镇期提出此事，这时从门外进来了两个小太监，远远道："平王殿下接旨！"我慌忙跪倒在地，那小太监大声将圣旨念了一遍，我万万没有想到，居然是燕元宗亲自下的旨意，让我入宫去为俪姬画像。

那日在御花园俪姬曾经提及此事，我还当她是随口说说，没想到她竟然真的让燕元宗下了这道旨意。

我接过圣旨，那小太监向我道："皇上让你即刻前往皇宫，不得有误！"我心事重重地点了点头，却不知俪姬让我画像究竟有何目的。

圣命难违，我向焦镇期解释了一下，又交代唐昧务必招待好他，然后才随着两名太监前往秦宫。

来到旭阳宫，我发现燕元宗也在宫内，一颗高悬着的心这才放下，看来俪姬只是想找我画像，并无其他的事情。

我先向燕元宗和俪姬分别见礼，燕元宗道："胤空！皇后想画幅像留念，我马上就想到了你！"

我谦虚道："承蒙皇上垂爱，胤空一定尽力为之，不负皇上所托！"

燕元宗忽然叹了一口气："一个个都是这样，自从朕当上了大秦的皇帝，身边的兄弟亲人看到我如同蛇蝎一般，连句亲近的话也不肯向我说！"言语中充满感慨。

我恭敬道："圣上乃万乘之尊，君臣礼仪势必要分清的！"

燕元宗摇了摇头，拉着我来到侧殿的书房之中，那书案上有他刚刚写好的一幅字，燕元宗道："你帮我看看，我这幅字写得有没有进步。"

我凑到近前，却见上面所写的是"自古多情空余恨"，心中不禁暗笑，这燕元宗心中的感叹肯定不是为了俪姬所发。

平心而论，燕元宗的这幅字写得很有水准，极浓于情方可极浓于字，融入感情的书法果然非同一般。我不失时机地赞赏了他几句，燕元宗不免有些得意，他大声道："朕情愿每日躲在这里写写画画，也好过上朝去听那帮大臣唠叨。"

俪姬让宫女倒来香茗亲自端了过来，没想到燕元宗说到激动之处，并没有注意她到来，刚巧一挥手将茶盘碰翻，茶水居然泼在了字上，我心中暗叫不妙。

俪姬吓得脸色煞白，慌忙跪在地上："皇上恕罪……臣妾是无心的！"

燕元宗一张面孔涨得通红，他双目圆睁，猛然抓起俪姬的长发，狠狠给了她一个耳光："贱人！你存心想毁掉朕的爱作！"

一丝鲜血沿着俪姬的樱唇缓缓流出，妙目之中已经满是晶莹的泪水。燕元宗犹未解恨地扯住她的头发，狠狠地将她推到在地上，抬脚又向她踩了过去。我慌忙跪倒在地，抱住燕元宗的双腿道："皇兄息怒，皇后她并非存心，您饶过她吧！"

燕元宗怒气未消地指着俪姬道："贱人，今日若不是看在胤空的面子上，我一定将你赶出宫去！"

此时门外一名小太监通报道："皇上！"

燕元宗怒道："什么事情！"

那小太监怯生生道："九公主请皇上过去下棋！"

燕元宗的神情顿时缓和下去，他向我道："胤空你留下来给皇后画像，我去九妹那里下棋！"他走到门口时又回过头来，"对了！晚上你留在这里用膳！"

我点头答应下来。

燕元宗离去以后，俪姬仍然趴在地上。我心中暗生同情之心，跟随在燕元宗这个变态身边，俪姬的苦楚可想而知。

她默默地从地上爬起，我留意到她的右手被碎裂的瓷片划破，关切道："我去喊人！"俪姬冷冷道："不必了，难道你想让我的这幅狼狈模样人人皆知？"

她美目中泪痕早干，剩下的都是冷漠的光芒，我掏出手绢为她将伤口包扎好。俪姬樱唇微微颤抖了一下，一颗晶莹的泪水重新滚落下来。

她轻移莲步来到书案前，取出一张白宣平铺在案上，柔声道："平王看俪姬的陋姿还能够入画吗？"

我恭敬道："皇后风华绝代，胤空就算倾尽全力也绘不出您的万一风华。"

俪姬凄惨笑道："风华绝代？燕元宗的眼中我又何尝是一个女人！"

我默然不语，对燕元宗的心思我再清楚不过。

门外一名宫女道："皇后，午膳已经准备好了，您是不是……"

俪姬冷冷道："我不想吃！平王为我画像，没有事情不要打扰我们！"那宫女唯唯诺诺地退了下去。

我和俪姬独处一室，气氛顿时变得尴尬起来。

我来到书案前，拿起羊毫道："皇后娘娘请坐在那里，胤空这就为您画像！"

俪姬点了点头缓步来到屏风前面，一双幽怨的剪水双眸望定了我，秀眉间蕴含无数哀怨，却掩不住她的天生丽质，风情蕴藉。

俪姬转过身去，她的纤手忽然扯开了裙带，华丽的宫装顺着她雪白柔滑的肌肤缓缓滑落，她无限美好的娇躯毫无保留地展现在我的面前。

我内心的震骇实则到了极点，俪姬的举动完全出乎我的意料。我慌忙扭过头去低声道："皇后……"

俪姬轻声道："既然是为我画像，你因何不敢看我，若是我此时高喊一声，后果你应该想象得到！"

我的目光终于重新落在她曼妙无比的娇躯之上，却见俪姬娇如艳雪的肌肤上布满了触目惊心的创痕，手臂肩头被撕咬的痕迹仍然清晰，我的内心没来由地一阵悸动，这一切分明都是拜燕元宗所赐。

俪姬漠然道："自从踏入宫门的那一刻起，我就当自己已经死了，可是我万万没有想到婚后所要面对的是这样的折辱……"她慢慢地转过身来，美目之中满是泪光，"我是不是很傻，从未认认真真地为自己活过一天？"

我用力地咬了咬下唇，面对俪姬我真的不知该说些什么。

"我一向以为爹爹疼我，可是他竟然一手将我推入了火坑，我和思绮同为他的女儿，为什么偏偏要我来承担如此噩运！"俪姬没有泪水，妙目中充满了仇恨和愤怒。

我缓缓放下了羊毫，我现在所能够做的只有倾听。

俪姬道："俪姬只想平平静静地了却残生，没想到上天连这个机会都不给我！"她向前走了一步，诱人的娇躯让人不敢逼视，"你可知道，燕元宗他根本就不是男人，他是一个天生的阉人，一个心理扭曲的变态！"尽管俪姬的声音刻意压低，可是我仍然惶恐到了极点，若是被外人听到，我和她都难逃一死。

我低声道："皇后还是冷静一下，胤空先行告辞。"

俪姬叹了口气道："你不用怕，我只是想找个人说说，你还肯给我画像吗？"

我点了点头，展开一张白宣，捻起羊毫，将俪姬诱人身姿迅速勾勒于纸上。俪姬在书案边为我磨墨，我们相对无言。

仅仅用了一个时辰，我便完成了这幅画像。俪姬久久凝视着画像，美目中隐隐露出晶莹的泪光，她颤声道："我几乎已经忘记了自己原来的样子……"

"皇后此刻的样子胤空会永铭于心！"

俪姬露出一个灿烂的笑容，两行泪水再也无法抑制住："谢谢……"

我并不理解她这句话的真正含义，是谢我为她绘了这幅栩栩如生的画像，还是谢我听她倾诉内心的苦衷，也许只有俪姬自己才知道。

和俪姬分别以后，我又前往凤阳宫拜会晶后，如果我过其门而不入，势必要遭到她的责难。来到凤阳宫恰巧沈驰也在，他正将刚刚修订的大秦律令拿给晶后过目。

晶后看来心情不错，向我微笑道："画完画了？"

我点了点头，向她施礼后又和沈驰打了个招呼。

沈驰道："微臣回去将这几条不妥的律令修改一下！"

晶后道："好！你去吧！"

这时许公公匆匆忙忙从宫外走来，神情显得有些紧张，来到晶后面前道："太后！刚刚收到一个坏消息……"

沈驰本想离开，可是听到许公公的话又停下了脚步。

许公公道："那薛安潮父子竟然没死！"

这个消息对我们来说不啻于晴天霹雳。

晶后霍地站起身来："你说什么？薛安潮明明已经被白暑烧死在府邸之

中了！”

许公公道：“我也是刚刚收到的消息，听说薛安潮已经逃往大齐，而且被齐国国君拜为相国！”

“什么！”晶后凤目圆睁，显得愤怒之极。

许公公道：“听说薛无忌也已经抵达了齐都大顺，齐国国君已经封他为虎威将军，掌管大顺城护卫军。”

沈驰道：“没想到薛安潮父子果然逃了出去。”

晶后咬牙切齿道：“我早就知道他们没这么容易死！齐国是我大秦的盟友，焉能收留这两个叛徒！”

沈驰笑道：“太后不必为此烦扰，齐国国君荆封同一直都在招贤纳士，再说薛安潮父子本身就是齐国人氏，前去投奔也是理所当然。”

晶后叹道：“自从先皇驾崩之后，周边各国对大秦再也不像往日那般尊敬，看来发生战事也是早晚的事情。”

沈驰道：“近年来齐国国力虽然有所提升，可是仍然没有向大秦挑战的实力，况且西南蛮夷常年滋事，他首先考虑的应该是平息内乱。”

这顿时提醒了晶后，从另一种意义上来说，薛安潮父子逃出大秦倒是一件好事，他们能够得以全力对付白晷。

沈驰又提醒道：“有件事太后恐怕要先做准备才好！太子燕元籍虽然被贬营阳，可是在一帮老臣子的心中他仍然是皇位的不二人选，太后留他在这世上，终归还是一个隐患。”

晶后点了点头道：“我听说他在营阳寄情于山水之中，对朝中之事再无任何兴趣，好像已经接受了现实！”

沈驰笑道：“越是这样越证明他仍未死心，太后难道打算放过他吗？”

晶后犹豫道：“我并非不想杀他，可是朝中的这帮老臣子若是知道我杀了燕元籍，势必会找我的麻烦，如果这个机会被白晷抓住，趁机加以利用，后果恐怕不堪设想。”

沈驰道：“北疆战况不容乐观，白将军难道还没有亲赴边境督战的意思吗？”

晶后道："白暑好像已经忘了自己的职责，看来铁了心要留在这秦都之中了。"她忽然看了看我道："胤空，你有什么高见？"

在沈驰面前我无意于班门弄斧，恭敬道："孩儿觉着沈大人说得极是，燕元籍留在世上只会是一个隐患，还是尽早除去为好。"

沈驰又道："臣还有一个法子让白暑走开！"

晶后双目一亮道："说来听听！"

"必要时让陛下御驾亲征，白暑迫于形势必然要一起前往北疆！"

我心中暗暗叹服，沈驰的谋略果然非同寻常，幸亏此人不是站在晶后的敌对阵营，否则他的危险性远在白暑之上。

离开皇宫时已是夜色朦胧，我纵马缓步前行，心中却在想着俪姬的事情，不知不觉间竟然来到了万花楼前。我勒住马缰向门前看了看，自从来到秦都之后我还未见过慕容嫣嫣，本想登门造访，可是想起晶后日前的嘱咐，又打消了念头，正要离开的时候，忽然听到身后有人喊我："平王殿下请留步！"

我回头望去，却见西门戈身穿一身蓝色武士服英气勃勃地出现在我的身后，我慌忙从马上跃了下来，上次济州之行多亏了他的那封信函，说起来我的确是欠了西门家一个极大的人情。

西门戈笑道："平王是来找慕容姑娘的吗？"

我知道他对慕容嫣嫣心存好感，慌忙解释道："胤空恰巧从此路经过，正想赶回枫林阁去！"

西门戈道："我刚巧约了慕容姑娘一起去胭脂湖赏月饮酒，平王一起去吧！"

我笑道："我还有事，就不耽搁你们了！"正说话的时候，慕容嫣嫣骑着一匹毛色雪白的骏马从后巷走出，看到我她露出了一丝欣喜的笑容："平王也在？"

"我刚从皇宫回来，正想回家呢！"

慕容嫣嫣意味深长地看了我一眼道："皇宫去枫林阁有好几条路可走，经过万花楼是最远的一条，平王殿下该不是故意舍近求远的吧？"

我哈哈笑了起来："既然你们都以为我是专程到万花楼而来，胤空只好认了！"

慕容嫣嫣道："听说殿下前两日曾经和肃王一起来过。"

我点了点头道："那天慕容老板并不在这里。"

"我送义父前往中山，前日才回来。"

西门戈看我们聊得热烈，反而把他冷落在一旁，翻身上了自己的坐骑道："平王殿下！既然大家有缘碰上，今晚你千万不可推辞，胭脂湖绿柳亭，我们比赛一下脚力如何？"

慕容嫣嫣娇笑道："好啊，我刚好试一试这匹马儿的脚力！"她不等我们同意，已经先行一鞭抽在马后，白马四蹄翻飞，全速向胭脂湖的方向跑去。

西门戈满怀深意地向我看了一眼道："平王殿下，看看我们两个究竟谁先追得上慕容姑娘！"他分明把我当成了情场比拼的对手。

我的好胜心顿时被他激起，扬起马鞭重重在马臀上抽了一记，和西门戈几乎同时窜了出去。才跑出半程就已经分出高下，慕容嫣嫣和西门戈的坐骑都颇为神骏，并驾齐驱跑在最前，我被远远落在身后，无论如何加鞭，这马匹终究还是无法赶上去，心中不由恼道：改日等我的黑狮子痊愈了，一定和他们重新比过。

我来到绿柳亭的时候，他二人早已等待多时，亭中还有一位世家公子，我并不认识，西门戈向我引见道："这位是我的表兄宋子绅。"我微笑着抱拳施礼。

慕容嫣嫣从提盒中拿出酒菜，西门戈帮着她摆在桌上，我和宋子绅随口吹侃了几句，这人不善言谈，甚至有些木讷，往往我说三句他连一句都答不上来，没多久我就失去了聊天的兴致，仰头看着月景。

酒菜摆好，西门戈率先举杯道："这杯酒先敬慕容姑娘，感谢她亲手为我们做的这一桌美味！"原来这桌上的菜肴都是慕容嫣嫣亲手所制。

慕容嫣嫣笑道："西门公子帮了我义父这么大的忙，嫣嫣自然要表示谢意。"

我笑道："看来我的口福不浅，居然能够尝到慕容老板亲手烹制的美味。"

慕容嫣嫣道："你先别夸，我也是刚刚学会的厨艺，品尝之后再做评论。"

我们三人同时下筷，尝到口中竟然是咸涩无比，我险些吐了出来，想来他们两个比我也好不到哪里去。

“怎么样？”

西门戈居然竖起了拇指：“实在是人间美味，慕容姑娘果然好厨艺！”话虽如此，他的筷子却再也没有向菜肴伸去。

慕容嫣嫣又看向我，我硬生生咽下了这口菜，喝了一大口酒方才缓过气来：“不错……”

宋子绅却笑了起来，他指了指我们道：“你们怎的都不说实话，这菜明明咸涩之极，难以下咽。”没想到他竟然是个老实人，有什么便说什么，顿时搞得我和西门戈都下不来台。

慕容嫣嫣自己也尝了一口，忍不住吐了出来，这才笑道：“你们两个好不老实，明明难吃得很，却诌些谎话来骗我。”

我和西门戈对望了一眼都露出了尴尬的笑容。

慕容嫣嫣道：“平王殿下身为皇子，待人处世处处留有三分余地，自然不会对嫣嫣说实话。”她又向西门戈道：“西门公子身为西门家族的少东主，凡事都考虑周全，未行事之前先考虑后果和影响，说这句谎话也是理所当然。”

她端起酒杯道：“这杯酒嫣嫣敬给宋公子，宋公子虽然是第一次见到嫣嫣，却难得以诚相待，毫不欺瞒，显见是一位至诚君子。”

我哈哈笑了起来，也端起酒杯道：“西门兄，我们两个伪君子也喝上一杯吧！”西门戈也大笑了起来，和我碰了碰酒杯，一饮而尽。

宋子绅虽然是个至诚君子，酒量却实在不怎么样，几杯酒下肚就已经醉得不成样子，西门戈扶着他去湖边洗脸清醒一下，刚好给了我和慕容嫣嫣一个单独相处的机会。

慕容嫣嫣道：“平王殿下此次济州之行看来收获颇丰。”

我笑道：“慕容姑娘这句话好像有其他的含义。”

慕容嫣嫣道：“平王前脚刚回秦都，沈驰后脚就至，不知道此间又有怎样的牵连？”

以慕容嫣嫣的聪颖，她定然看出了其中的一些蹊跷，应该是猜到沈驰返回秦都跟我有关。

我笑道："大秦这次迁调的官员共计二十六名之多，按照慕容姑娘所言，这二十六人岂不是和我都有关系？"

慕容嫣嫣嫣然一笑道："嫣嫣虽然愚昧，可是也知道迷惑视线的道理。"

我哈哈大笑起来，端起酒杯向慕容嫣嫣道："嫣嫣姑娘似乎从未信任过胤空！"

"平王殿下何尝不是如此对待嫣嫣呢？"

我们的脸上都荡漾着微笑，彼此心中却各自盘算着自己的心思。

慕容嫣嫣道："殿下请沈驰来到秦都是不是为了对付白晷？"

"慕容姑娘冰雪聪明，有些事情恐怕无须胤空解释吧。"

慕容嫣嫣露出一丝浅笑："殿下想不想知道白晷遇刺究竟是何人所为？"

我微微一怔，低声道："你知道内情？"

慕容嫣嫣点了点头道："平王殿下需要先告诉我一件事情！"她停顿了一下方道："肃王燕兴启出任相国究竟是何人提议？"

我犹豫了一下，并没有立刻回答她的问题。

慕容嫣嫣低声道："是不是沈驰？"

我凝视她明澈而深邃的美目，终于点了点头。

慕容嫣嫣道："刺杀白晷的幕后主使，便是肃王！"

"什么？"我大吃一惊，无论如何我都不会想到刺杀白晷的幕后主使会是燕兴启，我将信将疑道，"他不会傻到在自己门前刺杀白晷的地步吧？"

慕容嫣嫣道："你怎么知道燕兴启真心想杀掉白晷？也许他只是在刺探白晷的实力，趁机转移白晷的注意力……"

我缓缓放下酒杯。

慕容嫣嫣道："连你都会这么想，白晷也许会有和你一样的想法，他绝不会怀疑到肃王的身上，那两名杀手的尸首已经被人发现在护城河旁，而且种种迹象表明，他们好像和桓氏家族有关。"

"你的意思是有人故意嫁祸给桓氏家族？"

慕容嫣嫣点了点头道："我敢保证桓氏家族绝没有人做过这件事，可惜白晷不会相信！”

我紧皱双眉，按照慕容嫣嫣的说法，燕兴启此人实在是深不可测。

慕容嫣嫣道：“我虽然查不出燕兴启的来路，可是我敢断定他和魔门有着千丝万缕的联系，平王殿下还要提防此人。”

我心中一震，慕容嫣嫣的话提醒了我，幽幽那晚缘何会潜入肃王府中，难道她和肃王早就认识？这一切难道都是一个预先设好的圈套？

“平王在想什么？”

“慕容姑娘知不知道一个叫幽幽的妖女？”

慕容嫣嫣秀眉微颦：“幽幽？”

我点了点头道：“此女可能和魔门炽焰妖姬冷孤萱有着极为密切的关系。”我这才将田氏账簿的事情一一向慕容嫣嫣叙述了一遍。

慕容嫣嫣道：“此女看来的确是魔门中人，嫣嫣不才愿为殿下帮忙！”

“慕容姑娘的意思是……”

“拿住这名妖女也许很多事情就能够水落石出！”

（未完）